Arena

Carola Lowitz
Susanna Mewe

HARPER GREEN

BE BRAVE. BE ANGRY. BE THE STORM.

Ein Verlag in der Westermann Gruppe

MIX
Papier | Fördert gute Waldnutzung
FSC® C110508

1. Auflage 2023

Rottendorfer Straße 16, 97074 Würzburg

Dieses Werk wurde vermittelt durch die
Literaturagentur im Verlag der Autoren, Frankfurt am Main.

Basierend auf der gleichnamigen Audible Original Serie
Text: Carola Lowitz & Susanna Mewe
Coverillustration: Martin Grohs
Lektorat: Deborah Schirrmann
Charakterkarte: Sina Müller, Kitten.Ink

Gesamtherstellung: Westermann Druck Zwickau GmbH
Gedruckt in Deutschland

ISBN 978-3-401-60651-4

Besuche uns auf:
www.arena-verlag.de

@arena_verlag
@arena_verlag_kids

Dieses Buch kann sensible Themen enthalten.
Weitere Informationen findest du auf Seite 352.
(Achtung: Dieser Hinweis enthält einen Spoiler!)

Ich war nicht immer so.

Bis vor zwei Wochen war ich ganz normal. Na ja, nicht normal, aber mein Leben war zumindest in Ordnung.

Es fing während des Finales des Debattierwettbewerbs an. Ausgerechnet. Ich stand auf der Bühne und fummelte mit zitternden Händen an dem Umschlag mit dem Thema herum, das ich gleich vertreten sollte. Auf dem Podium neben mir räusperte sich mein Gegner, Paxton Irgendwas, zum gefühlt hundertsten Mal. Schon seit den Vorrunden ging mir der Typ mit seinen lächerlichen Verunsicherungsversuchen auf den Keks. Aber in diesem Moment machte es mir zum ersten Mal etwas aus. Seit der einstündigen Busfahrt von Eden City nach Corpus Christi hatte ich Kopfschmerzen und konnte mich nur schlecht konzentrieren. Und ehrlicherweise war ich tatsächlich nervös.

Innerlich verfluchte ich Rachel, die Vorsitzende unseres Debattierclubs. Hätte sie in der Pause nichts Besseres zu tun gehabt, als sich einen Krabbencocktail zu gönnen, würde sie jetzt nicht mit dem Kopf über der Kloschüssel hängen und ich müsste nicht für sie einspringen. Von all den superschlauen Nerds bin ausgerechnet ich diejenige, die weder superschlau noch nerdy ist. Ich hasse den Debattierclub, aber nicht so sehr wie alle anderen AGs, die zur Auswahl gestanden hatten.

Endlich befreite ich den Zettel aus dem Umschlag. In der Aula der Central High School in Corpus Christi war es stickig, die texanische Nachmittagssonne knallte auf das gläserne Kuppeldach und die Zuschauerreihen waren bis auf den letzten Platz besetzt. Hunderte Augenpaare blickten mich an. Die meisten Leute im Publikum kannte ich nicht, was bestimmt anders gewesen wäre, hätte das Finale bei uns in Eden City stattgefunden.

Ich faltete den Zettel auseinander, beugte mich zum Mikrofon und las laut vor: »In Ihrer Stadt sollen zusätzliche Überwaschungskameras an Orten des öffentlichen Lebens angebracht werden. Sie stehen dem Vorhaben positiv gegenüber. Argumentieren Sie, warum Sie darin eine notwendige Sicherheitsmaßnahme sehen.«

Ich konnte mir ein triumphierendes Grinsen nicht verkneifen und Paxton Irgendwas fiel fast die Kinnlade runter. Mit der Kontraseite hatte er eine echte Arschkarte gezogen. Der Arme.

Seit Reed vor Kurzem mit seiner »Für mehr Sicherheit«-Kampagne die dritte Wiederwahl zum Bürgermeister von Eden City gewonnen hatte, wurden solche Themen ständig bei uns in der Schule diskutiert. Denn Reed ist dabei, seine neusten Wahlversprechen Realität werden zu lassen: Das Stadtzentrum von Eden City soll mit moderner Überwachungstechnologie ausgestattet und die Polizeipräsenz in den Straßen verstärkt werden. Schon vor drei Jahren hatte Präsident Wright das Budget der Polizei und des Militärs massiv aufstocken lassen und ein landesweites Demonstrationsverbot ausgesprochen. Trotzdem gab es seitdem immer wieder illegale Proteste, die jedoch schnell niedergeschlagen wurden. Wie meine Eltern und ich tragen die meisten Bürger von Eden City die Maßnahmen mit. Und weshalb auch nicht? Uns geht es gut, die Stadt ist sicher.

Es hätte kein leichteres Thema geben können, um das Finale zu gewinnen. In Gedanken nahm ich schon den Pokal entgegen und verabschiedete mich mit einem fetten Grinsen in die Sommerferien ... doch dann passierte es. Ich sortierte die Argumente in meinem Kopf, atmete tief durch und sah zum Publikum, das mich gebannt anstarrte. Mein Blick huschte von einem Augenpaar zum nächsten. Und plötzlich waren sie da: unzählige Stimmen. Sie bohrten sich in meinen Schädel, ein unerträgliches, immer lauter werdendes Durcheinander. Und all das, ohne dass auch nur eine Person im Publikum etwas sagte. Kein einziger Mund bewegte sich, aber in meinem Kopf dröhnten die Stimmen.

Verzweifelt schluckte ich gegen den Schwall beißender Galle an, der mir die Kehle hochschoss. Ich stolperte von der Bühne in Richtung Ausgang, schaffte es aber bloß ein paar Meter weit und übergab mich mitten auf den Gang im Publikum.

Seit diesem Tag vor zwei Wochen ist alles anders. Ich habe jedem erzählt, ich hätte auch von dem Krabbencocktail gegessen, sogar Caleb habe ich angelogen. Und das will was heißen. Aber die Wahrheit ist zu gefährlich. Wenn irgendwer mitbekommt, dass ich verrückt bin, lande ich auf der Insel. Niemand weiß, was dort passiert. Und ich habe definitiv keine Lust, es herauszufinden.

1

Mein Magen fühlt sich an wie ein heißer Stein. Ich hasse Friedhöfe. Seit Dads Beerdigung kriege ich Bauchschmerzen, wenn ich einen betreten muss. Ich würde alles dafür geben, jetzt nicht zwischen Gräbern entlanglaufen zu müssen. Angestrengt versuche ich, mich mit dem Zählen der vertrockneten Bäume um mich herum abzulenken, während ich unter Glockengeläut neben meinem Bruder Noah und meiner Mom dem Trauerzug folge.

Die Sonne scheint. Besser gesagt, sie knallt erbarmungslos vom wolkenlosen Sommerhimmel. Ich blinzele gegen sie an, was aber nur dazu führt, dass ich flimmernde bunte Fäden sehe, wenn ich die Augen schließe. Meine Haare kleben unangenehm feucht im Nacken. Obwohl es gerade mal elf Uhr ist, schwitze ich mich in meiner langärmligen schwarzen Bluse fast zu Tode. Blöderweise sind meine Ablenkungsversuche so lahm, dass mein Blick am Ende doch auf Camillas Sarg landet. Er ist aus weiß gestrichenem Holz, hat goldene Zierleisten und ist mit einer Unmenge riesiger Blumengebinde beladen. Knallpinke Rosen, lila Hyazinthen und orangefarbene Orchideen, deren süßer Duft schwer in der Luft hängt.

Mom streicht Noah ermunternd über den Rücken. Mir wirft sie einen kritischen Blick zu. Sie zieht ihre Augenbrauen hoch und presst die Lippen aufeinander. Wenn

Mom mich so anschaut, kann das unendlich viele Gründe haben: Vielleicht ist der Kragen meiner Bluse umgeklappt oder ich gucke nicht traurig genug. Meine Wimperntusche könnte sich auch gerade auf meinem Unterlid verteilen. Keine Ahnung. Irgendwas an mir stört offensichtlich das Bild der perfekten Familie, das Mom so unfassbar wichtig ist. Aber was es auch ist, es geht mir am Arsch vorbei, denn ich habe ein ganz anderes Problem: Meine verdammten Kopfschmerzen kommen zurück.

Der Stein in meinem Magen ist eine Sache. Der verschwindet wieder, wenn das hier alles vorbei ist. Die Kopfschmerzen sind etwas anderes. Wenn die erst mal anfangen, ist es nur eine Frage der Zeit, bis die Stimmen wieder da sind. Das darf auf keinen Fall passieren! Nicht jetzt!

Ich spüre, dass meine Hände anfangen zu zittern. Allein bei der Vorstellung, vor der versammelten Trauergemeinde zusammenzuklappen, wird mir ganz anders. Ich wollte nicht mitkommen, aber ich hatte keine Wahl. Mom war ehrlich empört: Ihre Freundin Cherry hat ihre Tochter verloren, noch dazu war Camilla nicht nur eine Schulkameradin von mir, sondern auch eine Soldatenwaise wie Noah und ich. Wir alle teilen das gleiche Schicksal. Und außerdem – und das ist das Wichtigste – halten wir zusammen. Das ist eine eiserne Regel. Komme, was wolle. Wir sind immer füreinander da.

Und Noah und ich sind ein wichtiger Teil dieses *Wir.*

Seit zehn Jahren bestimmt dieses *Wir* als ungeschriebenes Gesetz unser Leben: *Wir* stehen am ersten Weihnachtsmorgen fröstelnd zwischen weißen Holzkreuzen auf dem Veteranenfriedhof, *wir* tragen einmal im Jahr Blumen und brennende Kerzen zum Kriegerdenkmal. Und jetzt begraben *wir* eben eine aus unseren Reihen. *Wir,* die berühmten Soldatenwitwen und -waisen von Eden Citys Militärbasis Flowergrove. Jeder hier in Eden City kennt die Geschichte meines Dads und der anderen Männer und Frauen, die zu einem humanitären Militäreinsatz ans andere Ende der Welt fliegen sollten. Doch das Flugzeug hatte einen Triebwerksschaden und stürzte mitten ins Meer. Es konnten nur ein paar Trümmerteile geborgen werden, Bruchstücke des Flugzeugsrumpfs, Metallteile, so Zeug. Leichen fand man keine, die hatte die See verschlungen.

Nach dem Unglück zogen die meisten Angehörigen aus Flowergrove fort, auch wir. Das Militär stand uns dabei zur Seite und half uns, Wohnungen und Häuser in den besseren Stadtteilen von Eden City zu finden. Heute leben *wir* über die ganze Stadt verteilt. Manche Familien wohnen in der Innenstadt am Square, andere in gut situierten Vierteln wie Batterfield oder Sitchmo. Einige wenige hat es wie mich und meine Familie nach Primrose Hill verschlagen. Zu ihnen gehören auch Camilla und Caleb.

Aber egal, wo wir jetzt wohnen, es ändert nichts an der Tatsache, dass *wir* zusammengehören: Unsere Moms engagieren sich seit Jahren in Komitees, um das Andenken an unsere Helden und Heldinnen hochzuhalten. Bürgermeister Reed erwähnt uns regelmäßig in seinen Wahlkampfreden als leuchtendes Beispiel für den Mut und die Opferbereitschaft des Militärs. Und auch die Presse liebt uns, vor allem an Gedenktagen, wenn Berichte über »die tapferen Soldatenkinder« die Auflage steigern. Natürlich sind die meisten von uns keine Kinder mehr, sondern pickelige

Teenager, denen dieser ganze patriotische Totenkult eher unangenehm ist. Im Alltag gehen wir einander so gut wie möglich aus dem Weg. Wir nicken einander vielleicht mal flüchtig zu, wenn wir uns zufällig im Shoppingcenter am Square begegnen, aber genauso schnell schauen wir auch wieder weg. Trotzdem sind die meisten von uns heute gekommen. Camillas Dad war ein Held, genau wie meiner. Und deswegen verbringe ich den ersten Tag der Sommerferien auf der Beerdigung eines Mädchens, das mich gehasst hat.

Meine Kopfschmerzen werden stärker. Seit dem ersten Mal in der Schule überfallen sie mich immer wieder aus heiterem Himmel. Meistens werden sie so schlimm, dass ich mich übergeben muss. Die ersten Male bin ich fast durchgedreht. Ich lag kotzend in meinem abgedunkelten Zimmer und habe mit Tränen in den Augen darüber nachgedacht, ob es nicht möglich wäre, mir ein Loch in den Kopf zu bohren, um den Schmerz zu stoppen. Kein Schmerzmittel, das wir zu Hause hatten, hat geholfen. Mom hat mich zu unserem Hausarzt geschleppt, der mir Migräne attestierte. Nur waren leider auch die Tabletten, die er mir verschrieb, nutzlos. Genauso wie jedes andere Schmerzmittel, das ich in unserer Hausapotheke gefunden habe. Sogar das starke Zeug, das Peter mal nach einer Blinddarm-OP verschrieben bekommen hat.

Aber schlimmer als die Schmerzen sind die Stimmen. Das letzte Mal haben sie mich im überfüllten Wartezimmer unseres Hausarztes überfallen. Verrückt zu sein, macht mir eine Heidenangst. Vor allem wegen der Insel. Dort will ich auf keinen Fall hin! Für richtige Verbrecher gibt es ein Gefängnis, aber seit der Ermordung Ronald Reagans vor vier Jahren hat jede Stadt jetzt zusätzlich so eine Institution. »Einrichtungen zur gesellschaftlichen Bildung« heißen sie offiziell, sie sind so was wie eine Mischung aus Umerziehungscamp und Therapiezentrum. Hier landen alle, die nicht in die Gesellschaft passen: Unmoralische, politische Aktivisten und auffällige Teenager. Als Sechzehnjährige, die seltsame Stimmen hört, hätte ich dort ganz bestimmt einen Ehrenplatz sicher.

Aber ich habe *Glück*. Das Stimmenhören dauert oft nur ein paar Minuten und es verschwindet immer so plötzlich, wie es gekommen ist. Was länger bleibt, sind die Kopfschmerzen, doch damit kann ich umgehen. Vor allem seit ich herausgefunden habe, was gegen beides hilft: Moms Psychopharmaka. Im Badezimmerschrank steht eine Dose voller Tabletten gegen Angstzustände. In meiner Verzweiflung hab ich sie ausprobiert und war überrascht, wie gut sie helfen. Zwei von den Dingern und die Stimmen verstummen. Nur leider habe ich vorhin vergessen, welche einzustecken. Bingo.

»Ich kann immer noch nicht glauben, dass Camilla wirklich tot ist.« Caleb hat zu mir aufgeschlossen. »Es ist schrecklich, was passiert ist. So sinnlos.«

Caleb ist mit ziemlicher Sicherheit der netteste Mensch auf der Welt. Und allein dafür, wie er jetzt über Camilla redet, würde ich ihn am liebsten umarmen. Als einziger nicht weißer Junge auf der Primrose High war er Camillas Lieblingszielscheibe. Wann immer sie im Schulflur an uns vorbeistöckelte, konnte man darauf wetten, dass sie sich naserümpfend an ihre Freundinnen wenden und einen rassistischen Spruch loslassen würde. Sie war furchtbar und trotzdem nimmt Caleb ehrlich Anteil an ihrem Schicksal.

»Unfälle sind meistens sinnlos«, erwidere ich. Kurz nach Camillas Tod erzählte Judith allen, was passiert war. Sie waren gemeinsam shoppen in der Mall am Square und machten anschließend bei Moe's halt, wo sie Milchshakes tranken. Auf dem Rückweg zur Bushaltestelle wurde Camilla von einem Jeep überfahren. Wie durch ein Wunder kam Judith mit dem Leben und einem Schrecken davon. Der Fahrer des Jeeps gab Gas und verschwand auf Nimmerwiedersehen. Für Camilla kam jede Hilfe zu spät.

»Ob sie gespürt hat, dass sie stirbt?« Calebs Stimme klingt belegt. »Sie muss furchtbare Angst gehabt haben.«

»Sie hat bekommen, was sie verdient hat«, sage ich trocken. Gefühlsduselei ist nichts für mich.

»Komm schon, Harper.« Caleb schenkt mir ein warmes Lächeln. »Ich hab sie auch gehasst. Aber den Tod hab ich ihr trotzdem nicht gewünscht. Genauso wenig wie du.«

Zugegebenermaßen kennt Caleb mich ziemlich gut. Seit der dritten Klasse ist er nicht nur mein bester Freund, sondern ehrlich gesagt auch mein einziger. Und natürlich hat er recht: Es ist furchtbar, was mit Camilla passiert ist, der absolute Horror. Wahrscheinlich wäre es normal, wenigstens ein bisschen traurig zu sein. Sei es auch nur, weil Camilla erst siebzehn war, nur ein Jahr älter als ich, und noch so viel vorhatte im Leben und buhuhu ... nein, im Ernst, ich fühle nicht das Geringste. Sorry, Camilla.

Ihr Grab liegt von Roteichen umschattet am Ende einer ansonsten leeren Grabreihe. Camillas Mom sieht hilflos zu, wie die Sargträger ihre blumenbeladene Last auf dem staubigen Boden absetzen. Cherry ist eigentlich eine hübsche Frau mit ansteckendem Reibeisenlachen, die ihre knallbunten Kleider selbst näht und ständig irgendwelche Nachbarschaftsfeste organisiert. Aber heute erkenne ich sie kaum wieder. Ihr Gesicht ist eingefallen, sie hat dunkle Ringe unter den Augen und wirkt viel dünner als sonst. Ihre schwarze Hose schlottert, als wäre die echte Cherry ganz woanders und hätte bloß ihre leere, abgemagerte Hülle zurückgelassen.

Nach und nach versammeln sich die Trauergäste um das ausgehobene Grab. Ich suche mir einen Platz ganz hinten. Aus Lautsprechern, die im Gebüsch verborgen sein müssen, tönt Camillas Lieblingssong *Time After Time* von Cyndi Lauper. Von Weinkrämpfen geschüttelt klammert sich Cherry am Arm ihres Mannes fest. Sie erinnert mich an Mom, die damals weinend an Dads Grab stand und von einer der anderen Soldatenwitwen getröstet werden musste.

Caleb wirft mir einen liebevollen Seitenblick zu und greift nach meiner Hand. Wir kämen nie auf die Idee, ein Paar sein zu wollen oder so, aber es fühlt sich gut an, seine Hand in meiner zu spüren. Caleb weiß, woran ich mich gerade erinnert habe – weil er mit Sicherheit eben ziemlich ähnliche Bilder vor seinem inneren Auge gesehen hat. Auch er stand damals als Sechsjähriger auf dem Friedhof. Ihn und seinen kleinen Bruder Alex hatte es noch schlimmer getroffen als die meisten von uns. Ihre Eltern waren beide Soldaten gewesen und bei dem Absturz ums Leben gekommen. Jackpot.

Weiter vorne beginnt der Pfarrer damit, uns salbungsvoll zu erzählen, was für ein wunderbarer Mensch Camilla doch gewesen sei. Ich verdrehe die Augen und Caleb muss grinsen. Er stößt mich leicht mit dem Oberarm an der Schulter an und dabei lösen sich unsere Hände voneinander.

»Ich muss rüber zu den anderen«, flüstert er mir zu und nickt dorthin, wo Alex neben den Pettersons steht. Trish und Jim Petterson sind superchristlich drauf, unendlich spießig und ich mag sie nicht besonders. Trotzdem werde ich ihnen auf ewig dankbar sein. Immerhin habe ich durch sie meinen besten Freund kennengelernt. Als sie sich damals dazu entschieden, als weißes Paar in Primrose Hill zwei afroamerikanische Jungen bei sich aufzunehmen, war das eine Riesensache. Wenn jemand Caleb oder seinen Bruder auch nur schräg angeschaut hat, hat er die volle Breitseite von Trish Pettersons Moralkodex zu spüren bekommen. Aber das Beste an den Pettersons ist, dass sie direkt neben uns wohnen und Caleb und ich deshalb Haus an Haus aufgewachsen sind.

Meine Mom steht ein paar Reihen vor mir, direkt neben Noah. Die beiden sehen sich unheimlich ähnlich mit ihren roten Haaren und der sommersprossigen Haut, die keinen einzigen Sonnenstrahl verträgt. Ich komme mehr nach Dad: Von ihm habe ich sein dickes dunkelbraunes Haar geerbt, die blauen Augen und das impulsive Temperament.

»Hast du diesen Idioten gesehen?«, zischt eine vertraute Stimme direkt vor mir.

Erst jetzt fällt mir auf, dass ich hinter Camillas besten Freundinnen Judith und Gwen stehe. Die drei waren unzertrennlich. Sie trugen den gleichen blonden Pagenschnitt mit Ponyfransen, die Haarbänder immer farblich auf ihre kurzen bunten Faltenröcke abgestimmt, dazu weiße Polohemden und goldene Armbändchen. In dieser Uniform machten sie als Dreiergespann die Schulflure unsicher.

Heute haben Judith und Gwen ihre Faltenröcke gegen schwarze Markenkleider eingetauscht. Zu meiner Überraschung wirken die zwei nicht sonderlich traumatisiert von Camillas Tod. Stattdessen lästern sie wie immer, nur leiser. Wie mies können angebliche Freundinnen eigentlich sein? Da stirbst du und die beiden Mädchen, mit denen du alle Geheimnisse geteilt hast, vergießen nicht mal eine Träne über deinen Tod. Ich bemerke, wie Judith immer wieder ein goldenes Armbändchen durch ihre Finger gleiten lässt. Daran hängt ein mit kleinen Diamanten besetztes C. C wie Camilla. Das Erbe ihrer Anführerin.

»Der Kleine sieht wie ein Buchhalter aus, total peinlich«, flüstert Gwen Judith zu und beide kichern leise und ziemlich hämisch. Judith steckt Camillas Armbändchen in ihre Handtasche.

»Ich meine, wie viel Gel hat der sich bitte in die Haare geklatscht?«

Ich schaue in die Richtung, in die sie ihre Köpfe gewandt haben, und mir bleibt die Luft weg. Sie meinen Noah.

»Seine ganze Familie ist so oberpeinlich«, flüstert Gwen.

Judith lacht.

Heiße Wut steigt in mir auf. Am liebsten würde ich die beiden von hinten erwürgen. Das geht natürlich nicht, aber ich kann es ihnen heimzahlen, wenigstens ein bisschen.

Ich blicke mich verstohlen um und zögere. Früher als Kind habe ich ständig geklaut, was mich in Teufels Küche brachte, wenn ich erwischt wurde. Mom war es jedes Mal entsetzlich peinlich. Irgendwann hielt sie mir eine so verzweifelte und tränenreiche Standpauke, dass mir klar wurde, was ich ihr damit antat, und hörte auf. Aber jetzt juckt es mich in den Fingern. Da niemand auf mich achtet, lasse ich meine Hand vorsichtig in Judiths Handtasche gleiten. Sobald ich Camillas Armbändchen spüre, schnappe ich es mir und lasse es in meiner Hosentasche verschwinden. Judith hat nicht das Geringste bemerkt. Während ich mir vorstelle, wie sie und Gwen sich später wegen des fehlenden Armbändchens in die Haare kriegen, läuft mir ein kleiner, triumphierender Schauer über den Rücken. Rache ist ein herrliches Gefühl.

Endlich ist der Pfarrer fertig. Meine Kopfschmerzen haben sich von den Schläfen auf meine Stirn ausgeweitet. Wenn ich nicht bald nach Hause komme und Moms Tabletten nehmen kann, habe ich ein ernsthaftes Problem.

Der Sarg wird ins Grab abgelassen. Cherry nimmt weinend eine der gelben Rosen aus dem Weidenkorb, der neben ihr steht, und lässt sie in die Tiefe fallen. Es herrscht pietätvolle Stille.

Die Trauergäste beginnen damit, sich in die Schlange zum Grab einzureihen. Meine Mom dreht sich zu mir um und nickt mir auffordernd zu. Aber ich reagiere nicht. Sie wirft mir einen missbilligenden Blick zu und schließt sich mit Noah den anderen an. Ich bleibe, wo ich bin. Auf keinen Fall werde ich Camilla eine beschissene Rose hinterherwerfen.

»Herzliches Beileid.« Eine dunkle Stimme reißt mich aus meinen Gedanken. Neben mir steht ein gut aussehender Typ in meinem Alter, der mir ein mitfühlendes Lächeln schenkt. Alles an ihm ist schwarz: die Röhrenjeans, die Lederjacke, selbst sein lockiges Haar, das ihm über die Ohren fällt. Nur seine Augen nicht. Die sind leuchtend grün.

Er kommt mir bekannt vor, aber ich habe keine Ahnung, woher. Ich spüre, wie mir Hitze ins Gesicht steigt, und kann nichts dagegen tun. Ich wette, er sieht mir an, dass meine Wangen glühen.

»Äh, danke«, murmele ich, um wenigstens irgendwas zu sagen. Endlich fällt mir ein, woher ich ihn kenne, auch wenn wir nie was miteinander zu tun hatten: Er ist wie ich ein Mitglied des Soldatenwaisenclubs. Lucas. Lucas Aspen. Keine Ahnung, wann ich ihn das letzte Mal bei einer dieser Witwen-und-Waisen-Veranstaltungen gesehen habe. Aber das muss mindestens ein Jahr her sein und – heilige Scheiße! – seitdem hat er sich ganz schön verändert. Er sieht verdammt gut aus.

Lucas streckt mir die Hand hin und obwohl mir das übertrieben förmlich vorkommt, schüttele ich sie. Die Berührung durchzuckt mich mit einem warmen Prickeln. Als er wieder loslässt, halte ich eine zerdrückte Streichholzschachtel in der Hand. Darauf steht in windschiefer Kugelschreiberschrift: Wir müssen reden. Jetzt.

Ich öffne den Mund, um ihn zu fragen, was das soll, da hat er mir bereits den Rücken zugewandt und bahnt sich einen Weg durch die Trauergemeinde in Richtung Friedhofstor. Was soll ich denn jetzt machen?

Ich blicke mich um. Niemand achtet auf mich. Keiner würde bemerken, wenn ich kurz verschwinde. Mein Herz klopft aufgeregt. Ach, was soll's! Ohne mich noch einmal umzuschauen, eile ich Lucas hinterher, der hinter der kleinen Kapelle verschwindet. Kaum habe ich ihn eingeholt, bleibt er stehen und dreht sich zu mir um.

»Was soll das?«, frage ich ihn etwas außer Atem. »Wir kennen uns doch gar nicht richtig.«

Lucas nickt. »Stimmt. Und vielleicht ist es auch total bescheuert, was ich hier gerade mache.«

Ich muss grinsen. »Aber?«

Lucas lächelt mich warm an. »Aber ich glaube, dass du in großer Gefahr bist, Harper.« Sein Blick wird ernst. »Wenn sich bei dir was verändert, irgendwas, egal was ... also, wenn du vielleicht plötzlich irgendetwas kannst oder so, vielleicht sogar Dinge, die ziemlich verrückt sind, dann darfst du das niemandem sagen. Keinem, verstehst du?!«

Was meint er denn bitte damit? Ich glaube, ich starre ihn an wie ein Auto. Ein Verdacht durchzuckt mich. Redet er vielleicht von den Stimmen, die ich höre? Das kann nicht sein! Und was, wenn doch ...? Ich weiche einen Schritt zurück.

»Keine Ahnung, was du meinst«, lüge ich.

»Ich wollte dir keine Angst machen«, erwidert Lucas leise und legt mir beruhigend seine Hand auf den Arm. Sofort beginnt meine Haut unter seiner Berührung zu kribbeln. Ein angenehmes Gefühl. »Wenn sich etwas bei dir verändert, mach dir deswegen keine Sorgen. Es ist was Besonderes, so was wie eine Gabe. Es darf nur nie irgendjemand erfahren.«

»Was ...? Wieso nicht?«

Lucas schaut mich ernst an und schüttelt den Kopf. »Sie dürfen dich nicht kriegen!«

»Was soll das heißen? Wer sind *sie?* Wovon redest du?«

Ganz in der Nähe heult eine Polizeisirene auf und alles an Lucas verändert sich. Mit einem Schlag wirkt jeder Muskel seines Körpers angespannt und die Wärme verschwindet aus seinem Blick. »Pass auf dich auf, Harper! Das meine ich ernst.«

»Aber ...?«

Er dreht sich um und hastet zwischen den Grabreihen davon.

2

Auf der Rückfahrt nach Primrose Hill geht mir Lucas' Stimme nicht aus dem Kopf: *Sie dürfen dich nicht kriegen!* Was soll das bedeuten? Und was hat er damit gemeint, als er sagte, ich hätte eine Gabe? Verrückt zu sein, ist keine Gabe, es sorgt höchstens dafür, dass ich auf der Insel lande, mehr nicht. Aber auch die Art, wie er es gesagt hat, verwirrt mich. Wie besorgt er aussah. Wie er mich angelächelt und berührt hat. Auch wenn ich weiß, dass das Quatsch ist, könnte ich schwören, dass ich seine Hand noch immer auf meinem Unterarm spüre. Seit unserer Begegnung ist kaum eine Stunde vergangen, aber sie fühlt sich mittlerweile total surreal an. Warum ist er weggelaufen, als die Polizeisirene zu hören war? Hat er was verbrochen? Hat es was mit seiner Warnung an mich zu tun? Ich wünschte, ich hätte meinen Walkman dabei. Beim Musikhören kann ich einfach am besten nachdenken.

»... die guten Ergebnisse von Kameraüberwachungsmaßnahmen und Personenkontrollen sind ja nicht wegzudiskutieren.« Bürgermeister Reeds Stimme tönt plötzlich aus dem Autoradio. »Seit der Ermordung von Präsident Reagan hat sich viel getan.« Er klingt zufrieden. Eine Frauenstimme räuspert sich. »Einige Menschen sehen es kritisch, dass es mittlerweile nur noch eine große Partei gibt. Wie stehen Sie dazu?«, fragt sie, vermutlich ist sie die Moderatorin. Reed lacht. »Nun, wir sind doch eine gute Partei, oder? Sehen Sie, Präsident Wrights Vorgehen gegen die linken Spinner –« Das Radio wird wieder ausgeschaltet. Mom scheint genug gehört zu haben.

Ich lehne meinen Kopf zurück und schließe die Augen. Mittlerweile sind die Kopfschmerzen schlimmer geworden und ich massiere mir die Schläfen. Zu bescheuert, dass ich Moms Tabletten zu Hause vergessen habe!

»Aber das ist meine Chance!« Noahs Stimme reißt mich aus meinen Gedanken. Er sitzt wie immer auf dem Beifahrersitz neben Mom. Das ist eins der Privilegien, die mein kleiner Bruder genießt, weil er einen empfindlichen Magen hat und gerne mal alles vollkotzt, wenn man ihn auf die Rückbank verbannt. Ich schätze, er redet gerade von dem Schachclubturnier, an dem er teilnehmen will.

»Nein.« Mom klingt besorgt. »Du brauchst mal eine Pause, Noah. Das Leben besteht nicht nur aus Bestleistungen und Wettbewerben. Wir fahren an dem Wochenende in den Freizeitpark. Ende der Diskussion!«

Etwas zwickt mich in die Hüfte. Ich quetsche die Hand in meine Hosentasche und spüre das diamantenbesetzte C von Camillas Armband zwischen den Fingern. Verdammt. Das blöde Ding hatte ich schon wieder ganz vergessen. Mom darf mich auf keinen Fall damit erwischen! Verstohlen kurbele ich das Fenster ein bisschen herunter und schiebe das Armband durch den offenen Spalt.

»Was machst du da, Harper?«

»Nichts.«

Mit einem letzten Schubs befördere ich Camillas Armband aus dem Fenster. Meine Mom bremst so scharf, dass ich fast gegen Noahs Kopflehne knalle, dann lenkt sie den Wagen rechts ran. Hinter uns wird gehupt, aber das stört Mom nicht.

»Harper Green! Ich hab genau gesehen, was das war!« Sie mustert mich aufgebracht im Rückspiegel.

»Das war bloß ein altes Kaugummipapier.«

Ohne die Hände vom Lenkrad zu nehmen, dreht sie sich zu mir um. »Du lügst. Das war eine Kette oder ein Armband. Und wir wissen beide, dass du so was nicht trägst! Du hast es geklaut, oder?!« Moms Augen blitzen vor Wut. »Du hattest mir versprochen, damit aufzuhören! Warum zum Teufel fängst du jetzt wieder damit an?!«

»Mom, bitte, das war bloß –«

»Spar's dir, Harper. Damals hatte ich Verständnis. Es war hart für dich nach unserem Umzug. Aber die Ausrede hast du nicht mehr.« Mit einer gefährlichen Ruhe löst sie ihren Gurt und steigt aus dem Wagen. Noah schüttelt missbilligend den Kopf. »Mann, Harper! Was hast du jetzt wieder angestellt?«

»Ach, halt doch die Klappe, du Streber!« Schnell öffne ich die Autotür und schlüpfe nach draußen, um Mom zu folgen. Wenn sie erstmal gefunden hat, was sie sucht, bricht die Hölle los. Das muss ich unbedingt verhindern. Sie steuert zielstrebig auf die Stelle zu, an der ich das Armband aus dem Fenster geworfen habe.

»Mom, warte!«

Der Verkehr auf der vierspurigen Straße ist absolut brutal. Autos rauschen an mir vorbei und in der Luft hängt ein fieser Abgasgestank. Eine Lücke entsteht. Mom wartet das letzte Auto ab, anscheinend hat sie etwas entdeckt. Bevor ich es verhindern kann, läuft sie auf die Straße und bückt sich. Als sie sich wieder aufrichtet, glitzert etwas Goldenes in ihrer Hand. Scheiße. Ich bin so was von am Arsch. Mom kehrt zu mir zurück, ihre Lippen sind so fest aufeinandergepresst, dass sie fast blutleer wirken. Ich versuche, so gut ich kann, ihrem Blick standzuhalten.

»Wem gehört das?« Sie schwenkt Camillas Armband anklagend vor meinem Gesicht hin und her.

»Judith. Sie hat über dich und Noah gelästert.«

Mom wirft einen Blick auf den Anhänger und auf mich. »Das ist ein C.«

»Es war Camillas. Aber Judith hatte es.«

Mom atmet tief durch, als müsste sie diese Info erst mal verdauen. »Sag, dass das nicht wahr ist!«

»Mom, bitte! Ich bring es zurück!«

»Auf gar keinen Fall! Wenn irgendjemand herausfindet, dass du der besten Freundin einer Toten das letzte Andenken an sie geklaut hast ...« Sie schaudert. »Die werden dich als Unmoralische auf die Insel schicken.« Mom starrt auf das filigrane Kettchen in ihrer Hand, als sei es etwas Hochexplosives, ein Sprengsatz, der im Begriff ist, alles, was ihr lieb und teuer ist, zu vernichten. »Nein«, sagt sie. Eine unumstößliche Entschlossenheit liegt in ihrer Stimme. »Das wird niemals jemand erfahren!« Sie macht einen Schritt zur Seite und lässt das Armbändchen in den Gully direkt neben ihren Füßen fallen. *Pling.*

Mom dreht mir wortlos den Rücken zu und marschiert zum Auto zurück. Ich kann ihr nur sprachlos hinterherstarren. Hat sie Camillas Armband gerade wirklich in einem Gully versenkt?

»Komm, steig ein!« Mom klingt ungeduldig. Sie setzt sich hinters Lenkrad und schließt die Fahrertür mit einem Knall. Da ich ihr in ihrer jetzigen Stimmung durchaus zutrauen würde, einfach ohne mich davonzufahren, beeile ich mich, wieder in den Wagen zu kommen.

»Das wird Konsequenzen haben, Harper! Das schwöre ich dir. Ich habe so gehofft, du hättest mit diesem Mist aufgehört!«

Dumpfes Trommeln unterbricht sie. Schrille Pfiffe ertönen und vor uns an der Kreuzung stürmen Leute auf die Straße. Es sieht so aus, als hätten sie sich in den umstehenden Häusern versteckt, um jetzt gleichzeitig auf die Kreuzung zu rennen und mitten in den Gegenverkehr hineinzulaufen. Die Autofahrer hupen genervt, werden aber langsamer und kommen schließlich ganz zum Stehen.

Ich kann nicht aufhören, die vielen bunt gekleideten jungen Menschen anzustarren. Ich kenne Demonstrationen nur aus dem Fernsehen. Mom hatte mich und Noah immer von so was ferngehalten und seit dem landesweiten Verbot vor drei Jahren fanden sie so gut wie gar nicht mehr statt. Natürlich weiß ich, dass Bürgermeister Reed ebenso wie der Präsident auch leidenschaftliche Gegner hat. Sie werfen ihm vor, Eden City wie ein Autokrat zu regieren, Arm gegen Reich aufzuhetzen und Ängste zu schüren.

Mit zusammengekniffenen Augen kann ich ein paar der Aufschriften auf den Transparenten entziffern: *Gegen den Überwachungsstaat* steht da und *Für die Meinungsfreiheit!*.

Mom drückt auf die Hupe. »Ist das zu fassen? Das ist illegal, was die da machen!«

Mittlerweile ist der Verkehr vollständig zum Erliegen gekommen. Autofahrer liefern sich ein wütendes Hupkonzert, ein paar sind ausgestiegen und brüllen die Demonstranten an. Durchs Rückfenster sehe ich Polizisten. Es sind unfassbar viele, Hunderte. Sie tragen Schutzschilde und Waffen. Im Gleichschritt marschieren sie unerbittlich auf die Demonstranten zu.

Noah sinkt tiefer in seinen Sitz. »Warum brauchen die so viele Polizisten? Das sind doch nur zwanzig oder dreißig Demonstranten.«

»Weil diese Leute gerade eine Straftat begehen und die Polizei sie festnehmen will«, sagt Mom mit einer Beiläufigkeit, die mir nicht ganz echt vorkommt.

»Die haben Schlagstöcke und Pistolen dabei«, entgegnet Noah leise.

»Keine Sorge.« Mom streicht ihm beruhigend über die Wange. »Das ist doch bloß zur Abschreckung. Die werden diesen Knallköpfen schon nichts tun.«

Keine zehn Meter vor unserem Wagen hält der Protestzug an. Beide Fronten stehen sich unversöhnlich gegenüber. Die Polizisten auf der einen Seite, eine undurchdringliche Mauer aus blauen Uniformen. Auf der anderen Seite der kleine bunte Demonstrationszug. Schritt für Schritt rückt die Polizei vor. Das Johlen der Demonstranten wird lauter und wütender, ebenso das Schrillen der Trillerpfeifen. Ich halte die Luft an. Und dann ist es auf einmal still. Wie auf ein mysteriöses Signal hin verstummen die Pfiffe und es johlt auch niemand mehr. Die plötzliche Stille fühlt sich gespenstisch an. Die Demonstranten weiter hinten rennen los und Chaos bricht aus. Während gut die Hälfte der Polizisten die Verfolgung aufnimmt, nehmen die anderen die Demonstranten fest, die nicht schnell genug weggelaufen sind. Mit einem Mal ist der ganze Spuk vorbei und die Straße wird freigeräumt.

Die Autos vor uns setzen sich in Bewegung. Mom fährt los und schaltet wieder das Radio ein, als wäre nichts geschehen. Das Interview mit Reed ist vorbei. Klassische Musik erfüllt jetzt den Wagen und jeder Ton bohrt sich schmerzhaft in mein Gehirn. Verzweifelt massiere ich meine Schläfen. Die Kopfschmerzen, die ich zwischendurch fast vergessen hatte, sind mit Wucht zurückgekehrt. Sie sind so stark, dass ich sie kaum aushalte. Ich will nur nach Hause und endlich Moms Tabletten nehmen.

Wir lassen den Square hinter uns, durchqueren das Büroviertel mit den spiegelnden Hochhausfassaden und fahren auf dem Highway aus der Stadt hinaus.

Primrose Hill ist eine Gated Community von Eden City, die, wie der Name schon andeutet, auf einem Hügel liegt. Die Streben des Metalltors, dem einzigen Zugang zum Wohnviertel, glitzern und funkeln schon aus der Ferne im Sonnenlicht. Als Kind musste ich bei dem Anblick immer an ein verwunschenes Märchenschloss denken. Nur dass hier keine nette Königsfamilie wohnt, sondern versnobte, reiche Leute in schönen Häusern, die meinen Stiefvater Peter, Mom, Noah und mich von Anfang an spüren ließen, dass wir nicht zu ihnen gehörten. Kein Wunder, als wir herzogen, hatten wir die falschen Haarschnitte, trugen die falschen Klamotten und sagten die falschen Dinge. So viel Sympathie man uns Soldatenfamilien in der Presse auch entgegenbrachte, hier in Primrose Hill sah man auf uns herab. Damals war die Anteilnahme uns gegenüber schon stark abgeflaut. Wie die anderen Angehörigen hatte Mom mit Noah und mir auf dem Stützpunkt ausgeharrt, bis das Militär es sich zur Aufgabe machte, uns alle beim Finden neuer Wohnungen und Häuser zu unterstützen.

Zu dieser Zeit lernte Mom Peter kennen. Er hatte grenzenlose Geduld mit ihrer Trauer, schenkte ihr Blumen, brachte sie zum Lachen, hörte ihr zu. Sie waren rasend ineinander verliebt und nach wenigen Monaten war klar, dass sie zusammenziehen und heiraten würden. Mom bläute mir ein, dass ich nett zu Peter sein sollte, was mich natürlich nur entschlossener machte, ihn nicht zu mögen. Aber das ist die Sache mit meinem Stiefvater – es ist unmöglich, ihn nicht zu mögen. Nur wenige Wochen vor unserem Umzug nach Primrose Hill gaben sie sich das Jawort. Die Leute hier hätten Peter ohne Weiteres akzeptiert, er ist schließlich ein hohes Tier in der Stadtverwaltung. Nur hatte er leider die falsche Familie im Schlepptau. Und daran hat sich bis heute nicht viel geändert.

Bevor wir nach Primrose Hill einfahren dürfen, müssen wir durch den Sicherheitscheck am Pförtnerhäuschen. Der Anblick der endlosen Mauer mit den unüberwindbaren Stacheldrahtspulen darauf, die sich rechts und links vom Pförtnerhäuschen um das ganze Viertel zieht, erinnert mich heute noch mehr als sonst an ein Gefängnis. Ich verstehe zwar nicht, warum, aber tatsächlich reißen sich die Leute darum, hier zu wohnen. Die Wartelisten sind ellenlang, manche Familien warten jahrelang auf ein Haus. Und das liegt nicht nur an den hübschen Villen und großzügig geschnittenen Grundstücken, sondern daran, dass man sich in Primrose Hill wirklich sicher fühlen kann: Hier gibt es schon seit Jahren Überwachungskameras, private Security, Nachbarn, die aufeinander achten – ein Fünfzigerjahre-Dorfidyll. Nur dass wir inzwischen 1988 haben.

Stuart, mein Lieblingswachmann, sitzt in dem Panzerglashäuschen und blickt von einem kleinen Schwarz-Weiß-Fernseher auf, als meine Mom mit dem Wagen heranfährt. Jede Wette, dass er gerade noch die Wiederholung des Baseballspiels von gestern Abend geschaut hat. Auf Stuarts Gesicht erscheint ein breites Grinsen. Er muss mindestens über sechzig sein, aber für mich ist er irgendwie alterslos, was vermutlich auch an seinem Sinn für Humor liegt. Zu Halloween verteilt er Süßigkeiten an die Kinder im Viertel, an Weihnachten verkleidet er sich als Weihnachtsengel mit goldenem Pappheiligenschein und Glitzerflügeln.

Mom winkt ihm lächelnd zu und er öffnet für uns die Schranke. Im Schritttempo fährt Mom hindurch.

Noch bevor Mom den Motor ausgeschaltet hat, springe ich aus dem Wagen. Ich brauche dringend ihre Tabletten! Gerade als ich den Weg zu unserem Haus entlanglaufe, öffnet Peter die Haustür.

»Was machst du denn hier?«, frage ich verblüfft. »Heute ist Donnerstag. Du arbeitest doch.«

»Wonach sieht's aus?«, fragt Peter mit einem schiefen Grinsen. Er hat sich Moms geblümte Kochschürze umgebunden, die an ihm eher wie ein lavendelfarbenes Babylätzchen aussieht. Sein weißer Hemdkragen ist mit roten Spritzern übersät. Da er kein Auftragskiller ist, sondern Beamter, tippe ich eher auf Tomatensoße als auf Blut. Peter wischt sich die Schweißperlen von seiner Glatze und lässt mich ins Haus. »Ich dachte, ich verbringe meine Mittagspause ausnahmsweise mal zu Hause. Es gibt mein berühmtes, höllenscharfes Chili.«

»Berühmt-berüchtigt wohl eher«, murmele ich und drängele mich an ihm vorbei. Meine Kopfschmerzen haben das letzte Stadium erreicht. Wenn ich jetzt nicht sofort die Tabletten nehme, geht der Scheiß mit dem Stimmenhören wieder los. Todsicher.

»Wie war die Beerdigung?«, fragt Peter. Schritte draußen auf dem Kies verraten mir, dass Mom und Noah bereits im Anmarsch sind.

»Na ja, wie eine Beerdigung eben«, antworte ich ungeduldig und laufe die Treppe nach oben. »Ich muss noch eben schnell etwas holen!«

»Beeil dich!«, ruft Peter mir hinterher. »Das Essen ist gleich fertig!«

Ich schließe mich im Badezimmer ein und schnappe mir den Zahnputzbecher. Während ich dabei zusehe, wie das Wasser aus dem Hahn schießt, muss ich wieder an Lucas denken. An seine grünen Augen, aber auch an das, was er gesagt hat. Was, wenn hinter den Stimmen, die ich höre, tatsächlich mehr steckt? Wenn ich nicht verrückt bin, sondern eine Gabe habe?

Ich drehe den Wasserhahn zu und starre auf den vollen Zahnputzbecher in meiner Hand. Eine *Gabe*, was für ein peinliches Wort. Aber ... falls Lucas recht hat und es etwas Besonderes mit den Stimmen auf sich hat, will ich das wissen. Entschlossen kippe ich das Wasser wieder ins Waschbecken.

Ich stochere angespannt in Peters Chili herum. Mein Kopf fühlt sich an, als würde er jede Sekunde explodieren. Es ist furchtbar, darauf zu warten, dass etwas passiert, was man eigentlich um jeden Preis vermeiden will. Gleichzeitig sehne ich herbei, dass *es* endlich passiert. Nur mit halbem Ohr höre ich zu, wie Mom und Noah meinem Stiefvater von der Demonstration erzählen. Zu meiner Erleichterung verzichtet Mom darauf, Camillas Armband zu erwähnen, obwohl es der eigentliche Grund dafür ist, warum wir anhalten mussten und überhaupt in die Demonstration hineingeraten sind.

»Und dann kamen die Polizisten«, sagt Noah.

Peter zieht beeindruckt die Augenbrauen hoch. »Und wie ging es weiter?«

»Keine Ahnung.« Noah zuckt die Achseln. »Die Demonstranten sind abgehauen.«

»Hätte ich an ihrer Stelle auch getan«, erwidert Peter trocken.

So schön es wäre zu glauben, dass Mom meinen Diebstahl für sich behalten wird, mache ich mir keine falschen Hoffnungen. Spätestens heute Abend, wenn Noah im Bett ist, wird sie Peter alles erzählen.

»Schmeckt es dir nicht, Harper?«, reißt Peter mich aus meinen Gedanken.

»Doch«, lüge ich. Tatsächlich habe ich während der gesamten Mahlzeit hauptsächlich ein paar Chilibohnen auf meinem Teller hin- und hergeschoben.

Mom wirft mir einen prüfenden Blick zu. »Seit zwei Wochen isst du nicht mehr richtig. Du machst doch nicht eine dieser idiotischen Diäten?«

»Quatsch!« Um sie zu beschwichtigen, schiebe ich mir schnell eine große Gabel voll Chili in den Mund. Ich kann ja schlecht zugeben, dass mir der Appetit vergangen ist, seit ich Stimmen höre. Oder dass ich befürchte, verrückt zu werden, und gerade austeste, ob ich nicht vielleicht doch eine Gabe habe, wie auch immer die vielleicht aussieht.

»Ich glaube, es liegt an Caleb«, sagt Noah. »Er und Harper sind ineinander verliebt.«

»Das ist Blödsinn!« Zu meinem Ärger werde ich jetzt auch noch rot. Ich liebe Caleb, das tue ich wirklich. Aber ich weiß nicht, ob ich ihn auch auf *diese* Art liebe, und ich bin aus verschiedenen Gründen nicht scharf darauf, es herauszufinden.

»Kein Blödsinn«, beharrt Noah mit der Altklugheit eines zwölfjährigen Sextherapeuten. »Alex hat mir erzählt, dass ...«

»Ich will nicht wissen, was Alex gesagt hat!«, unterbreche ich ihn hastig.

Um ehrlich zu sein, habe ich mir natürlich schon mal vorgestellt, wie es wäre, Caleb zu küssen. Ich bin auch nur ein Mensch und Caleb ist nicht bloß ein toller Typ, er sieht auch verdammt gut aus und ja, vielleicht könnte ich mich sogar in ihn verlieben. Aber die Frage ist doch: Wie ginge es danach weiter? Jetzt sind wir beste Freunde. Mal angenommen, wir würden zusammenkommen. Ganz ehrlich, ich glaube, dass das mit der großen Liebe eine Illusion ist. Ein paar Wochen oder Monate lang findet man sich gegenseitig ganz toll, schwebt auf Wolke sieben und will für immer zusammen sein. Und plötzlich sagt oder tut einer irgendetwas Dummes, man macht Schluss und kann sich nicht mehr in die Augen sehen. Und dann hätte ich meinen besten Freund verloren. Das ist mir das Risiko einfach nicht wert.

»Was ist denn mit dir, Noah?«, springt Peter mir bei. »Jetzt, wo die Sommerferien anfangen, hast du doch sicher ein kompliziertes, neues Wissenschaftsprojekt?« Er zwinkert mir verschwörerisch zu.

»Oh ja, ich lese gerade ein cooles Buch.« Noahs Augen leuchten. »Es geht um die Euler'sche Relation.«

Innerlich atme ich auf, Peters Ablenkungsmanöver hat offenbar funktioniert. Mein kleiner Bruder ist ein Genie. Keiner von uns zweifelt daran, dass er irgendwann den Nobelpreis gewinnen wird. Trotzdem mache ich mir oft Sorgen um ihn. Tatsache ist, dass zukünftige Nobelpreisträger in der Schule nicht allzu hoch im Kurs stehen. Ich hatte es – dank Camilla und ihrer Horrorfreundinnen – in der Primrose High schwer genug. Und ich bin nun wirklich nichts Besonderes ... zumindest war ich das vor zwei Wochen noch nicht. Noah hingegen ist einfach ... anders. Er ist lieb und sensibel und außergewöhnlich, aber eben auch schräg. Und wie ich heute auf der Beerdigung mitbekommen habe, muss er nicht mal etwas Schräges tun oder sagen, um zur Zielscheibe zu werden.

»Die Euler'sche Relation ist total interessant«, fährt Noah mit fast rührendem Eifer fort. »Ich meine, diese Formel verbindet trigonometrische und Exponentialfunktionen miteinander, und das durch komplexe Zahlen. Ist das nicht abgefahren?!«

»Okay, jetzt ist alles klar«, erwidert Peter mit todernster Miene und Mom lacht. Selbst ich muss grinsen. Auf einmal hellt sich Peters Miene auf, wie immer, wenn er eine Idee hat, die er selbst für grandios hält. »Was haltet ihr davon, wenn wir mal wieder ein ordentliches Barbecue auf die Beine stellen? Ich meine, ich habe letztes Jahr extra diesen Riesengrill gekauft.« Peter schaut uns erwartungsvoll an.

»Ja!« Noah ist begeistert. »Können wir die Pettersons einladen?«

Mom nickt lächelnd. »Ja, klar.« *Oh Gott, bitte nicht! Ich hasse Trish.*

Ich starre Mom fassungslos an. »Wie meinst du das?«

Sie blickt irritiert von ihrem Teller auf. »Du fragst mich, wie ich *Ja, klar* meine?«

»Äh, nein, natürlich nicht.« Die Gedanken in meinem Kopf überschlagen sich. Scheiße, was ist eben passiert?! Mom sieht mich an, als hätte ich den Verstand verloren, Noah schüttelt belustigt den Kopf, kaut jedoch weiter.

Harper ist manchmal echt schräg. Das ist seine Stimme. Aber er hat doch gar nichts gesagt – er kaut!

Auch Peter schaut mich kurz verwundert an. »Also, ich finde die Idee gut. Jim hat neulich gesagt, er hat da so eine neue, scharfe Marinade für Spare Ribs entdeckt.«

Mom lächelt ihm zu und nickt wieder. *Trish wird mich mit ihren Gottesdienstgeschichten zu Tode langweilen. Das wird ein Albtraum.*

Ich sehe, wie Mom die Lippen zusammenpresst. Gerade als ich mir sicher bin, dass ich verrückt werde, setzt mein Gehirn die Puzzleteile endlich zusammen: Sie hat das gerade nicht gesagt. Sie hat gar nichts gesagt. Ihre Lippen haben sich nicht bewegt und doch habe ich ganz deutlich ihre Stimme gehört.

Scheiße.

Diesmal ist es nicht wie bei dem Debattierwettbewerb vor zwei Wochen, kein Höllenlärm in meinem Kopf, keine Kakofonie und ich muss mich auch nicht übergeben. Klar, hier sitzen ja auch nur drei Menschen, denen ich beim Denken zuhören muss. Trotzdem fühlt es sich an, als würden die Wände um mich herum ins Wanken geraten. Außerdem habe ich so schreckliche Kopfschmerzen, dass es sich anfühlt, als könnte mein Gehirn jede Sekunde explodieren.

Peter verzieht das Gesicht und reibt sich mit der Hand über den Bauch. *Oh Mann, das Chili rumort ganz schön im Magen.*

Mein Blick fliegt zu Noah.

Ich frag Alex gleich, ob er sich heute mit mir treffen darf. Noah nimmt einen Schluck von seinem Saft.

Es ist, als stünde man am Straßenrand, während sich ein paar Meter weiter ein furchtbarer Autounfall abspielt. Ich selbst habe so was noch nie erlebt, aber es muss der absolute Horror sein. Der absolute Horror. Man will auf keinen Fall hinsehen, aber man kann einfach nicht anders.

Ich schaue wieder zu Peter.

Vielleicht hilft eine Magentablette.

»Kann ich nach dem Essen zu Alex?«, fragt Noah. »Wir wollen ein paar Chemieexperimente machen.«

»Natürlich.« Mom seufzt. »Aber jagt diesmal bitte nicht wieder alles in die Luft.« *Es reicht, wenn die Pettersons Harper für einen schlechten Umgang halten. Verdammt, warum kann sie sich nicht benehmen wie ein ganz normaler Mensch? Stattdessen klaut sie wieder, noch dazu auf einer Beerdigung.*

Ich springe hastig vom Stuhl auf und knalle mit voller Wucht gegen die Tischkante, Noahs Glas kippt um und dunkelroter Traubensaft ergießt sich über die Tischdecke. Meine Hüfte brennt.

»Harper?!« Peter sieht mich besorgt an. »Geht's dir nicht gut?« *Vielleicht war was mit dem Chili nicht in Ordnung. Oder die Beerdigung war zu viel für sie.*

Ich renne Richtung Tür, stürze die Treppe nach oben und schließe mich im Bad ein.

Mit zitternden Händen reiße ich die Tür des Medikamentenschranks auf und schlucke zwei von Moms Tabletten. Sie bleiben mir in der Kehle stecken und ich muss eine ganze Weile lang husten und würgen und einen Becher Wasser nachtrinken. Endlich bekomme ich die Mistdinger runter. Ich starre mein leichenblasses Gesicht im Spiegel an. Was für eine krasse Scheiße war das denn bitte gerade?!

3

Ich kann Gedanken hören. Ich kann wirklich Gedanken hören. Das ist nicht möglich, niemand kann das!

Reglos liege ich auf meinem Bett, die Kopfhörer meines Walkmans auf den Ohren, und starre auf die hellgrünen Plastiksterne, die Peter und ich vor vielen Jahren gemeinsam an die Zimmerdecke geklebt haben, damit mein siebenjähriges Ich nachts keine Angst mehr haben musste. Jetzt halte ich mich mit meinem Blick an den Sternen fest, um vor Aufregung nicht völlig durchzudrehen. Dazu höre ich das letzte Mixtape, das Caleb mir aufgenommen hat. Ich liebe diese Kassette. Eurythmics, Depeche Mode, Bon Jovi in wildem Mix auf der A-Seite, auf der B-Seite sind nur Frauen: Kate Bush, Diana Ross, Whitney Houston und natürlich Madonna. Gerade läuft *Who's that girl?* von ihr und die Frage stelle ich mir auch.

Wie oft habe ich in meinem Leben schon gedacht, dass ich gerne wüsste, was jemand denkt? Und eben ist mir genau das passiert. Klar, ich hatte dabei schreckliche Schmerzen und alles ging durcheinander. Aber abgefahren war es trotzdem. Ich bin nicht verrückt, sondern habe das, was Lucas vorhin auf dem Friedhof eine *Gabe* genannt hat.

Lucas. Beim Gedanken an ihn macht mein Herz Stolperschläge. Aber diesmal nicht, weil ich an seine grünen Augen denken muss. Sondern aus Angst. Er hatte geahnt, dass ich eine solche Gabe haben könnte, und er hat mich gewarnt. Als die Polizei kam, ist er geflohen. Was auch immer es mit meiner Gabe auf sich hat, es scheint ein dunkles Geheimnis darum zu geben. Und Lucas ist der Einzige, der vielleicht wissen könnte, was mit mir los ist. Warum ausgerechnet ich Gedanken lesen kann. Wie ich damit umgehen soll. Ich muss zu ihm. Nur: Wo findet man jemanden, der sich offenbar vor der Polizei versteckt?

Die Streichholzschachtel! Die meisten werden zu Werbezwecken benutzt, im Normalfall für Bars. Ich setze mich auf und ziehe die Schachtel etwas umständlich aus meiner Hosentasche:

Wir müssen reden. Jetzt.

Unter der hastig hingekritzelten Kugelschreiberschrift lässt sich aber noch der ursprüngliche Aufdruck entziffern:

Palace – Das beste Bier in Kill River
gibt's in der Oakstreet.

Oh Mann! Ausgerechnet Kill River!

In der Schule behaupten ständig irgendwelche Großmäuler, sie wären schon mal dort gewesen. Typen aus der Oberstufe, die damit angeben, sie hätten in einem Abrisshaus eine Party gefeiert, Drogen gekauft oder – huhu Gänsehautgrusel – einen Mord beobachtet. Aber im Grunde wissen alle, dass das Schwachsinn ist, nichts als dämliches Gelaber. Weil keiner, der in den besseren Vierteln von Eden City aufgewachsen ist, je den Arsch in der Hose hätte, sich in Kill River blicken zu lassen. Aber Lucas scheinbar schon. Wenn er die Schachtel aus dem Palace hat, kennt ihn dort vielleicht jemand.

Es klopft an die Tür. Ich drücke auf die Stopp-Taste des

Walkmans und würge damit Kate Bushs *Running Up That Hill* ab. »Harper?« Peter steckt seinen kahlen Schädel zur Tür herein und mustert mich besorgt. »Ich wollte bloß mal nach dir sehen. Ist alles okay?«

»Geht wieder. Mir war nur plötzlich so schlecht«, lüge ich und lege die Kopfhörer neben mich auf die Bettdecke.

»Entschuldige, das war meine Schuld.« Er legt seine Stirn in zerknirschte Falten. »Ich hätte nicht die neuen Chilischoten nehmen dürfen, die sind superscharf. Mein Magen hat auch verrücktgespielt.«

»Kein Problem«, erwidere ich. »Halb so schlimm. Ich bin schon wieder fit.« So lieb ich ihn auch habe, ich hoffe, ihm reicht das und er verschwindet gleich wieder.

»Okay«, sagt er und schweigt. Das macht er immer, wenn er das Thema wechseln möchte, aber nicht weiß, wie. Sieht so aus, als würde unser Gespräch noch eine ganze Weile dauern.

»Ja?«, frage ich ihn ermunternd. Ich muss das hier irgendwie beschleunigen.

»Ich dachte bloß ...« Er räuspert sich umständlich. »Ich hab dich gar nicht richtig gefragt, wie's dir seit der Beerdigung geht. Also, so wirklich. Das Alles muss dich sehr, äh ... ich meine ... mitgenommen haben ... psychisch ... und so.« Er zuckt hilflos die Achseln. Und obwohl ich Psychologen-Peter gerade überhaupt nicht gebrauchen kann, steigt ein warmes Gefühl in mir auf.

Das ist typisch mein Stiefvater. Er will immer wissen, wie es mir geht. Meine Mom gibt sich mit einem gekünstelten Lächeln und einem oberflächlichen »Alles gut« zufrieden. Peter hingegen lässt sich nicht abwimmeln. Wenn er das

Gefühl hat, dass etwas nicht stimmt, bohrt er so lange nach, bis man ihm sein Herz ausschüttet. Manchmal kommt er mir wie ein Agent vor, der für den langweiligsten Geheimdienst der Welt arbeitet. Seine einzige Mission: das Wohlergehen seiner Familie. Im Grunde ist er die ganze Zeit damit beschäftigt, Informationsbröckchen über uns zu sammeln, die jedem Außenstehenden komplett egal wären: *Wie gefällt deinem Bruder der Oboenunterricht? Hat deine Mom irgendwas über den anstehenden Gedenktag deines Vaters gesagt? Und was ist mit dir, Harper? Gibt's etwas, über das du reden möchtest?* Ohne Peters echtes Interesse an uns wäre unsere Familie aufgeschmissen. Er ist der emotionale Kleber, der uns zusammenhält. Vielleicht habe ich deswegen das Gefühl, dass ich ihm eine ehrliche Antwort schulde.

»Ich war nicht traurig«, sage ich. »Bei der Beerdigung, meine ich. Camillas Mom und ihr Stiefvater tun mir natürlich leid. Cherry war fix und fertig. Aber Camilla selbst war einfach nie besonders *nett.«* Die Untertreibung des Jahrhunderts.

Peter nickt langsam. »Trotzdem. Es ist wichtig, dass man seine Gefühle nicht unter den Teppich kehrt. Auch die nicht so guten. Hab ich gelesen«, setzt er beinahe verteidigend hinzu.

Peter hat ein ganzes Regal voller Psychoratgeber im Wohnzimmer stehen, die er regelmäßig aufstockt. Er arbeitet diese Bücher mit rührender Ernsthaftigkeit durch. Ich habe ihn schon mal dabei erwischt, wie er sich mit Textmarker und Lesebrille bewaffnet über *Die Kunst, einen Kaktus zu umarmen* beugte.

»Was ich eigentlich sagen will«, fährt er etwas unbeholfen fort. »Du weißt doch, dass du mit mir über alles reden kannst, oder?«

»Klar.«

»Also?« Peter sieht mich erwartungsvoll an. »Gibt es irgendwas, das dich beschäftigt?«

»Ehrlich gesagt«, beginne ich in vertraulichem Tonfall, »habe ich meine Tage gekriegt.« Falls es irgendein Thema auf diesem Planeten gibt, das meinem Stiefvater unangenehmer sein sollte als der weibliche Menstruationszyklus, ist es mir zumindest nicht bekannt. »Diesmal ist es schlimmer als sonst«, setze ich in leidendem Tonfall hinzu. »Die Krämpfe sind echt heftig.«

»Oh.« Peter stolpert beinahe rückwärts aus dem Zimmer. »Verstehe. Das ist ja ... tut mir leid, was ihr Frauen da durchmachen müsst.«

Sein Gesichtsausdruck ist dermaßen gequält, dass ich beschließe, ihm seinen Abschied zu erleichtern. »Musst du nicht langsam zurück ins Büro?«

»Ja, stimmt.« Peter wirkt unendlich erleichtert. »Ähm, gute Besserung, Harper! Wir sehen uns heute Abend.« Er schließt die Tür so schnell hinter sich, dass ich den jähen Luftzug im Gesicht spüre.

Ich atme tief durch. Lucas. Die Streichholzschachtel. Was soll ich machen? Falls Moms Tabletten so wirken wie die letzten Male, bin ich meine Kopfschmerzen erst mal los. Und die Gedanken anderer Leute vermutlich auch. Aber ich habe noch immer tausend Fragen und der Einzige, der sie mir möglicherweise beantworten kann, ist Lucas. Was, wenn die Polizei ihn auf dem Friedhof geschnappt und festgenommen hat? Dann werde ich nie erfahren, was er weiß und woher. Und wenn nicht? Sollte ich ihn schleunigst finden. Oder es zumindest versuchen.

Aber vorher muss ich noch etwas klären.

Ich mache das Fenster auf und klettere über den Schreibtisch nach draußen. Zwischen unserem Grundstück und dem der Pettersons steht ein knorriger Kastanienbaum, der unsere beiden Häuser miteinander verbindet. Caleb und ich haben als Kinder auf den Ästen eine Bretterplattform errichtet – die wir großspurig als unser *Baumhaus* bezeichneten. Die Bretter knarzen unter mir, als ich zu Calebs Zimmer rübergehe. Mit den Fingerknöcheln klopfe ich leise gegen seine Fensterscheibe. Caleb, der mit einem Buch auf dem Bett liegt, blickt sofort hoch. Er lächelt, als er mich sieht, legt sein Buch beiseite und kommt zu mir, um das Fenster zu öffnen.

»Ich brauche deine Hilfe«, sprudele ich los, sobald er mich hereingelassen hat. »Es ist wichtig. Aber auch nicht gerade im Sinne unserer Eltern.« Ich lächele ihn schief an.

»Okay.« Caleb sieht mich belustigt aus seinen warmen braunen Augen an. »Jetzt bin ich gespannt.«

Wir setzen uns nebeneinander auf die Kante seines Betts. »Ich brauche ein Alibi.«

»Was?« Caleb lacht. »Was hast du denn vor? Jemanden umbringen?«

»Ja, genau.«

Caleb stutzt. Sein Blick wird ernst, aber dann rempelt er mich grinsend mit der Schulter an.

Ich grinse zurück. »Nein, natürlich nicht. Aber ich muss heute Abend heimlich weg«, flüstere ich. »Meine Eltern dürfen davon nichts mitkriegen.«

»Was hast du vor?« Caleb mustert mich.

»Das kann ich dir nicht sagen.«

Er schweigt. Es gibt nur ein einziges, ungeschriebenes Gesetz unserer Freundschaft und das habe ich soeben gebrochen: Wir erzählen einander alles. Immer. Keine Ausnahmen. Ich fühle mich scheiße dabei, ein Geheimnis vor ihm zu haben. Aber was mit mir gerade passiert, kann ich ihm noch nicht erzählen. Nicht nur, weil Lucas mich davor gewarnt hat. Sondern weil Gedanken lesen zu können, etwas so Großes und Unmögliches ist, dass ich Angst vor dem Geheimnis habe, das sich dahinter verbirgt. Und auf keinen Fall will ich Caleb in Gefahr bringen.

»Es dauert nur zwei Stunden oder so.« Ich rede hastig, um mein schlechtes Gewissen zu verdrängen. »Ich erzähle Mom und Peter, dass ich mit dir Basketball spielen gehe und wir uns danach was am Tacowagen holen. Es wäre toll, wenn du deinen Eltern dasselbe sagen könntest. Nur für alle Fälle ...«

»Ich soll also für dich lügen?«, fragt er. »Ohne zu wissen, warum? Außerdem soll ich zwei Stunden lang allein am Basketballplatz rumhängen und Tacos essen, damit das Ganze nicht auffliegt?« Er hat seine Augenbrauen hochgezogen und den Kopf leicht schief gelegt.

»Äh ... ja.« Ich zucke entschuldigend mit den Schultern. »Die Tacos gehen natürlich auf mich!«

Ich kann das leise Summen des Aquariums hören, das neben Calebs Schreibtisch steht. Ein Glasbottich voller Goldfische, die, von oben unheimlich angestrahlt, ihre Kreise ziehen, während ihre Schatten über den Kies huschen. Ich kann Fische nicht leiden, aber Caleb liebt sie heiß und innig.

»Okay.« Seine Stimme klingt verändert. Besorgt. »Wann erzählst du mir, was los ist, Harper? Irgendwas stimmt nicht mit dir. Seit deinem Krabbencocktaildebakel während des Debattierwettbewerbs vor zwei Wochen bist du anders.«

Ich bin völlig überrumpelt. Scham mischt sich in meinen Schreck. Natürlich. Wie konnte ich so dumm sein zu glauben, ich könnte so etwas vor ihm verheimlichen, wenn schon meine Eltern gecheckt haben, dass ich mich merkwürdig benehme? Er ist mein bester Freund. Vermutlich kennt niemand mich so gut wie er. »Tut mir leid, Caleb«, antworte ich leise. »Ich würde dir gerne alles erzählen. Aber das geht noch nicht.«

»Warum nicht?« Er schaut mich an und ich spüre, wie wahnsinnig nah wir uns in all den Jahren gekommen sind. Jedes Haar auf seinem Kopf ist mir vertraut, jede Wimper, jedes Lachfältchen. Ich würde alles für ihn tun, aber ich werde ihn nicht in Gefahr bringen.

»Weil ich es selbst noch nicht verstehe«, erwidere ich ihm. »Ich muss erst noch mehr herausfinden.«

»Du musst erst herausfinden, was mit dir los ist?« Er klingt verletzt und blickt schnell auf seine Hände, die auf seinen Oberschenkeln liegen. »Das hört sich schräg an, Harper.«

»Ja, ich weiß. Aber ich meine es nicht böse, Caleb. Ich erzähl dir alles, nur eben noch nicht jetzt.«

Caleb stößt einen abgrundtiefen Seufzer aus und lächelt mich wieder an. »Okay, nur fürs Protokoll: Du bist unmöglich, Harper Green. Aber ich mach's.«

4

Je näher der Bus Kill River kommt, desto leerer wird er. Ein Fahrgast nach dem anderen steigt aus, bis ich als Letzte übrig bin. Es ist kurz nach sieben, ich sitze auf dem hintersten Platz und starre durch die verschmierte Fensterscheibe nach draußen, wo die vorbeiziehenden Straßen und Häuser immer hässlicher und verfallener werden. Schließlich hat der Bus die Endstation erreicht und die Wagentüren gleiten mit einem Zischen auf.

Ich stolpere nach draußen. Ein heißer, fauliger Kloakengestank schlägt mir entgegen, eine Mischung aus Hafenwasser, Müll und verwestem Fisch. Ich bleibe benommen auf dem Bürgersteig stehen. Am liebsten würde ich mir irgendwas vor Mund und Nase halten, doch ich kann mich gerade eben zusammenreißen. Ich ziehe einen kleinen Faltplan aus der hinteren Hosentasche. Die Oakstreet liegt nur drei Blocks in nördlicher Richtung.

Die Hitze des Tages hängt noch wie eine Glasglocke über dem Viertel, steigt flirrend vom Asphalt auf und staut sich in den schmalen Straßenschluchten. Früher war Kill River ein ganz normales Arbeiterviertel, bevor die Wirtschaftskrise kam und alles vor die Hunde ging. Wohin ich auch blicke, überall Verfall: Bruchbuden, brachliegende Wiesen, die von Hundescheiße übersät sind, leer stehende Geschäfte mit eingeworfenen Schaufensterscheiben. Ein paar Männer in Arbeitskleidung laufen an mir vorbei. Sie erinnern mich an Tommy, den hoffnungsvollen Hafenarbeiter aus Bon Jovis *Livin' On A Prayer.* Nur dass keiner von ihnen so aussieht, als würde zu Hause eine Gina auf ihn warten, an deren Seite alles erträglicher ist. Das hier ist die harte Realität von Eden City, Baby.

Reed hat vor seiner Wiederwahl als Bürgermeister groß herumgetönt, dass er seine Amtszeit dazu nutzen würde, in Kill River ordentlich aufzuräumen. Es gelte, den hartnäckigen, kriminellen Bodensatz der Gesellschaft auszumerzen. Als wären schlechte Bildung, Arbeitslosigkeit, Armut und Perspektivlosigkeit die Schuld der Leute selbst. Peter war richtig empört und dass, obwohl er stockkonservativ ist. Reed solle mal lieber versuchen, subventionierten Wohnungsbau und Sozialprojekte für Jugendliche auf den Weg zu bringen, statt den starken Mann zu markieren. Tatsächlich sind aber in der Bevölkerung viele der Meinung des Bürgermeisters. Für sie ist Kill River nichts weiter als ein Schandmal, das es aus dem Stadtbild von Eden City zu tilgen gilt.

Je länger ich durch die Straßen laufe, desto fremder fühle ich mich. Hier ist nichts wie in Primrose Hill oder am Square. Keine schicken Bars oder Burgerläden, keine Mädchen in Gymnastikanzügen, die auf ihren Rollerskates um Jungs herumkurven, keine niedlichen Kinder, die auf den Bürgersteigen Seil springen oder über Kreidekästchen hüpfen.

Eine Gruppe kopftuchtragender, munter plaudernder Frauen kommt mit Papiertüten bepackt vom Einkaufen. Kinder mit Schnoddernasen und geflickten Hosen flitzen über die Straßen und verschwinden in Hinterhöfen. Ein Punkerpaar mit grünem und rotem Irokesenschnitt und einem Gettoblaster neben seinen Füßen küsst sich leidenschaftlich auf offener Straße, mit Zunge und allem. Keiner hier wirkt so, als würde ihn kümmern, was seine Nachbarn über ihn denken. Sie leben einfach ihr Leben und tun, worauf sie Lust haben.

Ein paar Männer, die mir auf der Straße entgegenkommen, sehen allerdings ziemlich gefährlich aus. Sie mustern mich durchdringend, als wollten sie überprüfen, ob ich wirklich hierhergehöre. Dabei habe ich mich eigentlich gut vorbereitet: Mit meinen abgeschnittenen kurzen Jeans, dem schwarzen Tanktop und den abgewetzten Lederstiefeln sehe ich sicher nicht aus wie ein reiches Mädchen aus einer Gated Community. Nicht wie jemand, den es sich lohnen würde zu überfallen ... oder doch? Auf einmal bin ich mir da gar nicht mehr so sicher. War es ein Fehler, Caleb nicht zu erzählen, wohin ich unterwegs bin? Sollte dieser Abend in die Hose gehen und ich gefesselt und geknebelt in einer versifften Drogenhöhle landen, wird es keiner erfahren, bis man meine verschimmelten Überreste Monate später aus irgendeinem Müllcontainer klaubt. Okay, positiv denken ...

Ich muss nicht lange herumsuchen, bis ich das Palace gefunden habe. Eine schäbige Eckkneipe mit einem blinkenden neonpinken Leuchtschriftzug, der jedem Vorbeilaufenden ein aufgekratztes *Bier!, Bier!, Bier!* entgegenschreit. Als Sechzehnjährige ist das Betreten einer Bar für mich eigentlich verboten, aber ich glaube nicht, dass das hier jemanden interessiert.

Mit einem Ruck ziehe ich die schwere Holztür auf. Sofort

schlägt mir der muffige Geruch nach Bierdunst und altem Pommesfett entgegen. Im Hintergrund spielt blecherne, synthesizerlastige Popmusik, eine wilde Coverversion von *Tainted Love.* Ein Typ mit groß karierter Flanelljacke fuhrwerkt energisch an einem klimpernden Spielautomaten herum, während an den übrigen Tischen nicht mehr ganz taufrische Männer vor ihrem Feierabendbier sitzen.

Mit einem Schlag ist es wie in einem alten Western, wenn der Held den Saloon betritt. Alle starren mich argwöhnisch an, nur um sich gleich darauf wieder umzudrehen und mich demonstrativ zu ignorieren. Entschlossen steuere ich auf die Theke zu, hinter der eine Frau Gläser spült. Ihr hellbraunes Haar ist mit Tonnen von Haarspray zu einer voluminösen Lockenfrisur geformt. Die Frau trägt knallenge Bluejeans, eine tief ausgeschnittene, rot-weiß-gepunktete Bluse und an ihren Armen klirren tausend Silberarmreifen. Soweit ich sehen kann, ist sie die einzige Frau im Palace. Vor ihr am Tresen sitzt ein alter Mann mit traurig herabhängendem Schnurrbart, der sich an seinem Glas festklammert und aussieht, als könnte er jeden Moment vom Stuhl rutschen.

»Haste dich verlaufen?«, fragt die Wirtin, ohne aufzublicken, während sie ein Spültuch in ein tropfendes Bierglas stopft. Aus der Nähe sehe ich, dass sie mindestens sechzig sein muss. Ihr Haaransatz ist grau und in ihren tiefen Falten haben sich Make-up-Reste gesammelt.

»Ich suche jemanden ...« Es ist ganz schön schwer, sich nicht wie eine komplette Vollidiotin vorzukommen, wenn man so einen Satz sagt.

»Ach ja?« Sie spült weiter ab und gähnt herzhaft.

»Er heißt Lucas«, fahre ich fort und versuche, selbstbewusst zu klingen. »Schwarze lockige Haare, schwarze Lederjacke, schlank, ziemlich groß, ungefähr in meinem Alter.«

»Tut mir leid, Schätzchen.« Endlich schaut mich die Wirtin an und verzieht das Gesicht zu einem Lächeln, das wohl bedauernd sein soll. Ihr roter Lippenstift hat auf ihre Zähne abgefärbt. »Einen Lucas hab ich hier noch nie gesehen. Vielleicht hast du ja woanders mehr Glück. Ich wünsche dir noch einen schönen Tag.« Die Art, wie sie ihr Sprüchlein herunterleiert, verrät mir, dass ich wohl nicht die Erste bin, die in ihre Kneipe kommt und blöde Fragen stellt.

»Bitte«, versuche ich es noch einmal, »ich muss unbedingt mit ihm reden. Es ist wirklich wichtig. Er ist ein Freund von mir.«

Die Wirtin schweigt.

»Martys neuer Junge«, höre ich von rechts. Es ist der traurige Schnurrbart.

»Halt die Klappe!«, faucht die Wirtin ihn an, woraufhin er den Kopf einzieht wie eine verschreckte Schildkröte.

»Und wo finde ich diesen Marty?«, frage ich ihn. Doch der Mann schüttelt nur stumm den Kopf und wischt sich beschämt die Bierschaumreste aus dem Schnurrbart.

»Schluss jetzt, Kleine!« Die Stimme der Wirtin ist nur ein leises Knurren.

»Alles okay, Mom? Gibt's Ärger?« Der Typ mit der karierten Flanelljacke, der gerade noch am Spielautomaten stand, dreht sich abrupt zu uns um. In seinen stumpfen Augen blitzt brutales Interesse auf, eine primitive Hoffnung auf Abwechslung.

»Nein, ist schon okay, Georgie.« Die Wirtin winkt müde ab und die Silberreifen an ihren Armen klirren. Grummelnd wendet sich Georgie wieder dem Automaten zu, doch aus dem Augenwinkel kann ich sehen, dass er mich beobachtet. Ich fange an zu schwitzen.

Die Wirtin mustert mich kühl. »Ich geb dir mal einen guten Rat, Kleine: Hau ab und lass dich hier nie wieder blicken! Wir mögen in Kill River keine Touristen. Besonders kein verwöhntes Töchterchen aus reichem Haus, das sich mal bei uns in der Gosse umsehen will.«

Ich merke, dass ich rot werde, und mein erster Impuls ist zu protestieren, doch ihr Blick ist so stahlhart, dass ich nur nicken kann und so schnell wie möglich aus der Kneipe hinausstolpere.

Hinter mir brandet raues Gelächter auf. Keine Ahnung, ob es etwas mit mir zu tun hat oder nicht und es ist mir auch egal. Das Letzte, was ich gebrauchen kann, ist, dass die Leute mich für so eine Art Elendstouristin halten.

Ich werfe einen Blick auf die Uhr, es ist kurz nach acht. Das heißt, ich habe noch ungefähr eine Stunde, bevor meine Eltern mich zurückerwarten. Gleichzeitig wird mir klar, warum die Wirtin auf Anhieb wusste, dass ich nicht hierhergehöre. Ich trage die teure Markenuhr, die ich zu meinem sechzehnten Geburtstag geschenkt bekommen habe. Okay, da hätte ich mir auch gleich einen Zettel auf die Stirn kleben können: *verwöhntes, reiches Mädchen.* Hastig streife ich das verräterische Ding ab und stopfe es in meine Hosentasche.

»Bitte, sei nicht so. Ich brauch dich!«, winselt eine Männerstimme auf der anderen Straßenseite. Sie gehört zu einem übergewichtigen Typen mit verschwitztem Haarkranz. Er steht vor einem Waschsalon mit kaputter Fensterscheibe, der schon vor Jahren dichtgemacht haben muss, und redet auf ein hübsches Mädchen ein. Sie hat Dreadlocks und trägt einen sehr kurzen, sehr engen Jeansrock. Vielleicht eine Prostituierte, schießt es mir durch den Kopf. Gleich darauf komme ich mir bescheuert vor. Was soll das denn für ein beknacktes Vorurteil sein? Als müsste jedes sexy gekleidete Mädchen, das sich in Kill River mit einem älteren Kerl herumstreitet, automatisch eine Prostituierte sein. Jedenfalls ist das Gesicht des Mannes knallrot angelaufen und er gestikuliert wild, während er auf sie einredet. Im Gegensatz dazu steht das Mädchen so ungerührt und reglos da wie eine Statue. Schließlich reicht es ihr. Sie macht eine einzige müde Handbewegung, nachlässig, als würde sie eine Fliege verscheuchen. »Verpiss dich!«

Er zuckt zusammen, schlagartig ändert sich seine Körperhaltung. »Was glaubst du eigentlich, wer du bist, Zoe?!« Auf einmal wirkt er gar nicht mehr jämmerlich, sondern äußerst bedrohlich. Er packt sie grob an den Schultern und schüttelt sie.

Verdammt. Nervös blicke ich mich um, aber natürlich ist die Straße gähnend leer, niemand in der Nähe, der eingreifen könnte. Niemand außer mir. Das Mädchen versucht, sich loszumachen, verpasst dem Kerl ein paar ziemlich schmerzhaft aussehende Tritte, die er jedoch gar nicht zu spüren scheint. »Dir ist alles egal, oder?«, schreit er sie an. »Es kümmert dich einfach nicht, du Miststück!«

»Hey!« Ich renne über die Straße und bleibe kurz vor den beiden stehen. »Lass sie in Ruhe!«, befehle ich ihm, »oder ...« Oder was? Was werde ich tun? Meinen nicht vorhandenen

Elektroschocker auspacken? Oder dem Kerl meine Finger in seinen Irgendwaspunkt am Hals bohren wie Doktor Spock in Star Trek? »... oder ich rufe die Polizei!«, beende ich den Satz ziemlich lahm und deute in Richtung einer verfallenen Telefonzelle drei Häuser weiter.

Beide starren mich an, als hätte ich den Verstand verloren. »Bist du bescheuert?«, fragt der Typ ungläubig. Immerhin lässt er das Mädchen los.

Jetzt aus der Nähe kann ich seine Verzweiflung buchstäblich riechen: beißender Schweiß, vermischt mit Eau de Cologne. Mit einem Mal stürzt er auf mich zu und holt zu einem Faustschlag aus. Ich ducke mich weg. Scheiße, ich wünschte, ich könnte mich an irgendwas aus meinem Judounterricht erinnern, aber der ist viel zu lange her.

Der Typ geht schon wieder auf mich los, sein Gesicht ist wutverzerrt. Da fällt mir doch noch etwas ein. Ich packe ihn am rechten Oberarm, drehe mich ein und schleudere ihn über meine Hüfte zu Boden, sodass er platt und nach Luft ringend auf dem Rücken liegt. Das Mädchen versetzt ihm einen wohlplatzierten Tritt in die Nieren.

»Das wird euch noch leidtun!«, stößt er keuchend hervor. Als Zoe jedoch einen schnellen Schritt auf ihn zumacht, rappelt er sich hastig auf und schleppt sich fluchend und schimpfend davon.

»So ein Vollidiot!« Zoe sieht ihm verächtlich nach. Er verschwindet um die nächste Hausecke und Zoes Blick fällt auf mich. Sie kann höchstens ein paar Jahre älter sein als ich, doch ihre Gesichtszüge wirken hart und argwöhnisch. »Die Polizei, ja? Etwas Blöderes hättest du dir nicht einfallen lassen können.«

Langsam fange ich an zu bereuen, dass ich mich für sie eingesetzt habe. Ich meine, ich wollte ihr bloß helfen, und sie sieht mich an, als wäre ich irgendetwas Ekliges an ihrem Schuh.

»Ich suche jemanden«, sage ich so forsch wie möglich. »Er heißt Lucas.«

Zoe zieht fragend die Augenbrauen hoch. Offenbar sagt ihr der Name nichts.

»Er arbeitet für Marty. Also, hab ich gehört«, setze ich hinzu und hoffe, dass sie mit dieser Information was anfangen kann.

»Du bist also ein Junkie.« Jetzt wirkt sie hellwach, fast interessiert. »Aber reich.« Sie mustert mich scharf und ich spüre, wie mir unter ihrem forschenden Blick das Blut in den Kopf schießt. »Wie kommst du darauf?«, frage ich verblüfft. Ich habe die Uhr doch schon eingesteckt! Was an meinem Outfit ist denn bitte noch verräterisch?

»Die Jeans hast du schon abgeschnitten gekauft«, fährt sie fort, als hätte sie meine Frage gehört. »Teurer Haarschnitt. Und du hast von nichts eine Ahnung. Lass mich raten: Primrose Hill?«

Verdammt. Nicht aufzufallen, ist wohl nicht meine Stärke.

»Du hast recht.« Vermutlich ist es am besten, einfach mitzuspielen. »Ich brauche was. Von Marty.«

»Und das ist mein Scheißproblem, weil ...?«, fragt sie gedehnt.

Ich schäme mich für das, was ich jetzt tue, ganz ehrlich, aber einen Versuch ist es wert. Also krame ich die zerknitterte Zwanzig-Dollar-Note aus meiner Hosentasche hervor, die ich extra mitgenommen habe, nur für den Fall, dass ich wie jetzt in einen abgedroschenen Gangsterfilm gerate, und halte ihn ihr hin.

Sie schürzt verächtlich die Lippen und ich rechne fest damit, dass sie mich gleich schallend auslachen wird. Stattdessen nimmt sie mir den Schein aus der Hand und stopft ihn sich mit der größten Selbstverständlichkeit in ihr Dekolleté. »Du musst zum alten Fischmarkt.« Mit einem ungeduldigen Rucken ihres Kinns weist sie in die Richtung, in der ich den Hafen vermute. »Marty läuft da um diese Zeit rum und macht Geschäfte. Wenn du nicht völlig dumm bist, kannst du ihn eigentlich gar nicht verfehlen.« Damit blickt sie demonstrativ in eine andere Richtung und ich verstehe den Wink. Es ist Zeit, dass ich mich verziehe.

Am Kai ankern Frachtschiffe und Container stapeln sich wie riesige bunte Bauklötze auf den Rampen. Ich gehe weiter und erreiche endlich den Fischmarkt. Hier herrscht lebhaftes Treiben, die rauen Schreie der Fischhändler dröhnen über den Platz, Leute drängen sich an den Ständen und Buden.

Hat diese Zoe Witze gemacht oder wollte sie mich verarschen? Wie zur Hölle soll man hier irgendwen finden? Wenn Marty nicht gerade einen Stand betreibt mit dem Schild *Frische Drogen*, habe ich keine Ahnung, wie ich ihn erkennen soll. Nervös schiebe ich mich an den Passanten vorbei und mustere jeden einzelnen Stand vor mir.

Da sind die Fischverkäufer mit ihren groben Händen und roten Gesichtern. Neben ihnen auf dem Boden stehen mit Eis gefüllte Styroporkisten, aus denen sie ihre Ware auf riesige, nasse Holztische wuchten: ausgenommene Fische mit glasigen Glotzaugen. Ich weiß schon, warum ich die Viecher nicht mag. Selbst wenn sie tot sind, fühlt man sich von ihnen beobachtet.

Der strenge Fischgestank vermischt sich mit Abgasen, dem Geruch nach Frittiertem und anderen Sachen, die ich gerade nicht einordnen kann. Denn obwohl der Platz *Alter Fischmarkt* heißt, wird hier nicht bloß mit Fisch gehandelt, sondern mit allem Möglichen. Da ist ein hagerer grauhaariger Typ, der gelangweilt auf einem Plastikklappstuhl hockt und Elektrogeräte anbietet: Radios, Walkmen, Videorekorder. Ein übergewichtiges Paar mit identischem blondem Topfhaarschnitt verkauft Billigkleider. Es gibt einen ganzen Stand nur mit gefälschten Gucci-Sonnenbrillen. Aber nirgendwo jemanden, der wie ein Marty aussieht.

Ratlos schaue ich mich weiter um: Arbeiter schleppen Kisten an mir vorbei, Zigarettenstummel klemmen in ihren nach unten gebogenen Mundwinkeln. Ein Obdachloser bückt sich schwankend nach einer Münze auf dem Boden. Ein Besoffener kotzt in eine Ecke. Eine Frau mit zerrauftem orangeroten Haar verpasst einer gepiercten Kahlköpfigen eine Ohrfeige.

Verdammt, es ist Zeit umzukehren! Ich muss dringend nach Hause. Wahrscheinlich komme ich jetzt schon zu spät.

Je weiter ich gehe, desto spärlicher werden die Stände. Hier reihen sich nur noch ein paar alte, verrammelte Imbisswagen aneinander, die aussehen, als wären sie seit zehn Jahren nicht mehr benutzt worden.

Quietschend geht eine der Türen auf und ein spindeldürrer Typ taumelt aus einem der Imbisswagen heraus. Er zittert am ganzen Körper, schüttelt kurz den Kopf, lacht und stolpert mit einem leeren Lächeln im Gesicht davon. Er sieht aus, als stünde er unter Drogen. Mit etwas Glück hat er sein Zeug gerade bei Marty gekauft und meine Suche hat ein Ende!

Die blaue Farbe an der verrammelten Vorderseite des Imbisswagens blättert ab, doch man erkennt noch die alte Aufschrift: *Maritime Köstlichkeiten.* Aus dem Nichts prescht ein riesiger Rottweiler auf mich zu. Sein muskulöser Körper vibriert, als er zwei Meter vor mir stehen bleibt und mich anknurrt.

Scheiße.

Ich sehe mich Hilfe suchend um. Doch die wenigen Passanten, die vorbeilaufen, ignorieren mich komplett. Das muss eine von Kill Rivers fundamentalen Wahrheiten sein: Wenn man Hilfe braucht, ist die Straße immer leer, auch wenn sie es nicht ist.

Der Hund kommt knurrend näher, seine hochgezogenen Lefzen enthüllen spitze Zähne und er fixiert mich unbarmherzig. Aus dem Augenwinkel suche ich die Umgebung fieberhaft nach irgendetwas ab, das ich als Waffe benutzen kann. Aber ich habe Angst, dass mir das Biest bei der geringsten Bewegung an die Kehle springt. Also bleibe ich stehen und versuche, mich nicht mehr zu bewegen. Was soll ich jetzt tun? Dem Hund in die Augen schauen, um meine Dominanz zu zeigen? Oder lieber weggucken, um ihn nicht zu provozieren? Mist, warum lernt man so was nicht in der Schule?

»Was ist denn los, Bean?« Hinter dem Imbisswagen taucht ein blasses Mädchen auf, das einen abgenutzt aussehenden Baseballschläger in der Hand wiegt. Nach einem kurzen

Blick auf den Hund taxiert sie mich mit ihren hellblauen Augen. »Was hast du hier zu suchen?«

Sie ist jünger als ich, vielleicht vierzehn. Ihre Haut ist so blass, dass man die blaue Ader sehen kann, die sich wie eine wütende Schlange an ihrer Schläfe entlangwindet. Sie sieht aus wie eine gruselige Kinderversion von Harley Quinn aus den Batman-Comics.

»Hey, du da, ich rede mit dir!« Um ihren Worten Gewicht zu verleihen, lässt sie den Schläger auf den Boden niedersausen. Ein Kind mit einem Baseballschläger, das vor dem Imbisswagen eines Drogendealers herumlungert. Mein Tag wird immer absurder.

»Ich will zu Marty«, sage ich so leise wie möglich und warte darauf, dass die Kleine ihren Killerhund zurückruft.

»Oh, ich will auch ganz viele Sachen«, höhnt sie in einem albernen Kleinmädchensingsang. Sie schwingt den Baseballschläger durch die Luft auf eine überdrehte Art, wie das vielleicht eine Musicaldarstellerin mit einem Regenschirm machen würde. Mir kommt der beunruhigende Gedanke, dass sie vielleicht noch durchgeknallter ist als die Comic-Harley-Quinn.

»Tammy?« Quietschend öffnet sich die Tür des verrosteten Imbisswagens und ein Mann mit strähnigem rotem Bürstenhaarschnitt und verlottertem Anzug tritt heraus. »Nanu, haben wir einen neuen Gast?«

»Sie ist nicht von hier«, faucht das Mädchen.

»Hey, Tammy, sei höflich!« Der Typ hebt mahnend eine Augenbraue, woraufhin Tammy sofort verstummt. Ihre Lippen sind fest zusammengepresst zu einem blutleeren Strich des Unwillens.

»Also?«, fragt er mich.

»Bist du Marty?«, erwidere ich so cool wie möglich.

»Und wenn ja? Was willst du von mir?«, entgegnet er kühl.

»Es geht um den neuen Jungen, der für dich arbeitet. Lucas. Ich muss mit ihm sprechen. Er –«

»Ich hab immer gewusst, dass man dem Kerl nicht trauen kann!«, unterbricht Tammy mich. »Von uns erfährst du gar nichts!«

Am liebsten würde ich ihr jetzt irgendwas Schlaues oder zumindest echt Cooles erwidern, aber mir fällt nichts ein. Dafür erinnere ich mich an meine neue Fähigkeit. Klar, ich hab die Tabletten genommen, aber vielleicht kann ich ja auch Gedanken lesen, wenn ich keine Kopfschmerzen habe? In Filmen konzentrieren sich die Figuren mit Superkräften immer auf den anderen und fragen, was sie wissen wollen. Also mache ich es genauso. Ich starre Tammy an und lege meine Fingerspitzen an die Schläfen. *Wo ist Lucas?*, frage ich sie in Gedanken.

Tammy runzelt die Stirn und schaut mich an, als wäre ich total bescheuert. »Alles okay mit dir?«

Ich pfeife drauf, wie mein Anblick auf sie und Marty wirken muss, und versuche es noch mal. Ohne Vorwarnung stürzt Tammy sich auf mich und schlägt mir den Baseballschläger in den Magen. Der Schlag brennt und mir bleibt die Luft weg. Hustend und würgend krümme ich mich zusammen. Scheiße, was soll das denn?!

»Du bist ja total verrückt, du Freak!« Tammy holt ein zweites Mal aus. Schmerz explodiert in meinem linken Knie. Ich gehe zu Boden wie ein nasser Sack und winde mich auf den dreckigen Pflastersteinen. Aus dem Augenwinkel sehe ich, wie ihr Baseballschläger ein weiteres Mal auf meine Beine niedersaust. Ich brülle mir die Seele aus dem Leib. Die Schmerzen katapultieren mich aus der Realität in eine andere Dimension. Ein gnadenloser Strudel droht mich in die Bewusstlosigkeit hinabzureißen.

Mit aller Macht kämpfe ich dagegen an. Jetzt bloß nicht ohnmächtig werden! Ich habe jedes Zeitgefühl verloren, keine Ahnung, ob Sekunden, Minuten oder Tage vergehen, bis ich überhaupt wieder etwas von dem mitkriege, was sich um mich herum abspielt. Aber immerhin lässt Tammy mich in Ruhe. Wie durch einen verschwommenen roten Schleier hindurch kriege ich mit, dass Marty etwas zu Tammy sagt, das wie ein Befehl klingt. Daraufhin verschwindet sie.

Marty schlendert auf mich zu und beugt sich über mich. Ich sehe, wie seine feucht glänzenden Lippen sich bewegen, verstehe aber kein Wort. Da ist ein Dröhnen in meinen Ohren, Wort- und Gedankenfetzen wirbeln in meinem Gehirn wild und unzusammenhängend durcheinander, ohne irgendeinen Sinn zu ergeben. Der Strudel zerrt immer noch an mir, bis ich mich gewaltsam ins Hier und Jetzt zurückzwinge.

Leider kommt Tammy wieder. Lucas folgt ihr. Gott sei Dank, ich hab ihn gefunden! Er ist hier.

»Da ist deine Freundin.« Mit einem Nicken weist Tammy auf mich. »Willst du ihr nicht Hallo sagen?«

Ich versuche, mich aufzurichten, aber die Schmerzen sind zu heftig. Mehr als zu Lucas aufschauen kann ich nicht.

»Sie ist nicht meine Freundin«, sagt er ausdruckslos.

»Bullshit!«, faucht Tammy.

»Du willst also behaupten, dass du sie nicht kennst?«, schaltet sich Marty ein.

»Das habe ich nicht gesagt«, erwidert Lucas ruhig. »Ich kenn sie. Wir hatten mal ein Date. Aber es war ziemlich öde. Keine Ahnung, was sie von mir will.«

»Das ist doch gelogen!« Tammy stampft mit dem Fuß auf.

»Ein Date. Mit der da?« Marty mustert mich amüsiert. »Wolltest du sie beeindrucken? Hast den harten Kerl markiert und damit angegeben, dass du für mich arbeitest?«

Lucas zuckt die Achseln.

»Er hat sich tierisch aufgespielt«, stoße ich unter Qualen hervor. »Hat behauptet, er wär 'ne große Nummer in Kill River.«

Lucas sieht mich zum ersten Mal direkt an und unsere Blicke treffen sich. Ein rätselhafter Ausdruck liegt in seinen grünen Augen: Verblüffung? Respekt? Mitgefühl?

Marty geht neben mir in die Hocke. Instinktiv versuche ich, von ihm wegzukriechen, da legt er fest die Hand auf mein linkes Knie. Rasender Schmerz lässt mich aufschreien.

Völlig ungerührt greift Marty in die Hosentasche meiner Jeans und fördert neben dem kleinen Faltplan, meiner Uhr und der Busfahrkarte auch meinen verwaschenen Schülerausweis zutage. Ich hab das Mistding wochenlang gesucht und offenbar in meiner Hosentasche vergessen. Er steckt wortlos die Uhr ein und wirft einen kurzen Blick auf meinen Ausweis. »Okay, Harper Green aus der Sterling Street«, liest er mit einem humorlosen Lächeln vor. »Ich weiß jetzt, wo du wohnst. Sollte die Polizei in den nächsten Tagen bei mir auftauchen, bekommst du Besuch von meinen Leuten.

Und denen ist es egal, dass du in einer Gated Community lebst. Sie finden dich. Hast du das verstanden?«

Ich nicke schnell.

Mit dem Seufzer eines viel beschäftigen Mannes, der sich schon zu lange mit Kleinigkeiten herumschlagen musste, steht Marty auf und fährt sich durch sein strähniges Haar. »Okay, Lucas, schaff sie weg! Und sorg dafür, dass sie hier nie wieder auftaucht!« Mit diesen Worten geht er auf seinen ausrangierten Imbisswagen zu. Er schnippt mit den Fingern und Tammy folgt ihm maulend. Zum Glück zieht sie Bean am Halsband hinter sich her.

Als die drei endlich im Imbisswagen verschwunden sind, beugt sich Lucas besorgt über mich. »Sie hat dich ganz schön erwischt, was?«

Mehr als ein zustimmendes Krächzen bringe ich nicht heraus.

»Keine Angst, Harper. Leg einfach die Arme um mich, okay?«

Ich umfasse mit zittrigen Händen seinen Hals. Meine Finger berühren die kühle Haut seines Nackens, als er mich unter den Achseln packt und vorsichtig aufrichtet. Doch bei dem Versuch, meine Beine zu belasten, durchzuckt greller Schmerz meinen Körper. Mit einem Schlag ist der Strudel wieder da, größer und wilder als zuvor, und diesmal reißt er mich mit sich.

5

Ich knie zusammengekauert in der engen, stickigen Dunkelheit und presse meine Hand auf den Mund des Kleinkinds, das ich fest an mich gezogen habe. Sei still, flehe ich stumm, sei bitte still! Das Gebrüll eines Mannes dröhnt durchs Treppenhaus. Ich weiß nicht, wer er ist. Ich weiß nur, dass ich furchtbare Angst vor ihm habe. Seine polternden Schritte kommen die Treppe hoch. Mein Herz hämmert wie verrückt. Er darf uns nicht finden, denn wenn er das tut, sind wir verloren. Ich drücke meine Hand noch fester auf das heiße, tränennasse Gesicht des kleinen Kindes. Es windet sich unter meinem Griff, seine Händchen versuchen, meine Finger wegzuziehen. Die Schritte des Mannes kommen unaufhaltsam näher. Blut rauscht in meinen Ohren. Das Kind windet sich verzweifelt. Wenn ich es jetzt nicht loslasse, wird es ersticken und das will ich nicht. Also schließe ich die Augen und nehme die Hand von seinem Mund. Gleich wird es anfangen zu brüllen. Und dann wird der Mann uns töten.

Der Schmerz wird vor mir wach. Und er ist so brutal, dass ich einfach nur zurückkriechen will in die Bewusstlosigkeit.

»Harper?« Lucas' Stimme ist ganz nah.

Ich schlage die Augen auf und mir wird klar, dass ich halb auf dem Bürgersteig liege und halb an seiner Schulter lehne. Um mich herum ist es dunkel und alles dreht sich: die düsteren Häuserfassaden, ihre gelblich erleuchteten Fenster, die Müllcontainer neben mir. Sogar der Boden schwankt. Neben den brüllenden Schmerzen in meinem Bein wird mir jetzt auch noch kotzübel.

»Scheiße!«, stoße ich hervor.

»Alles okay?« Lucas legt den Arm um meine Schulter. Wahrscheinlich weil er denkt, dass ich gleich umkippe. Wir sind in einer dreckigen Seitengasse gelandet, überall liegen Glasscherben und aufgerissene Müllbeutel herum und es stinkt durchdringend nach Urin.

»Es tut mir leid, was passiert ist.« Lucas sieht mich mitfühlend an. Sein Gesicht ist meinem sehr nahe und ich spüre die Wärme seines Oberarms hinter meinem Nacken. »Wie geht es dir?«

Ich wünschte, ich wäre cooler in solchen Situationen. Ich war noch nie einem Jungen so nah wie Lucas jetzt, nicht mal Caleb. Und klar, Lucas ist nett und sieht toll aus, aber ich kenne ihn kaum. Außerdem habe ich im Moment wirklich andere Probleme.

»Geht schon«, beantworte ich seine Frage nicht gerade wahrheitsgetreu. Vorsichtig versuche ich, mich aufzurichten, doch sofort schießt mir neuer Schmerz das Bein hoch. Ich sacke mit einem Wimmern zurück. Mein Bein ist zur doppelten Größe angeschwollen, der Stoff meiner Jeans ist zum Platzen gespannt. Diese irre Tammy hat es mir anscheinend nicht bloß gebrochen, sondern regelrecht Kleinholz daraus gemacht.

»Du musst hier weg.« Die ruhige Sachlichkeit, mit der Lucas das sagt, lässt den Satz zwar vernünftig klingen, aber das ist er nicht. Zum einen kann ich nicht laufen. Und zum anderen ist es bereits dunkel. Mom und Peter drehen mittlerweile vermutlich durch, weil ich immer noch nicht zu Hause bin. Wenn sie erfahren, dass sie mich im Krankenhaus abholen müssen, weil ich in Kill River verprügelt wurde, werde ich das kommende halbe Jahr in meinem Zimmer verbringen dürfen.

Und dann ist da ja auch noch Caleb. Scheiße! Ich wette, Mom war schon längst bei den Pettersons drüben und hat ihn ins Kreuzverhör genommen. Jetzt fühle ich mich noch schlechter als eben.

»Hey, mach dir keine Sorgen.« Lucas lächelt mich aufmunternd an. »Ich kann dich heilen.«

Heilen? Er? Mich? »Wovon redest du?«

»Ich kann dir die Schmerzen nehmen.« Er zögert. »Natürlich nur, wenn du willst.«

»Und wie?« Ich grinse schwach. »Mit Handauflegen und Abrakadabra? Du bist lieb, Lucas, aber ich muss ins Krankenhaus.«

Er schüttelt den Kopf. »Harper. Was glaubst du denn, wie ich auf den Gedanken gekommen bin, dass du vielleicht eine Gabe haben könntest?«

Ich starre ihn an. Ganz, ganz langsam klackert was in meinem Kopf. Weil er auch eine Gabe hat? Meint er das? Das wäre ja total abgefahren ...

Lucas nickt lächelnd. Falls er nicht auch Gedanken lesen kann, hat mein Gesichtsausdruck wohl Bände gesprochen. »Genau. Das ist meine Gabe oder wie auch immer wir es nennen wollen. Ich kann heilen. Und ich weiß, wie verrückt das alles klingt, auch das, was ich auf dem Friedhof gesagt habe.«

Mal abgesehen davon, dass der Schmerz in meinem Bein jeden klaren Gedanken überlagert, fühlt es sich seltsam an, plötzlich über meine Erfahrung zu reden. Was ich zu Hause am Esstisch erlebt habe, hat mich wahnsinnig aufgewühlt. »Nein. Also, ich meine, doch. Es klang erst mal seltsam. Ich hab zuerst gar nicht verstanden, was du meinst. Aber zu Hause dachte ich, ich lasse es drauf ankommen. Und ich glaube, ich habe auch so eine ... äh ... *Gabe.*«

Lucas nickt langsam. »Soll ich dich erst mal heilen, bevor wir weiterreden?«

»Tut das ... weh?«

»Ich glaube nicht«, antwortet er lächelnd.

»Du glaubst?«

»Ich kann mich nicht selbst heilen, aber bisher hat sich niemand beschwert.« Er lacht leise. »Entspann dich einfach. Bist du bereit?«

Ich atme durch. »Ja, okay.«

Vorsichtig legt Lucas seine Hand auf mein geschwollenes Bein und schließt die Augen. Zu meiner Überraschung tut es wirklich nicht weh. Es fühlt sich eher so an, als wäre ein Vögelchen auf mir gelandet. Dann spüre ich, wie ... Energie? ... in meinen Oberschenkel fließt.

Auf einmal ist da ein elektrisches Sirren in der Luft, ein Knistern wie kurz vor einem Gewitter. Die feinen Härchen auf meinen Armen richten sich auf. Irgendetwas geschieht mit mir, auch wenn ich nicht genau sagen kann, was.

Lucas öffnet die Augen und hebt die Hand von meinem Oberschenkel. Mit einem Schlag ist alles vorbei.

»Deinem Bein geht es wieder gut«, sagt er lächelnd und ich spüre sofort, dass er recht hat: Der Schmerz ist verschwunden genau wie die Schwellung. Ungläubig bewege ich mein Bein erst langsam hin und her, dann winkle ich das Knie an und strecke es wieder durch. Nichts. Kein höllischer Schmerz, kein Gefühl, gleich wieder ohnmächtig zu werden. Das kann nicht sein, das ist völlig unmöglich! Selbst als ich langsam aufstehe, spüre ich nicht mal ein Zwicken, als hätte Tammy nie mit ihrem Baseballschläger auf mich eingeschlagen.

»Das ist unglaublich! Du kannst wirklich heilen!«

Lucas lacht auf. »Dachtest du, ich mach Witze?«

Irritiert stelle ich fest, dass er irgendwie anders aussieht, aber ich kann nicht erkennen, woran das liegt. »Äh ... keine Ahnung, hätte ja sein können.«

Er steht ebenfalls auf. »Jetzt bist du dran. Was ist deine geheime Superpower?«

Ich pruste los. »Das klingt ja, als wären wir Superhelden. Da war mir *Gabe* doch lieber.«

Er lächelt. »Also?« Neugierde blitzt in seinen Augen auf, aber ich glaube, auch so etwas wie Hoffnung darin zu erkennen. Mir wird klar, dass er vermutlich nicht besonders oft die Gelegenheit hat, so offen über seine Fähigkeit zu sprechen. Mit einer Gleichgesinnten. Vielleicht sogar nie. Das muss unglaublich einsam gewesen sein.

Am liebsten würde ich ihn jetzt umarmen, aber zugleich habe ich Angst vor seiner Reaktion. Plötzlich wird mir bewusst, wie nah wir voreinanderstehen. Wie sehr sich unsere Blicke ineinander verhakt haben. Das Prickeln, das sein Blick auf meiner Haut hinterlässt, als er hinunter zu meinen Lippen wandert.

»Ich ... ich kann Gedanken lesen.«

Sein Blick schnellt zurück nach oben, die Augen vor Schreck geweitet. »Oh!« Ein verlegenes Grinsen breitet sich auf seinem Gesicht auf. Und da begreife ich, wie unangenehm meine Gabe auf andere Menschen wirken muss. Immerhin dringt sie in den einzigen Raum ein, den sie für ihren sichersten Rückzugsort gehalten haben.

»Keine Sorge!«, platze ich heraus und schüttle dabei heftig den Kopf. »Ich mache das nicht ständig. Also ... ich hab deine Gedanken gerade nicht belauscht ... falls du das glaubst.«

Lucas entspannt sich ein bisschen. »Puh, das wäre sonst echt peinlich für mich geworden.«

»Ach? Was hast du denn gedacht?«

»Jetzt eben?«

Ich nicke.

Er weicht meinem Blick aus. »An ein Schinkensandwich.«

Ich ziehe die Augenbrauen nach oben. »Du hast an ein Schinkensandwich gedacht?«

»Mit Majo und Gurke.« Er zwinkert mir zu. »Hab eben Hunger.«

»Klar.«

»Also zurück zum Thema. Du siehst, was andere Leute denken?«

Ich muss über seinen Ablenkungsversuch grinsen. »Eigentlich höre ich es, um genau zu sein.«

»Wow. Das ist ja richtig cool.«

»So cool ist es gar nicht. Also, ich meine, schon, natürlich. Irgendwie. Aber vor allem tut es total weh. Zuerst bekomme ich richtig schlimme Kopfschmerzen und dann, wenn ich es kaum noch aushalte, geht es plötzlich los. Zumindest war es beim ersten Mal so und heute Mittag auch. In den beiden Wochen dazwischen habe ich, sobald die Kopfschmerzen kamen, die Psychopharmaka meiner Mom genommen. Die haben es vermutlich unterdrückt.«

Lucas nickt mitfühlend. »Mir ging es am Anfang ähnlich. Nur hatte ich keine Kopfschmerzen, sondern mir war übel, schwindlig und ich war total erschöpft.«

Jetzt begreife ich auch, warum er anders aussieht. Er wirkt müde.

»Jedes Mal, bis ich gelernt habe, meine Gabe zu kontrollieren.« Lucas grinst.

Der Gedanke elektrisiert mich. Wenn meine Gabe mich nicht mehr einfach aus heiterem Himmel überfallen würde, sondern ich sie einsetzen könnte, ganz gezielt, so wie Lucas eben ... dann könnte sie ein Segen sein und kein Fluch. Noch dazu, wenn damit auch die Kopfschmerzen verschwinden würden!

»Kannst du mir beibringen, wie das geht?«, frage ich hoffnungsvoll. »Ich hab vorhin versucht, Tammys Gedanken zu lesen, aber das hat leider überhaupt nicht geklappt. Vielleicht, weil ich vorher die Tabletten genommen habe. Aber jetzt ist bestimmt genug Zeit vergangen. Bitte.«

Lucas lacht. »Ich hab keine Ahnung. Gedankenlesen ist ja was ganz anderes, als jemanden heilen zu können. Und ob es bei uns beiden gleich funktioniert, weiß ich auch nicht. Leider hab ich keine Anleitung oder so was.«

»Bitte. Erklär mir wenigstens, wie du es machst. Selbst wenn es bei mir nicht klappt, dann hab ich zumindest einen Ansatzpunkt und kann ein bisschen rumprobieren.«

Er sieht sich verstohlen um, vermutlich will er sichergehen, dass uns niemand beobachtet. Aber es ist alles in Ordnung, wir sind immer noch allein in der düsteren, dreckigen Seitengasse.

»Okay«, sagt er. »Wir können es ja versuchen.«

Ich grinse Lucas dankbar an und er grinst zurück. Erst jetzt fällt mir auf, dass er ein kleines Grübchen auf seiner linken Wange hat.

»Am besten, du versuchst herauszufinden, was ich gerade denke«, sagt er.

Ich versuche, mich nicht von seinen grünen Augen aus dem Konzept bringen zu lassen, sondern mich auf seine Gedanken zu konzentrieren ... wie auch immer man das macht. Aber nichts passiert.

Mit jeder Sekunde, die ich Lucas anstarre, wächst meine Frustration. »Es klappt nicht!«, stöhne ich enttäuscht.

»Bei mir funktioniert es nur über anfassen. Ich muss einen Menschen berühren, um ihn heilen zu können.« Lucas lächelt mir aufmunternd zu und in diesem Moment bin ich froh, dass er meine Gedanken nicht hören kann, denn ich bin schon dabei, mir vorzustellen, wie es wäre, ihn zu berühren. Meine Hand auf seine Brust zu legen und seinen Herzschlag zu spüren.

»Wie war es denn die letzten Male, als du Gedanken gehört hast?«, reißt er mich aus meinem Tagtraum.

»Hm«, mache ich ratlos. »Sie waren plötzlich da.«

»Du hast nichts Bestimmtes getan?«

Ich schüttle den Kopf. »Nicht, dass ich wüsste.«

»Niemanden angefasst?«

»Nein.«

»Klingt, als hätte dich deine Gabe mehr oder weniger überfallen.«

Ich nicke langsam. Das trifft es ziemlich gut. »War das bei dir auch so?«

»Nicht wirklich. Aber wie gesagt, ich glaube, wir müssen verstehen, wie deine Fähigkeit funktioniert. Also wie du sie gezielt einsetzen kannst, ohne von den Gedanken der Menschen um dich herum überrannt zu werden. Bisher scheint es eher so gewesen zu sein, als hätte deine Gabe dich kontrolliert und nicht umgekehrt. Wir müssen also nur noch rausfinden, wie du sie lenken kannst. Körperkontakt scheinst du dafür jedenfalls nicht zu brauchen.«

»Schade.«

Er lacht auf. Erschrocken beiße ich mir auf die Unterlippe. Habe ich das gerade ernsthaft laut gesagt? Na großartig!

»Sieh es positiv, du scheinst deine Gabe wohl auch aus größerer Distanz anwenden zu können.«

Ich nicke und hoffe, er sieht im Halbdunkel nicht, wie rot mein Gesicht geworden ist.

»Versuch es einfach noch mal. Und konzentrier dich so sehr, wie du dich noch nie auf etwas konzentriert hast. So klappt es bei mir.«

»Okay.« Ich atme durch und blicke ihm fest in die Augen. So fest, bis ich den Rest seines Gesichts nicht mehr wahrnehme, sondern nur noch seine Pupillen sehe. Mit aller Kraft konzentriere ich mich. Ich will hinter seine Pupillen schauen, in seinen Kopf. Und mit einem Mal fühlt es sich an, als würde ein kleiner Sog zwischen uns entstehen, eine Art unsichtbare Verbindung.

»Oh Gott!«, quietsche ich vor Begeisterung. »Hast du das gespürt, Lucas? Da war was zwischen uns!«

Lucas lacht. »Nein«, sagt er. »Also, ich meine ...« Auf einmal wirkt er verlegen. »Ich habe nicht gemerkt, dass du an mein Gehirn andockst, falls du das meinst.« Er lächelt mich schief an und ich spüre, wie mir erneut das Blut in den Kopf schießt.

»Ich probier's noch mal«, sage ich, um mich auf andere Gedanken zu bringen.

Lucas nickt mir ermutigend zu.

Wieder fokussiere ich mich auf seine Augen und versuche, mit meinem Blick durch Lucas' Pupillen in seinen Kopf zu gelangen. Und tatsächlich, es funktioniert. Der Sog ist wieder da und zieht mich näher an Lucas heran. Während mein Körper still an derselben Stelle stehen bleibt, fühle ich, wie ein Teil von mir in Richtung seiner Pupillen gleitet. Der Sog wird immer stärker und stärker.

... wünsche ich ihr, dass es klappt.

Das ist Lucas' Stimme! In meinem Kopf! »Das wünsche ich mir auch«, sage ich.

»Es ... hat funktioniert?«

»Ich glaube schon!«, rufe ich aufgeregt. »Denk an eine Farbe!«

Blau. Blau. Blau. Blau.

»Blau ist eine schöne Farbe!«

Er lacht auf. »Du hast es geschafft, Harper!«

»Okay und jetzt stelle ich dir Fragen, ja?« Ich konzentriere mich weiter auf Lucas' Augen, denn mein Bauchgefühl sagt mir, dass unsere Verbindung abreißt, wenn ich wegsehe.

Was willst du wissen?, antwortet er mir in Gedanken.

Es ist so unglaublich krass, was gerade passiert! Es fällt mir schwer, nicht völlig durchzudrehen.

»Woran hast du vorhin wirklich gedacht? Und versuch nicht, mich wieder mit dem Schinkensandwich abzuspeisen!«

Daran, wie schön du bist.

Ein Gefühl von Wärme überkommt mich und mein Herz klopft viel schneller als zuvor. »Ich mag Schinkensandwichs auch sehr gerne«, sage ich hastig und hoffe, er kann zwischen den Zeilen lesen.

Er zwinkert mir verschwörerisch zu und ich spüre, wie mir schon wieder warm wird.

»Seit wann hast du deine Fähigkeit?«, frage ich, um das Gespräch wieder auf Kurs zu bringen.

Hmm. Seit etwas mehr als einem Jahr vielleicht?

»Wieso hast du mich heute Vormittag auf dem Friedhof gewarnt?«

Weil du auf der Liste stehst.

Die Kopfschmerzen treffen mich mit voller Wucht. Sie sind gigantisch, schlimmer als alles, was ich bis jetzt kannte. Ich mache einen Stolperschritt rückwärts. Wie ich geahnt habe, reißt unsere Verbindung ab, sobald ich den Augenkontakt zu Lucas verliere. Mir schießen Tränen in die Augen und ich strecke meinen Arm aus, um mich irgendwo abzustützen. Sofort ist Lucas bei mir und hält mich fest.

»Harper? Was ist los?« Seine Stimme klingt alarmiert.

Ich würde ihm gerne antworten, stattdessen krümme ich mich zusammen. Die Schmerzen sind so schlimm, dass ich am liebsten sofort das Bewusstsein verlieren würde. So etwas kann man nicht aushalten! An so etwas stirbt man!

Während Lucas mich mit einem Arm an seine Schulter drückt, legt er mir seine andere Hand auf die Stirn. Trotz der irren Schmerzen fühle ich mich auf einmal so sicher und geborgen wie schon seit einer Ewigkeit nicht mehr. Als mich die erste Welle von Lucas' Energie erreicht, atme ich erleichtert aus.

Ich spüre sofort, wie es mir besser geht. Das Gefühl ist unglaublich schön. Mit jeder Sekunde wird der Schmerz kleiner. Als er verschwunden ist, lasse ich meine Augen trotzdem noch geschlossen und genieße Lucas' Wärme. Ich spüre, wie er mir mit seinem Daumen vorsichtig die Tränen von den Wangen streicht, und mein Herz klopft schneller.

Als ich meine Augen wieder öffne, lächelt Lucas mich an. Aber irgendetwas stimmt nicht. Da sind plötzlich tiefe Schatten unter seinen Augen, die vorher noch nicht da gewesen waren. Er sieht noch erschöpfter aus als eben.

»Ist alles okay mit dir?«, frage ich besorgt.

Lucas lächelt ein bisschen gezwungen. »Ja, sicher. Alles prima. Wenn ich meine Gabe einsetze, macht mich das nur immer ein bisschen fertig.«

Ein bisschen fertig? Lucas sieht aus, als könnte er jeden Moment umfallen. Bei mir sind scheinbar die Kopfschmerzen der Preis für den Einsatz meiner Fähigkeit. Bei ihm ist es wohl Erschöpfung.

»Weißt du, was an deiner Gabe super ist, Harper?« Lucas' Stimme klingt für seinen Zustand irritierend munter. »Ich habe sie nicht bemerkt. Wenn ich heile, spüren die Leute was.«

»Du hast nichts bemerkt? Gar nichts?« Es fällt mir schwer,

das zu glauben. Schließlich hat es sich für mich so angefühlt, als wäre ich wirklich in seinem Kopf gewesen.

»Nein. Außer vielleicht, dass eine junge Frau vor mir steht und mich anstarrt, als wollte sie meine Gedanken lesen.«

»Klingt ja höchst unauffällig.«

»Total unauffällig.«

Wir lachen beide. Dann werde ich wieder ernst. »Diese Liste, an die du eben gedacht hast. Was hat es damit auf sich?«

Lucas seufzt. »Das ist eine lange Geschichte. Und ich weiß nicht, wie viel Zeit du hast.«

Scheiße. Ein heftiger Schreck durchzuckt mich, als mir siedend heiß meine Eltern einfallen, die zu Hause auf mich warten. Keine Frage, ich werde den Anschiss meines Lebens kassieren!

»Gar keine«, sage ich wahrheitsgemäß.

Er blickt auf seine Armbanduhr. »Der Nachtbus fährt in einer knappen halben Stunde. Wenn du willst, begleite ich dich bis zum Square. Hier in Kill River solltest du nach deiner wundersamen Heilung vielleicht nicht an der Haltestelle rumstehen. Nicht, dass Marty oder Tammy dich sehen.«

»Gerne. Das ist lieb.«

Lucas läuft los und ich schließe zu ihm auf. Heimlich mustere ich ihn von der Seite. Seine Gabe ist ein Segen, etwas richtig Gutes. Was ich von meiner halten soll, weiß ich noch nicht. Klar ist Gedankenlesen aufregend, aber ich bezweifele, dass man anderen damit einen Gefallen tun kann.

Obwohl es weit nach Mitternacht ist, hängt noch immer eine schwüle Wärme in der nach Kloake stinkenden Nachtluft. Außer uns ist niemand in der Gasse unterwegs, nicht mal ein Fenster ist noch erleuchtet. Trotzdem fühle ich mich beobachtet. Ich bin froh, wenn wir hier weg sind. Und nicht nur wegen Marty. Kill River ist schon bei Tag ein befremdlicher Ort, aber in der Nacht fühlt er sich absolut beklemmend an.

»Also ich war eigentlich ganz normal«, beginnt Lucas. »Ein sechzehnjähriger Schüler eben. Niemand Besonderes. Außer vielleicht, dass ich davor ein paar Wochen ständig müde und erschöpft war.« Er lächelt mir zu. »Ich war auf dem Heimweg von der Schule. Und da lag auf einmal dieser verletzte Vogel auf dem Bürgersteig. Er hatte einen gebrochenen Flügel.« Lucas stockt. »Ich hab ihn mit nach Hause genommen und versucht, seinen Flügel zu schienen. Sein kleines Herz klopfte wie wild. Ich hab ihn gestreichelt und ihm gesagt, dass er wieder gesund wird. Und auf einmal habe ich es gespürt.« Er verstummt und sieht mir direkt in die Augen.

»Da war plötzlich eine seltsame Verbindung zwischen uns beiden. Genau wie bei dir eben. Ich habe mir so gewünscht, dass es ihm besser geht.«

Er hält kurz inne. »Und dann ist es passiert. Auf einmal flog er in der Küche herum. Ich dachte natürlich, dass ich mich getäuscht haben muss. Vermutlich war er gar nicht verletzt gewesen. Ich meine, niemand kann einen Bruch durch Handauflegen und gute Wünsche heilen, oder?« Lucas lacht leise. »Ein paar Tage später fand ich einen halb vertrockneten Regenwurm. Da kam ich auf die Idee, es einfach noch mal zu probieren. Also hab ich ihn auch gestreichelt und ihm gesagt, dass er wieder gesund werden würde. Erst hat es nicht geklappt, aber mir ist eingefallen, dass ich bei dem Vogel die Augen geschlossen hatte. Also habe ich es noch mal probiert.«

Lucas blickt mich an. »Und es hat funktioniert. Danach habe ich den Stadtpark nach kranken Tieren abgesucht und alle geheilt, die ich gefunden habe.« Lucas lächelt verlegen. »Ich hab es niemandem erzählt, nicht mal meiner Mom. Es war mein kleines Geheimnis.« Er atmet tief durch. »Aber dann kam die Sache mit Amy.«

»Amy?«, frage ich behutsam.

Wir biegen auf die Main Street ab. Auch hier ist es ruhig. Eine Straßenlaterne flackert nervös, während ein einsamer Hund an ihr schnuppert und schließlich sein Bein hebt.

»Sie war in meiner Parallelklasse. Irgendwie hat sie sich auf dem Schulhof den Knöchel verknackst. Ich weiß, dass es dumm von mir war. Ich wollte ihr eben helfen. Na ja ... und sie vielleicht auch ein bisschen beeindrucken.«

»Du hast sie geheilt«, sage ich leise.

Er nickt. »Ich hab sie gebeten, es für sich zu behalten.« Er zuckt die Achseln. »Aber kurz darauf brach die Hölle los.«

Auf der Straße taumeln ein paar Betrunkene an uns vorbei, die wie aus dem Nichts aufgetaucht sind.

»Was ist passiert?«, frage ich, nachdem wir sie hinter uns gelassen haben.

»Zwei Polizisten haben mich mitten im Unterricht verhaftet. Ich durfte nicht mal mehr meine Mom anrufen. Zuerst dachte ich, sie würden mich auf die Wache bringen oder so. Aber sie fuhren immer weiter und weiter. Raus aus der Stadt.« Er spricht leise und tonlos, fast unbeteiligt, als wären all diese grauenhaften Dinge gar nicht ihm passiert, sondern einem anderen Jungen.

»Wohin haben sie dich gebracht?«

»Auf die Insel.«

Scheiße, das hätte ich mir eigentlich denken können!

»Nicht, dass ich viel von dort mitbekommen hätte«, fährt er bitter fort. »Ich wurde sofort in eine Isolationszelle gesteckt.« Er zögert. »Ich wollte kooperieren, meinen guten Willen zeigen. Ich hab ihnen alles erzählt, was ich wusste. Zu diesem Zeitpunkt war das nicht viel. Ich hatte meine Gabe ja noch nicht mal richtig unter Kontrolle. Ich hab ihnen geschworen, sie nie wieder einzusetzen. Ich dachte, wenn ich sie überzeuge, dass ich ungefährlich bin, würden sie mich nach Hause lassen, aber …« Er verstummt.

Wir überqueren die Oakstreet. An der Ecke stolzieren ein Dutzend gelangweilt aussehender Mädchen in Miniröcken und kniehohen Lederstiefeln auf und ab. Diesmal habe ich keine Zweifel, womit sie ihr Geld verdienen. Bullige Typen schwirren um sie herum, klopfen dumme Sprüche und lachen schallend über ihre eigenen Witze. Eine grell geschminkte Schwarzhaarige in einem pinken Top verdreht die Augen und verschwindet mit einem der Männer in einem Hauseingang. Schnell schaue ich mich nach Marty und Tammy um, aber sie sind nicht zu sehen.

»Ich blieb nicht lang auf der Insel«, fährt Lucas fort. »Als Nächstes brachten sie mich in ein Labor, irgendwo noch weiter außerhalb von Eden City. Und da ging der Albtraum richtig los.«

»Was haben sie mit dir gemacht?«, frage ich, obwohl sich ein Teil von mir vor der Antwort fürchtet.

»Zuerst nicht viel. Ich saß tagelang in einer kleinen weiß gekachelten Zelle herum und hatte nichts zu tun. Alles in dem Raum war angeschraubt: Bett, Schreibtisch, Stuhl. Man konnte sich kaum umdrehen. Dreimal am Tag haben Wärter mich in einen Waschraum geführt, aber das war's auch schon. Zu essen haben sie mir nichts gebracht, egal wie oft ich sie drum gebeten habe. Und dann kamen die Wissenschaftler. Sie waren nett und höflich und brachten mir was zu essen mit. Erst führten sie nur Tests mit mir durch. Danach begannen sie mit den Experimenten. Sie selbst haben immer so eine hellblaue Flüssigkeit getrunken, damit sie immun gegen meine Gabe waren.«

»Immun dagegen, von dir geheilt zu werden?«, frage ich ungläubig.

»Ich glaube, am Anfang war ihnen nicht klar, was ich alles kann. Also haben sie meine *Gabe* ausgesetzt. So nannten sie meine Fähigkeit«, fährt Lucas fort. »Ich musste Tiere heilen, sogar Pflanzen, was – nebenbei gesagt – unmöglich ist. Dann gingen sie zu Menschen über.«

»Sie haben dir Menschen vorbeigebracht, die du heilen solltest? Wen?«

»Ich konnte ihre Gesichter nicht sehen, sie trugen Masken. Manche hatten Knochenbrüche, andere Tumore oder Herzprobleme. Ich hab sie alle geheilt und gehofft, dass die Wissenschaftler meine Kooperationsbereitschaft anerkennen und mich endlich nach Hause lassen würden.«

»Aber das haben sie nicht?«

Lucas schüttelt den Kopf. »Vor einer Woche haben sie mich aus meiner Zelle geholt. Auf dem Flur bin ich einem total verheulten Mädchen begegnet. Ich glaube, dass unser Aufeinandertreffen ein Versehen war.« Er bleibt stehen und schaut mich an. »Es war Camilla.«

»Was?« Ich stoppe so abrupt, als wäre ich gegen eine unsichtbare Wand gelaufen. »Camilla? Vor einer Woche in diesem Labor? Das müsste ja kurz vor ihrem Tod gewesen sein.«

Lucas nickt. »Bis zu diesem Moment dachte ich, ich wäre der einzige Mensch, den sie im Labor gefangen halten. Camilla erkannte mich. Sie weinte und flehte mich an, ihr zu helfen. Aber die Wachen trennten uns.« Er seufzt schwer. »An dem Tag gelang mir die Flucht.«

»Wie bist du geflohen?«

»Über einen Lüftungsschacht. Eigentlich wollte ich Camilla mitnehmen, aber ich konnte sie nicht finden, so sehr ich auch nach ihr gesucht habe.«

Natürlich nicht, denke ich. Weil es sehr seltsam wäre, wenn Camilla vor ihrem Tod bei ihm im Labor gewesen wäre. »Du musst sie verwechselt haben, Lucas. Das kann nicht Camilla gewesen sein. Irgendjemand hätte bemerkt, wenn sie vor ihrem Tod verschwunden wäre.«

»Ich weiß, dass sie es war, Harper. Sie hat mich um Hilfe gebeten.«

Okay, diese Diskussion führt uns nicht weiter. Ich spüre die Spannung, die auf einmal zwischen uns in der Luft liegt, und beschließe, das Thema ruhen zu lasen. »Und dann?«, frage ich ihn freundlich.

»Es hat mehrere Tage gedauert, aber irgendwie konnte ich mich nach Eden City durchschlagen. Zurück nach Hause konnte ich ja schlecht, deshalb bin ich hier in Kill River untergetaucht. Ich hatte kein Geld, kein Dach überm Kopf, keine Kontakte. Da bin ich Marty und Tammy über den Weg gelaufen.«

»Und die haben deine Notlage ausgenutzt.« Wut kocht in mir hoch.

»Es ist ein Geschäft.« Mit einer ungeduldigen Geste streicht er sich eine widerspenstige Haarlocke aus der Stirn. »Sie geben mir Schutz, Essen und einen Schlafplatz. Und im Gegenzug treibe ich Gelder für sie ein. So läuft das in Kill River. Eine Hand wäscht die andere.« Er bleibt stehen. »Wir sind da.«

Wir haben Kill River hinter uns gelassen und sind jetzt in der City angekommen. Hier herrscht noch Verkehr, vor allem Taxis sind auf der hell erleuchteten, vierspurigen Straße unterwegs, aber auch einige Paare oder größere Menschengruppen laufen auf den Bürgersteigen. Vor uns liegt das Kino, das natürlich schon längst geschlossen hat. Auf der Anzeigetafel sind die neusten Filme angekündigt: *Gefährliche Liebschaften, Die nackte Kanone* und *Rambo 3.*

Von hier bis zum Einkaufszentrum am Square ist es nicht mehr weit, eigentlich nur über die Straße drüber und dann immer geradeaus durch die Fußgängerzone hindurch. Dort, wo Camilla gestorben ist. Ich bin froh, dass ich nicht in Kill River auf den Bus warten muss, sondern hier. Die Bushaltestelle liegt ein paar Hundert Meter weiter rechts die Straße runter.

»Du wolltest mir noch erzählen, was es mit dieser Liste auf sich hat«, sage ich.

»Ach ja.« Lucas lacht. Aber irgendwie wirkt er jetzt befangener als vorhin. Vielleicht nimmt er mir übel, dass ich ihm nicht glaube, dass Camilla im Labor gewesen sein soll. »Einer der Wissenschaftler hat sie nach einer Sitzung auf dem Tisch liegen lassen. Ich konnte nur einen kurzen Blick draufwerfen, bevor er zurückkam und sie eingesteckt hat. Und direkt unter meinem Namen stand deiner.«

»Was für eine Liste war das?«, frage ich mit klopfendem Herzen.

»Weiß ich nicht.« Er zuckt mit den Schultern. »Aber mir war klar, dass sie was mit unseren Fähigkeiten zu tun haben muss. Und den Beweis dafür hast du mir gerade geliefert, indem du meine Gedanken gelesen hast.«

»Und wegen dieser Liste hast du mich gewarnt?« Ohne dass ich es will, klingt meine Stimme misstrauisch. Das ist alles so verrückt. Heute Morgen hätte ich nichts von alledem auch nur ansatzweise geglaubt.

»Ich wollte nicht, dass du das Gleiche durchmachen musst wie ich«, antwortet Lucas leise und ich bekomme sofort ein schlechtes Gewissen. Er blickt mich an. »Vielleicht ahnen sie, dass du auch eine Gabe hast. Und am Ende bringen sie dich auch in dieses Labor ...«

Lucas greift nach meiner Hand und hält sie. Die Spannung zwischen uns verwandelt sich in etwas, das ich noch nie gefühlt habe. Mein Herz schlägt mir bis zum Hals. Meine Haut prickelt und ich kann nicht mehr richtig atmen. Trotz des Abstands zwischen uns kann ich die Wärme seines Körpers spüren. Ich blicke verlegen zur Seite, in meinem Kopf rasen die Gedanken. Bis heute Vormittag war Lucas mir noch total fremd! Warum empfinde ich auf einmal so etwas Überwältigendes für jemanden, den ich kaum kenne? Das geht mir alles viel zu schnell und zugleich fühlt es sich verdammt richtig und gut an.

Als hätte Lucas meinen inneren Zwiespalt bemerkt, lässt er meine Hand los und lächelt mich freundlich, aber auch ein wenig distanzierter an. »Ich wusste, dass du zu Camillas Beerdigung kommen würdest. Schließlich halten wir armen, tapferen Soldatenkinder aus Flowergrove zusammen.« Sein Lächeln wird ironisch und verschwindet wieder.

»Ja, das tun wir.«

Er blickt sich um. »Ich muss gehen. Marty und Tammy erwarten mich bestimmt schon längst.« Hier am Square ist alles hell erleuchtet, ein paar junge Frauen, vielleicht Studentinnen, stehen ein Stück weiter die Straße hoch redend und kichernd zusammen. Sie scheinen auch auf den Bus zu warten. »Kommst du klar?«, fragt er mich.

»Ja, sicher.«

Lucas zögert, als wüsste er nicht so recht, was er jetzt tun soll, dann nimmt er mich in den Arm. Ich spüre die Wärme seines Körpers, ein Echo unserer Nähe von eben. »Pass auf dich auf, Harper Green.« Sein Atem streift mein Ohr und ich bekomme am ganzen Körper eine Gänsehaut. Dann löst er sich von mir und ich würde ihn am liebsten festhalten, traue mich aber nicht.

»Ja, du auch, Lucas Aspen«, antworte ich. Doch Lucas hat mir schon den Rücken zugewandt und eilt mit gesenktem Kopf davon.

6

Ich starre auf die Straßenecke, hinter der Lucas verschwunden ist. Was für ein völlig verrückter Abend.

Neben mir zuckt Blaulicht auf. Ein Polizeiwagen ohne Sirene hält und ein junger Polizist mit sportlicher Kurzhaarfrisur steigt aus. »Um die Uhrzeit noch unterwegs?«

Irritiert sehe ich mich um, kann aber niemanden in meiner Umgebung entdecken. Redet der etwa mit mir? »Äh ... bin auf dem Heimweg«, entgegne ich perplex.

»Bisschen spät, was?« Er mustert mich. »Vor allem, wenn man noch keine einundzwanzig ist. Wo kommst du her?«

»Primrose Hill.« Langsam schüchtert er mich ein.

»Lass mich raten«, sagt er in einem aufgesetzt freundlichen Tonfall. »Du heißt Harper Green und kommst aus der Sterling Street?«

Ich bin so überrascht, dass ich nicht weiß, was ich antworten soll.

»Die Security von Primrose Hill hat dich als vermisst gemeldet. Du hattest wohl einem Freund gesagt, er soll dich decken, bevor du verschwunden bist.«

Scheiße. Wenn Mom und Peter zur Security gegangen sind, muss zu Hause die Hölle los sein. Wieder muss ich an Caleb denken und mein schlechtes Gewissen wächst ins Unermessliche.

Der Polizist nickt in Richtung Rückbank seines Streifenwagens. »Los, steig ein. Ich bring dich zur Wache für den Affirmatortest.«

Affirmatortest?! Auf keinen Fall! Es gibt im Moment so gut wie nichts, worüber ich nicht lügen müsste. Der Lügendetektor würde vermutlich ständig ausschlagen.

»Ich war doch nur im Kino und bin dann noch spazieren gegangen.«

»Dann dürfte der Affirmatortest ja kein Problem für dich sein.« Der Polizist hält mir die Hintertür auf.

»Können Sie mich nicht einfach direkt nach Hause fahren?«

Er lässt die Tür los und baut sich vor mir auf. »Wenn du nicht gleich einsteigst, muss ich dich wegen Widerstand gegen die Staatsgewalt festnehmen. Willst du das?«

Mir klopft das Herz bis zum Hals. Was zur Hölle soll das?! Beschwichtigend hebe ich die Hände. »Na gut, alles klar. Ich steig ja ein.«

Er nickt kurz. Mir bleibt nichts anderes übrig, als mich brav auf die Rückbank zu setzen. Am liebsten würde ich jetzt seine Gedanken lesen, aber die Angst vor den Kopfschmerzen hält mich zurück. Ich habe meine Gabe heute schon zweimal benutzt und beim zweiten Mal wäre ich ohne Lucas' Hilfe vermutlich umgekippt. Zerknirscht schnalle ich mich an, während der Polizist sich hinters Lenkrad setzt. Ich hab keine Ahnung, was mich erwartet, aber ich bin mir sicher, dass es schlimm wird.

Die Polizeiwache liegt nur wenige Minuten entfernt hinter der großen Mall am Square. Sie ist in einem kastenförmigen, ultramodernen Glasbau mit Stahlstreben untergebracht, der eher an ein Designerhotel als an eine Behörde erinnert. Im Erdgeschoss wird man von einem großen Empfangsbereich begrüßt, einer Anmeldung, Stühlen für Wartende und mehreren Gängen, die nach hinten führen. Der Polizist bedeutet mir stumm, mich hinzusetzen. Sein Kollege hinter dem Empfangstresen mustert mich kurz, als ich auf einem der an der Wand montierten Metallstühle Platz nehme.

Neben mir sitzt ein nervöses, ziemlich unscheinbares Rentnerpaar. Die beiden sehen wie eineiige Zwillinge aus: beige Windjacken, Buntfaltenhosen, graue Kurzhaarschnitte. Die Frau knetet unermüdlich den abgewetzten Riemen ihrer Handtasche, während der Mann Sportnachrichten in der Zeitung liest.

An der Wand gegenüber hocken ein junger, verwahrlost aussehender Typ und zwei dick geschminkte Frauen um die vierzig in ultrakurzen Kleidern. Der Typ ist mit Handschellen an den Metallstuhl gefesselt und kratzt mit seiner freien Hand unablässig an einer entzündet aussehenden Stelle an seinem Hals. Anscheinend bin ich in bester Gesellschaft.

Mein Blick wandert zurück zum Empfangstresen. Ich will auf keinen Fall an diesen Affirmator angeschlossen werden! Nur fällt mir leider nicht ein, wie ich mich darum drücken könnte.

Eine mütterlich wirkende Polizistin kommt aus einem der Gänge auf mich zu und streckt mir ihre Hand hin. »Ich bin Detective Diane Hawkes. Du bist Harper?«

»Ja.«

»Dann komm bitte mit.« Sie geht voraus, ohne sich zu vergewissern, dass ich ihr folge, was ich natürlich tue, denn was habe ich schon für eine Wahl?

Die Eingangstür fliegt auf und mehrere Polizisten schleifen ein gutes Dutzend junger Männer und Frauen in die Wache, die sich aus Leibeskräften wehren und herumschreien. Sie alle tragen Handschellen und sind nicht viel älter als ich, vielleicht um die zwanzig. Sie brüllen etwas von ihren Rechten, von Polizistenarschlöchern und dass sie einen Anwalt sprechen wollen. Sofort stürzen Polizisten aus der Wache dazu, um ihren Kollegen zu helfen. »Ihr Scheißliberatisten!«, schreit einer von ihnen und verdreht einem jungen Mann ziemlich unsanft die Hände hinter dem Rücken. »Ich wette, die Demonstration heute war euer Werk.«

Diane dreht sich völlig ungerührt von dem Höllenspektakel, das sich hinter uns abspielt, im Gehen zu mir um. »Im Befragungsraum gibt's Kekse.«

Irritiert laufe ich weiter hinter ihr her den Gang entlang, während der Aufruhr hinter uns immer leiser wird und schließlich ganz verstummt.

Natürlich habe ich schon von Liberatisten gehört, das hat jeder. Ich weiß, dass sie eine radikale, terroristische Splittergruppe sind, die die Regierung ablehnt. Seit Jahren tauchen sie immer mal wieder irgendwo auf und verüben Anschläge. Also sollen die Demonstranten heute Mittag und die Leute auf der Polizeiwache eben alle Terroristen gewesen sein? Es fällt mir schwer, das zu glauben.

Diane öffnet eine Tür und führt mich in den Befragungsraum. An den Wänden hängen bunte Farbdrucke von gerahmten Blumenwiesen und Sonnenuntergängen. Der Look erinnert mich ein bisschen an den Warteraum einer Zahnarztpraxis. Auf dem runden Tisch in der Mitte stehen kleine Glasflaschen mit Wasser, Cola, Orangensaft und tatsächlich auch ein Teller mit Keksen. Trotz meiner Nervosität fängt mein Magen prompt an zu knurren. Kein Wunder, schließlich habe ich heute abgesehen von ein paar Chilibohnen nichts gegessen.

Mit einer Handbewegung fordert Diane mich auf, Platz zu nehmen. »Iss ruhig einen Keks.« Wie auf Knopfdruck ist ihr mütterliches Lächeln wieder da. »Möchtest du was trinken?«

Ich schüttele den Kopf, schnappe mir jedoch ein paar Kekse. Diane registriert es mit einem wohlwollenden Lächeln und setzt sich mir gegenüber an den Tisch. Sie öffnet eine Cola und nimmt einen tiefen Schluck direkt aus der Flasche. Ich kaue auf einem der staubtrockenen Kekse herum.

»Okay, Harper«, sagt sie, nachdem sie die Flasche wieder abgesetzt hat. »Dann unterhalten wir beide uns mal.«

Unterhalten? Ist das wirklich alles? War die Sache mit dem Affirmatortest nur eine leere Drohung? Mühsam schlucke ich den Bissen in meinem Mund herunter. »Können Sie mich nicht einfach nach Hause bringen?«, versuche ich es auch bei ihr noch mal. »Bitte? Meine Eltern machen sich bestimmt schon Sorgen.«

Diane schüttelt milde lächelnd den Kopf. »Deine Eltern sind schon informiert. Ich stelle dir nur ein paar Fragen, bevor sie dich abholen.«

Nur ein paar Fragen? Aber wozu? Was ist an einer Sechzehnjährigen so interessant, die einmal zu spät nach Hause kommt? Aber vielleicht bin ich für sie nicht nur *irgendeine* Sechzehnjährige. Sondern Harper Green. Ein Mädchen, deren Name auf der ominösen Liste steht.

»Warum warst du so spät noch unterwegs?« Diane schlägt die Beine übereinander und lehnt sich zurück.

»Ich war im Kino. Danach bin ich noch spazieren gegangen.«

»Allein?« Sie sieht nicht überzeugt aus.

Ich nicke.

»Warst du schon mal auf einer Polizeiwache?« Dianes Tonfall klingt schroff. Von ihrer Mütterlichkeit ist nichts mehr zu spüren.

Ich schüttele den Kopf.

»Primrose Hill ist eine tolle Gegend. Aber das Leben in einer Gated Community kann sicher auch ganz schön anstrengend sein. Zum Beispiel wenn man nicht die richtigen Klamotten oder die richtigen Freunde hat.«

Ich nicke vorsichtig und versuche, dabei so unschuldig wie möglich zu lächeln. Wenn ich Glück habe, will sie wirklich nur mit mir reden und ich komme um den Affirmatortest herum.

»Hast du denn die richtigen Freunde, Harper?«

»Ja, klar«, antworte ich. »Ich habe einen besten Freund. Aber ich verstehe mich mit allen.«

Diane zieht ein kleines, schmales Metallarmband aus einer Schublade unter dem Tisch hervor. »Keine Angst, es tut nicht weh.«

Fuck. Der Affirmator.

»Aber ich bin erst sechzehn«, wende ich mit schwacher Stimme ein. »Ich meine, ist das rechtlich überhaupt erlaubt?«

»Oh, wir haben das auch schon mit Jüngeren gemacht.« Diane wischt meinen Einwand einfach vom Tisch. »Mach dir um das Gesetz mal keine Sorgen, das ist unser Fachgebiet. Oder hast du etwas zu verbergen, Harper?«

»Nein, natürlich nicht«, lüge ich. Widerwillig halte ich ihr mein Handgelenk hin. Das Metall fühlt sich kalt auf der Haut an. Ich zucke zusammen, als das Silberarmband zuschnappt. Gefangen.

Mir wird schlecht vor Angst. Wenn Diane von dieser Liste weiß oder auch nur ahnt, dass irgendetwas mit mir nicht stimmt, muss ich das wissen. Scheiß auf die Kopfschmerzen!

Ich schaue ihr fest in die Augen und versuche, mich auf ihre Gedanken zu konzentrieren. »Warum?«, stoße ich mit rauer Stimme hervor.

Diane blickt mich erstaunt an. »Warum was?«

Meine Nackenmuskulatur verkrampft sich vor Anstrengung bei dem Versuch, mich in ihr Hirn einzuklinken, und ich spüre, dass die Schmerzen bereits im Anmarsch sind. »Warum bin ich wirklich hier?«

Weil du auf der Liste stehst und von zu Hause weggelaufen bist.

Scheiße. Da hab ich meine Antwort! Die Polizei weiß von dieser Liste. Ich würde Diane zu gern fragen, was es damit auf sich hat. Warum ich dadraufstehe. Aber wenn ich das laut ausspreche, verrate ich mich.

»Weil du wie ein Mädchen aussahst, das in Schwierigkeiten geraten könnte«, lügt Diane, die nicht ahnt, dass ich die Wahrheit längst in ihren Gedanken gehört habe.

Ich nicke so, als würde ich ihr glauben.

»Heißt du Harper Green?«

»Das wissen Sie doch.«

Jetzt wird sie auch noch frech!

»Antworte bitte nur mit Ja oder Nein.«

»Ja«, sage ich brav.

Na also, geht doch.

»Wohnst du in der Sterling Street?«

»Ja.« Ich spüre, wie die Kopfschmerzen schlimmer werden. Mir bleiben vielleicht noch ein paar Sekunden, dann werden sie mich umhauen. »Haben Sie vielleicht Kopfschmerztabletten? Ich habe Migräne.«

»Netter Versuch, Harper.« Diane lächelt kühl. »Hast du je etwas Unmoralisches getan?«

»Etwas *Unmoralisches?«,* wiederhole ich, um Zeit zu gewinnen. »Was soll das sein?«

Stellt sie sich absichtlich dumm?

»Ich will wissen, ob du die Gesetze dieses Landes einhältst«, erklärt Diane ungeduldig.

»Ja. Das tue ich.« Die Kopfschmerzen sind jetzt voll da. Wie eine Feuerwalze überrollen sie meinen Nacken, brennen sich unter meinen Schädel und explodieren hinter meiner Stirn. Ohne dass ich etwas dagegen tun kann, rutsche ich zusammengekrümmt vom Stuhl und übergebe mich auf den Fußboden.

»Harper!« Diane springt auf.

Ich muss wieder würgen. Mit jedem Zusammenkrampfen meines Magens explodiert neuer Schmerz in meinem Kopf. Blut tropft unter mir auf den Boden. Ich glaube, es kommt aus meiner Nase.

»Wir brauchen einen Arzt!«, brüllt Diane durch die Tür zum Flur.

Dunkelheit umgibt mich.

7

Noch bevor ich richtig wach bin, fahre ich mit rasendem Herzen aus meinem Bett hoch und ringe nach Luft. Ich hatte einen Albtraum: klaustrophobische Enge, ich kann nichts sehen und ich schwebe in Lebensgefahr. Diesen Traum habe ich immer wieder, wie ein Fluch, der mich verfolgt. Ich halte ein Kleinkind im Arm, das nicht brüllen darf. Wir sitzen in einem Versteck, irgendwo im Dunklen. Ich höre die Schritte eines Mannes, die unaufhaltsam näher kommen und uns den Tod bringen werden, wenn er uns findet.

Es dauert einen Moment, bis ich in die Wirklichkeit zurückfinde und mir klar wird, dass ich zu Hause bin. Meine Kopfschmerzen sind weg. Langsam erinnere ich mich wieder an letzte Nacht. Im Krankenzimmer der Polizeiwache hat mich ein Arzt versorgt, mir ein Schmerzmittel in Tropfenform zu trinken gegeben. Ich war mal wach, dann driftete ich wieder weg. Plötzlich waren Mom und Peter da. Irgendwann lag ich auf der Rückbank unseres Autos. Anschließend müssen sie mich ins Bett gebracht haben.

Wie jeden Morgen nach dem Aufwachen schaue ich aus dem Fenster zu Calebs Zimmer rüber. Er ist sicher stinksauer auf mich. Und zu Recht. Mir wird ganz anders, wenn ich daran denke, welche Vorwürfe er gestern Abend wohl zu hören bekommen hat. Durch das Laub des Kastanienbaums kann ich einen Ausschnitt seines Zimmers erkennen: den aufgeräumten Schreibtisch mit dem Aquarium daneben und dahinter das ordentlich gemachte Bett mit dem Star-Wars-Bezug. Leer. Und das in den Sommerferien. Normalerweise schläft Caleb immer so lange wie möglich. Vermutlich haben seine Adoptiveltern ihn zu irgendwelchen Strafarbeiten verdonnert. Mit seinem jüngeren Bruder Alex machen sie das auch, wenn der was angestellt hat. Spätestens als ich nicht wie versprochen um zehn vor der Haustür stand, werden Mom und Peter höflich bei Calebs Eltern angerufen und sich nach meinem Verbleib erkundigt haben. Nur um herauszufinden, dass die angebliche Verabredung am Tacostand eine fette Lüge war. Ihr nächster Anruf galt wahrscheinlich der Security. Und Caleb, der sich sonst nie was zuschulden kommen lässt, wird den Ärger seines Lebens kassiert haben. Ich hasse ich mich dafür, wie sehr ich seine Loyalität und sein Vertrauen ausgenutzt habe.

Die Pettersons sind extrem religiös eingestellt. Sie rennen ständig in den Gottesdienst und nehmen den ganzen Bibelkram wahnsinnig ernst. Mit Lügen können sie gar nicht umgehen. Wahrscheinlich muss Caleb meinetwegen als Buße den ganzen Tag kranke, alte Leute besuchen oder in der Gemeindekirche Bibeln verteilen. Es ist an der Zeit, dass ich ihm die Wahrheit sage.

Ich schleppe mich ins Badezimmer. Unter der Dusche drehe ich das Wasser so heiß auf, dass es dampft. Mit aller Kraft schrubbe ich mir die letzte Nacht von der Haut: das Lügendetektorverhör mit Diane, Tammys Baseballschläger, die Schmerzen, das ganze beschissene Kill River. Nur Lucas nicht. Auch wenn mir das gestern alles zu schnell ging und ich nicht verstehe, warum er glaubt, Camilla im Labor gesehen zu haben, schlägt mein Herz beim Gedanken an ihn ein bisschen schneller. Was mit meinem Körper passiert ist, als er meine Hand gehalten hat, war unglaublich. Bei der Erinnerung daran muss ich schlucken.

Endlich fühle ich mich halbwegs sauber und schaue mich im Spiegel an. Ich sehe echt fertig aus. Nachdem ich mir gründlich die Zähne geputzt habe, kehre ich in mein Zimmer zurück. Statt wie sonst einfach irgendein zerknülltes schwarzes Top vom Boden zu klauben, nehme ich frische Klamotten aus dem Schrank und ziehe ein weißes Shirt und eine frische Jeans an. Für das anstehende Gespräch mit Mom muss ich zumindest gut aussehen.

Mit einem schlechten Gefühl im Bauch gehe ich die Treppe runter. Hinter der geschlossenen Küchentür hört man lautes Geschirrklappern, im Hintergrund läuft das Radio. Michael Jacksons neuester Hit *Bad.* Eigentlich liebe ich diesen Song, aber vor allem wenn ich daran denke, was mir jetzt bevorsteht, passt er irgendwie fast schon zu gut zu meiner Rolle in dem Drama letzte Nacht. Aber egal. Nicht mit Mom zu sprechen, ist ja auch keine Lösung. Also atme ich tief durch.

Vorsichtig öffne ich die Tür. Die Küche blitzt vor Sauberkeit. Mom hat sich eine fliederfarbene Schürze umgebunden, ihre roten Haare sind zu einem straffen Dutt nach hinten gekämmt und sie knallt in manischem Tempo einen feucht glänzenden Teller nach dem anderen auf die Ablage.

»Mom?« Sicherheitshalber bleibe ich im Türrahmen stehen.

»Gut. Du bist wach.« Sie sieht mich nicht an. *Klirr, schepper, ping.* »Ich hab mich schon gefragt, wann du dich blicken lässt ...« *Schepper, ping, klirr.* Okay, die Hoffnung, dass sich ihre Wut inzwischen ein wenig gelegt hat, kann ich wohl begraben. Wenigstens schaltet sie das Radio aus.

»Es tut mir leid, was gestern passiert ist«, sage ich zerknirscht und diesmal muss ich nicht schauspielern, weil es mein voller Ernst ist. »Ich wollte nicht, dass du und Peter euch Sorgen macht.« Ganz ehrlich, es gibt tausend gute Gründe, weswegen ich nichts lieber täte, als die Zeit zurückzudrehen. In einem Paralleluniversum hätte ich gestern um zehn friedlich im Bett gelegen und würde mich heute Morgen auf die Sommerferien freuen. Aber das kann ich Mom wohl kaum erklären.

»Erst klaust du wieder, dann landest du auf einer Polizeiwache.« Sie zieht den Stöpsel aus dem Spülbecken und der Pegel des schaumigen Spülwassers beginnt zu sinken. »Du schleichst dich einfach so in die City. Bringst deinen besten Freund in Schwierigkeiten. Bescherst uns eine höllische Nacht. Und du meinst, eine einfache Entschuldigung reicht aus und alles ist wieder gut?«

Mom würdigt mich noch immer keines Blickes. Stattdessen schnappt sie sich einen Schwamm und fängt an, das bereits glänzende Spülbecken zu schrubben, während der Rest des Spülwassers mit einem Rülpsgeräusch im Abfluss verschwindet. »Hast du eigentlich eine Ahnung, was Peter und ich deinetwegen durchgemacht haben?!«

Natürlich fragt sie mich nicht, wie es mir geht. Wozu auch? Schließlich ist sie in ihrem Kopf die Einzige, die eine furchtbare Nacht hinter sich hat. Nicht ich, die gestern halb bewusstlos und kotzend vor Schmerzen nach Hause gefahren wurde. Ich spüre, wie die Verbitterung in mir wächst.

»Du willst nicht mal wissen, was passiert ist, oder?«, frage ich sie. »Diese Polizistin hat mich an einen Affirmator angeschlossen wie eine Verbrecherin.« Keine Ahnung, warum, aber auf einmal möchte ich, dass Mom mich versteht. »Dabei habe ich überhaupt nichts Verbotenes gemacht. Ich stand bloß an einer Bushaltestelle herum.«

»Ach ja?« Jetzt sieht Mom mich doch an, ihre sonst glatte weiße Stirn ist von feinen Anspannungsfalten zerknittert. »Und warum gehst du überhaupt allein nachts ins Kino? Und treibst dich dann am Square rum? Ohne uns Bescheid zu sagen. Kannst du mir das erklären?«

Fuck. Meine Ausrede hat vielleicht gestern gezogen, aber hier werde ich damit nicht weit kommen. Wir stehen uns mit verkniffenen Gesichtern gegenüber und starren uns an.

Sirenengeheul zerreißt die Stille, ein lang gezogenes, wehklagendes Jaulen, das mir durch Mark und Bein dringt. Dieses Geräusch passt nicht nach Primrose Hill, so überhaupt nicht. Schon wieder Polizei? Die wollen doch nicht etwa zu uns, oder?

Durchs Fenster kann ich sehen, wie ein Polizeiauto um die Straßenecke biegt. Sie kommen leider tatsächlich zu uns. Scheiße. Doch bevor ich einen klaren Gedanken fassen kann, fährt der Wagen an unserem Grundstück vorbei und parkt vor Calebs Haus.

»Was soll das?« Hilfe suchend drehe ich mich zu Mom um. Sie ist blass geworden. »Was wollen die bei den Pettersons?«

Draußen erklingt ein Schrei. »Das können Sie doch nicht machen!« Es ist die schrille Stimme meines Bruders.

Ohne nachzudenken, renne ich aus der Küche. Noch

während ich die Haustür aufreiße, höre ich Mom, die mir irgendetwas hinterherruft. Ich stürze aus dem Haus, sehe, wie zwei Polizisten Caleb abführen. In Handschellen geht er mit gesenktem Kopf zwischen den beiden breitschultrigen Uniformierten. Seine Eltern schauen mit aschfahlen Gesichtern von der Eingangstreppe ihres Hauses aus zu. Calebs kleiner Bruder Alex sitzt weinend auf den Stufen. Noah steht hilflos neben ihm und starrt den Polizisten fassungslos hinterher.

»Caleb!«, brülle ich.

Auf dem Weg zum Polizeiauto wirft er mir einen überraschten Blick über die Schulter zu. »Es ist alles okay, Harper!«, ruft er und ringt sich ein Lächeln ab. »Mach dir keine Sorgen.«

Bevor ich noch irgendetwas sagen oder tun kann, ist Caleb schon auf dem Rücksitz des Polizeiwagens verschwunden. Die Wagentür wird mit einem Knall hinter ihm zugeschlagen und die Polizisten steigen ein.

Auf einmal ist da ein Sirren in meinem Kopf, das Blut rauscht in meinen Ohren, während ich hilflos zusehe, wie die Polizei mit meinem besten Freund davonfährt.

Erst als der Wagen um die Straßenecke gebogen ist, fällt die Betäubung von mir ab und ich renne auf die Pettersons zu, die noch immer reglos auf der Veranda stehen.

»Was ... was ist passiert?«, stammele ich.

Trish Pettersons schmales graues Gesicht nimmt einen strengen Zug an. »Caleb hat gestern Abend eine Grenze überschritten. Er hat das Haus in Brand gesteckt, nachdem wir uns deinetwegen gestritten haben.«

»Was hat er?!« Ein Teil von mir – der Teil, der kurz davor

ist durchzudrehen – möchte in hysterisches Gelächter ausbrechen. »Das ist doch absurd!« Ich deute zum Haus hinter ihnen, das aussieht wie immer.

»Caleb hat einen Papierkorb angezündet, Harper. Wenn Jim den Rauch nicht gerochen und den Brand gleich gelöscht hätte ...«

»So was würde Caleb niemals tun!«

»Er wollte uns umbringen«, flüstert Misses Petterson.

»Caleb ist der friedlichste Mensch auf der Welt!«, herrsche ich sie an. »Er könnte keiner Fliege etwas zuleide tun. Schon gar nicht Ihnen oder Ale–«

»Wie dem auch sei«, unterbricht Mister Petterson mich. »Er kommt jetzt erst mal auf die Insel. Dort werden sie sich um ihn kümmern.«

Unwillkürlich zucke ich zusammen. »Was?! Nein! Das müssen Sie verhindern!«

Mister Petterson verschränkt die Arme vor seiner Brust. »Nein, Harper. Genau dort gehört er hin. Und wenn er wieder zurückkommt, wird er so etwas nie wieder tun.«

Ich kämpfe gegen die Tränen an, die mir in die Augen steigen. Ich bin an allem schuld. Und jetzt muss Caleb auf die Insel! Außer Lucas kenne ich niemanden, der je dieses zweifelhafte Vergnügen hatte. Aber er hat nicht mitbekommen, was dort vor sich geht. Die Gerüchte sagen, dass manche, die auf die Insel gebracht wurden, nicht mehr zurückkehrten ... Was ist, wenn das Caleb passiert?! Ich hasse mich dafür, dass ich ihn in diese Situation gebracht habe. So weit hätte es nie kommen dürfen!

»Bitte, Sie müssen das rückgängig machen!«, flehe ich Mister Petterson an. Aber er schüttelt den Kopf und wendet sich zum Gehen. Seine Frau streckt die Hand nach Alex aus, der sich schniefend aufrappelt und ihr folgt. Gemeinsam verschwinden sie im Haus. Nur Noah steht noch mit gesenktem Blick vor der Eingangstreppe.

Ich muss irgendetwas tun! Calebs Eltern werden ihm nicht helfen, so viel steht fest.

Ich balle meine Hände zu Fäusten. Mit einem Mal fühle ich mich ruhig und klar. In mir ist nichts als Wut auf die Pettersons und die Polizei, die normale Teenager wie Kriminelle behandelt.

Meine Wut fühlt sich gut an, richtig gut, weil sie das genaue Gegenteil der Hilflosigkeit ist, die ich bislang empfunden habe. Ich muss Caleb befreien! Um jeden Preis. Und dazu muss ich zu ihm, auf die Insel. Ich habe auch schon einen Plan, wie ich dort hinkomme: Ich muss nur ein paar Gesetze brechen, das ist alles.

Ich marschiere durch die auseinandergleitenden Glastüren des Supermarkts bei uns um die Ecke. Im Inneren schieben ein halbes Dutzend hübsch frisierte Mütter ihre Einkaufswagen an den appetitlich angerichteten Obst- und Gemüseregalen vorbei. Zwei Mädchen scheuchen sich gegenseitig kichernd durch die Gänge. Nichtssagende Musik tröpfelt aus den Lautsprechern. Alles ist perfekt, alles ist in bester Ordnung.

Ich reiße eine Wodkaflasche aus dem Regal. Mit einer ruckartigen Bewegung drehe ich den Verschluss auf, proste einer Frau mit Kinderwagen zu und setze die Flasche an meinen Mund.

»Das ist doch unmöglich!«

»Was macht sie denn da?«

»Ist das nicht Harper Green?«

»Unglaublich!«

Das Getuschel schwillt um mich herum an wie ein sich nähernder Bienenschwarm.

Ich schlucke. Das Zeug schmeckt widerlich, so, wie ich mir den Geschmack von Benzin vorstelle, aber das Brennen in meiner Kehle fühlt sich gut an. Schluck für Schluck würge ich die klare Flüssigkeit runter, während das Getuschel um mich herum immer empörter wird.

»Irgendwer sollte den Manager rufen.«

»Typisch Flowergrove, diese Kinder sind Wilde!«

»Ich hab immer gesagt, dass sie nicht hierherpassen!«

Ich setze die Flasche ab und wische mir mit dem Handrücken den Mund ab. »Was?«, blaffe ich die Hausfrauen an. »Habt ihr ein Problem mit mir?«

Jetzt sagt niemand mehr was. Blicke werden gesenkt und Köpfe weggedreht. »Ihr verdammten Heuchlerinnen! Ihr habt recht, wir passen nicht hierher.« Der Wodka schwappt in meinem leeren Magen gefährlich auf und ab. In meinem Kopf schwirrt alles, mir wird schwindelig. Ich will auf keinen Fall schon wieder kotzen, aber ich fürchte, das wird mir nicht erspart bleiben. Scheiß drauf.

Mit der halb leeren Wodkaflasche in der Hand torkele ich auf den Ausgang zu. Niemand versucht, mich aufzuhalten. Als ich nach draußen auf die Straße trete, muss ich beinahe lachen. Nur um sicherzugehen, dass sie auch wirklich die Polizei rufen, drehe ich mich um und schleudere die Flasche mit voller Wucht in die Schaufensterscheibe.

8

Ich sitze mit drei anderen Teenagern in einem abgedunkelten Polizeitransporter und bin auf dem Weg zur Insel. Leider ist Caleb nicht dabei, vermutlich wurde er vor mir weggebracht.

Die Fenster des Transporters sind dunkel getönt, der Fahrerbereich ist durch eine vergitterte Trennwand abgeschnitten. Wie in einem Gefangenentransporter. Vier Sitze links, vier rechts. Wir haben jeweils die mittleren beiden belegt.

Ich dachte immer, sich zu betrinken, würde sich gut anfühlen. Man wäre *beschwipst,* wie Mom immer sagt, hätte gute Laune, würde viel kichern und Spaß haben. Aber mir geht es hundeelend. Als ich mich anschnallen wollte, habe ich neben den Gurt gegriffen, weil ich ihn nicht gesehen habe. Eher zwei oder drei Gurte, je nachdem wie schnell sich das Karussell in meinem Kopf gedreht hat. Einer der Wachmänner musste mir helfen. *Spaß haben* sieht definitiv anders aus.

»Es ist viel zu unbequem!«, beschwert sich das Mädchen gegenüber von mir. »Mein Hintern tut schon weh von diesen blöden Sitzen.« Ich hab sie und die anderen schon in der Arrestzelle kennengelernt: Celine ist ein hübsches, zierliches Mädchen mit einem kleinen Schmollmund und einer riesigen Anspruchshaltung. Sie beschwert sich pausenlos:

Weil es so verdammt ungerecht ist, dass sie überhaupt hier ist, schließlich hat sie gar nichts getan. Wenn man sie mit ihrem Dad telefonieren ließe, würde er sie sofort rausholen, denn er arbeitet für den Bürgermeister und ist ein hohes Tier.

Insasse Nummer zwei ist ein Typ mit zerrissenem Footballshirt und einem halb zugeschwollenen Auge. In der Zelle hat er die ganze Zeit stumm auf den Fußboden gestarrt und mich keines Blickes gewürdigt.

Jo, der schlaksige Junge rechts von mir, trägt Eyeliner und Glitzerlidschatten und knabbert an seinen Fingernägeln.

»Ich muss aufs Klo!«, verkündet Celine.

»Das fällt dir jetzt ein?«, spottet Jo.

»Mich nicht zu lassen, ist ein Verstoß gegen meine Grundrechte. Das erzähl ich meinem Dad.«

»Ja, am besten schreibst du alles auf.« Jo klingt genervt.

Die schlechte Luft fängt an, mir zuzusetzen. Mein Magen rebelliert. Ich versuche, ruhig zu atmen und die Übelkeit damit wegzudrängen.

»Hey, alles okay?«, fragt Jo neben mir. »Du zitterst.«

Der Wagen schlingert um eine Kurve und der Gurt drückt mir auf den Bauch. Ich lockere ihn und starre hinter Celine auf die Innenwand des Transporters. Ich werde diese Fahrt überstehen, ohne zu kotzen!

Celine verzieht das Gesicht. »Oh Mann, ich muss echt pinkeln!«, jammert sie, woraufhin Jo sich einen Witz daraus macht, das Geräusch von strömenden Bächen und fließenden Wasserhähnen nachzumachen.

»Hör auf damit!«, faucht sie ihn an.

»Schhhhhhh!«, macht Jo.

»Wir werden ja sehen, wie lustig du das findest, wenn ich hier alles vollpinkele.« Sie lehnt sich über den Schoß des Footballtypen und klopft energisch gegen die Trennscheibe. »Hey! Können Sie mal kurz anhalten? Ich muss auf die Toilette, bitte!«

Keine Reaktion.

»Hallo! Hören Sie mich?« Sie hämmert lauter. »Ich muss aufs Klo!«

»Das interessiert keinen.« Es ist das erste Mal, dass der Footballtyp den Mund aufmacht.

Celine zieht sich wieder auf ihren Platz zurück. Eine bedrückende Stille senkt sich über uns.

»Sollen wir ein Spiel spielen?«, unterbricht Jo das Schweigen. »So eine Art Jeopardy? Wir können raten, was jeder von uns getan hat? Ich meine, was ist mit dir, Harper? Was hast du angestellt? Drogen, Sex in der Öffentlichkeit, eine Prügelei?«

»Halt die Klappe!«

»Ich will doch bloß wissen, warum du hier bist.«

»Weil sie eine Versagerin ist«, sagt der Footballtyp. »Wie wir alle.«

»Ich bin keine Versagerin!«, protestiert Celine. »Du kennst mich gar nicht. Du hast kein recht, über mich zu urteilen! Ich war bloß auf der Geburtstagsparty meiner besten Freundin. Im Grunde ist alles, was passiert ist, ihre Schuld. Sie musste ja unbedingt zur Feier des Tages einen Joint rauchen. Als ihr Dad ins Zimmer kam, hat sie Panik gekriegt und mir das Ding in die Hand gedrückt. Dieser Blödmann hat mich sofort gemeldet, weil er neidisch auf meinen Dad ist. Ich hab überhaupt nichts Falsches getan!«

»Und?« Der Footballtyp klingt gelangweilt. »Was spielt das für eine Rolle?«

»Ob ich unschuldig bin oder nicht? Eine große!«

»Deine Freundin hat anscheinend bislang nichts getan, um die Sache aufzuklären, oder?«

Celines mürrisches Schweigen ist Antwort genug. Anscheinend hat er voll ins Schwarze getroffen.

Jo räuspert sich. »Okay. Blödes Spiel. Macht bloß schlechte Laune. Probieren wir was anderes. Wie wäre es mit Ich-packe-meinen-Koffer-für-die-Insel? Ich fang an. Ich packe meinen Koffer für die Insel und nehme meinen Walkman mit. Wer will als Nächstes?«

»Für dich ist das alles nur ein Witz, oder?«, stößt der Footballtyp leise hervor. Jo gibt keine Antwort.

»Ist dir eigentlich klar«, fährt der Footballtyp fort, »dass diese Maßnahme für immer in deiner Akte stehen wird? Du kannst nicht mehr auf jede Uni gehen, auf die du willst. Wolltest du ein Stipendium? Tja, das kannst du dir jetzt in die Haare schmieren. Genau wie deinen Platz in der Footballmannschaft. Und wenn du später eine Wohnung brauchst, können Vermieter sich weigern, an dich zu vermieten. Weil du auf der Insel warst. Aber Hauptsache, du hast deinen Spaß.« Er verstummt, doch seine Worte hallen nach.

»Wie gut, dass ich nie in die Footballmannschaft wollte«, murmelt Jo. Niemand lacht.

Ich schlucke schwer. Natürlich hab ich nicht über die Konsequenzen nachgedacht, bevor ich eine halbe Flasche Wodka in mich reingekippt und die Fensterscheibe des Supermarkts eingeworfen habe. Aber selbst wenn, für Caleb riskiere ich es gerne, später mal Schwierigkeiten bei der Wohnungssuche zu haben.

Müde schließe ich die Augen.

Die Tür des Transporters wird aufgerissen und ich schrecke hoch.

»Rauskommen!«

Nacheinander springen wir aus dem Wagen. Die beiden Wärterinnen, die uns in Empfang nehmen, tragen weiße Uniformen. Sie haben streng zurückgebundene Haare, harte Gesichter und wirken so, als könnte nichts auf der Welt sie noch überraschen. Ihre Namensschilder verraten mir, dass die ältere, hagere Wärterin Sybil heißt und die jüngere, rundliche Gloria.

Der Gebäudekomplex vor uns ist riesig. Mehrere hellgelbe Flachbauten stehen etwas verteilt in einem Halbkreis, die Fläche davor besteht aus sonnenverbranntem Gras. Ein Kiesweg führt zum größten Haus in der Mitte, das auch als einziges mehrgeschossig ist.

Jetzt verstehe ich, warum man diesen Ort hier *die Insel* nennt, obwohl weit und breit kein Wasser zu sehen ist. Wir befinden uns auf einer Art Bergspitze, die genauso verlassen daliegt wie eine Insel. Um uns herum fällt die Landschaft steil ab. Wälder säumen die Hänge bis ins Tal.

Die ältere Wärterin, Sybil, nimmt ein Klemmbrett, das ihr einer der Polizisten hinhält. Gloria, die jüngere, streckt ihren Arm in Richtung Hauptgebäude aus. »Los, die Damen!«

Der Footballtyp schaut sie irritiert an. Erst als auch Jo mit Celine und mir losläuft, scheint ihm zu dämmern, dass er ebenfalls gemeint ist, und er setzt sich in Bewegung.

Das Innere des Haupthauses hat etwas von einer Klinik: Der Fußboden ist mit grünem Linoleum ausgelegt. Männer und Frauen in weißen Uniformen und Kitteln eilen durch die Flure. In der Luft hängt ein beißender Desinfektionsmittelgeruch. Leise Musik dudelt aus kleinen Lautsprechern, die an der Decke festgemacht sind.

Unsere beiden Wärterinnen beachten uns kaum, sondern plaudern miteinander, während wir ihnen folgen. Irgendetwas über Diäten. Sybil zieht Gloria damit auf, dass sie nie länger als eine Woche durchhält.

Wann immer es eine Tür zu durchqueren gilt, zückt eine von beiden ihren Schlüssel. Weitere Sicherheitsmaßnahmen sehe ich nicht, die Wärterinnen tragen keine Waffen. Aber ich kann mir nicht vorstellen, dass es wirklich keine gibt. Ich wette, sie sind bloß versteckt. Denn an ausbruchswilligen Menschen wird es auf der Insel vermutlich nicht mangeln.

Sie führen uns in einen großen Raum, der von einem Tresen geteilt wird. Dahinter steht ein kahlköpfiger Wärter, der vier kleine Plastikeimer unter dem Tresen hervorholt. In den riesigen Regalen hinter ihm stapeln sich nach Farben sortierte Klamotten. Aus dem Lautsprecher ertönt jetzt ein schwermütiger Popsong, der mir bekannt vorkommt. Ich glaube, es geht darin um einen Zoobesuch.

Der Wärter deutet erst auf uns und dann auf die Eimer vor ihm. »Taschen leer machen!«

Ich drehe das Futter meiner Jeanstaschen nach außen, um zu zeigen, dass ich nichts dabeihabe. Der Footballtyp gibt seine Armbanduhr ab, Jo einen schwarzen Kajalstift. Gloria runzelt die Stirn. Jo schenkt ihr ein kokettes Lächeln.

»Ich weiß nicht, wie es Ihnen geht, aber ich hasse es, ohne Lidstrich vor die Tür zu gehen.«

Es fällt mir echt schwer, nicht breit zu grinsen. Jo ist schlagfertig, das muss man ihm lassen.

»Klappe halten!«

Celine schüttet mit bebenden Händen den Inhalt ihrer kleinen Handtasche in einen der Eimer. »Ich will jetzt sofort auf die Toilette!« Ihre Augen sind rot gerändert und ich bemerke erst jetzt, dass sie jünger ist als wir anderen. Vielleicht vierzehn oder fünfzehn. Mit ihrer zitternden Unterlippe wirkt sie fast noch wie ein Kind.

»Nicht so eilig, junge Dame.« Sybil blättert durch die Seiten auf dem Klemmbrett, das sie von dem Polizisten bekommen hat, während sich Gloria mit einem breiten Grinsen vor uns aufbaut. »Keine Sorge, das kriegt ihr alles nach eurer Entlassung zurück. Als Nächstes ist Umziehen angesagt. Ihr bekommt schicke, neue Overalls. Eure Farbe ist Blau. Schön, nicht?«

Niemand von uns nickt oder lächelt, nicht mal Jo. Mir wird klar, dass diesen beiden Wärterinnen völlig egal ist, wer wir sind. Für sie sind wir nur Nummern, die hier durchgeschleust werden.

Der kahlköpfige Mann hinter dem Tresen hat unterdessen vier blaue, exakt gleich aussehende Overalls auf den Tresen gelegt. Gloria drückt jedem von uns einen davon in die Hand. Sie blickt zu Jo und dem Footballtypen. »Ihr beide kommt in den Männertrakt.« Sie nickt zwei Wachmännern zu, die ich bislang gar nicht wahrgenommen hatte. Der Footballtyp trottet los, ohne sich noch mal nach uns umzudrehen. Jo zieht vielsagend eine Augenbaue hoch. Unsere

Blicke treffen sich und ich nicke. Eine Wache öffnet die Tür und die Jungs verlassen den Raum.

Gloria wendet sich an Celine und mich. »Ihr kommt mit uns.«

Sie und Sybil führen Celine und mich in den angrenzenden Raum, in dem der traurige Song ebenfalls läuft. Er ist kleiner als der, in dem wir eben waren, hat keine Trennwand und auch keine Fenster. Erhellt wird er durch eine zuckende Neonröhre an der Decke. Romantisch.

»Ausziehen!«, blafft Sybil uns an.

»Was? Hier?« Celine ist weiß wie eine Wand geworden. »Das mach ich auf keinen Fall! Ich will eine Kabine!«

»Nichts da.«

»Auf keinen Fall!« Celine weicht einen Schritt zurück. »Das verstößt gegen meine Grundrechte. Ich werd das meinem Vater erzählen.«

Sybil mustert sie abschätzig und ihr Blick bleibt an Celines teuren Markenschuhen hängen. »Die Kollegen auf der Wache haben uns schon vor dir gewarnt. Miss Extrawunsch. Damit kommst du hier nicht durch. Wir haben nicht den ganzen Tag Zeit.«

Celine sieht mich Hilfe suchend an. Keine Ahnung, was sie von mir erwartet. Mir gefällt das Ganze ebenso wenig wie ihr, aber deswegen werde ich mit den beiden gruseligen Wärterinnen ganz sicher keinen Streit anfangen. Ich muss Caleb finden und hier rausholen, das ist alles, was zählt. Je weniger ich anecke, desto besser. Schnell streife ich mein Shirt ab und beginne damit, meine Jeans aufzuknöpfen. Zögernd folgt Celine meinem Beispiel.

Die Wärterinnen plaudern über Entschlackung, Trennkost und Saftkuren. Celine und ich stehen beschämt im Neonlicht, angestrengt darum bemüht, einander nicht anzusehen. Im Hintergrund läuft schon wieder derselbe, traurige Song wie eben. *Perfect Day.* Nur fällt mir nicht ein, wer ihn singt.

»Arme ausstrecken!«

Celine schluchzt, sie hat die Arme krampfhaft vor der nackten Brust verschränkt.

»Arme ausstrecken!«, wiederholt Sybil. »Oder hast du was zu verbergen? Titten ja wohl nicht.«

Ihre Kollegin lacht. »Komm schon, Mädchen«, sagt Gloria freundlicher. »Nichts, was wir nicht schon gesehen haben.«

Sie greift nach Celines Handgelenk, doch Celine stößt sie zurück.

Sofort verdrehen die Wärterinnen ihr den Arm auf den Rücken und drücken sie gegen die Wand. »Das ist dein erster Tag hier, Mädchen. Willst du jetzt schon in die Arrestzelle?«

Gloria hält Celine fest, während Sybil mit grober Routiniertheit die Durchsuchung fortsetzt. Celine wimmert. Da stößt Sybil einen angewiderten Schrei aus. »Schau dir die Sauerei an!«

Ich starre angestrengt auf die grauen Fliesen vor mir an der Wand.

»Sie hat sich eingepinkelt!«

»Na, Mädchen, willst du das auch deinem Papa erzählen?«

»Lasst sie in Ruhe!« Ich wollte mich raushalten, aber ich kann nicht. Dass es hier Regeln gibt, okay. Aber ich kann einfach nicht dabei zusehen, wie sie Celine erniedrigen.

»Was hast du gesagt?« Sybil stellt sich drohend vor mich. Sie kommt mir so nahe, dass ich die Äderchen in ihren Augen erkennen kann. Der künstliche Blumenduft ihrer gestärkten Uniform sticht mir in die Nase. Ich weiß, dass ich jetzt ruhig bleiben muss. Ganz egal, wie sehr es in mir brodelt. Ich kann keine Strafe riskieren, sondern muss mich an den Plan halten. Im Hintergrund sehe ich, wie Celine wimmernd an der gekachelten Wand herunterrutscht und sich am Boden zusammenkrümmt.

»Was hast du gesagt?«, wiederholt Sybil leise und drohend.

»Nur dass du dich ficken kannst, du sadistisches Monster!« Ich kann nicht länger mit ansehen, wie sie mit Celine umspringen, Plan hin oder her.

Sybil starrt mich an, als hätte sie sich verhört, fasst sich aber wieder. »Herzlichen Glückwunsch, Harper Green. Dein Aufenthalt hat sich gerade auf unbestimmte Zeit verlängert.«

Okay, positiv denken! Dann habe ich eben mehr Zeit, um Caleb zu finden und hier rauszuholen. Keine Ahnung, wie es danach weitergeht. Für den Moment zählt nur, Caleb zu befreien.

Die andere Wärterin grinst mich an. »Du bist als Nächstes dran.«

Endlich fällt mir der Sänger des Songs ein, der da in Endlosschleife läuft: Lou Reed.

9

»Es gibt genau zwei Orte, an denen ihr euch während der Dauer eurer Maßnahme aufhalten werdet.« Noch benommen von meinem ersten Kater und der Nacht in einer kahlen Zelle, stolpere ich hinter den beiden Wärterinnen einen der Flure des Hauptgebäudes entlang. »Zelle und Hof.«

Jo, Celine und der Footballtyp laufen stumm neben mir her. Sie tragen wie ich die blauen Overalls, die wir gestern nach der Leibesvisitation anziehen mussten. Niemand von uns sagt ein Wort.

Am Morgen wurde ich von Sirenengeheul und angeschaltetem Licht geweckt. Jemand stellte mir wortlos ein Tablett mit Toast und Käse in die Zelle. Das Zeug schmeckte nach Pappe, aber ich war so hungrig, dass es mir egal war. Ich muss Kraft tanken. Jetzt steht mein erster Arbeitseinsatz an – und das heißt, ich kann nach Caleb Ausschau halten.

»Körperliche Arbeit, Lektüre und Evaluation«, fährt Sybil munter fort, »das sind die drei Bestandteile eurer Maßnahme.«

Endlich stoppt die nervtötende Musik, die ich schon gestern ertragen musste.

»Körperliche Arbeit reduziert Stress und kann dabei helfen, die eigenen zerstörerischen Impulse in etwas Nützliches umzuwandeln. Wenn du mit allem und jedem ein Problem hast, bist du vielleicht selbst das Problem«, ertönt eine heiter klin-

gende, blecherne Männerstimme aus den Lautsprechern über mir.

Sybil reißt die Tür auf und wir treten nach draußen ins warme Licht der Morgensonne, das sich nach all dem grellen Neonlicht unglaublich wohltuend anfühlt.

Wir stehen in einer blühenden Gartenanlage mit Gemüsebeeten, Apfelbäumen, Hecken und Goldfischteich. Wunderschön. Ich bin total überwältigt. Damit habe ich nicht gerechnet.

Insassen in Overalls – blau, grün oder orange – widmen sich emsig der Gartenarbeit. Es werden Beete geharkt, Bäume beschnitten und in der Mitte der Anlage entsteht etwas, das wie ein Pavillon aussieht. Was immer ich mir unter *dem Hof* und *der Arbeit* vorgestellt habe, das war es nicht.

»Hübsch, oder?« Sybil grinst uns an. »Und ihr werdet dafür sorgen, dass es hier auch hübsch bleibt!«

Mit klopfendem Herzen versuche ich, Caleb unter den Gefangenen auszumachen. Überall patrouillieren Wärter und Wärterinnen in weißen Uniformen, die die Insassen zur Arbeit antreiben. Aber auch sie tragen keine Waffen. Das ganze Gelände wirkt offen – kein Stacheldrahtzaun, keine Mauer.

In meinem Augenwinkel blitzt etwas auf. Ich schaue genauer hin und mein Blick wandert hinauf zu den Dächern der Flachbauten um uns herum. Da ist jemand! Eine Gestalt, die geduckt zu einem Schornstein läuft. In der Hand hält sie etwas, das wie ein Maschinengewehr aussieht.

»Auf den Dächern sind Scharfschützen positioniert und die haben einen Schießbefehl. Also versucht erst gar nicht abzuhauen«, sagt Sybil, als hätte sie meine Gedanken gehört, was in Anbetracht meiner Gabe auf kranke Art witzig wäre. Aber ich werde mich hüten, jetzt ihre Gedanken zu lesen. Ich brauche einen klaren Verstand. »Ihr arbeitet und haltet euch an die Regeln, verstanden?!«

Alle nicken hastig. Celine sieht aus wie der Tod, blass und zittrig. Genau wie gestern im Duschraum starrt sie angestrengt an mir vorbei.

»Zur Orientierung gibt's einen einfachen Farbcode«, fährt Sybil fort. »Die Unmoralischen tragen Blau, die Terroristen Orange, die Freaks Grün, Aufsichtspersonal Weiß. Ihr hört auf die Weißen und haltet euch fern von den Orangen. Kapiert?«

Erneutes Nicken. Okay. Wir sind also Unmoralische. Welche Farbe Calebs Overall wohl hat? Und wer sind die *Freaks?*

»Gut. Los geht's. Ihr beide?« Sie wendet sich an den Footballtyp und Celine. »Ihr könnt auf der Baustelle helfen. Und ihr zwei Mädels«, fügt sie mit anzüglichem Grinsen hinzu, womit sie wohl Jo und mich meint, »dürft Unkraut rupfen.«

Sofort kocht die Wut in mir hoch. Wie kann sie Jo als *Mädel* bezeichnen?! Nur weil er Eyeliner trägt?

»Bleib ruhig!«, flüstert Jo mir zu. Er wirft einen vielsagenden Blick auf meine Hände, die ich unwillkürlich zu Fäusten geballt habe. »Ich habe von deinem kleinen Streit mit Sybil gehört. Was hat der dir gebracht?«

Ich weiß, dass Jo recht hat, und zwinge mich, tief durchzuatmen.

Wir wenden uns dem Beet zu und kriechen Seite an Seite durch zwei parallel verlaufende Gemüsereihen. Rosenkohl und Brokkoli. Die Erde ist körnig, voller winziger Steine, die einem mit der Zeit die Haut an Händen und Knien aufreißen, aber das ist halb so schlimm.

Es fühlt sich gut an, der Enge und der Beschallung des Zellentrakts zumindest zeitweise entflohen zu sein. Aber es beunruhigt mich, dass ich Caleb nirgendwo entdecken kann. Verstohlen mustere ich die verschiedenen Gruppen um uns herum: Die blauen Overalls sind in der Mehrzahl, Unmoralische wie ich, die meisten von ihnen Teenager. Manche machen auf cool, reißen Witze oder erledigen die Gartenarbeit mit gespielter Nachlässigkeit. Trotzdem wette ich, dass jeder von ihnen seine Seele verkaufen würde, um in den warmen Schoß der Gesellschaft zurückkriechen zu dürfen.

Dann schaue ich mir die *Freaks* in Grün an. Sie haben es auf den ersten Blick am leichtesten. Sie gießen Blumen oder legen Mosaike aus Kieselsteinen. Manche sitzen auch einfach im Gras herum und starren in den Himmel. Die Wärterinnen drängen sie nicht zur Eile, niemand scheint etwas von ihnen zu erwarten. Und doch jagt mir ihr Anblick mehr Angst ein als alles andere. Ihre leeren Gesichter, ihre zögernden, langsamen Bewegungen, die wirken, als würden sie durch tiefes Wasser waten. Was hat man diesen armen Menschen angetan, dass sie in einem so furchtbaren Zustand sind? Hat man ihnen Elektroschocks verpasst oder sie mit Medikamenten vollgestopft? Sie tun mir unendlich leid. Hätte ich irgendwem von den Stimmen erzählt, hätte ich jetzt vermutlich auch einen grünen Overall an. Etwas Schlimmeres kann ich mir nicht vorstellen.

Die angeblichen Terroristen in ihren orangen Overalls machen die schwerste Arbeit. Sie errichten den Pavillon, rühren Zement an, schleppen Steine heran. Sie haben weder Schutzhandschuhe noch benutzen sie Werkzeuge. Außerdem tragen sie elektronische Fußfesseln. Die meisten haben wettergegerbte Gesichter, ihre Overalls sind verschmutzt und abgetragen. Manche von ihnen haben Narben und Verbrennungen, über deren Ursprung ich lieber nicht nachdenken möchte. Ihre Erschöpfung lastet auf ihnen wie unsichtbare Gewichte.

Eine von ihnen, eine alte Frau, starrt mich an. Als ich ihren Blick erwidere, schaut sie schnell weg. Sie hat weiße Haare und ihr sonnenverbranntes Gesicht ist von unzähligen Falten durchzogen. Doch die Kraft, mit der sie Steine aufeinanderwuchtet, verrät mir, dass sie jünger sein muss, als sie aussieht.

»Ich hasse Gartenarbeit!« Jo verzieht gequält das Gesicht.

»Gartenarbeit ist doch super«, imitiere ich den heiteren Tonfall der Inselpropaganda. *»Ich meine, ist das nicht eine tolle Gelegenheit, unsere destruktiven Impulse endlich in etwas Nützliches umzuwandeln?«*

»Jetzt hast du mich überzeugt.«

Wir müssen beide lachen.

Nicht weit von uns entfernt hört man Johlen. Ein paar Teenager, deren Aufgabe eigentlich darin besteht, den Goldfischteich zu reinigen, machen sich über einen der Freaks lustig, der eine Schubkarre mit Laub herumschiebt. Er hat anscheinend vergessen, wohin er damit gehen soll, und schiebt sie nun verwirrt im Kreis herum. Seine Augen sind leer, aus seinem Mund rinnt Speichel. Die Teenager äffen ihn nach und lachen sich kaputt. Niemand weist sie zurecht.

»Diese blöden Arschlöcher!«, flüstere ich. »Warum sagen

die Wärter ihnen nicht, dass sie mit diesem Scheiß aufhören sollen?«

»Sei leise.« Jos Stimme ist mahnend. »Du kannst dich nicht jedes Mal einmischen, wenn etwas Ungerechtes passiert. Wir sind auf der Insel. Hier passieren ständig schlimme Dinge.«

Das ist mir auch klar, trotzdem kann ich es nicht verstehen. Es reicht doch, wenn die Wärter den Insassen das Leben zur Hölle machen.

»Warum machen sie ihn fertig?«, frage ich angewidert. »Sie sitzen doch auch hier fest. Genau wie er.«

»Weil sie Angst haben.« Jo sieht mich ruhig an. »Wenn sie jemanden fertigmachen, dem es noch dreckiger geht, fühlen sie sich wahrscheinlich mächtig. Einen Moment lang zumindest.«

Jo jätet stoisch weiter Unkraut. Dieser Typ ist nicht nur schlagfertig, sondern auch echt schlau.

»Warum bist du eigentlich hier?« Ich werfe Jo einen fragenden Blick zu.

»Ach.« Er grinst schief. »Ich habe meinem Vater das Auto geklaut. Also, natürlich hatte ich es nur ausgeliehen, aber leider vergessen, ihm das zu sagen. Er fand es gar nicht witzig. Ganz generell ist er nicht so mein Fan.«

»Dein eigener Vater hat dich angezeigt?«

Jo nickt. »Familie kann man sich nicht aussuchen.«

Aber seine Freunde schon. »Hör mal«, ich senke die Stimme. »Unter den Jungs in deinem Trakt, war da ein Caleb Petterson dabei? Groß, Afroamerikaner, muskulös, Typ Basketballer. Supernett.«

»Nein.« Jo mustert mich. »Wieso?«

»Er ist ein Freund von mir.«

Jo schweigt.

»Könntest du dich mal umhören?«

»Vergiss es!« Schweißperlen sammeln sich auf Jos Stirn. »Ich sitze hier meine Tage ab und dann bin ich wieder raus. Fertig.«

»Bitte! Ich muss Caleb finden!«

»Nein, tut mir leid. Ich will damit nichts zu tun haben!«

»Aber ...«

»Harper! Ich hab gestern Abend gesehen, was passiert, wenn man hier gegen die Regeln verstößt. Da kam ein Typ von einer *Behandlung* zurück, wie sie es genannt haben. Der konnte kaum noch laufen. Der stand so neben sich, dass er die einfachsten Sachen nicht mehr verstanden hat. Also wirklich gar nichts. Die andern haben gesagt, er hätte zwei Tage zuvor bloß versucht, heimlich an Schokoriegel ranzukommen. Als er abgeholt wurde, trug er einen blauen Overall wie wir. Als er zurückkam, war sein Overall grün und er konnte nicht mehr bis drei zählen. Verstehst du?« Aus Jos Blick spricht blanke Angst. »Wenn ich zufällig was mitkriege, sag ich dir Bescheid. Aber ich werde nicht rumfragen.«

Jetzt kapiere ich, warum alle so Angst vor der Insel haben. Es sind nicht nur die Umerziehungsmethoden. Es ist tatsächlich so, dass manche die Insel wirklich nicht mehr verlassen, egal für welches noch so kleine Vergehen sie hergebracht wurden. Und ich verstehe jetzt auch, weshalb Jo will, dass ich mich raushalte. Ein bisschen zusätzliche Zeit auf der Insel aufgebrummt zu bekommen wie ich, ist eine Sache. In einen hilflosen Zombie verwandelt zu werden, eine ganz andere. Und wenn schon eine lächerliche Kleinigkeit wie ein geklauter Schokoriegel derart grausame Konsequenzen hat, kann ich hier von niemandem Hilfe erwarten.

Mir ist klar, was das heißt. Wenn ich rausfinden will, wo Caleb ist, werde ich wieder Gedanken lesen müssen. Nur leider verursacht die Erinnerung an mein letztes Mal auf der Polizeiwache sofort einen Schweißausbruch. Die Schmerzen waren unaushaltbar gewesen, meine Nase hatte zu bluten angefangen und ich war bewusstlos geworden. Aber an dem Tag hatte ich auch dreimal hintereinander Gedanken gelesen. Wenn ich mir Pausen dazwischen gönne, könnte es ohne die totale Eskalation klappen. So oder so werde ich es ausprobieren müssen. Aber nicht jetzt. Auf keinen Fall möchte ich auffallen und nach einer *Behandlung* für immer hierbleiben müssen.

Mein Blick bleibt an einem alten Mann in einem orangefarbenen Overall hängen. Ein Politischer. Er schwankt unter dem Gewicht eines riesigen Stapels Backsteine, die er trägt. Er taumelt ein paar Schritte und droht das Gleichgewicht zu verlieren. Aber gerade als es so aussieht, als würde er zu Boden stürzen, fängt er sich wieder. Warum hilft ihm keiner der Umstehenden? Sein zerschlissener Overall ist vollkommen durchgeschwitzt. Er sieht aus, als würde er jeden Moment kollabieren. Die Frau mit den weißen Haaren, die mich eben angestarrt hat, bemerkt es auch. Aber sie rührt keinen Finger. Ihr sonnenverbranntes Gesicht ist eine ausdruckslose Maske, nur ihre blauen Augen funkeln. Und auf einmal wird mir klar, dass ich sie kenne.

Ich springe auf.

»Was machst du da?«, zischt Jo mir zu. »Bleib hier!«

Aber ich höre nicht auf ihn, sondern laufe auf die Frau zu. Ich blicke mich schnell um, aber niemand außer Jo scheint mich zu bemerken, nicht einmal die Wachleute.

»Misses Forster?«, sage ich leise, als ich die Frau erreicht habe. »Ich weiß nicht, ob Sie sich noch an mich erinnern.«

»Oh, ich erinnere mich an all meine Schüler.« Ein warmes Lächeln huscht über ihr Gesicht, das sie um Jahre jünger erscheinen lässt. »Du bist Harper Green. Das Mädchen, das nur einen einzigen Freund hatte.«

Milena Forster war Vertrauenslehrerin an der Primrose High, bis sie vor drei Jahren plötzlich von einem Tag auf den anderen aus dem Schuldienst ausschied. Man munkelte, sie hätte Krebs.

»Geh an deinen Platz zurück, Harper!« Sie nickt mir aufmunternd zu. »Du musst dich nur an die Regeln halten, dann kommst du hier wieder raus.«

Ich sehe mich wieder um. Zwei Wärterinnen in unserer Nähe unterhalten sich leise, ein Wachmann weist gerade die Jungs zurecht, die sich über den Mann mit der Schubkarre lustig gemacht haben. Mir bleibt nicht viel Zeit. Ich schaue Misses Forster in die Augen und konzentriere mich auf ihre Gedanken. Hoffentlich klappt es! Und hoffentlich kippe ich nicht gleich vor Schmerzen um. »Caleb Petterson war auch einer Ihrer Schüler«, sage ich mit gesenkter Stimme. »Haben Sie ihn hier gesehen?«

Sie zögert.

Nur kurz, als er eingeliefert wurde.

»Was soll das werden?« Eine der beiden Wärterinnen hat uns erreicht. Sie wendet sich an mich. »Was hat die Terroristin von dir gewollt?«

»Gar nichts. Ich bin zu ihr gegangen«, erwidere ich gereizt. Gleichzeitig freue ich mich darüber, dass ich keine Kopfschmerzen bekommen habe. Zumindest noch nicht. »Sie war früher meine Lehrerin.«

»Wie rührend.« Die Stimme der Wärterin trieft vor Ironie. »Was für ein herzzerreißendes Wiedersehen. Worüber habt ihr geredet?«

»Über gar nichts. Wir–«

Ein dumpfer Aufprall ist zu hören und ich drehe mich nach dem Geräusch um. Es war der alte Mann. Er ist zusammengebrochen, keuchend fasst er sich an die Brust. Er hustet und versucht, sich wieder aufzurichten, sinkt aber mit schmerzverzerrtem Gesicht zurück.

»Geh zurück an die Arbeit!«, herrscht die Wärterin mich an, als würde sich gerade nicht vor unserer aller Augen ein Notfall abspielen.

»Sie müssen einen Arzt rufen!«

»Geh an die Arbeit, hab ich gesagt!«

Der alte Mann versucht wieder, sich aufzurappeln, vergeblich. Es macht mich wahnsinnig, dass niemand ihm hilft, nicht mal die Leute, die in seiner unmittelbaren Nähe sind. Im Gegenteil, sie weichen ängstlich vor ihm zurück.

»Was ist, wenn er einen Herzinfarkt hat?« In mir steigt rasende Wut auf. »Er braucht Hilfe!« Ich laufe zu ihm und falle neben ihm auf die Knie. »Alles in Ordnung?« Dumme Frage. Sein Gesicht ist kreideweiß und er ringt verzweifelt nach Atem.

»Bleib von ihm weg!«, schreit die Wärterin hinter mir.

Der alte Mann packt mich am Arm, als wäre ich seine letzte Rettung, und versucht, sich an mir hochzuziehen. »Es geht mir gut«, hustet er. »Ich kann arbeiten.« Seinen Worten zum Trotz umklammert er meinen Arm so fest, dass die Sehnen an seiner Hand weiß hervortreten. Er hat große Schmerzen und kann sich kaum noch bewegen.

»Alles wird gut«, sage ich, aber ich glaube mir selbst kein Wort.

Ein schmerzhaftes Brennen durchfährt mein Rückgrat, jeder Muskel in meinem Körper erschlafft und ich kippe zur Seite.

10

»Alkohol ist ein selbstverständlicher Teil des täglichen Lebens: Zu einem schönen Abendessen gehört angeblich ein gutes Glas Wein.« Die einschmeichelnde Stimme aus dem Lautsprecher träufelt mit öliger Munterkeit in mein Bewusstsein, als ich zu mir komme. Ich liege auf der harten Pritsche meiner Zelle. Obwohl ... vielleicht ist es auch irgendeine andere Zelle. Es gibt nichts Individuelles hier, nichts, was zeigen würde, dass das *meine* Zelle ist.

»Alkohol ist eine sozial akzeptierte Droge. Würde jemand an einem festlich gedeckten Tisch auf die Idee kommen, eine Heroinspritze zu zücken, wären alle entsetzt. Bei Alkohol jedoch, der nichts anderes ist als ein hochgefährliches Nervengift, greifen alle gerne zu ...«

Ich habe einen metallischen Geschmack im Mund und Erinnerungsfetzen durchzucken mein Gehirn.

»Es ist nicht leicht, Nein zu sagen, wenn alle Ja sagen. Vor allem, wenn es Freunde sind ...«

Ganz ehrlich, wenn ich hier endlich raus bin, werde ich mich trotz meiner schauderhaften Wodkaerfahrung so was von betrinken. Schon allein um zu zeigen, dass diese ständige Gehirnwäsche bei mir nicht funktioniert.

»Gut. Du bist wach.«

Ich drehe mich erschrocken um. Auf dem Stuhl neben meiner Pritsche sitzt eine Frau im weißen Kittel. Eine Ärztin, schätze ich. Sie hat raspelkurze graue Haare, feine Gesichtszüge und trägt eine randlose Brille. Ich schätze sie auf Ende fünfzig.

»Was ist passiert?«, frage ich sie noch ein wenig benommen.

»Elektroschock. Du warst eine Weile bewusstlos. Mach dir keine Sorgen.«

Mühsam richte ich mich auf, wobei mir sofort schwummerig wird und ich husten muss.

»Dir wird sicher noch eine Weile schwindelig sein.« Die Frau steht auf, geht zum Waschbecken und füllt ein Glas mit Wasser. »Spätestens morgen geht es dir wieder gut.« Sie hält mir das Wasserglas hin. »Mein Name ist Doktor Masters. Ich bin Psychiaterin und hier, um deine Evaluation vorzunehmen.«

Das Wasser ist lauwarm und hat einen bitteren Nachgeschmack, trotzdem trinke ich es in großen, gierigen Zügen. Ganz langsam fängt mein Gehirn wieder an zu arbeiten. Ich bin zwar noch benommen vom Elektroschock, aber ich habe keine Kopfschmerzen. Es wäre einen Versuch wert, ihre Gedanken zu lesen. Schließlich arbeitet sie hier. Mit ein bisschen Glück weiß sie etwas über Calebs Verbleib. Ich muss nur den richtigen Moment abwarten, damit meine Frage nicht auffällt.

Doktor Masters zückt ein kleines schwarzes Notizbuch. »Eine Evaluation ist nach solchen Verstößen Standard. Um die Art der Sanktion zu bestimmen.« Sie lächelt mich an und ich fühle mich sofort in die Verhörsituation mit Diane auf der Polizeistation zurückversetzt. Ich muss aufpassen, was ich sage!

»Was ist mit dem alten Mann, der auf der Baustelle zusammengebrochen ist?«, frage ich. »Geht es ihm gut?«

»Warum kümmert dich das?«

Eine Gegenfrage. Interessant. Der Ausdruck in Doktor Masters blauen Augen ist ruhig und aufmerksam. Das erste Mal seit meiner Ankunft auf der Insel habe ich das Gefühl, als würde mich jemand wirklich sehen. Mir wird klar, dass ich mich vor dieser Frau in Acht nehmen muss. Noch viel mehr als vor Diane.

»Ist er tot?«

Sie nickt.

Eben habe ich noch seine Hand gehalten und ihm versprochen, dass alles gut wird, und jetzt soll er tot sein? Kalte Wut steigt in mir auf. Er hätte nicht sterben müssen! Wenn die Wärterin einen Arzt gerufen hätte, wäre er jetzt noch am Leben.

Doktor Masters notiert sich etwas in ihr Notizbuch. »Warum hast du nicht auf die Wärterin gehört, als sie dich aufgefordert hat, an deine Arbeit zurückzukehren? Hattest du das Gefühl, dass sie die Situation nicht im Griff hat? Oder etwas falsch gemacht hat?«

»Soll das ein Witz sein?«, frage ich sie so beherrscht wie möglich. »Der Mann ist tot! Sie und die anderen Wärterinnen standen nur rum und haben nichts gemacht!«

»Sie durften nicht eingreifen.«

»Wie bitte?« Ich starre sie ungläubig an.

Doktor Masters hält meinem Blick ruhig stand. »Liberatisten haben hier keinen Anspruch auf medizinische Behandlung. Mit ihren destruktiven Handlungen gegen die Gesellschaft haben sie sich das Recht auf deren Solidarität verwirkt«, führt sie ungerührt fort. »Dazu gehört auch das Privileg der medizinischen Betreuung.«

Mir wird schlecht. Keine Schutzkleidung, kein Werkzeug, schwere körperliche Arbeit und keine medizinische Versorgung. Allmählich dämmert mir das volle Ausmaß dessen, was hier passiert. Es sind nicht nur die *Behandlungen,* denen man unterzogen werden kann. Andere werden schlicht und einfach dem Tod überlassen.

»Ich wollte ihm bloß helfen«, sage ich leise.

»So, wie du Celine *geholfen* hast, als sie sich vor den Wärterinnen nicht nackt ausziehen wollte?« Doktor Masters' Tonfall ist vollkommen neutral und trotzdem fühle ich mich empfindlich getroffen, denn natürlich hat sie recht: Ich habe niemandem geholfen. Weder Celine noch der alte Mann sind auch nur ein Stück besser dran, weil ich mich eingemischt habe. Alles, was ich zustande gebracht habe, ist, meine eigene Lage noch zu verschlimmern. Was für eine tolle Leistung.

»Du hast dich einer Wärterin widersetzt, schon zum zweiten Mal«, sagt Doktor Masters mit ernstem Kopfschütteln. »Du respektierst ihre Autorität nicht.«

»Was wird mit mir passieren?«, frage ich und muss sofort an den Jungen mit dem Schokoriegel denken, von dem Jo mir erzählt hat. Droht mir jetzt auch so eine *Behandlung?*

»Warum bist du hier, Harper?« Doktor Masters sieht mich forschend an.

Ein eisiger Schauer läuft mir über den Rücken. Weiß sie Bescheid? Über mich und meine Gabe? Über die Liste? Ich muss ihre Gedanken lesen! Dafür brauche ich bloß ein Stichwort, auf das ich mich beziehen kann, wenn ich meine

Frage stelle. Sonst würde ich mich verdächtig machen. Und das sollte mir bei dieser Frau besser nicht passieren.

»Wolltest du, dass man dich erwischt?« Sie fixiert mich regelrecht mit ihrem Blick.

»Schwachsinn!«, stoße ich ein bisschen zu schnell hervor.

»Harper, ich bin nicht hier, um dich zu verurteilen. Ich bin weder für noch gegen dich. Mir ist klar, dass eine Einrichtung zur gesellschaftlichen Bildung kein angenehmer Ort ist und mit manchen Methoden bin ich nicht einverstanden. Aber alles, was auf der Insel geschieht, ist zu deinem Besten.« Sie hebt ihr Notizbuch. »Ich kenne deine Geschichte. Dein Vater ist bei dem Flugzeugabsturz gestorben, als du noch klein warst. Dann hat deine Mutter neu geheiratet. Der Umzug, ein neues Leben. Mit so einem Schicksal hätten viele zu kämpfen.«

Ich räuspere mich. Mein Herz schlägt schneller. »Da haben Sie Ihre Antwort. Ich bin ein traumatisierter Teenager.«

»Eben nicht«, widerspricht sie. »Du hast in all den Jahren nie Ärger gemacht, zumindest nicht polizeibekannt. Du hattest gute Noten, bist im besten Viertel der Stadt aufgewachsen, besuchst eine hervorragende Schule. Wie landet ein Mädchen wie du auf der Insel? Willst du mir nicht erzählen, was passiert ist?«

Sie weiß verdammt viel über mich. Die Chancen, dass sie noch mehr wissen könnte, stehen nicht schlecht. Vielleicht versucht sie gerade sogar herauszufinden, ob ich eine Gabe habe? Ich lasse es drauf ankommen.

»Ehrlich gesagt«, stoße ich mit leiser Stimme hervor, »frage ich mich manchmal, was mit mir nicht stimmt. Irgendwie hab ich das Gefühl, ich bin ... anders.«

Doktor Masters nickt und sieht mir interessiert in die Augen. Das ist meine Chance! Ich bete im Stillen, dass die Kopfschmerzen ausbleiben. »Warum bin ich anders?«, frage ich die Psychiaterin und konzentriere mich dabei auf meine Gabe.

Mit deinem Vater fing alles an.

Dad? Mit ihm fing es an. Aber was?

»Warum hast du das Gefühl, dass du anders bist?«, fragt Doktor Masters, bevor ich die Möglichkeit habe nachzuhaken. »Ist in letzter Zeit etwas passiert, das dir Sorgen macht? Hast du irgendwelche Veränderungen an dir bemerkt?«

Verdammt! Sie ist gut! Sie trifft genau den richtigen Tonfall, sachlich, aber mitfühlend. Wahrscheinlich hofft sie, dass ich mich an ihrem weißen Kittel ausheule und ihr vorschluchze, was für ein Albtraum mein Leben ist, seit ich diese freakige Superkraft in mir entdeckt habe.

Kopfschmerzen kündigen sich an. Fuck.

»Mein bester Freund ist verhaftet worden. Caleb Petterson.« Ich weiß, dass ich mich damit verrate. Und wie riskant es ist. Aber anders werde ich Calebs Aufenthaltsort nie erfahren. Ich sehe der Psychiaterin in die Augen. »Wissen Sie, wo er ist?«

Im Krankentrakt.

Was?!

»Ich glaube, wir führen unser Gespräch lieber bei einer anderen Gelegenheit fort.« Doktor Masters steht auf.

Warum ist Caleb im Krankentrakt? Ist ihm etwas zugestoßen? Was haben die mit ihm gemacht?

Mit zwei Schritten ist die Psychiaterin an der Zellentür. Mist. Hat sie gemerkt, dass ich ihre Gedanken gelesen habe?

Sie zückt ihren Schlüssel, geht nach draußen und verschließt hinter sich die Tür. Das Schloss klickt zweimal und ich höre ihre Schritte leiser werden.

Ich wäre jetzt gerne erleichtert, aber das Gefühl bleibt aus. Was, wenn Doktor Masters ahnt, dass ich eine Gabe habe? Was hat sie damit gemeint, dass alles mit Dad anfing? Wieso ist Caleb im Krankentrakt? Meine Gedanken gehen total durcheinander. Noch dazu sind meine Kopfschmerzen jetzt so richtig zurück. Zweimal Gedankenlesen hintereinander ist also auch schon zu viel.

Ich atme tief durch. Was ich jetzt brauche, ist eine Idee, einen Plan. Irgendwas, das mich aus dieser Zelle bringt. Aber zuerst muss ich mich beruhigen. Langsam atmen. Mich fokussieren. Ich starre auf die Tür und versuche, mich zu sammeln. Einatmen. Ausatmen. Es funktioniert, das Chaos in meinem Kopf ordnet sich. Dabei erkenne ich eine entscheidende Information: Caleb ist im Krankentrakt. Das heißt, ich muss selbst dorthin verlegt werden.

Wenn es doch nur irgendwas in dieser Scheißzelle gäbe, das ich als Waffe benutzen könnte! Irgendwas. Mein Blick fällt auf das leere Wasserglas, das noch immer neben meiner Pritsche auf dem Boden steht. Ich schnappe es mir und schmettere es mit voller Wucht gegen die Wand. Glas splittert in alle Richtungen.

Draußen schrillt der Alarm los, während ich in die Hocke gehe und eine besonders scharfe, große Scherbe aufklaube. Mit einem zuckersüßen Primrose-Hill-Lächeln, auf das Mom stolz wäre, drehe ich mein Gesicht zur rot blinkenden Kamera an der Ecke der Zellendecke – Showtime – und schneide mir mit der Scherbe, so tief ich kann, in meinen

Unterarm. Ein heftiger Schmerz durchzuckt mich und ich schreie laut auf.

Blut quillt aus der klaffenden Wunde. Adrenalin pumpt durch meinen Körper. Gleichzeitig kommt draußen im Trakt Hektik auf. Rostig quietschende Türen werden aufgerissen, die gebellten Befehle der Wärterinnen hallen durch die Gänge. Das Schloss meiner Zellentür klickt wieder zweimal. Gloria und Sybil stürmen herein.

»Was hast du gemacht, du dummes Gör!«, brüllt Gloria mich an, doch sie wirkt eher panisch als wütend. Kein Wunder, da ist wirklich eine Menge Blut. Benommen sehe ich zu, wie es über meinen Unterarm strömt und auf den Linoleumboden tropft.

»Sie muss sofort auf die Krankenstation!« Erschrocken presst sich Gloria die Hand auf den Mund.

»Und wenn das nur ein Trick von ihr ist?«, wendet Sybil ein. »Ich trau ihr nicht.«

»Die Unmoralischen haben ein Anrecht auf medizinische Versorgung«, erwidert Gloria hitzig. »Willst du zwei Insassen an einem Tag verlieren? Das hier ist kein verdammtes Todeslager.«

Obwohl es bei ihrer Diskussion um mein Leben geht, halte ich es für klüger, mich nicht einzumischen. Das Blut hat den blauen Stoff meines Overalls bereits durchnässt, immer schneller fließt es auf den Zellenboden.

»Was ist, wenn sie irgendwas im Schilde führt?«, entgegnet Sybil. »Am Ende kriegen wir den Ärger, wie immer, wenn wir nicht durchgreifen.« Doch sie wirkt nicht ganz so selbstsicher wie sonst. Zum ersten Mal sehe ich in ihrem hageren Gesicht einen Anflug von Zweifel.

Der Schmerz wird immer schlimmer und mein Aufstöhnen ist nicht gespielt.

»Herrgott, Sybil!«, entfährt es Gloria. »Du hast eine Tochter in ihrem Alter. Würdest du die auch verbluten lassen, wenn sie hier auf der Insel säße?«

Sybil presst die Lippen aufeinander, scheinbar hat Gloria einen wunden Punkt getroffen. Gloria zieht ein weißes Leinentaschentuch aus ihrer Uniformtasche und wickelt es fest um meinen Unterarm.

»So«, sagt sie und knotet es fest. »Das hält erst mal.«

Entschlossen hakt sie sich bei mir unter und zieht mich hoch. Als ich taumelnd auf die Füße komme, umfasst Sybil überraschend sanft meinen Oberarm und hält mich fest.

Manchmal findet man Überreste von Menschlichkeit dort, wo man sie am wenigsten erwartet.

11

Ich sitze dem Inselarzt gegenüber. Und irgendwie weiß ich sofort, dass ich vom Regen in die Traufe gekommen bin. Doktor Cooper ist ein asketisch aussehender Mann, blass und kantig, mit kühlen Augen und einem militärisch kurzen Haarschnitt.

»Eigentlich sollte man bei selbst zugefügten Verletzungen die medizinische Versorgung verweigern.« Routiniert und geschickt vollendet er die Naht an meiner Wunde. Es tut höllisch weh.

»Wenn du lieber sterben willst, als zu arbeiten, ist das nicht mein Problem.«

Das Krankenzimmer ist ein karger Raum. An der Wand hinter Doktor Cooper hängen Plakate, die in unterschiedlichen Ausschnitten den Aufbau des menschlichen Körpers ohne Haut zeigen. Daneben ein kleines Waschbecken mit schmucklosem Spiegel.

Von der Behandlungsliege aus kann ich durch eine offene Tür in Doktor Coopers Büro schauen. Ich sehe einen Schreibtisch, dahinter eine Regalwand mit Fachbüchern. Auf der gegenüberliegenden Seite des Untersuchungszimmers ist eine zweite Tür, allerdings ist sie geschlossen. Mit etwas Glück geht es dort zu den Krankenzimmern. Mein Puls beschleunigt sich. In einem der Betten dort muss Caleb liegen.

»Glaub mir, du bist nicht die Erste, die sich vorm Arbeitsdienst drücken will.« Cooper beginnt, mir einen Verband anzulegen. »Ich kenn Leute wie dich. Schmarotzer und Parasiten, die noch nie in ihrem Leben richtig gearbeitet haben. Aber hier wird nicht krankgefeiert!« Er legt die letzte Klammer am Verband an.

»So. fertig.« Er betrachtet zufrieden sein Werk. »Deine Wunde ist genäht und verbunden. Du kannst zurück auf den Hof. Ich sag deinen Wärterinnen, sie können dich gleich wieder abholen.«

Im Nebenraum klingelt das Telefon.

Doktor Cooper wirft einen Blick auf seine Armbanduhr und runzelt die Stirn. »Ach ja, richtig, das Angehörigentelefonat.« Er stöhnt genervt auf. »Jetzt muss ich denen erklären, warum Opa den Löffel abgegeben hat«, murmelt er verärgert und marschiert ins Nebenzimmer.

Das Klingeln verstummt. »Doktor Cooper am Apparat.« Pause. »Ja.« Pause. »Mein herzliches Beileid«, sagt der Arzt mit einer salbungsvollen Stimme, die jetzt gar nicht mehr genervt klingt. »Wir haben wirklich alles in unserer Macht Stehende getan. Vielleicht ist es Ihnen ein Trost zu wissen, dass Ihr Vater ganz friedlich im Schlaf gestorben ist.«

Dieser verlogene Wichser!

Egal wie sehr meine Wunde pocht, ich nutze die Gelegenheit, husche zur zweiten Tür, öffne sie und schlüpfe hindurch.

Ich stehe in einem dämmrigen Krankensaal mit etwa zwanzig Betten, von denen allerdings nur die beiden ganz hinten belegt sind. Ich suche mit Blicken die Ecken der Zimmerdecke ab. Keine Kameras. So leise und schnell wie möglich laufe ich zu ihnen.

In einem der Betten liegt ein Junge, der an eine Herz-Lungen-Maschine angeschlossen ist. Sein muskulöser Brustkorb wird von Luftstößen aufgepumpt. Bitte, lass das nicht Caleb sein! Bitte, lass es ihm nicht so schlecht gehen, dass ich ihn hier nicht rausholen kann! Bitte, bitte!

Widerstrebend trete ich näher und atme auf. Der bewusstlose Junge ist ein Fremder. Vor Erleichterung wird mir fast schwindelig, auch wenn es mir unendlich für den Jungen leidtut. Dass er künstlich beatmet werden muss, ist ein wirklich schlechtes Zeichen.

»Harper?! Was machst du hier?«, zischt jemand hinter mir und ich wirbele herum. In dem zweiten Bett liegt der Footballtyp, sein linkes Auge ist schwarzblau und fast zugeschwollen, sein Körper ist mit Lederriemen ans Bett gefesselt.

»Was ist dir denn passiert?«, frage ich ihn, aber er schüttelt abweisend den Kopf. Erst jetzt merke ich, wie sauer er ist.

»Hau ab, Harper!«

»Hast du einen Jungen namens Caleb gesehen?«

»Nein! Wenn die dich erwischen, kriegen wir Ärger, hau ab!«

Er hat recht. Doktor Cooper kann jeden Moment zurück in den Untersuchungsraum kommen und wenn ich dann nicht brav auf meiner Liege sitze, habe ich mehr Probleme, als ich lösen kann. So schnell wie möglich öffne ich die Lederriemen, die den Footballtypen ans Bett fesseln. »Versuch zu fliehen, alles Gute.«

Ohne einen Blick zurück stürze ich durch die Verbindungstüren ins Untersuchungszimmer und lasse mich auf die Liege fallen. Keine Sekunde später marschiert auch schon der entnervte Inselarzt ins Zimmer. »Das hat jetzt länger gedauert.« Er setzt sich auf den Hocker mir gegenüber und schaut mich voller Abscheu an. »Ich verstehe euch Pack nicht. Selbst tretet ihr die moralischen Gesetze dieser Stadt mit Füßen, verlangt aber, mit Samthandschuhen angefasst zu werden! Sonst ist das Gejammer groß.«

»Wo ist Caleb Petterson?«, platze ich heraus. Ich darf keine Zeit mehr verlieren! Hoch konzentriert blicke ich in die dunklen Augen des Arztes.

Auf der Intensivstation.

»Ich kenne keinen Caleb Petterson«, sagt Doktor Cooper kühl.

Intensivstation?! Mein Herz sinkt. Die Kopfschmerzen strahlen von meinem Nacken aus bis hinter meine Stirn. Ich muss aufhören, Gedanken zu lesen, sonst verliere ich wieder das Bewusstsein wie in der Polizeiwache bei Diane.

Mein Blick fällt auf den Schlüsselbund, der auf dem Schreibtisch liegt. Nur drei Schlüssel. Doktor Masters hatte sogar nur einen. Mit ein bisschen Glück benutzen sie hier auf der Insel Zentralschlüssel. Und genau so einen brauche ich. Scheiß drauf! Ich riskier's!

»Hat Ihnen eigentlich schon mal jemand gesagt, was für wunderschöne Augen Sie haben?«, frage ich Doktor Cooper trocken.

»Was?« Er starrt mich an, als hätte ich den Verstand verloren. Im Judo haben wir gelernt, wie man sich wehrt oder den Schwung eines Angreifers zu seinem eigenen Vorteil ausnutzt, und bis auf den Hüftwurf, den ich bei diesem Typen benutzt habe, um Zoe zu helfen, habe ich fast alles vergessen. Aber wir haben eine einzige Angriffsvariante geübt, eine so simple, dass ich mich an sie erinnere. Allerdings ist sie nicht gerade ideal für meine Kopfschmerzen. Und wenn schon, genau die brauche ich jetzt.

Ich packe die Schultern des Arztes und donnere ihm mit voller Wucht meinen Kopf gegen die Stirn. Als unsere beiden Schädel gegeneinanderkrachen, explodiert meiner vor Schmerz. Oh fuck! Ich wünschte wirklich, ich hätte mehr aus diesem Selbstverteidigungskurs mitgenommen. Aber immerhin sackt Doktor Cooper in sich zusammen und rutscht vom Hocker zu Boden, wo er reglos liegen bleibt.

Ich reibe mir über die Stirn. Die Kopfschmerzen sind unerträglich, aber das ist mir egal. Ich muss Caleb befreien! Mit einem schnellen Griff verschwindet Doktor Coopers Schlüsselbund in meiner Hand. Ich habe keine Ahnung, wie viel Zeit mir noch bleibt, bis ich wieder abgeholt werde, aber ich muss sie nutzen.

»Was machst du da?«

Ich fahre herum. Im Türrahmen steht der Footballtyp mit vor der Brust verschränkten Armen. Warum muss mich der Kerl eigentlich ständig so erschrecken?

»Keine Zeit.« Hektisch beginne ich, Cooper den Arztkittel auszuziehen. »Wenn du abhauen willst, ist das jetzt deine Chance.«

»Wir können nicht von hier verschwinden! Auf dem Gelände sind überall Scharfschützen.«

»Dann bleib hier. Mir egal.«

Der Footballtyp zerrt mich hoch und hält mich fest. Vor

Schreck bleibt mir kurz die Luft weg. »Was ist, wenn die hier versteckte Kameras angebracht haben? Wenn die sehen, was du gemacht hast und dass ich nicht eingegriffen habe, kriege ich noch größere Schwierigkeiten!«

»Hier sind keine Kameras!« Ich versuche, mich aus seinem Griff zu befreien, aber natürlich ist der Typ dafür viel zu stark. Panik steigt in mir auf. »Ich muss meinen Freund retten, verdammt!«

»Du kannst niemanden retten! Hast du das immer noch nicht kapiert? Die sitzen am längeren Hebel. Der Krankentrakt wird bewacht. Du machst alles nur noch schlimmer für uns!«

Wilder Hass lodert in mir auf und ich starre dem Footballtypen direkt in die Augen. »Du lässt mich jetzt sofort los, du verdammter Feigling!«, zische ich.

Sofort lockert sich sein Griff, so abrupt, dass ich überrascht nach hinten taumele.

Der Footballtyp starrt mich an mit einem seltsam leeren Gesichtsausdruck. Er wirkt wie ein Bär, dem man einen Betäubungsschuss verpasst hat und der keine Ahnung hat, wie ihm geschieht.

»Äh, was ist denn jetzt los?«

Er antwortet nicht.

Was zur Hölle passiert hier?! Ich sehe ihn fragend an, aber er schaut mich einfach weiter mit diesem leeren Blick an, so als ob er auf irgendetwas warten würde. Ich habe ihn angeschrien, ihm gesagt, dass er mich loslassen soll, und er hat es getan. Nur ... warum? Ich wedele mit der Hand vor seinem Gesicht hin und her, aber er reagiert nicht.

Meine Kopfschmerzen sind schlimmer geworden. Ich

spüre etwas Nasses auf meiner Oberlippe. Ich wische es weg und sehe, dass mein Handrücken rot ist. Das ist Blut. Es kommt aus meiner Nase und rinnt mir über den Mund.

Ich lasse den Footballtypen stehen und wühle in den Plastikkisten neben der Liege auf der Suche nach irgendetwas, das mir helfen kann, die Blutung zu stoppen. Ich schnappe mir einen Stapel Kompressen und drücke sie von unten gegen meine Nase.

Der Footballtyp steht noch immer im Türrahmen und starrt vor sich hin. Eine Gänsehaut läuft mir über den Rücken. Er sieht aus wie ein Zombie. Aber wie kann das sein? Warum versucht er nicht mehr, mich aufzuhalten? Habe ich ihn etwa dazu gebracht? Habe ich mich irgendwie in sein Gehirn eingeklinkt und seine Gedanken manipuliert? Ehrlich, das wäre der totale Wahnsinn!

Ich gehe langsam auf ihn zu und stelle mich in sein Sichtfeld. »Heb deine rechte Hand!«, flüstere ich.

Ruckartig schießt sein rechter Arm in die Höhe wie bei einer Marionette, an deren Fäden jemand gezogen hat. Sofort spüre ich, wie mir noch mehr Blut aus der Nase strömt. Passiert das gerade etwa wirklich? Kann ich Gedanken nicht nur lesen, sondern sie auch ... *manipulieren?* Muss ich nur etwas sagen und der andere macht, was ich von ihm verlange?

Ich sehe dem Footballtypen angestrengt in die Augen. »Nimm den Arm wieder runter!«

Er tut es, ohne zu murren, ohne einen blöden Kommentar abzulassen.

»Schüttle den Kopf!«

Er schüttelt den Kopf.

»Wow!«, stoße ich fassungslos hervor. Wie es aussieht, habe ich eine zweite Gabe, von der ich nichts wusste!

Ein scharfer Schmerz durchzuckt mein Hirn. Ich muss damit aufhören, dem Footballtypen zu sagen, was er tun soll. Aber ich kann ihn hier auch nicht so stehen lassen.

»Okay.« Ich atme tief durch. »Du legst dich jetzt wieder ins Bett. Und anschließend vergisst du alles, was in der letzten halben Stunde passiert ist.«

Er nickt und trottet gehorsam davon. Ich habe keine Ahnung, ob er tatsächlich vergessen wird, dass wir uns gesehen und worüber wir gesprochen haben. Aber ich hoffe es.

Neues Blut quillt aus meiner Nase, die Kompressen sind vollkommen durchweicht.

Was eben passiert ist, haut mich noch immer um. Ich kann Gedanken manipulieren. Das ist total gruselig, aber es ist auch eine geradezu irre Macht, die ich damit über andere habe. Und sie könnte auch ausgesprochen hilfreich sein. Falls das jetzt eben keine einmalige Sache mit dem Footballtypen war, kann mich niemand mehr aufhalten. Wer sollte sich mir noch widersetzen? Mit einem Schlag ist es deutlich wahrscheinlicher geworden, dass ich es schaffen könnte, mit Caleb zu fliehen. Ich darf nur nicht wieder so zusammenbrechen wie beim Affirmatortest. Wenn ich jetzt schon Nasenbluten habe, muss ich vorsichtig sein.

Am liebsten würde ich mir ein paar von Doktor Cooper Schmerztabletten klauen. Ich bin mir sicher, dass er hier irgendwo richtig gutes Zeug lagert. Aber dann riskiere ich, dass meine Fähigkeiten nicht funktionieren, wenn ich sie brauche.

Netterweise hört das Nasenbluten auf. Ganz vorsichtig wasche ich mir an dem kleinen Handwaschbecken im Untersuchungszimmer das Gesicht. Ich ziehe Doktor Cooper, der noch immer reglos am Boden liegt, bis auf die Unterwäsche aus und schlüpfe in seine Hose, die dankenswerterweise einen Gürtel hat, den ich im engsten Loch um meine Taille festmache. Zuletzt schlüpfe ich in Coopers Arztkittel. Er ist mir viel zu groß und ich bezweifele, dass ich damit wie eine Ärztin aussehe. Aber in meinem Overall kann ich schlecht allein über die Flure laufen, das würde auffallen. Wir Insassen haben eigentlich immer eine Begleitung.

Ich durchquere Coopers Büro und verlasse es durch die dritte Tür. Dahinter befindet sich ein Flur. Ich habe keine Ahnung, wo die Intensivstation ist. Ich muss irgendjemanden fragen. Eine junge Wärterin, die zwei Politische über den Gang begleitet, könnte dafür genau die Richtige sein.

»Zur Intensivstation?«, frage ich sie so bestimmt wie möglich im Vorbeigehen. Erschrocken wendet sie sich mir zu.

»Den Gang runter und dann links«, erwidert sie, ohne zu überlegen.

Zu meiner Überraschung wirkt der Intensivbereich völlig verlassen. Ein einziger, altersmüder Wachmann bewacht einen einsamen Korridor voller Metalltüren. Wo sind die Ärzte? Die Krankenpfleger? Mein Magen zieht sich zusammen, irgendetwas stimmt hier nicht. Der Wachmann trägt einen Revolver im Holster. Das unheilvolle Flackern der Neonröhren taucht sein faltiges Gesicht in ein ungesundes Grau, als er bei meiner Ankunft aufblickt. Jetzt gilt es!

Gleich werde ich noch einmal versuchen, Gedanken zu manipulieren. Genauso wie eben bei dem Footballtypen. Wenn es jetzt nicht klappt, bin ich am Arsch.

»Was machen Sie hier?«, fragt mich der Wachmann misstrauisch und greift nach seiner Waffe.

Ich schaue ihm direkt in die Augen, mein Herz klopft wild. »Sie werden mir dabei helfen zu fliehen!«

Sofort tritt der gleiche leere, benommene Ausdruck in sein Gesicht, den ich auch schon bei dem Footballtypen bemerkt habe. Es funktioniert!

Schmerz explodiert in meinen Schläfen und ich spüre, wie mir frisches Blut aus der Nase rinnt. Aber noch bin ich bei Bewusstsein. »Das heißt, Sie werden den Flur bewachen, während ich meinen Freund besuche. Er heißt Caleb Petterson und wurde aus der Krankenstation hierherverlegt.«

Der Wachmann nickt mit leerem Blick.

»Wo liegt er?«

»Den Gang runter, dritte Tür von links. Er ist der Einzige hier.«

Der Einzige. Und niemand kümmert sich um ihn? Keine Ärzte, kein Pflegepersonal? Mein schlechtes Gefühl wird stärker.

»Okay.« Ich zögere. »Danke«, setze ich nach und meine es ernst. Gedanken zu manipulieren, gibt mir die totale Macht, aber es fühlt sich auch unheimlich übergriffig an. Fast wie etwas Böses.

Ich lasse den Wachmann stehen und eile, so schnell ich kann, den Korridor entlang. Blut läuft mir über Mund und Kinn und ich wische es mit dem Handrücken weg. Ich erreiche die Tür und probiere den ersten Schlüssel von Doktor

Coopers Schlüsselbund aus. Er passt nicht. Der zweite auch nicht. Aber der dritte.

Die verstärkte Metalltür springt auf und ich stehe in einem Krankenzimmer. Schockiert betrachte ich das Bild, das sich mir bietet: Caleb liegt in einem Intensivbett, seine Augen sind geschlossen, ein Schlauch ragt aus seinem Mund. Calebs Brustkorb hebt und senkt sich im regelmäßigen Takt, den die Beatmungsmaschine vorgibt.

»Caleb?«, flüstere ich und merke, wie mir Tränen in die Augen schießen. Ich hab ihn endlich gefunden, aber auf seinen Zustand war ich nicht vorbereitet. »Wach auf! Ich bin's, Harper!« Blut tropft auf die weiße Bettdecke. Es kommt aus meiner Nase, aber ich ignoriere es.

Sanft rüttele ich an Calebs Schulter. Seine Augenlider flattern, ansonsten ist er völlig regungslos. Verzweifelt reibe ich seine vor Kälte blau angelaufenen Hände, als könnte ich auf diese Weise Wärme und Leben in seinen Körper zurückbringen. »Was haben sie mit dir gemacht?«, flüstere ich tränenerstickt. Mit zitternden Händen schnappe ich mir das Klemmbrett vom Fußende des Bettes:

Gabe: Feuer entfachen
Zustand: Wachkoma
Bemerkung: Massiver Widerstand gegen Kooperation. Komplikationen nach Gedächtnislöschung. Verlust der motorischen und kognitiven Fähigkeiten. Ausmaß der Hirnschäden unbekannt.

Jetzt ergibt auch der brennende Papierkorb Sinn, von dem Jim und Trish Petterson gesprochen haben. Caleb wollte das Haus nicht in Brand stecken, seine Gabe ist nur plötzlich zutage getreten so wie meine damals während des Debattierwettbewerbs. Aber Gedächtnislöschung? Hirnschäden? Wachkoma? Was soll das heißen? Entsetzen steigt in mir auf. Das muss ein Fehler sein, eine Verwechslung, eine Lüge, irgendwas! Bitte, bitte, er darf nicht im Koma liegen! Weil das bedeutet, dass mir meine Fähigkeiten nicht weiterhelfen können, dass ich Caleb nicht befreien kann.

Ich wünschte, Lucas wäre hier! Er könnte ihn heilen und dann könnten wir zu dritt fliehen. Aber er ist nicht hier. Die einzige Unterstützung, die ich habe, ist ein alter Wachmann, den ich manipuliert habe. Und der wäre sicher nicht mal dazu in der Lage, einen Jungen von Calebs Statur zu tragen, selbst wenn Caleb nicht an lebenserhaltende Maschinen angeschlossen wäre.

Was soll ich denn jetzt machen? Ich breche in Tränen aus und schluchze unkontrolliert wie ein kleines Kind. Das ist alles meine Schuld! Hätte ich Caleb nicht dazu überredet, mir ein Alibi zu geben, wäre nichts von all dem passiert. Weinend sinke ich neben seinem Bett auf den kalten Boden.

Draußen im Flur schrillt ein Alarm los. Der Wachmann taucht im Türrahmen auf. »Sie kommen«, sagt er leise mit leerem Blick. Er deutet auf das rauschende Walkie-Talkie an seinem Gürtel.

Mein Herz zieht sich zusammen. Es tut mir leid, dass ich den Wachmann dazu zwinge, mir zu helfen und sich damit selbst in Gefahr zu bringen. Er ist nur ein alter Mann, der zur Bewachung eines Komapatienten verdonnert wurde. Ich habe in seinem Kopf herumgefuhrwerkt und er tut wundersamerweise noch immer, was ich ihm vorhin gesagt habe. Die Frage ist nur, wie lange noch?

Ich muss hier weg, kann mich aber nicht vom Fleck rühren. Ich bin nur hier, weil ich Caleb retten wollte, und ich bin zu spät gekommen. Ich habe es nicht geschafft, also kann ich ebenso gut aufgeben. Ein Teil von mir sehnt sich sogar danach: nicht mehr weiterrennen, einfach hier sitzen bleiben und die Dinge geschehen lassen. Sollen sie doch mit mir machen, was sie wollen.

Plötzlich muss ich an Lucas denken. Wie er auf der Beerdigung aufgetaucht ist, um mich zu warnen. Er hat seine Freiheit riskiert, sogar sein Leben, um mich zu retten. Ein Mädchen, das er kaum kennt.

Was würde er an meiner Stelle tun? Ich habe keine Ahnung. Aber nach allem, was er mir erzählt hat, käme Aufgeben sicher nicht infrage. Ich muss mich zusammenreißen! Wenn ich jetzt hierbleibe, ist niemandem damit geholfen, schon gar nicht Caleb. Aber wenn ich Lucas zu ihm bringen könnte, hierher auf die Insel, dann hätte er eine Chance auf Heilung. Vielleicht könnte er sogar wieder der Alte werden?

»Okay.« Neue Kraft durchströmt meine Adern, als ich mich an den Wachmann wende. »Bring mich hier raus, bitte!« Ich hoffe inständig, dass meine Gedankenmanipulation noch so lange bei ihm anhält, bis ich diesen beschissenen Ort hinter mir gelassen habe.

Er nickt, dreht sich um und geht hinaus in den Flur.

»Es tut mir leid, Caleb«, flüstere ich meinem besten Freund zu. Doch ich kann ihn nicht ansehen, denn wenn ich das tue, werde ich es nie im Leben übers Herz bringen, ihn hier zurücklassen. Egal wie groß meine Hoffnung ist, dass Lucas ihn heilen könnte.

Schnell wende ich mich ab und stolpere auf den Flur, wo der Wachmann mich bereits ungeduldig erwartet. »Bringen Sie mich zu einem Ausgang, der nicht ständig überwacht wird!«

Er nickt. »Der alte Lieferantenausgang. Der wird schon seit Jahren nicht mehr benutzt.«

»Gut.« Ich drehe mich noch ein letztes Mal zu Caleb um. Er liegt völlig bewegungslos da, nur sein Brustkorb wird durch die Luftstöße der Beatmungsmaschine gehoben und gesenkt.

Das Blut aus meiner Nase hat Tropfen auf dem Boden hinterlassen. Sie führen direkt zu mir. Ich presse mir den Ärmel des Arztkittels unter die Nase. Auf keinen Fall sollte ich jetzt eine Blutspur hinterlassen!

»Ich hol dich hier raus, Caleb«, verspreche ich leise, während mir frische Tränen über die Wangen laufen. »Und ich werde dafür sorgen, dass du wieder gesund wirst.« Ich drehe mich um und haste dem Wachmann hinterher den Gang hinunter.

Der Alarm reißt nicht ab, er schrillt durch jeden Flur, den wir durchqueren, und bohrt sich in mein Gehirn. Die Kopfschmerzen sind jetzt so präsent, dass ich kaum noch laufen kann. Vielmehr stolpere ich dem Wachmann orientierungslos hinterher.

Nicht weit von uns entfernt ertönen Stimmen, es werden Befehle gebrüllt. Schwere Stiefelschritte hallen durch die Gänge, sie kommen näher.

Der Wachmann biegt scharf links ab und zieht mich in

einen Abstellraum. Mit angehaltenem Atem stehen wir da, inmitten von Ladungen Papiertücher, Putzmittel und Reinigungsutensilien.

Angespannt warten wir ab und ich lausche auf jedes Geräusch von draußen. Die Schritte werden leiser, die Stimmen verklingen.

Wir hetzen weiter, immer weiter. Vor einer schweren Eisentür halten wir an. Der Wachmann schließt sie auf und wir treten nach draußen.

Krampfhaft blinzele ich gegen das gleißende Sonnenlicht. Wir stehen mitten auf einem verlassenen Parkplatz. Ungefähr fünfhundert Meter von uns entfernt beginnt der Wald. Von dort aus fällt das Gelände steil ab.

Ich wende mich an den Wachmann. »Wie komme ich zur nächsten Straße?«

»Durch den Wald den Berg runter«, antwortet er mit zittriger Stimme. Mir wird klar, dass er Angst hat. Seine Augen wirken nicht mehr ganz so leer. Scheinbar hat das Gedankenmanipulieren nur eine gewisse Haltbarkeit. Je mehr Zeit vergeht, desto mehr scheinen die wahren Gefühle meines unfreiwilligen Begleiters durchzuscheinen.

Er deutet hoch zu den Dächern und mir fällt ein, was Sibyl zu Beginn meines Inselaufenthalts gesagt hat: *Auf den Dächern sind Scharfschützen positioniert und die haben einen Schießbefehl.*

Wieder bemerke ich die Angst in den Augen des Wachmanns. Ein schlechtes Gewissen überkommt mich. »Wollen Sie hierbleiben?«

Er nickt wieder.

»Dann tun Sie das!« Ich sehe ihm fest in die Augen. »Und

vergessen Sie mich!« Frisches Blut schießt mir aus der Nase und mein Kopf pocht vor Schmerzen, doch ich werde nicht bewusstlos. Wenigstens etwas. Am liebsten würde ich den Wachmann bitten, doch noch eine Weile bei mir zu bleiben, aber er verschwindet, so schnell er kann, im Inneren des Gebäudes.

Mir bleibt nicht viel Zeit. Vom Parkplatz aus erstreckt sich eine verdorrte Wiese bis zum Wald. Es gibt auf dem ganzen Weg keine einzige Versteckmöglichkeit. Wegen meiner Kopfschmerzen bin ich jetzt schon am Ende meiner Kräfte und meine Nase blutet ohne Unterlass. Eigentlich müsste ich mich ausruhen und schlafen.

Ich fixiere den Waldrand. Fünfhundert Meter. Ich muss nur fünfhundert Meter schaffen. Ich atme ein letztes Mal durch und renne auf die Wiese.

Schüsse peitschen durch die Luft. Die Scharfschützen haben mich entdeckt. Ich renne noch schneller. Maschinengewehrsalven wirbeln Staub neben mir auf. Es ist ein Wunder, dass mich noch keine Kugel getroffen hat. Haken schlagen, ich muss Haken schlagen! Wie ein Kaninchen bremse ich mitten im Lauf ab, renne nach links, dann nach rechts. Es funktioniert! Die Schüsse zischen an mir vorbei. Der Waldrand kommt immer näher, es sind höchstens noch zweihundert Meter. Obwohl ich vor Kopfschmerzen kaum noch etwas sehen kann und völlig am Ende meiner Kräfte bin, laufe ich noch schneller. Immer neue Schüsse zerreißen die Luft. Ich schlage weiter Haken, auch wenn meine Lunge vor Anstrengung brennt. Ich sehe die Büsche und Bäume jetzt deutlich vor mir. Nur noch wenige Meter, dann bin ich in Sicherheit. Um mich herum donnern Kugeln in die Erde, sie kommen mir jetzt wieder erschreckend nah. Mit allerletzter Kraft springe ich die letzten Meter und lande im Gebüsch. Panisch kämpfe ich mich vorwärts und stolpere den steil abfallenden Hang hinab.

Stille. Die Schüsse haben aufgehört.

Ich bleibe taumelnd stehen, drehe mich um und halte den Atem an. Um mich herum ist Wald. Ich befinde mich schon einige Höhenmeter tiefer als der Waldrand. Die Scharfschützen können mich nicht mehr sehen.

Nach Luft schnappend sinke ich erleichtert gegen einen Baum.

12

Sirenengeheul schrillt durch die Luft. Ich zucke zusammen. Scheinbar war ich kurz weggetreten. Meine Atmung hat sich beruhigt. Die Kopfschmerzen sind noch immer richtig schlimm, aber wenigstens hat meine Nase aufgehört zu bluten und ich bekomme wieder Luft. Ich wette, das Wachpersonal der Insel hat bereits Suchtrupps nach mir ausgeschickt. Meine Zeit wird knapp. Also rappele ich mich wieder auf und stolpere weiter.

Zweige schlagen mir ins Gesicht, während ich mir im Dickicht einen Weg bahne. Das Sonnenlicht dringt nur schwach durch die hohen Baumkronen, irgendwo in der Nähe höre ich das helle Gurgeln eines Wasserlaufs.

Taumelnd schleppe ich mich weiter, immer dem anschwellenden Rauschen nach. Ich muss an den Wachmann denken. Ich hoffe, es geht ihm gut und er hat mich tatsächlich vergessen.

Etwas zerrt an meinem Fuß, ich stürze. Schmerz durchfährt meinen verletzten Arm. Benommen rapple ich mich vom Waldboden auf. Eine verdammte Wurzel! Mein Fuß hat sich darin verfangen!

Ich laufe weiter. Die Wunde an meinem Arm pocht, aber sie fühlt sich nicht mehr so schlimm an wie vorhin. Kann man sich an Schmerzen gewöhnen? Ich weiß, dass mein Körper am Limit ist. Und ich bin mir sicher, dass ich wieder bewusstlos werde, wenn ich meine Gaben noch mal einsetze. Aber ich sehe das mittlerweile ziemlich nüchtern. Angst vor neuen Schmerzen habe ich keine mehr.

Ich muss an Caleb denken. Er wäre gestorben, wenn ich ihn von der Beatmungsmaschine getrennt hätte, das weiß ich. Trotzdem fühle ich mich elend. Er ist jetzt weiterhin seinen Peinigern ausgeliefert. Gewaltsam dränge ich den Gedanken beiseite. Ich werde mit Lucas zurückkehren und er wird Caleb heilen! Dann wird alles wieder gut!

Ich erreiche den Fluss. Das Bett ist ziemlich ausgetrocknet, nur das braune schlammige Wasser in der Mitte fließt noch.

Der Wind trägt Motorenlärm herüber. Eine Straße! Zu Fuß werde ich es niemals zurück nach Eden City schaffen. Und doch zögere ich. Hier im Wald bin ich wenigstens einigermaßen geschützt, auf der Straße bin ich ein leichtes Ziel. Trotzdem ist die Straße meine Chance, eine Mitfahrgelegenheit zu finden.

Ich kämpfe mich durch das Gestrüpp. Nach der Dunkelheit des Waldes trifft mich das Sonnenlicht mit brutaler Wucht.

Vor mir erstreckt sich eine endlose, leicht abschüssige Landstraße, die sich schnurgerade Richtung Horizont zieht. Am Straßenrand steht ein Schild: Es ist die Interstate 37, die von Eden City runter nach Corpus Christi führt. Hitze flirrt über dem Asphalt. Trotz des tiefblauen Himmels liegt eine seltsame Spannung in der Luft, ein elektrisches Knistern wie vor einem Gewitter.

Das Geräusch eines Autos nähert sich. Zu meiner Erleichterung ist es kein Polizeifahrzeug, sondern ein knallroter

Porsche. Mit klopfendem Herzen stelle ich mich mitten auf die Straße, dem Wagen direkt in den Weg.

Ich mache mir keine Illusionen. Niemand wird mich freiwillig mitnehmen. In meinem blutverschmierten Arztkittel könnte ich ebenso gut ein Schild hochhalten: *Entflohene Psychopathin sucht Mitfahrgelegenheit.*

Der Porsche hupt hektisch. Ich rühre mich nicht von der Stelle, verschränke die Arme vor der Brust und bete darum, dass er anhält oder mich wenigstens nicht überfährt. Ich kann meine Gabe nur noch einmal einsetzen, das spüre ich. Und dafür muss ich in diesem Wagen sitzen.

Mein Herz rast. Ich kneife die Augen zusammen und bereite mich innerlich auf den Schmerz des Aufpralls vor. Bremsen quietschen, Reifen schlittern über Asphalt. Stille. Bin ich tot?

Ich blinzele. Die Motorhaube des Porsches ist nur Zentimeter von meinen Schienbeinen entfernt. Mit einem wütenden Klackern wird das getönte Seitenfenster heruntergekurbelt.

»Spinnst du?!« Eine Frau in einem schillernd violetten Businesskostüm mit hohen Schulterpolstern und einer Zigarette im Mund mustert mich wütend.

»Ich muss nach Eden City«, sage ich freundlich.

»Ist das dein Ernst?« Die Zigarette wippt ärgerlich zwischen ihren violett angemalten Lippen. »Ich bin spät dran. Also geh einfach von der Fahrbahn runter, dann ruf ich nicht die Polizei!«

Ohne zu zögern, öffne ich die Beifahrertür und lasse mich auf den Sitz sinken. Endlich eine Pause! Mit einem Seufzen ziehe ich die Tür zu und schnalle mich an.

»Was soll das?!« Der Blick der Frau gleitet angewidert über meine blutverschmierte Kleidung. »Raus aus meinem Wagen!«

Aber ich schüttele den Kopf. Jetzt ist der Moment gekommen. Ich sehe ihr fest in die Augen und ignoriere die Kopfschmerzen so gut es geht. »Sie fahren mich jetzt nach Eden City!«, sage ich in entschlossenem Ton.

»Aber ...« Die Gesichtszüge der Geschäftsfrau entgleisen. Der benommene, leere Ausdruck, den ich schon von ihren Vorgängern kenne, tritt in ihr Gesicht.

Meine Kopfschmerzen schwellen an zu einem furchtbaren Crescendo. Ich fühle das Blut aus meiner Nase strömen, aber jetzt ist es egal. Hier im Auto bin ich in Sicherheit. Die Frau wird mich nach Eden City zurückbringen. Das ist alles, was zählt.

Ich schließe die Augen und ergebe mich dem Schmerz.

Ein plötzlicher Ruck holt mich zurück in die Wirklichkeit. Meine Augenlider fühlen sich an wie zugeklebt und es kostet mich einige Mühe, sie zu öffnen.

Wir haben angehalten. Und zwar direkt vor einer Tankstelle hinter dem Straßenschild von Eden City.

Die Porschefahrerin blickt mich genauso wartend an, wie es der Wachmann auf der Insel getan hat, nachdem er meinen Auftrag erfüllt hatte. Aber auch bei ihr sehe ich, dass ihre wahren Gefühle durchscheinen. Angst flackert in ihren Augen, ihr Mund ist zu einem verkniffenen Strich zusammengepresst.

Meine Nase hat aufgehört zu bluten und auch meine Kopfschmerzen sind ein wenig besser geworden. Ich bin noch nicht wieder auf dem Damm, aber zumindest für den Moment wiederhergestellt.

Warum hab ich ihr nicht gleich gesagt, wo genau sie mich in Eden City hinbringen soll? Mist! Jetzt muss ich vorsichtig sein, was ich zu ihr sage. Ein neuer Befehl sorgt mit Sicherheit dafür, dass es mir wieder schlechter geht. Vielleicht klappt es aber auch ohne.

»Wissen Sie, wie man nach Kill River fährt?«, frage ich sie vorsichtig.

Sie nickt, aber ich sehe, dass es sie Anstrengung kostet.

»Möchten Sie mich gerne loswerden?«

Ein erneutes Nicken.

»Wenn Sie mich nach Kill River fahren, steige ich dort aus und Sie müssen mich nie wiedersehen.«

Ein Anflug von Erleichterung huscht über ihr Gesicht. Nur leider fährt sie nicht los. Scheiße. Ich lasse mich zurück ins Polster sinken und schließe wieder die Augen. Mein Ausbruch aus der Insel wird todsicher Schlagzeilen machen. Ab jetzt werden sie alle hinter mir her sein: die Polizei, Doktor Masters, die sich zweifellos zusammenreimen wird, dass es bei meinem Ausbruch nicht mit rechten Dingen zugegangen ist, und alle Leute, die von dieser ominösen Liste wissen.

Was soll ich tun? Nichts wird mehr so sein wie früher, ich kann nicht nach Hause zurück. Auf einmal habe ich einen Kloß im Hals. Nie wieder werde ich in meinem Zimmer auf dem Bett liegen und Musik hören. Oder auf dem Baumhaus hocken und im Schatten der Kastanienblätter mit Caleb über sein neues Lieblingsbuch diskutieren. Mit meiner Familie am Tisch sitzen. Mom, Peter, Noah. Was ist, wenn ich sie nie wiedersehen werde?

Mein altes Leben ist vorbei und bei der Erkenntnis krampft sich mein Herz zusammen. Ist es wirklich erst zwei Wochen her, dass ich keine Gedanken gehört und ein ganz normales Leben geführt habe? Ich habe mich über Camilla geärgert, die Pickel auf meiner Stirn verflucht und mich mit der Frage herumgeschlagen, ob Caleb zu küssen unsere Freundschaft ruinieren würde. Und jetzt ist all das vorbei.

Ich habe mich noch nie so verloren gefühlt und ich habe keinen Plan, keine Ahnung, wie mein Leben in Zukunft aussehen soll. Ich weiß bloß, dass ich Lucas finden muss. Er ist der Einzige, der Caleb retten kann und der weiß, wie es sich anfühlt, ein Leben auf der Flucht zu führen. Er muss mir zeigen, wie das geht.

Seufzend öffne ich die Augen und sehe die Frau neben mir an. »Fahr mich nach Kill River! Dort wirst du die Kleider mit mir tauschen!«

Sie nickt und legt den ersten Gang ein. Die Kopfschmerzen kommen mit Wucht zurück und die Welt um mich herum wird mal wieder schwarz.

13

Am Himmel haben sich dunkle Wolken aufgetürmt, Wind ist aufgekommen. Er wirbelt fauligen Kloakengestank durch die Luft und weht Müll über die Straße.

Kill River ist genauso schäbig und kaputt wie bei meinem letzten Besuch. Doch als ich jetzt durch die düsteren Straßenschluchten laufe, wirkt es auf mich irgendwie anders. Vielleicht weil ich kein Zuhause mehr habe, in das ich zurückkehren kann. Vielleicht aber auch, weil mir allmählich klar wird, dass Kill River mit seinen verlorenen Gestalten der einzige Ort ist, an dem jemand wie ich nicht auffällt.

Die Porschefahrerin ist weg. Während sie jetzt in einem blutverschmierten Arztkittel nach Hause fährt und mich hoffentlich vergisst, trage ich ihr violettes Businesskostüm. Es ist mir bestimmt zwei Nummern zu groß und ich habe es schon vollgeschwitzt. Die Wunde an meinem Arm hat es durch den Verband hindurch vollgeblutet. Vermutlich ist bei dem Sturz die Naht an meinem Arm aufgegangen.

Ist es wirklich erst zwei Tage her, dass ich Lucas hier zum ersten Mal begegnet bin? In der kurzen Zeit seitdem bin ich eine völlig andere geworden. Mit der Harper von damals habe ich nicht mehr viel gemeinsam. Niemand würdigt mich auch nur eines zweiten Blicks. Wahrscheinlich spüren die Bewohner von Kill River diesmal instinktiv, dass ich jetzt zu ihnen gehöre.

Mein Weg führt mich zum Hafen. Zwar habe ich nach dem Debakel vom letzten Mal nicht die geringste Lust auf ein Wiedersehen mit Marty und Tammy, aber Lucas arbeitet nun mal für sie. Wo sie sind, wird auch er nicht weit sein. Hoffentlich.

In der Ferne grollt Donner. Die Spannung in der Luft ist beinahe mit den Händen zu greifen, das Gewitter kann nicht mehr weit sein und mir ist schwindelig. Vermutlich habe ich in den letzten Stunden zu viel Blut verloren. Die Wunde an meinem Arm fühlt sich heiß an, gleichzeitig schütteln mich heftige Kälteschauer und mein Kopf droht jede Sekunde zu platzen. Es wird höchste Zeit, dass ich Lucas finde.

Benommen laufe ich an den Containern und Frachtschiffen am Hafen vorbei und bahne mir einen Weg durch das Gewühl auf dem Fischmarkt in Richtung der alten Imbisswagen. Und da sehe ich ihn: Lucas. Er trägt ein weißes T-Shirt, die schwarzen Haare hängen ihm verschwitzt in die Stirn. Er steht an einem Stand mit gefälschten Markenklamotten und ein pockennarbiger Typ mit Sonnenbrille steckt ihm einen Briefumschlag zu. Lucas lässt ihn in seine Tasche gleiten und wendet sich zum Gehen.

»Lucas!« Meine Stimme ist so schwach, dass sie in all dem Lärm untergeht. Doch Lucas dreht sich sofort um. Sein Blick huscht über das Gewimmel und bleibt an mir hängen.

»Harper?« In drei Schritten ist er bei mir und zieht mich hinter die Reihe der Verkaufsstände und Imbisswagen, wo die hässliche Rückseite des Marktes zum Vorschein kommt: leere Holzkisten, Abwasserschläuche, Müll und eine Menge Fischkadaver, um die sich räudige Katzen scharen.

»Was ist passiert?«, fragt Lucas besorgt und deutet auf meinen vollgebluteten Ärmel.

»Ich war auf der Insel.«

Lucas' Augen werden groß, der Schock steht ihm ins Gesicht geschrieben.

»Lange Geschichte.« Ich winke ab. »Erzähl ich dir alles später.«

Er nickt. »Lass mal sehen.«

Ich ziehe die lila Jacke aus.

Behutsam löst Lucas den blutdurchtränkten Verband von meinem Arm. Sofort strömt Blut hervor und tropft aufs dreckige Kopfsteinpflaster. Ich hatte mit meiner Vermutung recht. Die Naht ist tatsächlich aufgegangen.

Eine Fischverkäuferin im blauen Kittel schüttet einen Eimer Dreckwasser direkt neben uns aus. Ihr Blick streift uns gleichgültig, bevor sie an ihren Stand zurückwatschelt. Die stinkende Brühe vermischt sich mit meinem Blut zu einer roten Pfütze.

»Bist du bereit?« Lucas sieht mich fragend an.

Ich nicke schnell.

Er kommt mir ganz nahe und legt mir beide Hände auf die Schultern. Vorsichtig lehnt er seine kühle Stirn an meine. Seine Haare kitzeln mein Gesicht und ich halte überrascht den Atem an. »Alles wird gut, Harper.«

Eine wunderbare, wohltuende Wärme durchflutet mich und die eisige Wut, die sich irgendwo tief in mir festgesetzt hat, fängt an zu schmelzen. Lucas hält mich fest, während sich Schmerz, Erschöpfung, Hunger und Verzweiflung Stück für Stück auflösen und einem Gefühl tröstlicher Geborgenheit weichen.

»Besser?«, fragt Lucas leise.

Ich kann nur nicken, zu sprechen traue ich mich nicht. Sonst fange ich an zu heulen. Zwar sind die Kopfschmerzen jetzt weg, auch das Schwindelgefühl ist verschwunden und die Wunde an meinem Arm hat sich wundersamerweise geschlossen. Aber am liebsten würde ich für immer so stehen bleiben. Jetzt, hier, Stirn an Stirn mit Lucas. Ich kann seinen Atem in meinem Gesicht spüren und mir wird klar, wie leicht es wäre, ihn jetzt zu küssen.

Lucas löst sich behutsam von mir und lächelt mich verlegen an. Wieder sehe ich, was der Einsatz seiner Gabe mit ihm gemacht hat. Alles an ihm wirkt, als hätte er einen Teil seiner Lebensenergie verloren.

»Danke«, sage ich leise und schlucke gegen den Kloß an, der sich in meinem Hals gebildet hat.

Mein Blick fällt auf einen blauroten Bluterguss auf Lucas' Oberarm, der halb unter seinem T-Shirt-Ärmel verborgen ist.

»Was ist das?« Die Verletzung sieht noch frisch aus und ich könnte wetten, dass sie unter dem Stoff weitergeht.

Lucas antwortet nicht, aber das muss er auch nicht. Ich weiß ganz genau, was diesen Bluterguss verursacht hat. Ein Baseballschläger.

»War das Tammy?«

»Halb so schlimm.«

»Wie bitte?!« Meine Stimme bebt und ich spüre, wie die Emotionen hochkochen.

»Es war nicht so wild. Ich kann mich bloß nicht selbst heilen, leider.«

»Das ist alles, was du dazu sagst?«

»Lass es gut sein, Harper. Ich will keinen Stress. Und wenn es eine Sache gibt, die ich in diesem Labor gelernt habe, dann die, dass man Gewalt am besten mit friedlichen Absichten begegnet. Auf keinen Fall will ich jemand sein, der anderen Schmerzen zufügt.«

»Du vielleicht nicht!« Ich drehe mich auf dem Absatz um und marschiere durch das Gewühl des Fischmarkts auf Martys Imbisswagen zu.

»Harper, wo willst du hin?«

Ich kann gar nicht genau sagen, warum ich so wütend bin. Weil Tammy und Marty andere Menschen quälen? Weil sie mich geschlagen haben? Oder weil sie mit Lucas zu weit gegangen sind? Ich weiß nur, ich will es ihnen heimzahlen. Sie büßen lassen.

Donner grollt über mir und Wind kommt auf. Standbetreiber raffen ihre Sachen zusammen und packen sie eilig in Kisten. Ein Blick zu den dunklen Wolken verrät mir, dass das Unwetter jeden Moment über uns hereinbrechen kann. Ich laufe schneller.

Marty kommt wie gerufen hinter seinem Wagen hervor. Er brüllt Tammy an, die kleinlaut hinter ihm herläuft. »Dein räudiger Köter kackt hin, wo er will! Wenn ich das nächste Mal im Wagen in Scheiße trete, schlag ich dem Viech höchstpersönlich den Schädel ein!«

Es beginnt zu regnen. Marty schaut nach oben in den düsteren Himmel, dann bleibt sein Blick an mir hängen.

»Hey!« Ich bleibe stehen. In meiner Stimme liegt kalte Verachtung. Und ja, Blutdurst.

Tammy stellt sich neben Marty, beide starren mich an. Ich weiß, ich sollte Angst haben, aber da ist nur Wut.

»Das Primrose-Hill-Mädchen.« Marty mustert mich überrascht. »Du kannst ja wieder laufen?!«

Lucas hat zu mir aufgeschlossen und stellt sich neben mich.

Tammy glotzt mich mit offenem Mund an. »Ihr Bein war Schrott!«

»Wofür hältst du dich eigentlich, du Psychobiest?«, frage ich sie leise. »Du und dieser Trottel, ihr vergiftet Menschen mit euren Scheißdrogen! Du schlägst fremde Leute zusammen, nur so zum Spaß! Was stimmt eigentlich nicht mit euch? Ihr beide seid Abschaum!«

»Harper?« Lucas klingt besorgt. Er weiß noch nichts von meiner neuen Kraft und hat keine Ahnung, was gleich passieren wird.

»Ich glaube, die hat ihre Lektion noch nicht gelernt.« Marty versucht, lässig zu wirken, während Regen auf uns niederzuprasseln beginnt, doch er ist eindeutig verunsichert. »Nimm sie dir noch mal vor, Tammy!«

»Klar doch!« Tammy grinst herausfordernd, aber auch ihr ist offensichtlich nicht ganz wohl bei der Sache. Mein Bein war gebrochen, trotzdem stehe ich unverletzt vor ihr. Sie weiß, dass etwas dabei nicht mit rechten Dingen zugehen kann. Trotzdem greift sie sich tapfer ihren Baseballschläger und stolziert im Regen auf mich zu. Ihre Haare sind bereits klatschnass. Bei unserer letzten Begegnung hat sie mir noch Angst gemacht, jetzt finde ich sie nur armselig.

»Ich habe eine bessere Idee«, sage ich leise und sehe ihr dabei fest in die Augen. »Du schlägst jetzt Marty zusammen.«

In Tammys Gesicht tritt der leere, benommene Ausdruck,

den ich mir erhofft hatte. Wie ferngesteuert geht sie auf Marty zu.

»Was ... was soll das werden?« Marty sieht verwirrt von Tammy zu mir und wieder zurück. »Bleib stehen!«, brüllt er sie an und weicht einen Schritt zurück. »Du hörst doch nicht etwa auf das, was sie sagt?«

Tammy reagiert nicht auf ihn. Sie holt mit dem Baseballschläger aus und donnert ihn Marty mit voller Wucht gegen die Schulter. Er schreit auf und sieht mich vorwurfsvoll an. »Was soll die Scheiße?!«

Ich fixiere seine Augen. »Du greifst jetzt Tammy an!«

Sein Blick wird leer und seine Arme schnellen vor. Tammy hebt ihren Schläger, aber Marty entreißt ihn ihr mit einer roboterhaften Bewegung, holt Schwung und knallt ihn ihr in den Magen. Sie sackt stöhnend zusammen und fällt auf das nasse Stück Wiese vor Martys Imbisswagen.

Ein Blitz zuckt über den Himmel und der Regen wird stärker. Kurz darauf kracht es. Der Blitz hat irgendwo in der Ferne eingeschlagen, nicht in mich, trotzdem fühlt es sich an, als wäre ich voller Elektrizität. Sie kommt tief aus meinem Innersten. So viel Energie wie jetzt hatte ich noch nie, meine Haut kribbelt überall, ich fühle mich allmächtig!

»Harper, hör auf!« Lucas schüttelt mich an der Schulter.

Aber warum sollte ich?! Ich habe nicht nur keine Kopfschmerzen mehr, ich fühle mich besser denn je! Mein Kopf ist klar und mein Körper ist bereit, sofort einen Marathon zu laufen. Nicht wegen des Gewitters, das um uns herum tobt, das spüre ich. Es könnte stattdessen auch heiterer Sonnenschein herrschen und es würde mir bestens gehen. Was mich mit Euphorie erfüllt, ist die Tatsache, dass ich Marty und Tammy aufeinander einprügeln lassen kann. Wie zwei hilflose Marionetten müssen sie tun, was ich verlange!

Marty lässt den Schläger fallen und stürzt sich auf Tammy, die sich stöhnend auf dem Boden windet.

»Harper, bitte! So bist du nicht! Mach, dass die beiden aufhören!« Lucas klingt aufgewühlt.

Heftiger Wind peitscht Regenböen durch das Hafengelände, wieder zuckt ein Blitz über den Himmel, ich bin völlig durchnässt. Aber es interessiert mich nicht. Ich schließe die Augen. Niemand wird mich jemals wieder aufhalten!

»Harper!«, brüllt Lucas mir durch das Toben des Sturms ins Ohr. Ich öffne die Augen, sehe ihn aber nicht an. Mein Blick ruht auf Tammy. Sie würgt und hustet unter Martys Attacke und schluchzt gleichzeitig. Irgendwo in mir drin höre ich eine Stimme, die ebenso wie Lucas will, dass ich aufhöre. Die entsetzt ist über das, was hier gerade passiert. Aber ich ignoriere sie. Dafür fühlt sich das, was ich tue, viel zu gut an!

Tammy und Marty ringen miteinander im schlammigen Gras. Sie stößt ihm den Ellbogen mit Wucht gegen den Hals und Marty sackt nach hinten.

Entschlossen kriecht Tammy auf den Schläger zu, den Marty auf den Boden hat fallen lassen, und hebt ihn auf. Sie hat keine Wahl. Ich habe es ihr befohlen, ich habe völlige Macht über sie. Sie muss tun, was ich von ihr verlange. Noch nie ging es mir so gut wie jetzt!

»Bitte, Harper!« Blankes Entsetzen schwingt in Lucas' Stimme mit und diesmal drehe ich mich zu ihm um. Seine nassen Haare hängen ihm in die Stirn, er ist abgestoßen. Und zwar von mir. Das holt mich aus meinem Rausch. Lucas' Blick beschämt mich und ich fühle mich auf eine miese Weise ertappt. Er hat recht. Ich muss aufhören. Was ich hier mache, ist nicht richtig, auch wenn es sich supergut anfühlt. Ich quäle Menschen! Damit bin ich kein Stück besser als Tammy und Marty. Obwohl ein Teil von mir unbedingt weitermachen möchte, nicke ich Lucas zu. Aber das heißt nicht, dass ich sie einfach so davonkommen lasse. Dafür haben sie uns zu viel angetan.

»Okay.« Ich wende mich an die beiden, die sich gerade wieder aufgerappelt haben. Wie zwei Gladiatoren stehen sie sich im strömenden Regen gegenüber. »Hört auf!«, befehle ich ihnen, aber sie gehen weiter aufeinander los. Mir dämmert, woran es liegen könnte: Ich kann nicht zu zwei Personen gleichzeitig Augenkontakt herstellen. »Marty, sieh mich an!«

Er tut wie geheißen.

»Hör auf!« Sofort spüre ich, wie sich neue Kopfschmerzen in meine Schläfen bohren. Warum das denn jetzt? Bis eben ging es mir doch bestens! Das Gewitter um uns tobt weiter, aber in mir wütet nur noch Schmerz. Ich wende mich an Tammy, die mit ihren Fäusten auf Marty eintrommelt. »Tammy, schau mich an!«

Auch sie hält inne und dreht sich zu mir um.

»Lass ihn in Ruhe!«

Tammy lässt den Baseballschläger fallen. Er landet mit einem dumpfen Geräusch im Matsch. »Ihr werdet ab jetzt tun, was Lucas und ich euch sagen«, fahre ich fort und schaue ihnen dabei abwechselnd in die Augen. »Eure Wohnung, eure Sachen, euer Geld. Alles, was ihr besitzt, gehört uns. Verstanden?«

14

Marty und Tammy humpeln stöhnend durch den Regen voran. Sie steuern auf eine riesige, angeranzte Wohnanlage mit mehreren Türen zu. Ich sollte mich schämen für das, was ich getan habe, aber ich tue es nicht. Das Gewitter ist zwar weitergezogen, trotzdem regnet es ohne Unterlass weiter. Klatschnass öffnet Marty eine der Türen und wir treten ein.

An den Wänden des Treppenhauses blättert die Farbe ab, die grauen Bodenfliesen sind zersprungen und die Neonröhren über unseren Köpfen sind größtenteils zerschlagen. Rechts und links gehen lange Flure ab. Angeekelt registriere ich, dass es hier nach Erbrochenem und Urin stinkt.

Marty und Tammy steigen die Treppe hoch, Lucas und ich folgen ihnen. Trotz des Gestanks knurrt mein Magen. Das letzte Mal habe ich heute Morgen etwas gegessen. Auf der Treppe begegnen wir einer Gruppe bleicher Gestalten, die Marty grüßen.

Wir haben die heruntergekommene vierte Etage erreicht und biegen in den rechten Flur ab.

»Da ist es.« Marty zeigt auf die letzte Wohnungstür links. Mit Sicherheit gefällt es ihm ganz und gar nicht, uns seine Wohnung zur Verfügung zu stellen. Aber das ist mir ehrlich gesagt ziemlich egal. Ich empfinde weder für ihn noch für Tammy Mitleid.

Beim Betreten der Wohnung schlägt uns sofort muffige, brütende Hitze entgegen. Wir steigen über leere Colaflaschen und Zeitungsstapel hinweg. Ein wuchtiger Schreibtisch am Fenster und eine Cordcouch undefinierbarer Ursprungsfarbe, die vor einem grauen Kastenfernseher steht, sind neben einer pinkfarbenen Luftmatratze mit ebenso pinkem Schlafsack und einem schiefen Kleiderschrank die einzigen Möbelstücke. Ansonsten gibt es noch ein altes Radio. Irgendwo hinter den Wänden hört man das stotternde Rauschen einer kaputten Toilettenspülung.

»Ich mach mal die Fenster auf«, sagt Lucas. »Kümmerst du dich um ...« Er weist verlegen auf Marty und Tammy, die wie bestellt und nicht abgeholt in ihrer eigenen Wohnung herumstehen. Ich laufe zum Schrank und hole Klamotten heraus, die ich den beiden in die Hand drücke.

»Okay, ihr seid erst mal still!«, sage ich zu ihnen und sehe sie dabei wieder abwechselnd an. »Dreht euch voneinander weg und zieht euch was Trockenes über. Danach Gesichter zur Wand und rührt euch nicht vom Fleck!«

Meine Kopfschmerzen werden schlimmer. Trotzdem wende ich mich mit einem Lächeln an Lucas. »Ehrlich gesagt bin ich am Verhungern.«

Nachdem wir uns notdürftig abgetrocknet haben, stehen Lucas und ich in der schäbigsten Küche der Welt, umgeben von Geschirrbergen und verkrusteten Essensresten. Ein echtes Kakerlakenparadies. Draußen prasselt immer noch Regen gegen das Fenster.

»Hübsch«, sage ich und rümpfe gespielt dramatisch die Nase. »Und ich dachte immer, ich wäre unordentlich.«

»Gefällt dir unser neues Zuhause nicht?«, witzelt Lucas.

»Warum lebt Tammy eigentlich bei einem Typen wie Marty?«, stelle ich ihm eine Gegenfrage. Ich öffne einen Schrank, aber er ist leer. Es gibt kein sauberes Geschirr. Beherzt klaube ich ein dreckiges Glas aus der übervollen Spüle und drehe den Wasserhahn auf.

»Sie ist seine Nichte, hat er mir erzählt. Ihre Mom, also, seine Schwester, starb an Aids, deshalb zieht er sie auf.«

Betroffen wasche ich das Glas so gründlich wie möglich ab, fülle es bis zum Rand mit Leitungswasser und trinke es in einem Zug leer. Was war eben nur los mit mir? Klar, ich war stinkwütend auf Marty und Tammy, aber warum habe ich so sehr die Kontrolle verloren?

»Das tut mir leid.« Ich meine es ernst. »Ist Marty gut zu ihr?«

»Sieht so aus. Sie sind beide echt schräg, aber er passt auf sie auf.«

Immerhin. Auf keinen Fall will ich, dass Lucas mich auf das anspricht, was eben passiert ist. Also reiße ich den Kühlschrank auf, der zum Glück prall gefüllt ist mit allem möglichen Fast Food, über das Mom nur missbilligend die Stirn runzeln würde: eine angegessene Pizza, ein Pappkarton mit Asia-Nudeln, eine Portion Mac & Cheese, Hot Dogs und eine Packung Donuts.

»Marty und Tammy achten anscheinend sehr auf eine ausgewogene Ernährung.« Ich muss vor Vorfreude lächeln.

»Glaubst du, das Zeug ist noch essbar?«, fragt Lucas skeptisch.

»Ja, klar«, sage ich, als würde mich das irgendwie kümmern. Im Ernst, in meiner jetzigen Verfassung würde ich mit Schokolade überzogene Kieselsteine runterschlingen. Wie eine Hyäne stürze ich mich auf den Inhalt des Kühlschranks. Erst als ich absolut keinen Bissen mehr runterkriege, blicke ich auf – direkt in Lucas' Gesicht.

»Geht's dir jetzt besser?«, fragt er mich grinsend, wobei mir auffällt, dass er immer noch in der Küchentür steht.

»Sorry«, sage ich ein bisschen beschämt, ich hatte seine Anwesenheit total vergessen. Na super, ich präsentiere mich heute wirklich von meiner besten Seite ... »Normalerweise bin ich nicht so verfressen. Wolltest du auch was haben?«

»Schon gut.« Er winkt ab. »Ich hab keinen Hunger. Aber ich könnte einen Kaffee vertragen.« Er fummelt an einer alten Kaffeemaschine herum, die neben dem Herd steht. »Willst du auch einen?«

»Gern.« Ich nicke, obwohl ich das Zeug nicht ausstehen kann. »Klingt super.«

Ich sitze neben Lucas auf der Couch im Wohnzimmer. Der Geruch nach verbranntem Kaffee erfüllt die Luft und ich nippe anstandshalber an der mittlerweile kalt gewordenen Plörre.

In der letzten Stunde habe ich Lucas so ziemlich alles erzählt, was ich auf der Insel erlebt habe, zumindest die Kurzfassung: Calebs Verhaftung. Mein Aufenthalt auf der Insel. Die Liberatisten. Calebs grauenhafter Zustand. Meine neue Fähigkeit, die er ja schon erlebt hat, und natürlich meine Flucht.

Ein nachdenkliches Schweigen hat sich über uns gesenkt, das von einer laufenden TV-Show begleitet wird. Lucas hat den Fernseher angestellt, um zu sehen, ob mein Inselausbruch es in die Medien geschafft hat. Bislang scheint das nicht der Fall zu sein. Die Moderatorin der Sendung, Nancy Claire, berichtet in dramatischem Tonfall von einem terroristischen Anschlag. Ganz in der Nähe von uns, irgendwo an der Küste zwischen Houston und Corpus Christi, soll ein Stahlwerk in die Luft gejagt worden sein. Und natürlich weiß sie auch schon, wer es gewesen ist.

Sie stichelt, höhnt, wettert und wütet. Nancy Claire ist so was wie Präsident Wrights persönlicher Pitbull, eine konservative Hardlinerin mit einer landesweiten TV-Show, die dafür sorgt, dass Wrights Anhänger auch genau das zu sehen bekommen, was sie sehen wollen. Ginge es nach ihr, würden wir wieder in den Fünfzigern leben. Alle Frauen müssten brav heiraten und ihr Leben damit verbringen, ihre Männer glücklich zu machen und Kinder großzuziehen. Aber ihr ewiges Lieblingsthema sind Staatsfeinde, die die USA bedrohen und schon eifrig an einem anarchischen Umsturz basteln.

»Ich meine, für *mich* sind diese sogenannten Liberatisten keine Menschen«, ereifert sie sich. Nancy hat ihre typische Das-Ende-der-Welt-ist-nahe-Miene aufgesetzt. Sie steht in seltsamem Kontrast zu ihrem perfekt geschnittenen Kostüm in einem unerträglichen Bonbonrosa und ihrer makellosen Sonnenstudiobräune. »Warum sollten sie dieselben Rechte genießen wie gesetzestreue Bürger? Diese Verbrecher haben unserer Regierung den Krieg erklärt, sie wollen ...«

Hastig schnappe ich mir die Fernbedienung und schalte den Fernseher aus. Ich ertrage diesen Scheiß nicht eine Sekunde länger!

»Lucas?«

Er sieht mich an.

»Darf ich dich was fragen?«

»Klar.«

»Ich hab dir ja eben von Caleb erzählt, auf der Insel. Ich komme nicht drüber hinweg, dass ich ihn dort zurückgelassen habe.« Ich mache eine Pause und nehme all meinen Mut zusammen. »Kannst du mir helfen, ihn da rauszuholen? Ich wette, du könntest ihn heilen.« Mit einem Mal habe ich Angst, dass er Nein sagt, weil die ganze Aktion total gefährlich ist.

»Dass Caleb noch dort ist, ist nicht deine Schuld, Harper«, weicht er meiner Frage aus. »Du hast getan, was du konntest. Aber du hättest ihn nicht mitnehmen können, er wäre gestorben, wenn du es versucht hättest.«

»Hilfst du mir?«, wiederhole ich meine Frage vielleicht ein wenig zu nachdrücklich.

Lucas nickt zögernd. »Ich bin wirklich nicht scharf darauf, auf die Insel zurückzukehren. Und ich habe keine Ahnung, wie wir das schaffen sollen. Immerhin sind wir jetzt beide auf der Flucht und sie werden uns da nicht einfach reinmarschieren lassen. Aber natürlich helfe ich dir. Caleb ist ein netter Typ, auch wenn ich nie viel mit ihm zu tun hatte.«

Sein Tonfall klingt ein bisschen abweisend, fast gleichgültig. Das versetzt mir einen Stich. Ich muss wieder an seine Behauptung denken, dass Camilla vor ihrem Tod in diesem Labor gewesen sein soll. Wie sehr er darauf bestanden hat, dass sie es war, obwohl alle Fakten dagegensprechen. Sosehr ich mich manchmal auch zu Lucas hingezogen fühle, irgendwie ist er mir immer noch ein Rätsel.

»Sag mal, diese Psychiaterin auf der Insel«, wechselt Lucas das Thema. »Wie hieß sie?«

»Doktor Masters. Warum?«

»Verdammt. Ich wusste es.«

Mein Herz macht einen Sprung. Was soll das heißen?! »Kennst du sie?«, frage ich atemlos.

Lucas umklammert seinen Kaffeebecher fester. »Es ist kein gutes Zeichen, dass sie extra vom Labor auf die Insel gekommen ist, um mit dir zu reden, Harper. Ich wette, sie hat dich auf dem Radar.«

»Wegen der Liste?« Ein mulmiges Gefühl breitet sich in mir aus. »Woher kennst du Doktor Masters?«

»Sie war im Labor. Es gab eine Menge junger Wissenschaftler, die ständig wechselten. Nur zwei Personen waren immer da, sie hatten das Sagen. Doktor Masters ist die Laborleiterin, sie koordiniert alles. Jedes Experiment, das sie je mit mir gemacht haben, wurde von ihr angeordnet. Und dann gibt es noch einen Mann, vielleicht Anfang fünfzig, den sie nur den Cleaner nennen. Ein eiskalter Typ. Er heißt Cleaner, weil er Leute tötet und für deren sauberes Verschwinden sorgt.«

Kaltes Grauen steigt in mir auf. Ich will mir diesen Mann nicht mal vorstellen.

»Am Anfang dachte ich, Doktor Masters hätte Mitleid mit mir«, fährt er fort. »Ich hab ihr von meiner Mom erzählt. Wie sehr ich mich um sie sorge.« Lucas' Blick gleitet aus dem Fenster und verliert sich im Grau der regennassen Flachdächer von Kill River. »Nach dem Tod meines Dads hatte sie nur mich. Sie wusste ja gar nicht, was mit mir passiert ist. Ihr einziger Sohn kam eines Tages einfach nicht von der

Schule zurück. Sie muss verrückt vor Angst um mich gewesen sein. Doktor Masters hat mir versprochen, ich würde sie wiedersehen. Ich müsste nur tun, was die Wissenschaftler verlangen.«

»Und du hast ihr geglaubt«, sage ich.

»Ja, klar. Aber egal wie oft ich gefragt habe, wann ich meine Mom sehen darf oder wenigstens anrufen, es gab immer irgendeinen Grund, warum es noch nicht möglich war. Irgendwann wurde mir klar, dass sie mich belogen hatte. Ich würde meine Mom nie wiedersehen. Ich würde nie wieder aus diesem Scheißlabor rauskommen. Also hab ich aufgehört zu kooperieren.«

»Was ist dann passiert?«

»Doktor Masters hat mir klargemacht, dass sie am längeren Hebel sitzt. Wer nicht kooperiert, stirbt.«

»Das ist furchtbar«, sage ich leise. Aus meinem mulmigen Gefühl ist echte Angst geworden. Was hätte sie wohl mit mir gemacht, wenn ich nicht von der Insel geflohen wäre? Dasselbe wie mit Lucas? Oder wie mit Caleb?!

Lucas blickt mir fest in die Augen. »Harper, du bist in Gefahr. Alle, die auf dieser Liste stehen, sind es.«

Ich schlucke. »Über wie viele Namen reden wir?«

»Es waren eine ganze Menge, drei Spalten, dicht vollgeschrieben.«

Den Gedanken muss ich erst mal verdauen. Das heißt, wir sind nicht nur drei Teenager, sondern richtig viele!

»Wie alt bist du?« Lucas sieht aus, als hätte er gerade einen Geistesblitz gehabt.

Irritiert blinzle ich. »Sechzehn. Warum?«

»Und wie alt ist Caleb?«

»Ähm, auch sechzehn. Wieso?«

Er schaut mich eindringlich an. »Ist dir mal aufgefallen, dass wir alle gleich alt waren, als wir unsere Gaben entdeckt haben?«

Ich starre ihn an. Er hat recht.

»Du meinst, es hat was mit unserem Alter zu tun?«

Lucas nickt. »Könnte doch sein, oder?«

»Aber wir wissen nicht, wie alt die anderen auf der Liste sind«, gebe ich zu bedenken. Da habe ich eine Idee. »Was ist, wenn es mit Flowergrove zusammenhängt?« Ich blicke Lucas elektrisiert an. »Das ist zumindest noch eine Gemeinsamkeit von uns dreien. Wir kommen alle von dort ...«

»... und unsere Väter starben alle bei dem Flugzeugabsturz«, vollendet Lucas meinen Satz.

Sofort wirbeln Erinnerungsfetzen an Flowergrove durch meinen Kopf, Erinnerungen an Dad. Wie er mich mit dem kalten Wasserstrahl des Gartenschlauchs durch den Garten scheucht und ich vor Lachen Bauchschmerzen bekomme. Wie er mich packt und in die Luft hebt, als wäre ich das leichteste Kind auf der Welt. Oder dass er mich beim Kartenspielen gewinnen lässt, obwohl er weiß, dass ich schummele. Familienbarbecue am vierten Juli: Dad, der sich den Teller bis zum Rand mit Grillzeug vollädt, weil er mal wieder einen riesigen Appetit hat. Der abends an meinem Bett sitzt und mir eine Gute-Nacht-Geschichte erzählt, die er sich selbst ausgedacht hat: Es geht um ein Mädchen namens Harper, das über die Stadt fliegt. Anschließend gibt er mir einen Kuss auf die Stirn: »Ich liebe dich, Harper. Von der Erde bis zum Mond und wieder zurück.«

Wunderschöne Erinnerungen. Aber nichts, das auf etwas Ungewöhnliches hinweist. Meine Gedanken rasen weiter. Wenn ich mich an nichts Verdächtiges erinnern kann, gibt es vielleicht einen anderen, weniger offensichtlichen Grund, warum wir diese Fähigkeiten haben. »Was ist, wenn wir damals einer Strahlung ausgesetzt waren? Oder es war irgendwas im Trinkwasser?«

»Das könnte sein!« Lucas sieht mich eindringlich an.

Ich zwinge mich, ruhig zu bleiben und keine voreiligen Schlüsse zu ziehen. »Okay. Im Moment wissen wir nur über uns und Caleb Bescheid. Vielleicht kommen die anderen Leute auf der Liste ja auch aus Flowergrove? Das wäre schon mal ein Anhaltspunkt! Doktor Masters sagte ja, es hätte mit meinem Dad angefangen.«

Lucas grinst breit. »Ich glaube, wir sollten mit jemandem sprechen, der dort mit uns gelebt hat.«

»An wen hast du gedacht?«

Lucas' Augen leuchten auf. »An deine Mom.«

15

Zwei Stunden und eine Busfahrt später ist es bereits dunkel geworden. Wir stehen auf einer vom Mondschein erhellten Wiese vor Primrose Hill und starren auf die endlose Mauer mit den aufgesetzten Stacheldrahtspulen, die das Viertel umgibt. Mom. Unser Zuhause. Ich werde sie doch noch mal wiedersehen. Vielleicht sogar Noah und Peter. Mein Herz klopft vor Freude.

Ich trage eine alte Jeans und ein T-Shirt von Marty, beides passt mir erstaunlich gut. Auch Lucas hat sich mit trockenen Klamotten neu eingekleidet.

»Du hättest mir ruhig sagen können, dass deine Familie in einer Gated Community wohnt.« Er hält die Arme vor der Brust verschränkt und starrt im Mondlicht skeptisch auf die Mauer.

Wir sind sie schon mehrfach abgelaufen auf der Suche nach irgendeinem Schlupfloch, einer Stelle zum Durchkriechen oder Drüberklettern. Aber wir haben nichts gefunden. Dazu kommt, dass wir gar nicht so nah an die Mauer rangehen können, weil überall Bewegungsmelder und Kameras angebracht sind.

»Hätte ich dir gesagt, dass wir nach Primrose Hill müssen, wärst du dann mitgekommen?«, frage ich, ohne den Blick von der verdammten Mauer zu wenden.

»Vermutlich nicht«, gibt er zu. »Ich dachte immer, ihr

wärt damals in die City gezogen, in eine schicke Wohnung in der High Street oder so.«

Ich muss kichern. »Nee. Leider nicht. Wir haben hier brav den amerikanischen Albtraum gelebt. Weiße reiche Leute, die unter sich bleiben wollen, perfekte Gärten und versnobte Poolpartys, dazu ein *todsicheres Sicherheitssystem.* Was nichts anderes als Totalüberwachung heißt, mit Kameras an jeder Straßenecke und so.«

»Klingt ja *großartig.«* Lucas grinst. »Und wie kommen wir jetzt über den Stacheldraht?«

Selten war mir so klar wie in diesem Moment, was für ein lächerlicher Ort Primrose Hill eigentlich ist. Gleichzeitig wollte ich noch nie so sehr dorthin.

Ich atme tief durch.

Das Gewitter hat die Luft gereinigt, eine kühle Brise weht und lässt mich beinahe frösteln. Bevor Lucas noch auf die Idee kommt, unseren kleinen Ausflug abzublasen, drehe ich mich auf dem Absatz um. »Okay, dann nehmen wir eben den Haupteingang.«

»Was?« Lucas läuft neben mir her.

»Wozu kann ich Gedanken manipulieren?«, entgegne ich.

»Harper ...«

»Ich weiß, ich weiß«, unterbreche ich ihn. »Keine Sorge. Niemandem geschieht was. Ich mache es uns nur ein kleines bisschen einfacher.«

»Aber die Überwachungskameras auf den Straßen kannst du nicht manipulieren«, wendet Lucas ein. »Die werden uns aufzeichnen.«

»Ich habe schon eine Idee.« Mit schnellem Schritt laufe ich auf das Pförtnerhäuschen neben dem geschlossenen

Tor der Einfahrt von Primrose Hill zu. Lucas folgt mir, leise vor sich hin murrend.

Stuart hat es sich vor dem kleinen Schwarz-Weiß-Fernseher gemütlich gemacht und beißt herzhaft in ein vor Mayonnaise triefendes Sandwich.

»Guten Appetit.«

Vor Schreck fällt Stuart beinahe das Sandwich aus der Hand. »Harper! Was machst du denn hier?!« Er sieht mich an wie ein Wesen von einem anderen Stern. »Ich dachte, du bist auf der Insel?« Er entdeckt Lucas, der ein paar Schritte hinter mir im Dunklen steht. Ein argwöhnischer Ausdruck huscht über Stuarts Gesicht. »Was macht *ihr* hier?«

»Es ist nicht so, wie du denkst!«, beeile ich mich, ihm zu versichern.

»Mir gefällt das nicht, Harper.« Stuart legt langsam sein Sandwich hin und ich bemerke, dass sich seine rechte Hand Richtung Notrufknopf bewegt.

»Mir auch nicht, Stuart«, sage ich reuevoll und sehe ihm fest in die Augen.

Lucas und ich laufen so leise und schnell wie möglich durch die leeren Straßen. Vorbei an den in der Dunkelheit liegenden Südstaatenvillen mit weißen Gartenzäunen, an adretten Rasenflächen und Blumenbeeten und geheimnisvoll angeleuchteten Swimmingpools. Wir müssen uns beeilen. Bis zu Stuarts Schichtwechsel bleibt uns nur noch eine knappe halbe Stunde. So lange habe ich Stuart befohlen, die Überwachungskameras auszuschalten. Ins Protokoll wird er schreiben, dass es eine technische Störung gab. Meine Kopfschmerzen sind zurück, aber gut aushaltbar.

Im Sommer sitzt Mom an den meisten Abenden der Woche noch eine Stunde auf der Terrasse. Wenn alle schlafen gegangen sind, trinkt sie einen Kamillentee oder ein Glas selbst gemachte Limonade. Hoffentlich ist es ihr heute nach dem Sturm nicht zu kalt und sie hält an ihrem Ritual fest.

Wir haben mein Zuhause erreicht. Ich habe zwar geahnt, wie emotional mich der Anblick unseres Hauses machen könnte, bin aber trotzdem überrascht davon, wie heftig mich die Sehnsucht überfällt: nach den morgendlichen Streitereien mit Noah darum, wer zuerst das Bad benutzen darf; danach, wie Mom Salatblätter auf unsere Sandwiches legt, damit wir in der Schule was Ordentliches essen; nach den Spieleabenden mit den beiden und Peter, der es immer irgendwie geschafft hat, bestens gelaunt zu verlieren.

Mein Blick fällt auf die große Kastanie neben meinem Fenster im ersten Stock und schweift weiter zu Calebs Zimmer. Caleb. Ich spüre einen Kloß im Hals. Die Strickleiter hängt schlaff vom Baum herab wie etwas Totes. Ich schaue schnell weg und versuche, den Kloß herunterzuschlucken. Aber es gelingt mir nicht.

»Alles okay?«, flüstert Lucas.

»Ja«, lüge ich.

Die Terrasse hinter dem Haus ist leer, anscheinend war es Mom heute doch zu kalt. Oder die Ereignisse der letzten Tage haben sie aus dem Gleichgewicht gebracht. Mein Herz wird noch ein Stück schwerer. Vermutlich ist meine Verhaftung nicht spurlos an meiner Familie vorbeigegangen. Ich wette, Mom und Peter sorgen sich um mich. Ich kann nur erahnen, wie furchtbar die Gespräche mit der Polizei für sie gewesen sein müssen. Und falls sie schon von meiner

Flucht erfahren haben, geht es ihnen jetzt bestimmt richtig schlecht. Noah versteht vermutlich die Welt nicht mehr. Seine große Schwester hat in einem Supermarkt randaliert und wurde von der Polizei eingesackt. Ich habe gesehen, wie sehr ihn schon Calebs Verhaftung mitgenommen hat. Dass mir kurz darauf dasselbe passiert ist, muss ein Albtraum für ihn sein.

Betreten bleibe ich stehen. Mir fällt das schwach erleuchtete Küchenfenster auf. Ich trete näher heran und sehe eine einsame Gestalt im Morgenmantel am Küchentisch sitzen, das Gesicht in den Händen vergraben. Mom.

Lucas wirft mir einen fragenden Seitenblick zu und ich deute auf den schmalen Weg, der von der Terrasse aus zum Vorgarten führt. Wir dürfen Mom auf keinen Fall erschrecken. Wenn wir jetzt wie Freddy Krueger plötzlich im Dunklen vor der Terrassentür stehen und klopfen, wird sie schreien und das ganze Haus aufwecken. Also müssen wir ganz normal durch den Vordereingang ins Haus kommen.

Die Haustür ist unverschlossen wie immer, daran hat sich nichts geändert. Ich fühle mich wie eine Einbrecherin, als ich mit Lucas den dunklen Eingangsbereich durchquere und so leise wie möglich den Flur entlangschleiche. Bis auf das Ticken der alten Kuckucksuhr im Wohnzimmer ist es totenstill. Seltsamerweise fühle ich mich hier nicht mehr zu Hause. Das Innere unseres Hauses wirkt fremd auf mich wie ein Bühnenbild. Als wäre das alles nur eine Inszenierung.

Vorsichtig schiebe ich die halb geöffnete Küchentür ein Stück weiter auf. Mom sitzt noch immer am Tisch, ihr Gesicht in den Händen vergraben, und schluchzt leise. Ich spüre einen Stich in meinem Herzen. Ihr rotes Haar hängt ihr wirr und zerzaust in die Stirn, vor ihr auf dem Tisch steht ein Glas Rotwein. Mom trinkt sonst nie. Der Kloß in meinem Hals wird noch ein Stückchen größer.

»Mom?«, sage ich leise.

Sie zuckt zusammen, hebt ihren Kopf und starrt uns entgeistert an. Ihre Augen sind vom Weinen verquollen. »Harper ...?«, flüstert sie ungläubig. Sie steht auf, ein Lächeln huscht über ihr Gesicht. »Harper!«

Ich gehe zu ihr und wir fallen uns in die Arme. Es tut so unglaublich gut, Mom zu spüren, noch dazu jetzt nach allem, was passiert ist. Ich fühle ihr tränennasses Gesicht an meiner Schläfe, als sie mir einen Kuss auf den Haaransatz gibt.

Sie tritt einen Schritt zurück. »Haben sie dich entlassen? Jetzt schon?« Ihre Stimme zittert. »Aber wieso kommst du mitten in der Nacht zurück? Und weshalb ist Lucas bei dir?« Ihr Blick springt alarmiert zwischen mir und ihm hin und her.

Ich schaue Lucas überrascht an. Warum kennt meine Mom seinen Namen, während ich mich vor unserer Begegnung auf Camillas Beerdigung noch nie richtig mit ihm unterhalten habe?! Lucas zuckt verwirrt die Schultern.

»Wir müssen mit dir reden, Mom. Wo sind die anderen? Noah und Peter?«

»Dein Bruder schläft. Peter ist noch unterwegs.«

»Um diese Zeit?« Ich hebe erstaunt eine Augenbraue. »Wo ist er?«

»Bei einem alten Freund. Er ist Anwalt. Peter will ihn bitten, uns zu helfen. Er macht sich große Sorgen um dich.«

Der Kloß nimmt gigantische Ausmaße an. Genau jetzt, in diesem Moment, liebe ich meinen Stiefvater so sehr, dass es mir fast das Herz zerreißt.

»Er ist nicht sauer auf mich?«, frage ich. Meine Stimme klingt brüchig.

»Nein.« Mom schüttelt kaum merklich den Kopf, ihr Blick ist voller Liebe. »Er ist empört über deine Verhaftung, Harper. Darüber, dass sie dich auf die Insel gebracht haben. Er meint, die Polizei hätte überreagiert, und er will dich da rausholen. Aber ...« Ihr Blick wird unsicher. »... da wussten wir ja auch noch nicht, dass du wieder frei bist.«

Für einen Moment spüre ich, wie mich eine Welle der Hoffnung durchflutet. Peter und dieser Anwalt, vielleicht können sie mir helfen. Doch ich muss nicht einmal in Lucas' betretenes Gesicht blicken, um zu wissen, dass das Quatsch ist. Vielleicht hätte ich eine Chance gehabt, wenn ich auf der Insel brav mitgespielt hätte. Nur habe ich das nicht. Und seit meiner Flucht gibt es keine Möglichkeit mehr, doch noch in mein altes Leben zurückzukehren. Da mache ich mir nichts vor.

»Warum bist du hier, Harper?« Moms Stimme klingt wieder misstrauisch.

Ich sollte ihr eine beruhigende Antwort geben, aber es gibt keine. Wenn ich etwas von ihr erfahren will, bevor ihre Stimmung endgültig kippt, muss ich schnell sein.

»Als wir noch in Flowergrove lebten, vor dem Flugzeugabsturz, ist dir da was an Dad aufgefallen? Hat er sich irgendwie verändert?«

»Nein. Aber das ist keine Antwort, Harper. Was macht ihr hier?!«

Ich schaue ihr in die Augen und konzentriere mich auf ihre Gedanken. »Hat Dad sich irgendwie ... seltsam benommen? Ging es ihm nicht gut? War er krank?«

Was soll das hier?! Harper ist doch niemals mitten in der Nacht entlassen worden! Und was macht Lucas bei ihr?

»Nein, ganz sicher nicht. Erklär mir jetzt, was los ist, Harper!«

Meine Kopfschmerzen werden stärker, aber ich fixiere Mom weiter. »Gab es damals so etwas wie einen Unfall? Ist irgendwo Strahlung ausgetreten oder war das Trinkwasser vergiftet?«

Nein.

»Was soll der Quatsch, Harper?«

Lucas und ich wechseln einen schnellen Blick. Gedankenlesen bringt uns nicht weiter. Mit einem ziemlich schlechten Gewissen schaue ich Mom wieder in die Augen. »Erzähl mir von Dad!«, befehle ich ihr.

Moms Gesichtsausdruck wird sofort leer und ich halte entsetzt die Luft an. Es ist eine Sache, fremde Menschen in gefühllose Marionetten zu verwandeln, aber eine völlig andere, wenn es die eigene Mom ist. Meine Kopfschmerzen werden schlimmer. Es fühlt sich an, als würde sich eine stählerne Kralle in meinen Nacken bohren. Ich fühle mich überhaupt nicht so wie bei Marty und Tammy, ganz im Gegenteil.

»Daniel war der beste Ehemann und Vater, den man sich vorstellen kann«, antwortet Mom wie ferngesteuert. Mein schlechtes Gewissen ihr gegenüber wächst. Was ich hier tue, fühlt sich grundfalsch an. »Ich weiß noch, wie er dich mit dem kalten Wasserstrahl des Gartenschlauchs durch den

Garten gescheucht hat und du vor Lachen Bauchschmerzen bekommen hast. Oder die Art, wie er dich packte und in die Luft hob, als wärst du das leichteste Kind der Welt. Wie er dich beim Kartenspielen immer gewinnen ließ und so tat, als würde er nicht merken, dass du schummelst.«

Mir läuft ein eiskalter Schauer über den Rücken. Das kann nicht sein ... das ist unmöglich! Das sind *meine* Erinnerungen an Dad, *meine* Bilder!

»Ich weiß noch, wie er sich beim Familienbarbecue den Teller immer bis zum Rand mit allem Möglichen vollgeladen hat«, fährt sie fort. »Er hatte einfach einen Riesenappetit.«

Alles dreht sich in meinem Kopf. Das kann nicht sein! Sogar die Reihenfolge ihrer Erinnerungen ist dieselbe wie bei mir. Es ist unmöglich, dass zwei Menschen – selbst wenn es Mutter und Tochter sind – die exakt gleichen Erinnerungen im selben Wortlaut haben. So etwas gibt es nicht!

»Ich weiß noch, wie dein Dad abends immer an deinem Bett saß und dir Gute-Nacht-Geschichten erzählte. Die meisten hat er sich selbst ausgedacht. Eine handelte von einem Mädchen namens Harper, das über die Stadt fliegt.«

»Stopp!«

Ich zucke zusammen. Nicht ich habe das gerufen, sondern Lucas. Ich drehe mich zu ihm um und sehe, dass er kreidebleich geworden ist. Fassungslos starrt er meine Mom an.

»Das sind *meine* Erinnerungen«, erklärt er aufgebracht.

Sofort stellen sich mir die Nackenhaare auf. Lucas meint das todernst, das sehe ich ihm an. Aber das kann nicht sein. Er kann unmöglich dieselben Erinnerungen haben wie Mom und ich!

»Wort für Wort«, setzt Lucas nach. Er sieht völlig entsetzt

aus. »Das Barbecue, Schummeln beim Kartenspielen, die Gute-Nacht-Geschichte. Das sind *meine* Erinnerungen an *meinen* Dad.«

Das ist absurd! Das kann nicht sein. Mir wird schwindelig.

»Harper? Was machst du hier?«

Ich zucke vor Schreck zusammen und wirble herum. Keine zwei Meter vor dem Türrahmen steht mein Bruder in seinem Superman-Schlafanzug. Sein Gesicht drückt völlige Verwirrung aus.

»Noah«, flüstere ich und breite meine Arme aus. Aber er weicht einen Schritt zurück. »Es ist alles gut.«

Noah schüttelt den Kopf. »Was hast du mit Mom gemacht?«

»Ihr geht's gut«, versuche ich, ihn zu beruhigen.

Er schüttelt den Kopf. »Das stimmt nicht. Sieh sie dir doch an!« Sein Zeigefinger ist anklagend auf Mom gerichtet. Ich drehe mich zu ihr um und verstehe sofort, was er meint. Sie steht wie eine seelenlose Marionette mit völlig leerem Gesichtsausdruck mitten im Raum. Normalerweise würde sie Noah jetzt beruhigend in den Arm nehmen, aber sie reagiert nicht auf seine Anwesenheit.

»Du hast sie irgendwie hypnotisiert«, klagt er mich an. »Keine Ahnung, wie, aber du hast es getan!«

»Ich weiß«, entgegne ich ihm ruhig. »Aber es geht ihr wirklich gut, glaub mir. Sie wird sich an nichts erinnern.« Ich mache einen Schritt auf ihn zu, aber Noah weicht mit einem schrillen Aufschrei zurück. Er hebt den Hörer vom Telefon, das neben der Küchentür an der Wand hängt.

»Bitte, Noah, alles ist gut! Ich tu dir nichts.« Ich klinge so hilflos, wie ich mich fühle. Verzweifelt gehe ich noch einen Schritt auf ihn zu.

»Komm nicht näher, Harper. Ich ruf jetzt die Polizei.« Ohne den Blick von mir zu wenden, steckt er einen Finger in die Wählscheibe des Telefons und dreht sie.

»Harper?«, sagt Lucas leise. Ich weiß, was er von mir will. Weil es das einzig Vernünftige ist.

Noah wählt die zweite Ziffer.

Aber ich kann das nicht, es ist falsch. Ich kann das nicht tun, nicht schon wieder und nicht bei meinem kleinen Bruder!

Die dritte.

»Bitte, Noah, leg wieder auf«, flehe ich ihn an.

Doch er schüttelt den Kopf und hebt den Hörer ans Ohr. Lucas springt nach vorne, packt Noah, nimmt ihm den Hörer aus der Hand und knallt ihn auf die Gabel.

»Lass mich los!« Noah brüllt und schlägt um sich, doch Lucas hält ihn in einem gnadenlosen Schraubstockgriff.

»Harper, mach schon!« Lucas sieht mich auffordernd an.

Ich atme durch, dann schaue ich meinem kleinen Bruder direkt in die Augen. »Du entspannst dich jetzt, Noah!« Sofort hört er auf zu zappeln, seine Augen werden leer. Ich fühle mich mies. Die Kopfschmerzen sind jetzt richtig schlimm und ich spüre das mittlerweile vertraute Gefühl von Blut auf meiner Lippe.

»Harper!« Lucas lässt Noah los und eilt zu mir. Ohne zu zögern, legt er mir seine Hand auf die Stirn und schließt die Augen. Während Lucas mich heilt, starre ich meinen Bruder an. Wie Mom steht er bewegungslos im Raum. Ich fühle mich schrecklich.

Lucas nimmt seine Hand von meiner Stirn und mir geht es wieder gut.

»Was machen wir jetzt?«, frage ich ihn.

»Am besten, du wäschst dein Gesicht und dann fahren wir zurück. Deine Mom kann uns nicht weiterhelfen.« Seine Stimme klingt unaufgeregt, fast zuversichtlich. Aber ich höre ihm an, dass er mich aufmuntern will.

Ich ringe mir ein Lächeln ab, dann gehe ich an Noah vorbei zur Spüle. Ich fühle mich beschissen, als ich den Wasserhahn aufdrehe und mir das Blut von Gesicht und Händen wasche. Warum ging es mir nicht ebenfalls schlecht, als ich Tammy und Marty dazu gebracht habe, aufeinander einzuschlagen? Ich trockne meine Hände am Geschirrhandtuch ab und drehe mich zu Lucas um. Er hält mir ein gerahmtes Foto hin, das er von der Wand genommen hat. Darauf ist meine Familie zu sehen, ein Schnappschuss aus einem Freizeitpark.

»Wer ist das?« Lucas ist kreidebleich und tippt auf das Gesicht meines Stiefvaters.

»Peter, mein Stiefvater.«

»Ich kenne diesen Mann«, sagt Lucas mit einer Stimme, die mir sofort eine Gänsehaut über den Rücken jagt. »Er ist der Cleaner.«

16

Lucas und ich sitzen auf der Rückbank eines Wagens, den wir angehalten haben, und starren in die Nacht. Ich habe dem Fahrer befohlen, uns nach Kill River zu bringen. Nach der Sache mit dem Foto habe ich Mom und Noah angewiesen, schlafen zu gehen und sich nicht an unseren Besuch zu erinnern. Lucas hat mir angeboten, die Kopfschmerzen zu heilen, die das verursacht hat. Aber ich habe abgelehnt. Diese Schmerzen habe ich verdient.

Peter ist nicht der Cleaner, das ist völlig absurd, ganz egal wie schockiert Lucas aussah, als er meinte, ihn auf dem Foto erkannt zu haben. Das ist jetzt schon die zweite Ungereimtheit in Bezug auf seine Zeit im Labor. Dass Camilla vor ihrem Tod dort gewesen sein soll, ist ja genauso Quatsch. Trotzdem ist Lucas überzeugt davon. Auch wenn ich mich gerne davor drücken würde, aber über diese beiden Punkte müssen wir reden.

»Wollen wir was trinken gehen? Ich könnte ein Bier vertragen.« Es soll eigentlich ein Witz sein, aber Lucas nickt.

»Ich kenn da einen netten Laden in der Oakstreet«, sagt er. »Vielleicht gefällt er dir ja.«

Das Palace in Kill River. Natürlich.

Der Fahrer lässt uns vor der Bar aussteigen und fährt davon, ohne sich zu erinnern, dass er uns mitgenommen hat.

Bevor wir ins Palace hineingehen, fällt mir auf, dass zwei Leuchtbuchstaben im pinken Schriftzug über den Fenstern ausgefallen sind: *Bi r, Bier, Bie !,* steht da jetzt. Irgendwie wirkt es nicht mal schäbig, sondern fast charmant.

Drinnen empfängt uns die gleiche Atmosphäre wie bei meinem letzten Besuch: muffiger Bierdunst, der sich mit dem Gestank nach altem Pommesfett vermischt, Pop aus der Jukebox, diesmal spielt sie *When Tomorrow Comes* von den Eurythmics, und nahezu dieselben Typen, die auch schon letztes Mal hier rumhingen. Nur dass es jetzt Nacht ist und alles noch dämmriger wirkt als tagsüber.

Die Wirtin steht am Tresen, die rot lackierten Fingernägel in die Hüfte gestemmt, und flirtet mit einem Hafenarbeiter. Sie lacht scheppernd über etwas, das er gesagt hat. Als sie Lucas sieht, nickt sie ihm zu. Natürlich kennt sie ihn, war ja klar. Als sie mich bemerkt, runzelt sie die Stirn.

Wir steuern auf einen kleinen Ecktisch direkt neben dem Spielautomaten zu. Georgie, der gruselige Typ mit der karierten Flanelljacke und dem brutalen Blick, sitzt davor und ignoriert uns gekonnt, als wir an ihm vorbeigehen.

An der Wand gegenüber läuft ein Röhrenfernseher mit ausgeschaltetem Ton: schon wieder Nancy Claire, diesmal die Nachtausgabe ihrer sensationsheischenden Show. Den Einblendungen nach zu urteilen, geht es um die Opfer des angeblich terroristischen Anschlags. Ich erinnere mich, die Explosion im Stahlwerk.

Einer der vermeintlichen Ansprüche von Nancys Sendung ist es, den Opfern eines Verbrechens ein Gesicht zu geben. Was in Wirklichkeit allerdings nur bedeutet, dass eine Flut von Urlaubsschnappschüssen über den Bildschirm schwemmt: grinsende Leute beim Skifahren, beim Barbecue, in Bikinis und Badehosen am Strand. Aber eins muss ich Nancy Claire lassen: Die Masche funktioniert. Denn obwohl ich diese Menschen nicht kenne, berührt mich die Tatsache, dass sie tot sind, mehr, als es die bloße Information wahrscheinlich getan hätte.

Wir setzen uns an den Ecktisch. *When Tomorrow Comes* ist vorbei. In der Stille danach hört man eine Münze durch den Spielautomaten rasseln.

»Es tut mir leid, Lucas, aber du liegst falsch«, eröffne ich das Gespräch wenig diplomatisch. »Mein Stiefvater ist nicht der Cleaner. Das ist völlig unmöglich. Peter arbeitet für die Stadtverwaltung.« Mir wird klar, wie bescheuert das klingt. »Ich meine, natürlich könnte das alles nur Tarnung sein ... und in Wahrheit führt er ein heimliches Leben als Berufskiller, aber ...« Ich muss ein nervöses Lachen unterdrücken. »Echt jetzt, Peter ist der schlechteste Lügner der Welt. Er könnte nicht mal ein Geheimnis bewahren, wenn sein Leben davon abhinge.«

Lucas lächelt nicht. »Ich weiß, was ich gesehen habe«, sagt er leise. »Und ich hab ihn erkannt, Harper. Diesen Mann werde ich nie in meinem Leben vergessen. Er hat mich gefoltert.«

»Es ist nur ein Foto«, werfe ich ein. »Du musst ihn verwechseln! Oder der Cleaner sieht Peter einfach nur wahnsinnig ähnlich.«

Lucas schüttelt den Kopf. »Du meinst, wie bei Camilla? Die ich angeblich auch *nicht* gesehen habe?« Er klingt verbittert. »Wie kannst du dir überhaupt noch bei irgendetwas sicher sein nach dem, was wir heute Nacht erlebt haben?

Wir können ja nicht mal unseren eigenen Erinnerungen trauen!«

Lucas hat recht. Beim Gedanken an unsere Kindheitserinnerungen, die Wort für Wort identisch waren, läuft mir ein eiskalter Schauer über den Rücken.

»Ich meine«, fährt Lucas eindringlich fort, »die Sachen, die wir glauben, erlebt zu haben, sind höchstwahrscheinlich nie passiert.«

»Genau! Was ist, wenn deine Erinnerungen an Camilla und den Cleaner nicht real sind?«

Lucas schaut mich schweigend an.

»Camilla war vor ihrem Tod nicht verschwunden«, setze ich hinzu. »Und Peter ist nicht der Cleaner!«

Die Wirtin tritt an unseren Tisch. »Haste deinen Freund also doch noch gefunden«, sagt sie zu mir. Ihr Haar starrt nur so vor Haarspray. Man könnte ihr wahrscheinlich einen Backstein auf den Kopf fallen lassen, ohne ihr Schaden zuzufügen. »Was soll ich euch bringen?«

»Eine Cola«, sagt Lucas leise und ich sehe, dass ihm die Möglichkeit zusetzt, dass er falsche Erinnerungen an seine Zeit im Labor haben könnte.

»Für mich ein Bier«, sage ich so selbstverständlich wie möglich. Schließlich habe ich mir auf der Insel geschworen, mich betrinken zu wollen.

»Biste dafür nicht ein bisschen jung?« Sie hebt skeptisch ihre linke Augenbraue.

»Ach was!« Ich schaue ihr fest in die Augen. »Ich bin zweiunddreißig Jahre alt. Sie können mir total unbesorgt ein Bier bringen.«

Der Blick der Wirtin wird leer. »Oh natürlich.« Sie schenkt

mir ein scheppperndes Raucherlachen, das irgendwie mechanisch klingt, und wendet sich zum Gehen.

Diesmal sind meine Kopfschmerzen nicht schlimmer geworden. Aber auch nicht besser. Warum fühle ich mich nach dem Gedankenmanipulieren mal irre gut, mal schlecht und mal verändert sich gar nichts bei mir? Ich kapiere es nicht.

»Findest du das witzig?« Lucas wirkt nicht im Mindesten amüsiert darüber, dass ich meine Fähigkeit bei der Wirtin eingesetzt habe. Was ein bisschen schade ist, denn ja, wenn ich ehrlich bin, war die Sache mit dem Alter und dem Bier tatsächlich ein schwacher Versuch, die angespannte Stimmung zwischen uns ein wenig aufzulockern.

»Du solltest so was nicht machen!« Er klingt jetzt wütend.

»Was meinst du? Bier trinken?«, frage ich patzig.

»Du kannst so viel Bier in dich reinschütten, wie du willst«, erwidert er ungeduldig. »Aber du solltest deine Gabe nicht dafür missbrauchen!«

»Bitte?« In mir regt sich Widerstand. »Ich hab meine Gabe doch auch dazu *missbraucht*, um uns eine kostenlose Fahrt hierher zu besorgen. Dagegen hattest du nichts.«

»Weil es notwendig war. Aber das hier –«

»Ja, ich weiß«, unterbreche ich ihn barsch. »Das war nur zum Spaß. Ich bin ein Monster.«

»Entschuldige.« Lucas' Stimme wird sanfter. »Ich will nur, dass du auf dich aufpasst, Harper. Fähigkeiten, noch dazu so mächtige, wie du sie hast, verändern einen.«

Ich muss wieder an Marty und Tammy denken und daran, wie gut ich mich dabei gefühlt habe, sie zu quälen. Wenn ich nicht aufpasse, ende ich als jemand, der ich nie hätte sein wollen. Das gruselt mich.

»Hat deine Fähigkeit dich denn verändert?«, frage ich ihn.

Er zuckt die Achseln.

»Wobei sie dich wahrscheinlich nicht so sehr in Versuchung führt wie meine mich«, ergänze ich.

Lucas lächelt mich unsicher an, sagt aber nichts.

Mein Blick bleibt wieder am Röhrenfernseher hängen. Nancy Claire ist verschwunden. Dafür steht da jetzt eine andere blonde Frau in einer Kulissenküche, die mit demonstrativer Begeisterung Karotten raspelt und Kochgeschirr anpreist.

Ich atme tief durch. »Warum haben wir beide und meine Mom dieselben Erinnerungen?«

»Ich fürchte, das bedeutet, man kann ein Gedächtnis nicht nur löschen, sondern auch mit neuen Erinnerungen überschreiben.« Lucas zögert. »Vielleicht gibt es noch jemanden, der dasselbe kann wie du, Harper. Vielleicht wurde uns gesagt, dass wir uns nur noch an diese Szenen erinnern sollen.«

»Das würde auch deine Erinnerungen an Camilla und Peter erklären, oder? Vielleicht sind sie auch nicht echt.«

»Oder andersherum«, entgegnet Lucas.

»Wie meinst du das?«

»Du hast gesagt, Judith hätte mit eigenen Augen gesehen, wie Camilla überfahren wurde ... vielleicht wurde ja Judith eine falsche Erinnerung eingepflanzt und dein Stiefvater ist doch der Cleaner.«

Der Gedanke haut mich um. Das würde erklären, wie Camilla an zwei Orten gleichzeitig gesehen werden konnte – bei Judith an der Bushaltestelle und bei Lucas im Labor. Judith war die einzige Augenzeugin von Camillas schrecklichem Unfall. Und erst jetzt stellt sich mir die Frage, warum es nicht noch mehr Augenzeugen gab. Die Bushaltestelle an der Mall ist normalerweise gut besucht. Warum war das zu der Zeit nicht der Fall? Angeblich war die Polizei da, um den Unfall und die Fahrerflucht zu protokollieren, aber auf deren Aussagen gebe ich ehrlich gesagt nicht mehr viel nach allem, was ich erlebt habe. Die Variante, in der Judiths Erinnerungen manipuliert wurden, ergibt tatsächlich mehr Sinn, als dass jemand Lucas' Erinnerung hätte überschreiben sollen. Was hätte es gebracht, dass er sich an Camilla erinnert? Nichts.

»Wenn wir annehmen, dass Judiths Erinnerung manipuliert wurde, ist diese ganze Sache auf jeden Fall viel krasser, als wir dachten«, sagte ich.

Ich schäme mich dafür, dass ich ihm misstraut habe. Vielleicht hat er die ganze Zeit die Wahrheit gesagt und ich habe ihm nicht geglaubt. Zugleich würde das aber auch bedeuten, dass er mit Peter genauso recht haben könnte. Aber darüber kann und will ich im Moment nicht nachdenken.

»Die Frage ist nur, wie hängt das alles zusammen?«

Ich zucke mit den Schultern. »Keine Ahnung. Jemand hat unsere Erinnerungen überschrieben, vielleicht ist das Militär darin involviert, weil die Spur nach Flowergrove führt, aber wir wissen nicht, wie. Und wir haben immer noch keine Ahnung, was damals mit meinem Dad angefangen haben soll, außer dass es etwas damit zu tun hat, dass wir diese Fähigkeiten haben.«

Die Wirtin tritt an unseren Tisch und Lucas und ich versuchen, möglichst unaufgeregt auszusehen. Sie stellt eine

Cola vor Lucas und ein schaumtriefendes Bier vor mich, nickt uns zu und verschwindet wieder in Richtung Tresen.

Ich tauche meinen Zeigefinger in den Schaum, der über den Rand des Bierglases quillt, und lecke ihn ab. Bitter. Aber gar nicht mal so schlecht. Auf jeden Fall besser als der Wodka, den ich im Supermarkt getrunken habe, bevor ich auf die Insel gebracht wurde.

Das Bild von Caleb, an die Beatmungsmaschine angeschlossen, taucht vor meinem inneren Auge auf. »Meinst du, man kann ein gelöschtes Gedächtnis wiederherstellen?«, frage ich leise.

Lucas mustert mich und lächelt. »An wen denkst du jetzt? An uns oder an Caleb?«

Ich würde gerne zurücklächeln, aber ich erinnere mich an das letzte Mal, als Lucas und ich über Caleb gesprochen haben.

»Es tut mir leid, dass ich neulich so gezögert habe, ihm zu helfen«, sagt Lucas. »Mich hat nur die Vorstellung abgeschreckt, auf die Insel zurückzukehren.«

Natürlich. Lucas verbindet die Insel mit seinen schlimmsten Erinnerungen. Aber mein Bauchgefühl sagt mir, dass es um mehr geht.

Ich schaue ihm in die Augen und konzentriere mich. »Gibt es noch einen anderen Grund dafür, dass du gezögert hast?«

Weil ich eifersüchtig war. Und es noch immer bin.

Lucas weicht meinem Blick aus. »Ich hab Schiss, Harper. Das ist alles«, lügt er.

Ich tue so, als ob ich ihm glaube, und nicke. Aber in Wirklichkeit rast mein Puls. Lucas ist eifersüchtig. Was heißt das? Dass er in mich verliebt ist? Mir wird heiß und ich spüre, wie mir die Röte ins Gesicht steigt. Ich muss sofort das Thema wechseln, sonst merkt Lucas am Ende noch, dass ich seine Gedanken gelesen habe. Mir fällt der Alptraum ein, den ich regelmäßig habe. »Ich habe das Gefühl, dass unsere echten Erinnerungen noch irgendwo sein könnten. Vielleicht im Unterbewusstsein. Ich träume immer wieder denselben Traum. Ich bin noch ziemlich jung und halte ein Kleinkind im Arm. Vielleicht ist es Noah. Wir müssen uns verstecken. Irgendwo im Haus ist ein sehr gefährlicher Mann. Ich habe furchtbare Angst und –«

Die Kneipentür wird aufgerissen und ein dicker Mann mit verschwitztem Haarkranz torkelt herein. Alle in der Kneipe starren ihn an.

»Dougie-Schatz, du hast Hausverbot, das weißt du doch!«, flötet die Wirtin in vorwurfsvollem Singsang.

»Ein Bier, Pearl? Nur eins?« Sein winselnder Tonfall kommt mir verdammt bekannt vor.

»Vergiss es, Doug!«

Ich erkenne den Mann. Er hat sich vor ein paar Tagen mit Zoe gestritten und wir haben ihn gemeinsam verjagt. Doug, der unbedingt mit ihr schlafen wollte und ihr Nein nicht akzeptiert hat. Er entdeckt mich und wird blass. Trotzdem schwankt er zielstrebig auf mich zu.

»Scheiße«, stöhne ich auf.

»Was ist los?«, fragt Lucas misstrauisch. »Kennst du den Typen?«

»Er wollte mich mal verprügeln.« Ich winke ab. »Lange Geschichte.«

»Er wollte WAS?«

»Hey, wir kennen uns doch!« Doug hat unseren Tisch erreicht. Seine Augen haben einen glasigen Schimmer und der beißende Geruch von Schweiß, Schnaps und viel zu viel Parfüm umhüllt ihn wie eine Aura. »Du musst mir helfen, Mädchen! Du musst noch mal mit deiner Freundin reden!«

Meiner Freundin? Ich verzichte nur zu gerne auf eine zweite Begegnung mit dieser arroganten Zoe. Und selbst wenn wir befreundet wären, was bildet dieser Typ sich eigentlich ein? Dass ich Einfluss darauf habe, mit wem Zoe ins Bett geht?

»Bitte, ich bin verzweifelt!« Er hat tatsächlich die Nerven, sich neben Lucas zu setzen und nach meiner Hand zu grapschen. Ohne zu zögern, schlägt Lucas sie weg. Ich sehe zu ihm und wieder macht mein Herz Purzelbäume. Es fällt mir schwer, normal weiterzuatmen.

»Ich will doch nur meine Ehe retten!«, jammert Doug.

»Indem du zu Prostituierten gehst? Ernsthaft?«

»Was?! Nein!«, ruft er empört. »Ich war meiner Frau mein Leben lang treu!«

Jetzt kapiere ich gar nichts mehr.

»Ja, ich hab Fehler gemacht«, fährt er fort. »Ich hab aus der Firmenkasse gestohlen. Aber doch nur für meine Familie. Ich hab eine Vorladung zum Affirmatortest bekommen. Wenn ich da durchfalle, lande ich im Gefängnis. Wenn meine Frau erfährt, was ich getan habe, verlässt sie mich und nimmt die Kinder mit. Egal, ob ich ins Gefängnis komme oder nicht …«

»Und was soll Zoe da machen?«, frage ich verwirrt.

»Na, mein Gedächtnis löschen. Zoe Clarke ist eine Eraserin. Hast du das nicht gewusst?«

Nein, hab ich nicht. Hat Zoe etwa dieselbe Gabe wie ich? Bin ich auch eine Eraserin? Mit einem Schlag bin ich mehr als scharf darauf, Zoe wiederzusehen.

17

In Gedanken bin ich noch bei Zoe, als ich die Wohnungstür aufschließe. Sobald wir eintreten, schlägt uns ein stechender Uringeruch entgegen – und ich weiß auch sofort, warum. Scheiße! Tiefe Scham durchflutet mich und ich hasse mich für meine Gedankenlosigkeit.

Marty und Tammy stehen in der Dunkelheit, die Gesichter noch immer zur Wand gedreht, so wie ich sie zurückgelassen habe. Ich hatte die beiden total vergessen. Es tut mir leid, was die beiden durchmachen mussten, und zugleich finde ich es krass, dass meine Kräfte noch immer wirken!

Ich schalte das Licht an. Die beiden zucken zusammen.

»Dreht euch um!«, sage ich schnell.

Die beiden rühren sich nicht. Natürlich. Ich quetsche mich so vor sie, dass ich ihnen in die Augen sehen kann, und merke ihnen sofort an, dass ihre Persönlichkeit zurückgekehrt ist. Ihre Augen sind nicht leer, sondern hellwach. Tammys Gesicht ist vom Weinen verschwollen und der feuchte Fleck im Schritt ihrer Jeans ist nicht zu übersehen. Ich fühle mich miserabel.

»Ich mach mal das Fenster auf«, sagt Lucas leise, nachdem er einen Blick auf die beiden geworfen hat. Ich schätze, das ist jetzt sein Standardsatz, wenn wir diese Wohnung betreten.

»Ihr könnt euch wieder frei bewegen!« Die Kopfschmerzen kommen zurück, aber sie sind mir diesmal fast willkommen. Wieder eine Strafe, die ich verdient habe.

»Du Miststück!«, schluchzt Tammy und plumpst auf den Fußboden. Rotz läuft ihr aus der Nase. Marty lässt sich neben sie sinken. Er sieht bleich und abgekämpft aus, völlig mit den Nerven am Ende. Das lange Stehen muss furchtbar anstrengend gewesen sein. »Bean ist ganz allein da draußen«, wimmert Tammy.

»Er ist ein Kampfhund«, erwidere ich ein wenig aufmunternder als beabsichtigt. »Es geht ihm bestimmt gut.«

Unwillkürlich muss ich an die Insel zurückdenken, an meine Ankunft dort und an den Zwischenfall mit Celine und Sybil. Bin ich am Ende auch so abgefuckt wie die beiden? Ich wollte Tammy und Marty nicht demütigen oder quälen. Ich hab bloß nicht richtig nachgedacht, als ich sie hiergelassen habe. Aber tief in meinem Inneren weiß ich, dass ich keinen Deut besser bin als sie oder die beiden Wärterinnen.

»Harper, ich wollte mich bei dir entschuldigen …« Martys Stimme trieft vor Höflichkeit. Ein Tonfall, den er sich normalerweise wahrscheinlich für Polizisten, Richter und Bewährungshelfer aufspart. »Wir hatten einen wirklich schlechten Start und so. Aber wollen wir das nicht endlich hinter uns lassen …«

»Sie hat Bean auf dem Gewissen!«, weint Tammy.

»Halt die Klappe, Tammy!«, faucht Marty sie an. »Bitte, zwing uns nicht wieder, irgendwelche Sachen zu machen«, sagt er, an mich gewandt. »Bitte …«

»Nein, auf keinen Fall«, unterbreche ich ihn schnell. »Ich zwinge euch zu gar nichts mehr, versprochen.« Mir kommt unser Gespräch mit Doug vorhin wieder in den Sinn. »Aber ich habe noch eine Frage. Kennt ihr eine Eraserin namens Zoe?«

»Ähm ja. Natürlich.« Marty ist sichtlich erleichtert, dass er mir weiterhelfen kann, und mir fällt ein Stein vom Herzen.

»Kennst du ihre Adresse?«

Ich kann förmlich dabei zusehen, wie es in Martys Gehirn arbeitet. »Ich glaube, sie hängt in der Mahagony Street rum, in dem geschlossenen Waschsalon, Ecke Oakstreet.«

»Beim Palace?«, frage ich mit einem breiten Grinsen im Gesicht.

Marty nickt.

Super! Das erklärt, warum ich Zoe und Doug dort gesehen habe.

»Okay ... ihr könnt gehen. Wobei, eine Sache noch.« Es ärgert mich, dass ich mein Versprechen brechen muss. Ich räuspere mich verlegen und sehe erst Marty, dann Tammy in die Augen. »Ihr werdet von nun an die Finger vom Drogengeschäft lassen!«, improvisiere ich und denke krampfhaft nach. »Ihr werdet Gutes tun und ... äh ... Menschen helfen! Ihr werdet Drogensüchtige dabei unterstützen, clean zu werden, und Essen an Obdachlose verteilen! Und sobald ihr die Wohnung verlassen habt, werdet ihr Lucas und mich vergessen!«

Der Ausdruck von Martys und Tammys Augen wird wieder verschwommen. Ohne ein weiteres Wort verlassen sie die Wohnung. Ich hoffe, dass alles so funktioniert, wie ich es gesagt habe. Die Kopfschmerzen sind noch schlimmer geworden und ich spüre, dass meine Nase gleich wieder bluten wird.

»Essen an Obdachlose verteilen?« Lucas grinst. Und mit einem Mal muss ich lachen, ich kann gar nicht mehr aufhören. Vor meinem geistigen Auge sehe ich Tammy und Marty wie Streetworker durch Kill River ziehen und Lunchpakete verteilen. Ich muss so sehr lachen, dass mir Tränen übers Gesicht laufen.

Mit dem Handrücken wische ich mir über die Nase. Blut. War ja klar. Lucas legt mir seine Hand auf die Stirn und schließt die Augen. Sofort geht es mir besser. Die Schmerzen verschwinden und ich genieße Lucas' Berührung. Seine Hand fühlt sich unendlich vertraut an. Ich will nicht, dass er sie wieder wegnimmt. Mein Herz klopft schneller und ich ahne, dass es das nicht tut, weil ihm die Aufregung zu viel geworden ist. Sondern wegen Lucas. Seiner Nähe. Seinem Duft. Wie es wohl wäre, ihn zu küssen? Jetzt und hier? Ich beuge mich nach vorne und ... Lucas zieht seine Hand weg und blickt mich erschöpft an. Erschöpft. Nicht zärtlich. »Okay«, sagt er. »Dann gehe ich mal duschen.«

Lucas geht zum Schrank und nimmt sich ein paar Kleidungsstücke heraus. Sobald er das Badezimmer betreten hat, lasse ich mich auf die Couch fallen und versuche, mir einzureden, dass ich nicht enttäuscht bin. Klar, das Heilen hat ihm zugesetzt. Aber er hat sofort danach das Zimmer verlassen! Ich hab mich wohl geirrt, was Lucas' Gefühle für mich angeht. Verliebt sein sieht anders aus.

Im Bad wird die Dusche aufgedreht. Vielleicht war Lucas ja nur auf Caleb eifersüchtig, weil der mein bester Freund ist. Das ergibt aber keinen Sinn. Und wieso hätte er Dougs Hand im Palace wegschlagen sollen? Meine Gedanken gehen durcheinander, ich verstehe das alles nicht. Eben hätte ich ihn fast geküsst und bin heilfroh, dass ich es nicht getan habe. Wahrscheinlich hätte ich mich damit völlig zum Affen gemacht.

Das Rauschen des Wassers verstummt. Ich setze mich möglichst aufrecht hin, streiche mir eine Haarsträhne aus dem Gesicht und zwinge mich dazu, entspannt auszusehen. Oder zumindest nicht so, als wäre ich enttäuscht von Lucas' Reaktion eben.

»Schau mal, was ich im Bad gefunden habe.« Lucas kehrt ins Wohnzimmer zurück. Seine Haare sind noch nass und er trägt jetzt Shorts und ein verwaschen grünes T-Shirt von Marty, das ziemlich sexy an ihm aussieht. Er hält eine Packung Blondierung in die Höhe. »Platinblond.«

Ich muss grinsen. »Steht dir bestimmt super.«

»Nicht für mich.« Lucas sieht mich auffordernd an und nickt zum Badezimmer.

Echt jetzt?! Ich bin zwar dankbar für die Ablenkung, doch auch gleichzeitig verstört über seinen Vorschlag. Ich weiß, dass es dringend an der Zeit ist, mein Aussehen zu verändern. Aber blond?!

Ich hocke auf dem dreckigen Badewannenrand, während Lucas aus einer Plastikflasche ätzende Blondierung auf meine Haare kleckst. Es stinkt widerlich nach Chlor. Ich fand meine Haarfarbe nie besonders toll – schlammbraun im Sommer, im Winter fast schwarz –, trotzdem will ich keine neue. Dad hatte dieselbe Haarfarbe wie ich.

Ich fühle, wie mir ein Rinnsal der ekligen Flüssigkeit den Nacken herabrinnt, und kann ein Schaudern nicht unterdrücken.

»Sorry ...« Lucas schnappt sich ein Handtuch und tupft mir behutsam die Blondierung vom Hals. Er kommt mir so nah, dass sein Atem mein Ohrläppchen streift, und sofort spüre ich die vertraute Hitze in mir aufsteigen. Wütend auf mich selbst versuche ich, das Gefühl niederzukämpfen. Leider nur mit mäßigem Erfolg.

»Hast du das schon mal gemacht?«, frage ich ihn bemüht locker.

»Ja. Früher hab ich meiner Mom oft die Haare blondiert. Vorne konnte sie das selbst, aber hinten im Nacken ist es immer schwierig.«

»Hast du schon mal darüber nachgedacht, sie zu besuchen?«

»Klar, immer wieder.« Er zuckt mit den Schultern. »Aber ich trau mich nicht. Vielleicht wird sie überwacht, seit ich auf der Flucht bin.«

»Aber das war bei unserem Haus ja auch nicht so«, wende ich ein.

»Ja. Seltsam, oder?«

Ich ahne, worauf Lucas hinauswill, und lache leise. »Peter ist nicht der Cleaner, Lucas. Mit Camilla könntest du recht haben, aber nicht mit meinem Stiefvater.«

»Das sagst *du*«, antwortet er mit einem zärtlichen Ton in seiner Stimme. Prompt fängt mein Herz wieder an zu klopfen und ich verstehe gar nichts mehr. Lucas tritt einen Schritt zurück. »Fertig. Das Zeug muss jetzt erstmal einwirken.«

Ich starre geduscht und mit gewaschenen Haaren in den Badezimmerspiegel. Ich kann nicht glauben, was ich da sehe. Das bin nicht ich. Noch sind meine Haare nass, aber man kann schon erkennen, dass sie jetzt ultrahell sind. Sosehr ich auch versuche, mich in meinem Spiegelbild wiederzuerkennen, es gelingt mir nicht. Ich wirke wie ein anderer Mensch.

Ich drücke etwas Zahnpasta auf meinen Zeigefinger und putze mir provisorisch die Zähne.

Als ich das Wohnzimmer betrete, erwartet Lucas mich schon.

»Krass!« Er schaut mich beeindruckt an.

Etwas verlegen setze ich mich neben ihn auf das mittlerweile ausgezogene Schlafsofa. Meine Haare stinken noch immer fürchterlich nach Chlor und ich versuche, mir nicht anmerken zu lassen, wie schlimm meine Kopfhaut kribbelt.

»Du siehst toll aus, Harper!«

Ich spüre die Wärme, die Lucas' Körper neben mir ausstrahlt, und ärgere mich darüber, wie gern ich ihn berühren würde.

»Ähm, also, ich meine natürlich, du sahst vorher auch schon toll aus, aber ... also ... was ich meinte, ist ... äh ... Blond steht dir.« Er wird rot, so wie ich sonst. Ich finde das ziemlich charmant. Außerdem war das ein fettes Kompliment gerade. War das nur eine freundliche Feststellung? Etwas Nettes, was man einfach so jemandem sagt, den man mag? Oder steckt etwa doch mehr dahinter? Warum ist das alles so kompliziert?!

Lucas gähnt. Na toll.

»Ich glaube, wir könnten beide etwas Schlaf gebrauchen«, sage ich etwas leiser als beabsichtigt und deute auf die beiden Bettdecken und Kissen, die Lucas auf das ausgezogene

Sofa gelegt hat. Also gehe ich davon aus, dass wir hier auch beide schlafen sollen. Oder ... nicht?

Lucas nickt. Er steht auf und schaltet das Licht aus, während ich mich schon mal zudecke. Verlegen rutsche ich Richtung Wand.

»Du kannst ruhig mehr Platz haben. Ich brauch nicht viel.« Lucas legt sich neben mich und seiner Stimme höre ich an, dass er müde ist. Wie kann er jetzt müde sein, während ich hier vor Aufregung fast durchdrehe? Das ist unsere erste gemeinsame Nacht, in einem Bett. Wenn er jetzt tatsächlich einschläft, habe ich ihn wohl wirklich missverstanden. Diese Ungewissheit macht mich wahnsinnig! Ich brauche Antworten!

Ich drehe mich zu Lucas um. Im Mondlicht kann ich sein Gesicht sehen, er schaut mir direkt in die Augen. Ich konzentriere mich.

»Es ist schön, dass ich dich gefunden habe«, sage ich zu ihm.

Genau genommen habe ich dich gefunden, Harper Green.

Mein Herz macht einen Sprung. Er weiß, dass ich gerade seine Gedanken lese!

»Gute Nacht, Harper. Bis morgen.« Lucas lächelt mich an.

Die Kopfschmerzen kommen zurück, aber sie sind mir völlig egal. Seine Gedankenstimme klang zärtlich, fast liebevoll. Mein Herz pocht so heftig, dass ich Angst habe, er könnte es hören.

»Gute Nacht«, sage ich und lächele zurück.

Lucas legt mir wortlos seine Hand auf die Stirn und schließt die Augen. Ich spüre sofort, wie meine Kopfschmerzen verschwinden. Seine Hand sinkt neben meinen Kopf aufs Kissen und seine Atemzüge werden tief und regelmäßig. Er schläft ein.

Egal wie schlimm die letzten Tage waren, jetzt gerade, hier neben Lucas auf der alten Schlafcouch von Marty und Tammy, bin ich glücklich.

18

Die Sonne weckt mich. Ich öffne die Augen. Lucas liegt nicht mehr neben mir. Er ist auch nicht im Zimmer zu sehen. Warum ist er weg? Ist er doch sauer auf mich, weil ich gestern Abend seine Gedanken gelesen habe? Aber das ist doch kein Grund, einfach abzuhauen, oder doch? Ich setze mich auf und überlege angestrengt, was ich tun soll. Da höre ich ein Summen aus dem Badezimmer und ich spüre, wie die Anspannung von mir abfällt. Lucas ist noch hier, was auch immer er da gerade tut. Zu meiner eigenen Überraschung habe ich geschlafen wie ein Stein und fühle mich tatsächlich erholt.

Ich setze mich an den kleinen Esstisch, wobei ich mich immer noch merkwürdig in Martys Kleidern fühle. Wie es ihm und Tammy wohl gerade geht? Gedanken zu manipulieren, ist eine Gabe, die weitreichende Folgen haben kann. Selbst wenn ich jemandem etwas Gutes tun will, kann das negative Konsequenzen nach sich ziehen. Wie zum Beispiel die Tatsache, dass ich Tammy und Marty mal eben obdachlos gemacht habe.

Das Summen aus dem Bad verstummt und ich spüre, dass meine Handflächen anfangen zu schwitzen. Lucas nach der letzten Nacht wiederzusehen, fühlt sich aufregend an. Ich gebe mir Mühe, mich zu entspannen. Ich muss damit aufhören, seine Gefühle für mich ergründen zu wollen. Wenn da mehr sein sollte, werde ich es schon erfahren. Außerdem geht es jetzt auch gar nicht um ihn, sondern um Caleb.

Seit ich meinen besten Freund das letzte Mal gesehen habe, sind vierundzwanzig Stunden vergangen. Ich habe es geschafft, zu fliehen, wieder zu Kräften zu kommen, meine Gabe einsetzen zu können und unterzutauchen – inklusive neuer Haarfarbe. Als Nächstes brauchen Lucas und ich einen Plan, wie wir Caleb möglichst schnell von der Insel holen.

Lucas betritt das Wohnzimmer und mir stockt der Atem. Seine dunklen Locken sind weg, er hat seine Haare raspelkurz abrasiert – aber gerade noch so lang gelassen, dass man seine Kopfhaut nicht erkennen kann. Er sieht gut aus, aber auch irgendwie fremd. Ohne die Locken wirkt sein Gesicht kantiger, erwachsener.

»Im Bad lag ein Rasierer. Ich muss mich aber auch noch dran gewöhnen.« Er fährt sich mit der Hand über die Haare. »Außerdem dachte ich, ich besorge mir im Drugstore noch so eine Brille ohne Stärke.«

Ich starre ihn an.

»Guck nicht so, Harper«, sagt Lucas lachend und ich schüttele grinsend den Kopf.

»Entschuldige, du siehst nur wirklich, ähm, sehr anders aus.«

»Es gefällt dir nicht, oder?« Lucas schaut mich unsicher an.

»Nein, nein! Also, ich meine, doch.« Ich lächele. Ich sollte das Thema wechseln, und zwar am besten sofort. »Wollen wir uns mal einen Plan machen?«

Lucas setzt sich mir gegenüber an den Tisch. »Gute Idee.«

»Caleb ist immer noch auf der Insel«, sage ich. »Also, das hoffe ich zumindest. Ich würde ihn da gerne so schnell wie möglich rausholen.« Ich schaue Lucas an und gebe mir Mühe, seine kurzen Haare zu ignorieren. »Du könntest ihn heilen, dann wäre er nicht mehr auf die Beatmungsmaschine angewiesen.«

»Und du stellst seine Erinnerungen wieder her?«

Ich stutze. »Gute Frage. Kann ich das denn?«

»Probieren wir's aus«, sagt Lucas. »Ich meine, wir können ziemlich sicher davon ausgehen, dass unsere Erinnerungen an unsere Dads falsch sind. Dass irgendjemand, der kann, was du kannst, sie überschrieben hat.«

»Wir sollten dieser Zoe einen Besuch abstatten. Immerhin ist sie eine Eraserin, wie wir dank Doug wissen.«

»Vielleicht ist sie sogar für Calebs Zustand verantwortlich oder hat Judiths Erinnerungen verändert?«

»Meinst du?« Ich zögere. »Sie wirkte nicht gerade wie jemand, der mit dieser Doktor Masters gemeinsame Sache macht.«

»Aber sie scheint ja auch eine Gabe zu haben, so wie du.«

Ich nicke. Da hat er natürlich recht. »Vielleicht wird sie dazu gezwungen?«

»Durchaus möglich.« Lucas nickt mir auffordernd zu. »Dann mach mal.«

»Was denn?«, frage ich irritiert.

»Stell mein Gedächtnis wieder her.«

»Oh. Okay. Und wie?«

»Keine Ahnung.« Lucas lacht. »Das ist deine Gabe, nicht meine.«

Ich lache auch. »Also gut, ich probier mal was.« Ich werde

wieder ernst und blicke ihm tief in die Augen. »Du vergisst deine falschen Erinnerungen an deinen Vater!« Gespannt schaue ich ihn an. »Und?«

»Hmmm. Ich glaube, es ist nichts passiert.« Lucas sieht aus, als würde er sein Gedächtnis durchforsten. »Ich erinnere mich immer noch an dieselben Sachen.«

Auch ich fühle mich nicht, als hätte ich meine Gabe eingesetzt. Ich spüre nicht den Hauch von Kopfschmerzen. »Okay, dann versuchen wir es andersherum«, sage ich und schaue Lucas noch mal in die Augen. »Du erinnerst dich an alles, was damals vor dem Tod deines Dads wirklich geschah.« Aber egal wie sehr ich mich konzentriere, ich bekomme keine Kopfschmerzen. Nicht mal ansatzweise. Und zum allerersten Mal bin ich enttäuscht darüber.

Lucas schüttelt den Kopf. »Nichts.«

»An was erinnerst du dich?«, frage ich ihn und konzentriere mich.

An Dad, wie er mir zum Einschlafen die Geschichte von dem kleinen, fliegenden Jungen namens Lucas erzählt hat. Liest du schon wieder meine Gedanken, Harper?

Lucas' innere Stimme klingt belustigt und ich muss grinsen. »Entschuldige.« Jetzt spüre ich die Kopfschmerzen, sie kriechen über meine Schläfen zur Stirn. »Ich brauchte nur einen Beweis, dass meine Gabe noch funktioniert.«

»Kopfweh?«

Ich nicke und er legt mir seine Hand auf die Stirn. Mittlerweile fühlt es sich wie ein lieb gewonnenes Ritual an.

Er lässt seine Hand sinken und mir geht es wieder bestens. Mir fällt auf, dass er blasser aussieht als eben noch.

Scheiße, das hatte ich völlig verdrängt. Wenn er seine Gabe einsetzt, kostet es ihn Kraft. Mir geht es zwar besser, aber ihm schlechter. Sofort fallen mir die letzten Male ein, die ich seine Gabe in Anspruch genommen habe, und ich fühle mich total egoistisch.

»Wir sollten das nicht so oft machen«, sage ich reuevoll. »Das schadet dir.«

»Ist nicht so schlimm. Ich regenerier mich ganz gut.« Er winkt ab. »Und was machen wir jetzt?«

»Ich werde dieser Zoe mal einen Besuch abstatten. Wenn sie dieselbe Gabe hat wie ich, könnte sie mehr wissen. Immerhin muss sie die schon eine Weile haben und läuft noch immer frei rum.«

Lucas nickt. »Gute Idee. Und was mach ich?«

»Du musst was herausfinden. Wir müssen irgendwie auf die Insel kommen, Zugang bekommen ... und dafür brauchen wir jemanden, der uns einschleusen kann.«

Lucas schaut mich überrascht an. »Und an wen denkst du da?«

»An die einzige Person, von der wir wissen, dass sie sowohl im Labor als auch auf der Insel unterwegs ist.«

»Doktor Masters.« Lucas sieht beeindruckt aus und ich spüre, dass ich schon wieder rot werde.

»Du könntest herausfinden, wo sie wohnt. Und wir statten ihr später einen gemeinsamen Besuch ab?«

Lucas steht auf. »Dann legen wir mal los.«

Ich laufe die schäbige Oakstreet entlang, vorbei am Palace, dessen pinkfarbener Leuchtschriftzug jetzt am frühen Morgen erloschen ist. Vor dem Schaufenster schläft ein Mann seinen Rausch aus, vermutlich ein Gast. Er schnarcht beeindruckend laut. Unweit neben ihm liegt Erbrochenes auf dem Gehweg und es stinkt bestialisch. Trotzdem bin ich bestens gelaunt. Lucas und ich haben einen Plan, um Caleb zu befreien. Natürlich ist er noch ein bisschen wackelig, weil er von dieser Zoe und Doktor Masters abhängt. Aber ich bin total zuversichtlich.

An der Ecke Mahagony Street bleibt mein Blick an dem alten Waschsalon hängen, von dem Marty erzählt hat. Die Schaufensterscheiben sind mit so viel schwarzer Farbe besprüht, dass man bis auf zwei Meter Höhe nicht hindurchsehen kann. Ein sternförmiger Riss zieht sich wie ein weißes Spinnennetz über das Glas.

Die Straße ist leer bis auf einen uralten Mann, der ein Rollwägelchen voller Glasflaschen hinter sich herzieht. Sein Anblick versetzt mir einen Stich. Um die Alten und Armen hier schert sich kein Mensch. Ebenso wenig wie um die vernachlässigten Kinder und Jugendlichen. Das Glas klirrt in dem Rollwägelchen, während der alte Mann langsam davonzuckelt.

Ich hebe die Hand, um gegen die Eingangstür des Waschsalons zu klopfen. Von innen höre ich Geräusche und erstarre. Leises Reden, langsame Schritte, die auf die Tür zukommen. Eine der Stimmen ist die von Zoe.

Ich straffe die Schultern. Die Tür öffnet sich und eine Frau mit einem bunt gemusterten Turban, einem dazu passenden Kleid und großen goldenen Ohrringen kommt aus dem Waschsalon. Sofort trete ich beiseite. Die Frau hat etwas Beeindruckendes und fast Magisches an sich. Sie schenkt mir ein aufrichtig wirkendes Lächeln.

»Ich danke dir, meine Liebe!«, ruft sie Zoe zu, die drinnen geblieben ist. »Wir sehen uns in ein paar Wochen in Halls Creek.« Sie winkt und verschwindet in dieselbe Richtung, in die der alte Mann gegangen ist.

Ich drehe mich zu Zoe um, aber sie hat die Tür schon fast wieder geschlossen. Schnell schiebe ich meinen Fuß in den Spalt, der noch offen ist. »Hallo.«

Zoe blickt mich kühl an. Dass sie die Tür nicht mehr schließen kann, scheint ihr nicht zu gefallen. »Das Mädchen aus Primrose Hill, plötzlich erblondet.«

»Harper«, korrigiere ich sie freundlich. »Und vergiss meine Haare. Ich muss mit dir reden.«

»Keine Zeit.«

»Komm schon. Du bist die Einzige, die mir helfen kann!«

Zoe lacht trocken. »Dein Problem, nicht meins, Primrose-Hill-Mädchen.«

Mit Freundlichkeit komme ich bei Zoe offenbar nicht weiter. Also entscheide ich mich für die Wahrheit. Wenn es nicht klappt, kann ich ihr einfach befehlen, dass sie unser Gespräch vergessen soll. »Hör zu, Zoe«, beginne ich eindringlich. »Ich bin von der Insel geflohen und die Polizei sucht mich. Mein bester Freund ist immer noch dort, sie haben sein Gedächtnis gelöscht. Er ist völlig hilflos. Ich muss ihn retten.« Mit klopfendem Herzen warte ich, während Zoe mich kühl mustert. Eine gefühlte Ewigkeit später öffnet sie wortlos die Tür und lässt mich herein.

Im alten Waschsalon herrscht trübes Dämmerlicht. An zwei Wänden reihen sich lilafarbene Waschmaschinen aneinander, an der dritten stehen Trockner, in den Ecken stapeln sich rollbare Wäschekörbe und vergessene Wäschestücke. Poster von Michael-Jackson-Konzerten hängen an den Wänden. Ich bin irritiert. Es gibt im Waschsalon nichts, was auch nur annähernd so aussieht, als ob Zoe hier Zeit verbringen würde. Geschweige denn mit Gästen wie der Frau, der ich eben begegnet bin.

»Wie hast du mich gefunden?«, fragt Zoe harsch.

»Doug«, sage ich nicht ganz wahrheitsgemäß, weil ich keine Lust habe, die Sache mit Marty und Tammy zu erklären.

Zoe nickt. »Und warum warst du auf der Insel?«

»Weil ich etwas ganz Ähnliches kann wie du.«

Zoe schaut mich belustigt an. »Aha. Und was soll das heißen?«

»Ich kann Menschen dazu bringen, sich nicht mehr zu erinnern. Wenn ich will, kann ich ihre Gedanken lesen oder sie dazu zwingen, Dinge zu tun.«

Zoe verzieht das Gesicht zu einem humorlosen Lächeln. »Du verarschst mich.«

»Nein.«

»Und womit machst du das?«, fragt sie.

»Ähm, na ja, mit meiner Gabe eben«, stottere ich, »über Blickkontakt, so wie du vermutlich?« Mit ihrer spöttischen Art bringt sie mich aus dem Konzept. Warum reagiert sie so seltsam? »Ich sage den Leuten, was sie tun sollen, oder ich frage sie etwas und höre ihre Gedanken.«

»Das ist doch Bullshit!« Zoe sieht mich an, als würde sie mich gleich rausschmeißen. Jetzt verstehe ich gar nichts mehr.

»Doug hat gesagt, du kannst Menschen dazu bringen, Dinge zu vergessen!«

Zoe schüttelt den Kopf. »Doug erzählt viel Scheiße, wenn der Tag lang ist. Am besten, du verschwindest jetzt wieder!«

Das werde ich ganz sicher nicht tun! Ich sehe mich in dem verdreckten Waschsalon um. In einem großen Trockner an der Wand liegt tatsächlich noch alte Wäsche, die jemand dort vergessen haben muss. Mein Blick fällt auf eine knallrote Wollsocke.

Ich sehe Zoe fest in die Augen. »Nimm die rote Socke aus dem Trockner und iss sie auf!«

Ein Zucken läuft über Zoes Gesicht und ihr Blick wird leer. Wie ein ferngesteuerter Roboter marschiert sie auf den Wäschetrockner zu, schnappt sich die Socke und stopft sie sich in den Mund. Entschlossen kaut sie darauf herum, hustet und würgt. Als das mit dem Herunterschlucken nicht klappt, zerrt sie sie wieder heraus und versucht, mit den Zähnen ein Stück abzubeißen.

»Stopp! Du kannst aufhören!« Das sollte als Demonstration reichen. Meine Kopfschmerzen sind zurück und ich hoffe inständig, dass ich meine Kräfte nicht noch mal benutzen muss. Denn ich will nicht, dass Lucas mich heute ein weiteres Mal heilt und zusätzlich geschwächt wird. Egal wie beiläufig er getan hat, als wir darüber sprachen, für mich kommt das nicht infrage. Diesmal sitze ich die Schmerzen aus.

»Scheiße!« Zoe wirft die Socke auf den Boden. Ich lasse ihr die Zeit, die sie braucht, um sich wieder zu fangen.

»Glaubst du mir jetzt?«

Sie nickt. »Du kannst das tatsächlich.« In ihrem Blick spiegelt sich Angst, aber auch ein neuer Respekt.

»Und du? Wie machst du es?«, frage ich sie.

»Ich habe dafür eine Maschine. Aber ich kann weder Gedanken lesen noch Leute zu irgendwas zwingen.«

»Eine Maschine?« Enttäuschung macht sich in mir breit. »Du hast also gar keine Fähigkeit?«

Zoe schüttelt den Kopf. »Was du da machst, ist total abgefahren. Ich bin nur Eraserin und ohne die Maschine kann ich gar nichts.«

Ich stoße einen Seufzer aus. Schade aber auch. Ich hatte gehofft, so nennt man Leute, die meine Fähigkeit haben.

»Wär' schön gewesen, nicht die Einzige zu sein, die so was kann«, sage ich leise.

»Sorry.« Zum ersten Mal überhaupt sehe ich Zoe lächeln. Ihr Gesicht wirkt plötzlich nicht mehr verschlossen und argwöhnisch, sondern richtig freundlich. »Wir Eraser sind Menschen, die einen Memory-Eraser besitzen, daher der Name, und damit Leuten das Gedächtnis löschen. Vor allem, damit sie bei Polizeibefragungen und Affirmatortests nicht lügen müssen. Wer nichts weiß, kommt viel besser durch die Tests. Von uns Erasern gibt es nicht viele. Hier in Eden City eigentlich nur mich. Und eben das Militär.«

»Das Militär?«

»Ja.« Zoe nickt. »Aber das sind die Bösen. Die machen so geheimen Forschungskram. Und dazu gehört unter anderem der Memory-Eraser, den sie dazu benutzen, Zeugen das Gedächtnis zu löschen.«

Ich muss mich setzen und nehme auf einer der Waschmaschinen Platz. Dann könnten Lucas und ich recht haben und alles hat irgendwie mit Flowergrove und dem Militär zu tun. Zoe setzt sich neben mich. »Seit wann hast du diese ... Fähigkeit?«

Ich schüttle den Kopf. »Es geht jetzt nicht um mich. Erzähl mir lieber, woher du den Memory-Eraser hast.«

»Meine Mutter«, sagt sie leise, »hat in Flowergrove gearbeitet. Als Putzfrau im Verwaltungstrakt. Sie hat Sachen mitgekriegt. Schlimme Sachen. Sie war ... na ja ... eigentlich war sie bloß eine ganz normale Mom aus Kill River. Sie hat sich den Arsch aufgerissen, um uns beide durchzubringen. Sie war nie politisch oder so. Doch seit Reagan ermordet wurde und Wright als Vizepräsident an die Macht kam, hat sich alles verändert. Wright ist ein Hardliner, noch krasser, als Reagan es war. Unter ihm nahmen die Kontrollen schlagartig zu. Mehr Polizei, mehr Überwachung. Und Reed hat hier in Eden City begeistert mitgemacht. Freunde meiner Mom organisierten Demonstrationen. Und verschwanden. Sie tauchten nie wieder auf. Das landesweite Demonstrationsverbot kam. Daraufhin ging Mom in den Widerstand. Zu den Liberatisten.« Einen Moment lang scheint Zoe zu überlegen, ob sie weiterreden soll oder nicht. Sie seufzt. »Ich hab den Memory-Eraser von ihr. Sie hat ihn aus einem Büro in Flowergrove gestohlen. Das Militär hat damit unzähligen angeblichen Staatsfeinden das Gedächtnis gelöscht.«

»Das hat deine Mom dir gesagt?«

»Sie hat es gesehen.« Zoe blickt mich ernst an.

Wenn das Militär diese Maschinen besitzt, hat vielleicht einer von deren Memory-Erasern Calebs Gedächtnis so verpfuscht.

»Jetzt bist du dran.« Zoe nickt mir zu. »Wie kommst du zu dieser ... *Gabe?«*

Okay, die Kurzfassung. »Ich habe die Befürchtung, dass das Militär auch etwas damit zu tun hat. Die Polizei weiß, dass ich vielleicht eine Fähigkeit habe. Ich stehe auf einer Liste des Militärs.«

»Shit. Auf einer Liste zu stehen, ist nie was Gutes.« Zoe verzieht das Gesicht. »Die Regierung ist außer Kontrolle. Wir stehen kurz vor der Totalüberwachung. Lustigerweise sind die, die sich besonders klug fühlen, genau die, die Reed und Präsident Wright unterstützen. Was glaubst du, warum es bei dir in Primrose Hill so ultraspießig zugeht?

Ich zucke die Achseln.

»Weil bei euch die Schisser wohnen. Die, die das System bis zum Ende mittragen würden. Die davon profitieren. Aber nicht nur Leute aus Kill River müssen zu Affirmatortests gehen. Auch normale Menschen wurden in den letzten drei Jahren immer häufiger befragt, sie landen wegen Kleinigkeiten im Gefängnis oder werden auf die Insel gebracht.«

Ganz normale Leute. Sofort fallen mir Celine, Jo und der Footballtyp ein. Oder Misses Forster, meine alte Vertrauenslehrerin. Wie es ihnen jetzt wohl geht? Wenn Zoe ihre Gedächtnisse vor den Tests gelöscht hätte, wäre ihnen die Insel vielleicht erspart geblieben.

»Wie funktionieren diese Memory-Eraser genau?«

»Sie lösen Amnesien durch eine gezielte Hirnverletzung aus. Das heißt, der Memory-Eraser lokalisiert den winzigen Teil des Gehirns, in dem bestimmte Erinnerungen gespeichert sind. Die Technik ist sogar so weit entwickelt, dass ich das Areal auf wenige Stunden Erinnerung, das heißt auf eine winzig kleine Fläche, eingrenzen kann. Und genau diese Stelle verletzt der Eraser. Das ist ziemlich schmerzhaft, aber auch total effizient. Das Trauma der Verletzung sorgt dafür, dass dieses winzige Areal vom Gehirn nicht weiter benutzt wird und die Erinnerung nicht wieder zurückkommt.«

»Und kann man damit auch Erinnerungen überschreiben?«, hake ich nach und denke dabei an den Versuch, den Lucas und ich vorhin am Esstisch unternommen haben.

Zoe zuckt die Schultern. »Keine Ahnung. Ich lösche nur.«

»Okay. Das heißt, die Amnesie entsteht durch Verletzungen und nicht durch Gedankenmanipulation. Das erklärt, warum es nicht geklappt hat, als ich versucht habe, Lucas' falsche Erinnerungen zu löschen und an die echten heranzukommen.«

Zoe schaut mich fragend an. »Wie bitte? Was meinst du damit? Und wer ist Lucas?«

Zoe sagt nichts, als ich geendet habe, sie zwirbelt nur eine ihrer Dreadlocks zwischen Daumen und Zeigefinger.

»Was denkst du?«

Zoe hebt den Kopf. »Dass das total kranker Scheiß ist und ich Reed absolut zutraue, dass er davon weiß. Wenn er nicht sogar seine Finger mit im Spiel hat. Die Frau, die du eben gesehen hast, Ma Bayou, war früher Journalistin. Sie hat gegen Reed ermittelt wegen veruntreuter Wahlgelder. Im Grunde ist es ein Wunder, dass sie noch am Leben ist. Sie war zweimal im Gefängnis. Wie so viele Journalisten. Und ich lösche ihr regelmäßig die Erinnerung an alles, was sie herausgefunden hat, damit sie bei Befragungen nicht auffällt. Ihre Rechercheberichte lagert sie in einem Bankschließfach – aber sie hat keine Ahnung mehr, was darinsteht.«

Journalisten werden verhaftet? Nur weil sie ihren Job machen und die Wahrheit schreiben? Ich sollte überrascht sein, bin es aber nicht. So schnell schockt mich nichts mehr.

»Die Leute, denen ich helfe, sind nicht immer politisch«, fährt Zoe fort. »Manche von ihnen haben tatsächlich etwas verbrochen. Sie haben ihre Frauen betrogen oder Drogen genommen. Von denen nehme ich Geld, ich muss ja von irgendetwas leben. Aber natürlich haben sie es auch nicht verdient, als Unmoralische auf der Insel zu landen. Ich entscheide selbst, wem ich helfe und wem nicht.«

Ich muss an Doug denken, der, aus welchen Gründen auch immer, durch Zoes moralisches Raster gefallen ist.

»Der Affirmator kann ja nicht wirklich zwischen Wahrheit und Lüge unterscheiden«, fügt Zoe erklärend hinzu. »Er misst bloß Körperfunktionen. Und Lügen bedeutet körperlichen Stress. Das Herz rast, man fängt an zu schwitzen, atmet schneller. Aber wer sich nicht erinnern kann, muss nicht lügen.«

»Kann man ein gelöschtes Gedächtnis wiederherstellen? Also, wenn es wie bei Caleb so total ausgefallen ist?«

Zoe zuckt die Achseln. »Keine Ahnung. Es gibt ein paar abgefahrene Sachen, von denen ich gehört habe, aber ich weiß nicht, ob sie stimmen. Am besten ist es vermutlich, wenn es dein Freund mit seinen Heilkräften probiert. Wie war sein Name noch gleich?«

»Lucas.« Ich nicke. Das könnte vielleicht funktionieren.

Hinter mir ertönt ein ohrenbetäubendes Klirren und ich zucke vor Schreck zusammen.

Zoe springt von der Waschmaschine und starrt zum Schaufenster. Blitzschnell folge ich ihrem Blick. Der obere

Teil ist zersplittert. Zoe schnappt sich mein Handgelenk und zieht mich zu dem großen Trockner, in dem die rote Socke gelegen hat. Neben uns poltert eine Art Handgranate zu Boden, das wie eine Handgranate aussieht, gleichzeitig wird etwas von außen gegen die Eingangstür gerammt.

»Cops!«, flüstert Zoe mir zu und schiebt den Trockner beiseite. Dahinter klafft ein großes Loch in der Wand, das in einen Tunnel führt. Hinter uns explodiert das Handgranatending und Nebel breitet sich aus.

So schnell ich kann, krabbele ich hinter Zoe auf allen vieren durch das Loch in den Tunnel.

Zoe dreht sich um, zieht den Trockner an einem Seil zurück gegen die Wand und das Loch verschließt sich. Im Tunnel ist es jetzt dunkel.

Ich höre, wie im Waschsalon die Eingangstür mit einem lauten Knall aufspringt, und blinzele angestrengt. Meine Augen müssen sich an die Dunkelheit gewöhnen, und zwar möglichst schnell!

Zoe zupft mich am Ärmel. »Da vorne«, wispert sie.

Ich blinzele noch zweimal, dann erkenne ich etwas. In der Ferne leuchtet ein schwacher Lichtschein. Zoe gibt mir einen leichten Schubs gegen die Schulter und wir laufen gebückt los.

»Dahinten kommst du auf die Pine Street. Und dann lauf, so schnell du kannst, ja?«, raunt Zoe mir im Rennen zu. »Ich schätze mal, die sind wegen dir hier.«

»Dein Memory-Eraser! Ist der noch im Waschsalon?« Ich bleibe stehen.

Zoe packt mich am T-Shirt und zieht mich weiter. »Nein ... keine Panik«, keucht sie im Laufen, während ich hinter ihr hereile. »Der Waschsalon ist nur der Eingang zu meiner kleinen Praxis. Die liegt da vorne links, eine Kellertreppe runter.«

Sie wird langsamer, vor einer Treppe bleiben wir stehen. Außer Atem schnaufen wir durch.

»Ich hol jetzt den Memory-Eraser und bring ihn in meine Wohnung«, sagt Zoe. »Wenn was ist, die Adresse lautet eins, fünf, fünf Maple Avenue, erster Stock. Die Haustür geht nicht mehr richtig zu, geh einfach ins Haus.«

»Danke«, sage ich und es kommt von Herzen. »Danke für alles.«

»Klar.«

Zoe will gerade wieder loslaufen, da halte ich sie am Arm zurück.

»Was ist mit deiner Mom passiert?«, frage ich.

»Dasselbe wie mit deinem Dad«, erwidert Zoe. »Sie ist verschwunden und vermutlich tot.«

19

Der Tunnel führt in ein Zimmer, dessen einziger Einrichtungsgegenstand ein leerer Kleiderschrank ist. Er steht direkt neben dem Tunneleingang und dient wohl normalerweise dazu, ihn zu verschließen. Da ich keine Ahnung habe, ob Zoe oder jemand anders hier noch rausmuss, lasse ich den Schrank, wo er ist.

Keine Minute später betrete ich einen Hinterhof und höre Polizeisirenen schrillen. Kurzerhand klettere ich über die niedrige Mauer, die das Grundstück zur einen Seite hin abgrenzt, und hetze einen schmalen Gartenweg entlang. Ich muss dringend zurück zu Lucas.

Vor der nächsten Straße werde ich langsamer. Es wimmelt vor Polizei. Dutzende Männer und Frauen in blauen Uniformen patrouillieren ein paar Meter weiter den Bürgersteig auf und ab. Sie sind mit Schlagstöcken und Pistolen bewaffnet. Das sieht nach einer groß angelegten Razzia aus. Vielleicht sollte ich zurück und mich irgendwo verstecken und abwarten. Doch was ist mit Lucas? Wahrscheinlich hat er keine Ahnung, was in Kill River gerade los ist. Ich muss ihn dringend warnen! Nur wie? Überall ist Polizei.

Mein Blick wandert nach oben. Die Dächer sind zu steil, um über sie zu fliehen. Ich laufe wieder zurück und klettere über die niedrige Mauer in den Hinterhof, von dem ich gekommen bin. Hier gibt es ein Hinterhaus. Vielleicht hat es einen Durchgang zu einem weiteren Hof? Ich renne auf die Tür zu und drücke sie auf.

Im Laufschritt nehme ich die drei Stufen zum Hochparterre. Die Eingangstür auf der gegenüberliegenden Seite hat Fenster aus Glas. Dahinter befindet sich kein zweiter Hinterhof, sondern wieder eine Straße. Ich sehe Polizisten vorbeilaufen. Hier sind sie auch. Scheiße! Wahrscheinlich sind sie überall. Fuck, fuck, fuck!

Ich muss da trotzdem raus. Also atme ich tief durch, straffe die Schultern, setze eine besorgte Miene auf und öffne die Tür zur Straße. Jetzt gilt es.

Wer hat noch gesagt, dass es im Auge des Hurrikans am stillsten ist? Vor mir und hinter mir ist Polizei. Mein Herz rast und ich zwinge mich, ruhig zu atmen. Hoffentlich reichen die blondierten Haare als Tarnung aus.

Falls Fahndungsfotos von mir kursieren, wovon ich ausgehen muss, ist die neue Haarfarbe meine einzige Chance. Wenn mich jemand erkennt, bin ich am Arsch, Gedankenmanipulation hin oder her. Ich bin mit ziemlicher Sicherheit nicht in der Lage, Dutzende Polizisten gleichzeitig zu kontrollieren. Ich müsste ihnen allen in die Augen sehen und die Kopfschmerzen würden mich vermutlich ziemlich bald ausknocken.

Mit gesenktem Kopf gehe ich an den Polizisten vorbei, spüre ihre prüfenden Blicke im Nacken. Niemand versucht, mich aufzuhalten, trotzdem bricht mir der Schweiß aus. Jeder Instinkt in mir schreit danach loszurennen. Stattdessen zwinge ich mich, so langsam wie möglich zu gehen. Aus dem Augenwinkel sehe ich zwei Polizisten, die ein junges Paar abtasten. Die beiden haben dunkle Haare, tragen

Lederjacken. Offensichtlich sucht die Polizei wirklich nach Lucas und mir.

»Wir haben nichts getan!«, höre ich das Mädchen wimmern.

»Scheißbullen!«, schaltet sich der Junge ein, doch er klingt verängstigt.

»Maul halten!«, herrscht ihn einer der Polizisten an. Handschellen klicken.

Im Schutz eines Müllautos biege ich um die Straßenecke. Gott sei Dank ist hier keine Polizei mehr! Sofort fange ich an zu rennen, die ausgestorbene Straße entlang. Alles, woran ich denken kann, ist Lucas. Ich hoffe, er ist mittlerweile wieder in Martys Wohnung und nicht mehr unterwegs, um nach Doktor Masters' Adresse zu recherchieren. Obwohl ich Seitenstechen habe und meine Lunge brennt, traue ich mich nicht, langsamer zu werden. Sie dürfen Lucas nicht erwischen, auf keinen Fall! Ich könnte es nicht ertragen, ihn auch noch zu verlieren.

Vor mir liegt die Straße, auf deren rechter Seite sich der riesige Wohnblock befindet, in dem Marty und Tammy gewohnt haben. Völlig außer Atem biege ich in den richtigen Aufgang ein und renne die Treppe nach oben. Meine Beine fühlen sich wie Gummi an und meine Lunge brennt. Ich nehme zwei, drei Stufen auf einmal. Keuchend erreiche ich die vierte Etage. Das Herz schlägt mir bis zum Hals, als ich gegen Martys Wohnungstür hämmere. »Ich bin's, Harper!«

Nichts rührt sich.

Scheiße, Scheiße, Scheiße!

»Mach auf, Lucas!«

Was, wenn sie ihn schon geschnappt haben?! Meine Gedanken überschlagen sich. Was, wenn ich zu spät bin, wie bei Caleb, und sie Lucas auch –

Die Tür wird geöffnet. »Harper? Alles okay?« Lucas mustert mich besorgt. Eine warme Welle der Erleichterung durchflutet meinen Körper. Sie ist so heftig, dass mir schwindelig wird. Er zieht mich in seine Arme. »Da draußen ist eine Razzia«, stoße ich hervor. »Ich hatte solche Angst, dass du ...«

Lucas beugt sich zu mir herunter und küsst mich. Einfach so. Hitze schießt durch meinen Körper, pure elektrische Energie. So etwas habe ich noch nie in meinem Leben gefühlt. Ich kriege keine Luft mehr, trotzdem küsse ich ihn zurück. Es fühlt sich unglaublich an, seine warmen Lippen auf meinen, seine Hände, die behutsam über mein Haar streichen.

Irgendwo im Haus knallt eine Tür und ich zucke zusammen.

Er löst sich von mir und zieht mich in die Wohnung. »Entschuldige bitte«, sagt er, nachdem er die Tür hinter uns geschlossen hat. »Ich wollte nicht ...«

»Nein, nein«, stottere ich. »Schon okay.«

»Wirklich?« Lucas sieht mich forschend an und sofort spüre ich die Hitze wieder in mir aufsteigen.

Ich wünschte, mein Kopf wäre nicht so leer, sonst wäre ich vielleicht in der Lage, einen sinnvollen Satz zu bilden. »Hör zu!« Mit aller Macht zwinge ich mich in die Realität zurück. »Da draußen ist überall Polizei. Die suchen uns. Wir müssen raus aus der Stadt.«

Lucas flucht leise, fängt sich aber schnell wieder. »Eigentlich war es ja nur eine Frage der Zeit.« Er lächelt gequält.

»Pack ein paar Sachen zusammen, die wir brauchen können! Und ich schau mal, wo Marty sein Geld aufbewahrt.«

Ich nicke. Während Lucas das Wohnzimmer zu filzen beginnt, steuere ich auf die Küche zu. Ich schnappe mir eine Flasche Limo aus dem Kühlschrank, zwei Dosen Thunfisch und eine Packung Cracker. Nicht gerade eine großartige Ausbeute, aber mehr ist nach meiner Heißhungerattacke gestern nicht zu finden.

Im Wohnzimmer öffne ich den Kleiderschrank. In einem Regal liegt ein grauer Rucksack. Ich packe erst die Lebensmittel hinein und werfe wahllos ein paar von Martys Klamotten obendrauf. Es fällt mir schwer, mich zu konzentrieren, ich muss die ganze Zeit an den Kuss eben denken.

Ich habe noch nie einen Jungen geküsst. Erst jetzt wird mir klar, dass ich tief in meinem Inneren immer davon ausgegangen bin, dass ich meinen ersten Kuss von Caleb bekommen würde. Und jetzt ist es Lucas geworden. Und obwohl mir der Kuss gefallen hat, habe ich ein seltsam schlechtes Gewissen Caleb gegenüber.

Lucas hält mir ein hellgelbes Porzellansparschwein vor die Nase. »Das ist alles, was ich gefunden habe.« Er klingt frustriert.

»Besser als nichts.«

Lucas hämmert das Ding auf den kleinen Esstisch. Es zerspringt und Münzen rollen überall herum, fallen auf den Boden.

Ich hocke mich neben Lucas und helfe ihm, die Münzen aufzusammeln. Dabei streife ich absichtlich seinen Arm.

»Alles okay?« Er schenkt mir ein scheues Lächeln.

»Klar.« Ich lächele zurück.

Leises Klopfen an der Wohnungstür. Lucas und ich springen erschrocken auf. Wir wechseln einen schnellen Blick.

»Bitte mach auf, Harper!«, dringt die Stimme meines Stiefvaters durch die Tür.

Lucas wird mit einem Schlag leichenblass. »Der Cleaner!«, flüstert er.

Ich schlucke. Wie hat Peter mich gefunden? Und was soll ich jetzt tun? Ihm die Tür öffnen? Aber was ist, wenn Lucas wirklich recht hat? Wenn Peter der Cleaner ist?

»Ich weiß, dass du dadrin bist«, fährt Peter vor der Tür fort. »Und ich weiß, dass du in Schwierigkeiten steckst. Aber wir kriegen das alles wieder hin, Harper.«

Ein Gefühl von Geborgenheit und Erleichterung überkommt mich. Peter ist nicht der Cleaner! Er ist gekommen, um mir zu helfen!

Ich gehe zur Tür.

Lucas packt mich am Arm und hält mich zurück. »Harper!«, sagt er eindringlich. »Woher sollte dein Stiefvater wissen, dass wir hier sind, wenn er nicht mit der Polizei zusammenarbeitet?«

»Wenn du mir die Tür nicht aufmachst, muss ich sie aufbrechen!«, ruft Peter.

Die Gedanken in meinem Kopf rasen. Hat Lucas recht? Peters Anwesenheit ergibt wirklich keinen Sinn.

»Das kann nicht sein!«, flüstere ich hilflos. »Peter ist kein böser Mensch. Du musst ihn verwechseln!«

Von draußen ertönt ein Poltern und die Tür erzittert. Vermutlich hat sich mein Stiefvater beherzt dagegengeworfen. So viel Körpereinsatz hätte ich ihm gar nicht zugetraut.

Wieder kracht es. Die Tür gibt bestimmt gleich nach.

Lucas greift nach meiner Hand und hält sie fest. »Wir müssen weg! Er ist nicht hier, um dir zu helfen!«

Mit einem Rumms springt die Tür auf und knallt gegen die Wand. Peter stolpert ins Zimmer. »Gott sei Dank, Harper, da bist du ja!« Sein kahler Kopf ist vor Anstrengung knallrot angelaufen und er reibt sich die Schulter. »Oh Mann, im Fernsehen sieht das immer so leicht aus.«

»Spar dir das Theater!«, fährt Lucas ihn an. »Sie weiß, wer du bist!«

Peter ignoriert Lucas komplett, was mich irritiert. »Geht's dir gut, Harper? Ist alles in Ordnung mit dir? Warum bist du auf einmal blond?«

Ich behalte Peter genau im Blick. Auf seine Fragen will ich nicht antworten, dafür bin ich dank Lucas zu misstrauisch. »Woher weißt du, dass ich hier bin?«

»Die Polizei hat mich informiert, weil du meine Tochter bist«, antwortet er. »Ich hab sie angefleht, dich da rauszuhalten.« Er weist mit dem Kinn auf Lucas, ganz so, als wäre der nur eine Sache, kein Mensch. »Dieser Typ da ist gefährlich, sagen sie!« Seine Stimme klingt verächtlich. Ich weiche einen Schritt zurück. So habe ich Peter noch nie erlebt.

»Er lügt, Harper!« Lucas drückt meine Hand, die er immer noch hält. »Er ist der Cleaner. Er hat Camilla auf dem Gewissen. Und noch viele andere.«

Wem soll ich glauben? Dem Mann, mit dem ich aufgewachsen bin, oder dem Jungen, der wie ich eine Gabe hat? Es gibt nur eine Methode, die Wahrheit herauszufinden. Ich sehe meinem Stiefvater fest in die Augen. »Bist du der Cleaner, Peter?«

»Ich hab keine Ahnung, was du meinst«, antwortet er.

»Aber ich habe mit einem alten Freund gesprochen. Er meint, er kann dafür sorgen, dass du nicht zurück auf die Insel musst. Nur müsstest du dich dafür der Polizei stellen.«

Ich höre Peters Worte, aber nicht seine Gedanken. Meine Gabe funktioniert nicht. Ich weiß, dass ich seine Gedanken lesen kann, beim Chiliessen hat es ja auch geklappt! Ich muss es noch mal versuchen. »Sag mir die Wahrheit, Peter! Bist du der Cleaner?«

»Warum fragst du mich das ständig?« Er wirkt ehrlich verwirrt. »Was soll das überhaupt sein? Ein Cleaner?«

Es geht nicht. Ich kann seine Gedanken nicht lesen. Mir fällt ein, was Lucas mir erzählt hatte, nachdem er mein Bein geheilt hat. Dass die Leute im Labor eine blaue Flüssigkeit trinken, mit der sie sich gegen seine Fähigkeiten immunisieren konnten. Aber ... falls Peter das auch getan hat, muss er Bescheid wissen!

»Bitte, Harper! Dieser Junge da ... hat schlimme Dinge getan, für die er zurecht eingesperrt wurde. Er hat ein Mädchen getötet. Sie hieß Amy.«

»Wag es nicht, ihren Namen in den Mund zu nehmen!« Lucas stürzt sich auf Peter, aber plötzlich ist da eine Pistole. Peter hat sie gezückt und hält sie auf Lucas und mich gerichtet. Ich kann nicht glauben, was ich sehe. Peter besitzt eine Waffe?!

»Ich wollte das eigentlich anders regeln«, sagt der Mann, der mit mir zusammen Plastiksterne an die Decke geklebt hat, um meine Albträume zu vertreiben. Der meine Tränen trocknete, wenn die Mädchen aus Primrose Hill nicht mit mir spielen wollten.

»Ihr kommt jetzt beide mit!«, sagt er mit einer ruhigen,

kühlen Stimme, die ich noch nie aus seinem Mund gehört habe. Sie jagt mir einen Schauer über den Rücken. Peter macht einen Schritt auf mich zu, aber ich weiche instinktiv zurück.

Lucas stellt sich schützend vor mich. »Nein!«

Aus Peters Gesicht sind alle Wärme und Herzlichkeit gewichen, da ist nur noch eine eiskalte Maske. Das ist nicht mein Stiefvater. Ich habe diesen Mann noch nie zuvor gesehen und er macht mir Angst. Lucas hatte mit allem recht.

»Du kannst also Gedanken lesen«, wendet sich Peter beeindruckt an mich. »Aber das ist nicht alles, oder? Mit Gedankenlesen allein wäre dir der Ausbruch aus der Insel nie gelungen. Doktor Masters' Einschätzung nach kannst du auch Menschen manipulieren. Stimmt das?«

Meine Welt stürzt zusammen. Das kann nicht sein. Mir wird schwindelig, die Wohnung beginnt, sich um mich herum zu drehen, Farben lösen sich von Möbelstücken und Gegenständen und mir rauscht das Blut in den Ohren. Ich stütze mich an der Wand ab. Auf keinen Fall darf ich jetzt ohnmächtig werden!

Nur verschwommen kriege ich mit, wie Lucas sich auf Peter stürzt. Er versucht, ihm die Waffe aus der Hand zu schlagen. Peter wehrt ihn ab, sie ringen miteinander. Ein ohrenbetäubender Knall ertönt. Ein Schuss? Gott sei Dank ist Lucas nicht verletzt und auch Peter kämpft weiter. Lucas versucht, ihm die Waffe abzunehmen, da packt Peter ihn im Würgegriff und drückt ihm mit seinem breiten Oberarm die Luft ab.

Ich muss etwas tun! Ich muss Lucas helfen!

Ohne nachzudenken, schnappe ich mir das alte Radio

neben der Couch und schlage es Peter mit aller Kraft auf den Schädel. Mit einem Stöhnen sackt der Mann, den ich für einen der liebenswertesten Menschen der Welt gehalten habe, zusammen und bleibt reglos liegen.

20

Zu meiner grenzenlosen Erleichterung werden wir auf dem Dach des Wohnhauses weder von Kugelhagel noch von einem Scharfschützenkommando erwartet. Trotzdem rasen meine Gedanken. Ist das eben wirklich passiert? Geduckt renne ich hinter Lucas über das Flachdach. Die Mittagssonne knallt mir in den Nacken und es stinkt nach geschmolzenem Teer. Vor meinem inneren Auge sehe ich immer wieder, wie Peter die Pistole zieht. Ich kann es nicht fassen. Mein Stiefvater ist der Cleaner! Lucas hatte recht und ich habe ihm nicht geglaubt.

Wir laufen, so schnell wir können, bis wir den Rand des Daches erreicht haben.

»Wir müssen von den Straßen wegbleiben!«, keucht Lucas. »Hier oben sind wir sicherer.«

Ich kann nur nicken, bringe kein Wort heraus. Meine Gedanken sind noch bei Peter. Geistesabwesend starre ich auf die Flut von schwarzen hitzeflirrenden Dächern, die sich Richtung Horizont erstrecken.

»Warum ist mein Stiefvater allein gekommen?«, frage ich Lucas. »Ich meine, wenn er der Cleaner ist, hätte er doch mit einem Haufen Polizisten in die Wohnung marschieren und uns einfach überwältigen können, oder?«

Lucas zuckt mit den Achseln. »Gute Frage. Aus irgendeinem Grund hat er sich dagegen entschieden.«

»Ja. Nur aus welchem?«

»Ich habe keine Ahnung. Aber wir müssen hier weg, Harper!«

Natürlich müssen wir das. Trotzdem fällt es mir verdammt schwer, Peter aus meinen Gedanken zu verbannen. Ich zwinge mich zurück ins Hier und Jetzt. Der Abstand zum nächsten Gebäude ist nicht gerade riesig, aber auch nicht zu unterschätzen. Mit einem ordentlichen Sprung könnte ich es auf die andere Seite schaffen. Zumindest vielleicht. Solange ich irgendwie ausblenden kann, wie verdammt tief die Häuserschlucht ist.

»Das kriegen wir hin!« Die Zuversicht in Lucas' Stimme ermuntert mich, doch ich sehe ihm auch an, dass ihm die Höhe Respekt einflößt.

»Okay. Ich springe zuerst.« Verstohlen wische ich mir die verschwitzten Handflächen an der Jeans ab. Es kann nur Minuten dauern, bis die Polizei hier auf dem Dach ist, und dann sind wir geliefert. Mein Herz klopft bis zum Hals und ich atme tief durch, den Blick fest auf das Dach gegenüber gerichtet. Es ist wie beim Weitsprung in der Schule, rede ich mir ein. Man muss die Stelle fixieren, wo man landen will, das ist alles. Ich nehme Anlauf, renne los und springe.

Hart schlage ich auf dem Dach gegenüber auf. Ich rolle ein Stück über das heiße Teerdach, schürfe mir trotz Martys langer Hose die Knie auf, spüre aber keinen Schmerz. Dafür strömt wohl einfach zu viel Adrenalin durch meinen Körper. Ich stehe auf und drehe mich zu Lucas um. »Du schaffst das!«

Er nickt und nimmt Anlauf. Ich halte den Atem an. Eine knappe Sekunde später landet er neben mir. Er taumelt, verliert das Gleichgewicht, doch ich bekomme seinen Oberarm zu fassen und halte ihn fest.

»Danke!«, stößt er hervor.

Unten auf der Straße heulen Sirenen auf. Das ist unser Zeichen. Wir sprinten, bis wir die nächste Häuserschlucht erreicht haben. Diesmal zögern wir nicht, wir springen gleichzeitig, landen stolpernd auf dem gegenüberliegenden Dach und rennen weiter. Lucas und ich verstehen uns ohne Worte, verständigen uns mit Blicken. Es würde mich nicht wundern, wenn unsere Herzen im gleichen Takt schlagen würden.

Aber dann enden die Flachdächer, wir sind an einer großen Straße angekommen. Nach Luft ringend bleiben wir stehen und schauen nach unten. Ich kann nirgendwo Polizei entdecken.

»Sieht aus, als wäre es sicher, jetzt runterzugehen.« Lucas schaut mich an. Ich würde gerne nicken, aber mein Magen zieht sich bei dem Gedanken zusammen. So absurd es auch ist, hier oben fühle ich mich sicher, so als wäre der Rest der Welt weit weg. »Okay«, sage ich. »Es muss irgendwo einen Weg ins Haus geben. Wir sollten –«

»Harper?« Lucas legt mir sanft die Hand auf den Arm. Ein Schauer läuft mir über den ganzen Körper. »Ist alles in Ordnung. Bist du okay?«

Ich spüre, wie sein Blick mich von oben bis unten abtastet und jeden Zentimeter meiner frei liegenden Haut nach möglichen Verletzungen absucht. Bei meiner an den Knien aufgerissenen Hose bleibt er hängen.

»Das sind bloß Kratzer«, sage ich schnell. »Deswegen musst du mich nicht heilen oder so.«

»Das meine ich nicht. Wie geht's dir wegen deines Stiefvaters?«

Tränen schießen mir in die Augen und ich kann nichts dagegen tun. In Gedanken sehe ich wieder Peter, wie er die Pistole auf uns richtet, und höre seine Stimme, die so kalt und fremd klang.

Mit einem Schritt ist Lucas bei mir und zieht mich an sich. »Es wird alles gut!« Er streicht mir übers Haar. »Alles wird gut.«

Ich weiß, dass seine Worte nur leere Floskeln sind. Weil nichts jemals wieder gut werden wird. Aber seine Umarmung tröstet mich trotzdem. Die Wärme, die von seinem Körper ausgeht. Das Gefühl, nicht allein zu sein, Lucas bei mir zu haben.

»Danke, dass du mich vor Peter beschützen wolltest«, sage ich und vergrabe mein Gesicht an seiner Schulter, dabei atme ich seinen vertrauten Geruch ein. Mein Leben ist ein einziger Scherbenhaufen und ich habe niemanden mehr außer ihn. Am liebsten würde ich Lucas nie wieder loslassen, sondern für immer so stehen bleiben, geborgen in seinen Armen, auf diesem Dach, weit weg von der Stadt mit all den Polizisten, die unten auf uns lauern.

Lucas nimmt mein Gesicht in seine Hände. »Nach meiner Flucht aus dem Labor hab ich mich total verloren gefühlt. Ich hatte keine Ahnung, was ich tun soll. Wenn du nicht gewesen wärst, würde ich wahrscheinlich immer noch auf dem Fischmarkt rumlungern und für Marty Drogengeld einsammeln. Nur dank dir fühle ich mich wieder lebendig. Ich würde alles tun, um dich zu beschützen.«

Und dann küsst er mich. Dieser Kuss ist anders als der

Türschwellenkuss von vorhin, er ist leidenschaftlich und bestimmt. Und so zärtlich, dass ich alles um mich herum vergesse. Schließlich löst sich Lucas sanft von mir. »Es wird alles gut, Harper. Das verspreche ich dir.«

»Danke.« Von nun an, das nehme ich mir fest vor, werde ich ihm immer glauben.

Auf der Suche nach einer Möglichkeit, ins Haus einzusteigen, landen wir vor einem quadratischen, verrußten Schornstein. Direkt dahinter befindet sich eine Luke. Durch die Scheibe sehe ich in einen dunklen Dachboden. Ich versuche, sie zu öffnen, aber vergeblich. Mit einem Blick fordert Lucas mich auf, zur Seite zu gehen, und tritt die Scheibe ein.

»Haben wir was, um die Scherben aus dem Rahmen zu schlagen? Klamotten aus dem Rucksack oder ...« Ich breche mitten im Satz ab. Der Rucksack!

Lucas schüttelt den Kopf. »Den haben wir in der Wohnung vergessen. Wir haben weder Kleidung noch Geld oder Essen.«

»Mist!« Vorsichtig stecke ich meine Hand durch das Loch, darauf achtend, mich nicht an den scharf gezackten Glasrändern zu schneiden. Ich schiebe den Griff von innen zur Seite und öffne die Dachluke.

»Pass auf die Scherben auf!«, warnt Lucas mich, als ich mich als Erste durch den geöffneten Fensterrahmen zwänge. Trotzdem rieseln noch eine Menge Splitter herab. Schwitzend lande ich auf dem alten PVC-Belag eines Dachbodens mit mehreren Kammern für die Mieter des Hauses. Hier hängen eine Menge Handtücher und Bettlaken an durch den Raum gespannten Nylonschnüren. Der Trockenraum für die Mieter. Es riecht nach Waschmittel und alten Möbeln. Lucas landet neben mir.

Erschöpft setzen wir uns auf den Boden zwischen zwei Reihen bunter Handtücher.

»Hast du Doktor Masters' Adresse rauskriegen können?«

Lucas nickt. »Sie wohnt in der Beckford Road Nummer fünfzehn in Luminair Park, diesem Reichenviertel im Osten von Eden City. Sagt zumindest das Telefonbuch, das ich in einer der Telefonzellen am Square gefunden habe.« Er schaut mich fragend an. »Und wie war's bei Zoe?«

»Das Gute ist«, sage ich, nachdem ich Lucas von meinen Erlebnissen im Waschsalon berichtet habe, »es gibt vielleicht eine Möglichkeit, unsere Erinnerungen wiederzubekommen!« Ich grinse ihn breit an. »Und zwar durch dich.«

»Durch mich?« Lucas sieht überrascht aus.

»Ja. Die Memory-Eraser verletzen Hirngewebe und löschen so Erinnerungen. Und du kannst heilen!«

Auf Lucas' Gesicht breitet sich ein Lächeln aus. »Probieren wir's bei dir.«

Ich schüttele schnell den Kopf. »Nein, du zuerst!«

Lucas pikst mich mit dem Zeigefinger in die Schulter. »Ich kann mich doch nicht selbst heilen. Du bist ja 'ne aufmerksame Zuhörerin!«

Aus seinem Lächeln wird ein Grinsen, aber ich sehe, dass dahinter Traurigkeit liegt. »Entschuldige.« Ich erinnere mich an den Bluterguss, den Tammys Baseballschläger auf seinem Oberarm hinterlassen hat, und bekomme wieder ein schlechtes Gewissen. Wenn er sich nicht selbst heilen kann, wie soll er je seine Erinnerungen zurückbekommen?

»Aber ich mach es bei dir.« Lucas klingt gespielt zuversichtlich. »Dann kennst du wenigstens die Wahrheit über deinen Dad.« Er legt mir seine Hand auf die Stirn.

Auch wenn ich es unfair finde, dass nur ich meine Erinnerungen wiederkriege und Lucas für eine weitere Heilung Kraft verliert. Schließlich ist es die einzige Möglichkeit, um endlich zu verstehen, was mit uns los ist.

Ich schließe die Augen, spüre den inzwischen schon vertrauten Energiefluss zwischen uns und dass meine Kopfschmerzen, die ich seit der Gedankenmanipulation von Zoe habe, verschwinden. Aber mehr nicht.

»Erinnerst du dich jetzt?«, fragt Lucas.

»Nein«, antworte ich. »Vielleicht müssen wir uns beide stärker konzentrieren?«

Der Druck von Lucas' Handfläche auf meiner Stirn nimmt zu und auch der Energiefluss wird kräftiger. »Und jetzt?«

Ich denke, so fest ich kann, an Dad. Aber egal wie sehr ich mich anstrenge, meine Erinnerungen an ihn bleiben dieselben. »Nein«, antworte ich seufzend und ziehe meinen Kopf zurück. Ich öffne die Augen und erschrecke. Lucas sieht blass aus, er hat dunkle Schatten unter den Augen, sein Gesicht wirkt eingefallen. »Lucas ...«, flüstere ich. »Du musst damit aufhören.«

»Ach.« Er lacht leise. »Ich schlafe eine Nacht und dann geht das wieder.«

»Ja, vielleicht. Aber du siehst echt scheiße aus. So als würdest du gleich zusammenklappen.«

»Flirtest du etwa mit mir?« Er zwinkert mir zu.

Ich werde rot. Natürlich.

»Mich interessiert ja vielmehr, warum es nicht geklappt

hat«, wechsle ich schnell das Thema. »Hast du denn irgendwas gespürt?«

Er wirkt nachdenklich. »Ich glaube schon. Es hat sich fast so angefühlt, als sei da irgendwas im Weg.«

»In meinem Kopf?«

»Schwer zu beschreiben.« Lucas zuckt mit den Schultern. »Tut mir leid.«

Ich nehme seine Hand und drücke sie. »Dass es nicht funktioniert hat, ist schade, aber du bist mir wichtiger. Ich will nicht mehr, dass du mich heilst, ja?« Ich meine es ernst. »Wir sind auf der Flucht. Wenn wir nicht mit unseren Kräften haushalten, richten wir uns mit den Nebenwirkungen selbst zugrunde. Das darf nicht passieren. Wir müssen Caleb retten und die Stadt verlassen.«

»Du hast recht«, sagt Lucas.

»Und was machen wir jetzt?«

»Wir brauchen jemanden, der uns bei der Flucht hilft. Und ich habe auch schon eine Idee, wer.« Er schaut mich mit neuer Energie im Blick an. »Meine Mom. Ihr fällt immer was ein. Improvisieren ist ihre große Stärke.«

»Aber du sagtest, sie könnte bewacht werden«, wende ich ein.

Lucas nickt. »Trotzdem, wir müssen es versuchen. Ich kenne einen alten Schleichweg von früher hinten an den Gärten vorbei. Wenn sie beobachtet wird, hauen wir ab.« Lucas klingt so optimistisch, dass mir sofort warm ums Herz wird. Wir stehen auf.

»Okay, das hört sich nach einem Plan an«, sage ich lächelnd.

Wir bahnen uns einen Weg durch die hängenden Handtücher und Lucas öffnet die Tür zum Treppenhaus. Es ist sauber, riecht nach Bohnerwachs und Mittagessen. Kill River scheinen wir auf unserer Flucht über die Dächer hinter uns gelassen zu haben. Lucas und ich wechseln einen Blick.

»Bist du bereit?«, fragt Lucas.

Ich nicke, obwohl ich mich alles andere als bereit fühle für die Welt da draußen.

Auf dem Weg nach unten kommt uns ein Mann im grauen Businessanzug entgegen. Er bellt im Stakkatoton Anweisungen in ein backsteingroßes Telefon mit langer Antenne. So ein Ding habe ich bislang nur in Filmen gesehen.

Ein Stockwerk tiefer bugsiert eine Frau im rot-weiß gepunkteten Sommerkleid ihren Kinderwagen in den Eingang einer Wohnung. Ein niedliches Mädchen zupft an ihrem Ärmel und quengelt, weil es bei dem Spaziergang kein Eis bekommen hat. »Später«, vertröstet die Mutter ihre Tochter. Sie mustert Lucas und mich flüchtig, als wir eilig an ihr vorbeilaufen, nur um sich wieder ihrer kleinen Tochter zuzuwenden.

Als wir vor die Tür treten, schlägt uns blendender Sonnenschein entgegen. Ich erkenne die Gegend sofort. Wir sind in der Nähe des Squares, nicht weit entfernt von der Bushaltestelle, zu der Lucas mich gebracht hatte, bevor mich die Polizei mit auf die Wache genommen hat. Und obwohl das nicht lange her ist, fühlt es sich an wie eine Ewigkeit.

Die Straßen sind voll. Es ist immer noch keine Polizei zu sehen, zumindest auf den ersten Blick nicht. Hoffentlich haben sie unsere Spur verloren!

»Mom wohnt ganz in der Nähe«, sagt Lucas und blinzelt

etwas benommen gegen die Helligkeit an. »Ungefähr zehn Minuten von hier.«

Wir mischen uns mit gesenkten Köpfen unter die Passanten, mitten ins Gedränge, das ist der beste Schutz gegen Polizisten, die nach uns suchen, oder Überwachungskameras, die Reed hier schon hat aufhängen lassen.

Wir haben Glück, auf dem Square ist heute noch mehr los als sonst. Kein Wunder, es ist ein perfekter Sommertag. Ein knallblauer Himmel spannt sich über unsere Köpfe. So unauffällig wie möglich schaue ich mich um. Teenager auf knallbunten Rollschuhen nippen an ihren Milchshakes, Frauen in wehenden Blümchenkleidern tragen ihre prallvollen Einkaufstüten an Schaufenstern vorbei, Familien führen ihre Hunde spazieren, ein muskulöser Typ mit Rastalocken und nacktem Oberkörper balanciert ein Transistorradio auf seiner Schulter und wippt mit dem Kopf zum Beat. Normale Leute, die normale Leben führen, auf keinen Fahndungsplakaten stehen und einfach nur den Sommer genießen wollen. Ich würde alles dafür geben, zu ihnen zu gehören.

»Meine Mom ist cool«, sagt Lucas. »Du wirst sie mögen.«

Ich versuche, mich an sie zu erinnern, aber sosehr ich mich auch anstrenge, ein Gesicht habe ich nicht vor Augen. Vermutlich, weil wir auf den Gedenkveranstaltungen immer in der Gruppe derjenigen standen, die nach Primrose Hill gezogen sind. »Die Frage ist doch wohl eher, ob sie mich mag«, sage ich nur halb im Scherz. Tatsächlich macht mich die Vorstellung, sie kennenzulernen, ein bisschen nervös. Noch dazu unter diesen Umständen.

»Klar wird sie das!«, erwidert Lucas ohne Zögern. »Meine Mom mag jeden.«

»Wow. Da fühle ich mich ja wie jemand ganz Besonderes.«

Lucas schenkt mir ein warmes Lächeln. »Du bist jemand ganz Besonderes, Harper Green.«

Ich lächele etwas verschämt zurück. Wie würde es sich wohl anfühlen, wenn das hier unser erstes Date wäre? Würden Lucas und ich Händchen haltend durch die Mall schlendern, im Diner um die Ecke einen Milchshake trinken und hinterher ins Kino gehen? Würden wir uns küssen, sobald der Film anfängt?

Unwillkürlich muss ich daran denken, wie Mom Peter kennengelernt hat. Mom liebt diese Geschichte, sie ist für sie der Inbegriff von Romantik. Ein halbes Jahr nach Dads Tod stand sie in der Friedhofsgärtnerei und besorgte neue Blumen, die sie auf Dads Grab legen wollte. Sie hatte ihr Lieblingsbuch *Wer die Nachtigall stört* dabei und es ragte aus ihrer Handtasche. Da war dieser Mann einen Gang weiter und starrte sie an. Sie fand das ziemlich unhöflich, bis sie sah, dass er genau das gleiche Buch in der Hand hielt. Sie kamen ins Gespräch. Peter war unglaublich nett und gab zu – was für ein Zufall –, dass *Wer die Nachtigall stört* auch sein Lieblingsbuch war. In diesem Moment habe Mom gewusst, dass es Schicksal war.

Bei der Erinnerung daran dreht sich mir der Magen um. Wie gewinnt man das Herz einer trauernden Witwe? Indem man sie beobachtet und herausfindet, was sie mag. Nur um einen romantischen Zufall zu inszenieren, der natürlich keiner ist. Wie bringt man ein verstörtes Kind dazu, einem bedingungslos zu vertrauen? Indem man geduldig ist, seine eigenen Emotionen zurückstellt, immer ein Profi ist und an seinen Auftrag denkt. Aber wie genau lautete dieser Auftrag?

»Was ist, wenn Peter mich und Noah überwacht hat?«

Lucas schaut mich fragend an.

»Na ja, ist es nicht ein ziemlich großer Zufall, dass ausgerechnet der Cleaner mein Stiefvater ist?«

»Das stimmt schon. Aber warum hat er deine Familie ausgesucht? Während wir anderen einfach so aufgewachsen sind?«

»Ich ... hab keine Ahnung.«

Hat er geahnt, dass ich Fähigkeiten entwickeln werde? Aber warum war er dann nicht Lucas' Stiefvater, der seine Gabe ja noch vor mir entdeckt hat? Wir verlassen den belebten Square und biegen in eine ruhige, gepflegte Wohngegend ein.

Die Straße ist von Ahornbäumen gesäumt. Hübsche, etwas altmodische Einfamilienhäuser mit liebevoll gepflegten Gärten reihen sich aneinander. Kaum zu glauben, dass der Square mit seiner Hektik und seinem Lärm nur wenige Minuten weit weg ist. Alles, was man hier hört, sind Blätterrascheln und Kinderlachen.

Lucas biegt in einen kleinen Pfad ein, den ich fast übersehen hätte. »Hier lang.«

Ich folge ihm vorbei an Gärten mit Gemüsebeeten und Hollywoodschaukeln. »Das ist der Schleichweg?«

Lucas lächelt mich an und nickt. »In diesem Viertel bin ich aufgewachsen, nachdem wir aus Flowergrove hergezogen sind. Hübsch, oder?«

Wir gehen an einem Spielplatz vorbei, der von einer niedrigen Hecke umgeben ist. Zwei kleine Mädchen schaukeln dahinter um die Wette, man hört ihr glockenhelles Gelächter, ihre Zöpfe fliegen durch die Luft.

»Auf dem Weg zur Schule mussten wir immer über diesen Spielplatz.«

»Wir?«

»Amy und ich.«

Ich zucke zusammen. Amy. Sofort habe ich wieder Peters Stimme im Ohr. *Er hat ein Mädchen getötet.*

»Ich habe ihr nichts getan«, sagt Lucas leise. »Egal was dein Stiefvater behauptet. Ich wollte ihr bloß helfen und hab ihren verstauchten Knöchel geheilt. Als die Polizei mich abgeführt hat, ging es ihr gut.«

»Wart ihr Freunde?«

»Ja, nein, nicht so richtig ...« Er zuckt hilflos die Achseln. »Wir hatten denselben Schulweg.« Das ist keine richtige Antwort und auf jeden Fall nicht die ganze Geschichte.

»Du mochtest sie, oder?« Das geht mich zwar einen Scheißdreck an, aber ich kann mir die Frage einfach nicht verkneifen.

»Ja, wir waren, wir ...« Er starrt auf seine Hände. »Es ist nie was zwischen uns passiert. Aber ja, ich fand sie ganz gut.« Er sieht mich entschuldigend an. Ich winke ab. Natürlich ist es völlig okay, dass er früher mal auf andere Mädchen stand – auch wenn es mir durchaus einen kleinen Stich versetzt. Was völlig lächerlich ist. Das weiß ich. Aber mein Herz sieht das ein bisschen anders. Vielleicht, weil ich noch nie vor Lucas in einen Jungen verliebt war und mir gewünscht hätte, dass es ihm mit mir genauso ergeht.

Er bleibt stehen. Sein Blick ist auf einen Bungalow am

Ende des Weges gerichtet und mir ist sofort klar: Dieses Haus war sein Zuhause.

Ich schaue mich um. Alles wirkt unverdächtig. »Ich glaube, wir sind sicher.«

Lucas blickt mich an und hier im hellen Sonnenlicht fällt mir noch stärker auf, wie blass und krank er aussieht. Und das nur, weil er versucht hat, meine Erinnerungen zurückzuholen.

»Ich hab mir ein ganzes Jahr lang gewünscht, meine Mom wiederzusehen.« Er schluckt. »Es fühlt sich unwirklich an, dass es jetzt tatsächlich passiert.«

Ich schubse ihn mit der Schulter an und er schubst mich zurück. Entschlossen gehen wir auf sein altes Zuhause zu. Das Gartentor gibt ein rostiges Quietschen von sich, als Lucas es öffnet. Im Schatten eines Kirschbaums steht ein weißer Plastiktisch, darum drei ebenfalls weiße Stühle. Überall blühen Stauden und Blumen in bunten Farben, es duftet betörend nach Rosen.

Wir durchqueren den kleinen Garten und steigen die Treppe zur gläsernen Hintertür hoch, die direkt in die altmodisch eingerichtete Küche führt. Sie ist verschlossen. Mein Herz schlägt schneller, ich bin wirklich ziemlich aufgeregt. Lucas klopft, aber im Inneren des Hauses tut sich nichts. Er greift auf den oberen Türrahmen und hält einen Schlüssel in der Hand. Mit einem erleichterten Lächeln schließt er die Tür auf.

Im Haus ist es bis auf das Ticken der Küchenuhr still. »Mom?«, ruft Lucas.

Wir lauschen, dabei halte ich unwillkürlich den Atem an. Keine Reaktion, nicht mal ein Geräusch.

»Mom?«, versucht Lucas es wieder, aber auch diesmal antwortet ihm niemand. Er sieht enttäuscht aus.

»Sie ist wahrscheinlich unterwegs«, sage ich leise und lächele Lucas aufmunternd an. »Wenn wir Glück haben, kommt sie bald zurück.«

Er atmet durch und nickt. Trotzdem wirkt er ein bisschen verloren. Und mit einem Mal habe ich Angst, seiner Mom könnte etwas zugestoßen sein. Schnell verdränge ich den Gedanken.

»Zeigst du mir dein Zimmer?«, frage ich, um Lucas auf andere Gedanken zu bringen.

Ein Grinsen huscht über sein Gesicht. »Klar.«

Wir gehen durch die Küche in den großen, aufgeräumten Flur. Kunstdrucke von Andy Warhol hängen an den Wänden und ich bin beeindruckt. Lucas' Mom scheint ziemlich cool zu sein.

Lucas öffnet die Tür zu seinem Zimmer. Es gefällt mir auf Anhieb. Nicht dass ich den großen Vergleich hätte. Tatsächlich war ich in meinem Leben noch nicht in vielen Jungszimmern. Es ist nicht so nerdig wie Calebs mit seinem Star-Wars-Fimmel und den Goldfischen. Es ist keine mit Fachbüchern vollgestopfte Minibibliothek wie Noahs Zimmer. Es ist irgendwie ... cool. Die Wände sind mit Postern plakatiert, auf denen Trompete spielende Musiker zu sehen sind, deren Gesichter mir vage bekannt vorkommen.

»Ich mag Bluesmusik«, sagt Lucas ein wenig verlegen.

Mein Blick fällt auf die Gitarre, die an seinem Schreibtisch lehnt. »Spielst du?«

»Früher, ja.« Er zuckt betont beiläufig die Achseln. »Aber nicht besonders gut. Kommt mir vor, als wäre das in einem anderen Leben gewesen.« Traurigkeit schwingt in seiner Stimme mit. Vermutlich fühlt er jetzt etwas ganz Ähnliches wie das, was ich gespürt habe, als wir bei mir zu Hause waren.

Die Haustür wird geöffnet, Schritte sind aus dem Flur zu hören. Mein Herz klopft vor Aufregung wieder schneller. Misses Aspen ist zurück. Sofort hellt sich Lucas' Miene auf. Mit zwei Schritten ist er im Flur, ich folge ihm.

»Mom!« Lucas steht da wie versteinert.

»Lucas!« Misses Aspen sieht völlig überrascht aus. Die Ähnlichkeit zwischen Mutter und Sohn ist fast unheimlich: die schwarzen Locken, die grünen Augen. Misses Aspen wirkt zu Tode erschrocken und starrt Lucas kurz rasierte Haare an. Sie lässt ihre Einkäufe zu Boden sinken und stürzt auf ihren Sohn zu. »Gott sei Dank!« Sie zieht ihn in ihre Arme, auch wenn sie kleiner ist als er. »Ich hatte solche Angst, dass dir was passiert ist.«

»Mom.« In Lucas' Stimme liegt so viel Liebe und Sehnsucht, dass ich eine Gänsehaut bekomme. Die beiden halten sich eng umschlungen. Lucas küsst seine Mutter auf die Haare, sie drückt ihn fest an sich. Mit einem Seufzen löst sie sich von ihn und streicht ihm liebevoll über die Wange.

Lucas schaut sie ernst an. »Wir sind auf der Flucht, Mom. Und ich dachte, der einzige Mensch, der uns helfen kann, bist du.«

»Natürlich helfe ich euch«, sagt Misses Aspen entschlossen. Sie dreht sich um und führt uns ins Wohnzimmer. Hier herrscht sympathische Unordnung. Bücherstapel und vergessene Teetassen scheinen alle Ablageflächen des Raums in Besitz genommen zu haben.

»Setzt euch.« Sie schenkt uns ein bezauberndes Lächeln. »Räumt die Bücher einfach beiseite.«

Ich setze mich auf einen Sessel, Lucas nimmt auf dem Sofa Platz. Seine Mom hockt sich neben ihn auf die Lehne. Sie hat die Hände zu Fäusten geballt, als müsste sie gleich gegen einen unsichtbaren Gegner kämpfen. »Ich hab diesen Mistkerlen weisgemacht, dass ich dich sofort ausliefern werde, wenn du hier aufkreuzt. Nach deiner Verhaftung hat mich die Polizei oft befragt. Das letzte Mal waren sie vor ein paar Tagen hier, kurz nach deiner Flucht. Sie haben gesagt, du wärst gefährlich und es sei zu deiner und aller Sicherheit, wenn ich dich melde, falls du hier auftauchst.« Sie schüttelt lächelnd den Kopf. »Als würde eine Mutter so etwas tun. Aber entschuldige, Liebling. Wie geht es *dir?* Was kann ich tun, um euch zu helfen?«

»Ich bin okay, Mom.« Lucas blickt zu mir, anschließend wieder zu Misses Aspen. »Aber wir müssen weg. Hier in Eden City suchen sie uns überall, wir brauchen Geld für die Flucht, Klamotten, Essen. Und einen Ort, an dem wir uns verstecken können.«

Der Blick von Lucas' Mom wird weich, ihre Fäuste lockern sich. »Ich bin so froh, dass du hier bist, Schatz.«

»Ich hatte Angst, dass du die Lügen glaubst, die sie über mich erzählen«, erwidert er leise.

Seine Mom fährt ihm liebevoll über die kurzen Haare. »Du bist mein Sohn!« Sie sieht ihn beinahe streng an. »Ich weiß genau, wer du bist.« Ihr Blick wandert zu mir. »Und wer bist du?«, fragt sie mich höflich.

»Ich, äh, ich bin Harper. Ich bin ...« Ja, das ist die Frage des Jahrhunderts. Wer bin ich denn?

»Sie ist meine Freundin«, schaltet Lucas sich ein.

Ich halte den Atem an. Seine Freundin! Mein Herz klopft. Meint er damit das, was ich hoffe?

In Misses Aspens Augen flackert Neugierde auf. »Du kannst mich Olivia nennen.« Sie mustert mich. »Sag mal, du hast doch damals auch in Flowergrove gewohnt, oder? Aber da hattest du noch dunkle Haare.«

»Sie erinnern sich noch an mich?«

Sie lächelt. »Ja, natürlich. Lucas und du, ihr habt oft miteinander gespielt. Ihr wart noch klein. Es war schade, dass wir uns nach dem Umzug in die Stadt aus den Augen verloren haben. Bei diesen ganzen Gedenkveranstaltungen ... wir standen da ja immer grüppchenweise mit den Familien rum, mit denen man in ein Viertel gezogen war.«

»Erinnern Sie sich noch an meinen Dad?« Ich kann mir die Frage einfach nicht verkneifen.

Sie seufzt. »Das ist schon so lange her, Harper. Er war nett. Ein freundlicher Mann. Ihr wart eine bezaubernde Familie.«

Wie auf Kommando steht Olivia auf und blickt ihren Sohn an. »Seit deiner Verhaftung habe ich darauf gewartet, dass du hier auftauchst. Ich hab alles für deine Flucht organisiert. Es gibt da einen Mann, der dich aus der Stadt bringen wird, an einen sicheren Ort.«

Lucas sieht überrascht aus. Offenbar hat er nicht erwartet, wie sehr sich seine Mutter auf diesen Moment des Wiedersehens vorbereitet hat. Dann wandert sein Blick zu mir. »Was ist mit Harper?«, fragt Lucas angespannt. »Ohne sie gehe ich nirgendwohin. Und wir müssen noch jemanden mitnehmen.«

Caleb. Er hat ihn nicht vergessen. Am liebsten würde ich Lucas jetzt küssen.

»Das wird kein Problem sein«, antwortet Olivia gelassen. »Für diesen Mann macht es keinen Unterschied, ob er eine Person aus der Stadt schleust oder zwei oder drei. Ich rufe ihn gleich an. Dann kann er euch noch heute Nacht rausschaffen. Geld gebe ich euch auch mit. Am besten, ihr packt ein paar Sachen zusammen.« Sie nickt mir zu. »Vielleicht findet du in meinem Kleiderschrank was, Harper.«

»Danke schön.« Erleichterung durchflutet mich. Es ist ein wahnsinnig gutes Gefühl, dass endlich mal jemand weiß, was zu tun ist. Eine Erwachsene, die die Situation in die Hand nimmt – darauf habe ich gar nicht mehr zu hoffen gewagt.

»Und nach dem Anruf mache ich euch Pfannkuchen«, fügt sie mit Bestimmtheit hinzu. »Ihr seht halb verhungert aus.«

»Das ist nicht nötig, Mom.« Lucas klingt mehr als nur ein bisschen peinlich berührt.

»Aber Pfannkuchen sind dein Lieblingsessen«, wendet Olivia ein. »Außerdem müssen wir sowieso warten.«

»Aber ...«

Ich werfe Lucas einen flehenden Blick zu und schüttele ganz leicht den Kopf. Wir haben Hunger und kein Geld. Noch dazu sind wir völlig erschöpft von der Flucht. Jetzt ist nicht der richtige Moment, um über Pfannkuchen zu diskutieren.

»Okay.« Lucas hat meinen Blick offenbar richtig interpretiert und nickt.

»Wunderbar! Ich rufe euch, wenn die Pfannkuchen fertig sind.« Sie lächelt uns zu und verlässt das Wohnzimmer.

Ich bemerke, dass meine Hände ganz verschwitzt sind, und wische sie verstohlen an meiner Hose ab. Die Mutter des Freundes kennenzulernen, ist ziemlich aufregend. Erst recht, wenn dieses Treffen unter den Bedingungen einer Flucht abläuft. Im Hintergrund höre ich Olivia leise telefonieren.

»Okay«, sage ich gespielt cool. »Wo ist denn der Kleiderschrank deiner Mom?«

Lucas nimmt meine Hände in seine. »In ihrem Schlafzimmer, neben der Küche.« Er schaut mir in die Augen. »Ich hoffe, es ist okay, dass ich dich als meine Freundin vorgestellt habe?«

Ich nicke und küsse ihn lächelnd auf den Mund. Dass ich das nun ganz offiziell tun kann, erfüllt mich mit Glücksgefühlen. »Klar.«

Wir lösen unsere Hände voneinander und Lucas geht voran in den Flur. Ich folge ihm. Auf dem Weg erhasche ich einen Blick in die Küche und bleibe wie angewurzelt stehen. Lucas' Mom steht vor der offenen Kühlschranktür, in der Hand hält sie ein aufgeschraubtes Fläschchen mit einer hellblauen Flüssigkeit.

Ich erinnere mich wieder an das, was Lucas mir über die Wissenschaftler im Labor erzählt hat.

Olivia hebt das Fläschchen an ihren Mund. Ich stürme auf sie zu und schlage es ihr aus der Hand. Es fliegt gegen die gekachelte Wand über dem Spülbecken und zerspringt. Blaue Flüssigkeit spritzt auf die weißen Kacheln und läuft über das Edelstahlbecken der Spüle.

»Was soll das?« Olivia sieht mich empört und erschrocken zugleich an.

»Lucas!«, brülle ich, ohne seine Mom aus den Augen zu lassen.

Ich bin so unglaublich geschockt über das, was ich gerade gesehen habe, dass ich kaum einen klaren Gedanken fassen kann.

Ich höre Lucas' schnelle Schritte im Flur. Als er die Küche betritt, drehe ich mich zu ihm um. »Sie ist in alles eingeweiht!« Ich deute auf seine Mom. »Die blaue Flüssigkeit, mit der sich die Wissenschaftler gegen deine Gabe geschützt haben? Sie wollte sie gerade trinken.«

Lucas starrt seine Mom an, das Entsetzen ist ihm deutlich anzusehen. Dann wandert sein Blick zu den Scherben und den blauen Spritzern auf den Kacheln. »Der Anruf eben. Du hast uns verraten?«, fragt er seine Mom. Seine Stimme zittert, er wirkt regelrecht benommen.

»Nein, das ist Quatsch!« Sie schluckt. »Ich wollte nur meine Medizin nehmen und Harper hat sie mir aus der Hand geschlagen.« Sie versucht, empört zu klingen, aber es gelingt ihr nicht.

»Was für Medizin?«, fragt Lucas kühl.

»Ich ... habe in letzter Zeit einen schlimmen Husten. Der Hustensaft hilft mir.«

»Du hast nicht gehustet.«

»Wie ...?«

»Die ganze Zeit, in der wir hier waren, hast du kein einziges Mal gehustet.«

Olivia schüttelt abwehrend den Kopf. »Na, weil ich den Hustensaft regelmäßig nehme.«

»Warum warst du nicht längst immunisiert, Mom?«

»Ich hab keine Ahnung, wovon du redest.«

Lucas stellt sich vor sie, legt ihr seine Hand auf den Arm und schließt seine Augen. Ich weiß, was er tut, und ich sehe Olivia an, dass sie es ebenfalls ahnt. Erschrocken versucht sie, ihren Arm zu befreien, doch Lucas schüttelt nur den Kopf. »Du bist nicht krank. Deiner Lunge geht es wunderbar.« Er öffnet die Augen und starrt seine Mom an. Seine Hand liegt weiterhin auf ihrem Oberarm. »Warum warst du nicht längst immunisiert?!«, wiederholt er seine Frage.

Olivia krümmt sich unter seinem Griff und wimmert. Ihre Augen sind plötzlich blutunterlaufen und von geplatzten Adern durchzogen. Ihr Gesicht färbt sich dunkelrot und in ihrem Blick spiegeln sich qualvolle Schmerzen. Was geschieht mit ihr? Lucas hat sie doch nur am Arm gepackt! Warum sieht sie aus, als würde ihr gleich ... der Kopf platzen?!

»Weil ich nicht dachte, dass du tatsächlich nach Hause kommen würdest!«, schreit sie.

»Du meinst, weil es naiv und dumm war zu glauben, meine Mom würde mir helfen?« Seine Stimme ist voller Bitterkeit.

Olivia sagt nichts. Lucas umfasst ihren Arm stärker.

»Hast du uns verraten?«, brüllt er. Olivia schreit und windet sich. »Ja!«, gibt sie weinend zu. »Nachdem die Sache mit deinem Dad ... schiefgegangen ist, wollte ich bei dir alles ... alles ... richtig machen.«

Lucas schnappt nach Luft. »Wie meinst du das? Dad ist vor zehn Jahren gestorben!« Er blickt mich fragend an, aber nur kurz, er scheint eine Erkenntnis zu haben. »Arbeitest du etwa für ... *die?«*, fragt er seine Mom.

Olivia nickt, Blut läuft aus ihren Augen wie rote Tränen, dann schreit sie so qualvoll, dass mir übel wird.

Ich muss etwas tun! Schnell löse ich mich aus meiner Starre und reiße Lucas zurück. »Hör auf!« Noch schockierter als über das Geständnis seiner Mutter bin ich darüber, was Lucas ihr angetan hat. Auch seine Gabe hat eine dunkle Seite, durchzuckt es mich. Er kann nicht nur heilen, sondern auch foltern! Wie ich kann er seine Fähigkeiten für etwas Böses einsetzen.

Lucas fährt sich mit beiden Händen hektisch übers Gesicht. »Scheiße!« Er blickt zu mir auf und ich erschrecke mich fast zu Tode. Lucas sieht nicht mehr erschöpft oder müde aus! Ganz im Gegenteil. Seine Wangen sind gerötet und seine Augen blitzen förmlich vor Energie. Was ist hier los?! Plötzlich begreife ich. Alles ergibt jetzt Sinn. So wie Lucas muss ich auch ausgehen haben, nachdem ich Tammy und Marty habe aufeinander einprügeln lassen. Lucas und ich haben Fähigkeiten, die wir für etwas Gutes oder Normales einsetzen können, dann spüre ich Kopfschmerzen und Lucas Erschöpfung. Als ich das Bier im Palace bestellt habe, hatte der Einsatz meiner Gabe keine Auswirkungen, weil ich sie weder für etwas Gutes noch etwas wirklich Böses eingesetzt habe. Aber als ich Tammy und Marty gequält habe, fühlte ich mich wie im Rausch, es ging mir so gut wie noch nie in meinem Leben. Auch Lucas scheint durch den böswilligen Einsatz seiner Gabe aufzublühen. Mein Magen krampft sich zusammen und mir wird übel.

Lucas wendet sich wieder seiner Mom zu, die mittlerweile vor uns auf dem Boden kauert. Ihr Gesicht ist mit blutigen Tränenspuren überzogen, doch nun scheint sie wenigstens keine Schmerzen mehr zu haben. »Seit wann arbeitest du für Doktor Masters?«

Sie zuckt zusammen. »Schon immer. Sie war damals in der Forschungsabteilung in Flowergrove.«

Lucas starrt seine Mutter fassungslos an. »Und was ist schiefgegangen? Mit Dad, meine ich.«

»Das Experiment.« Olivia wischt sich mit zitternden Händen die Bluttränen von den Wangen. »Ich habe damals im Armeekrankenhaus erst als Krankenschwester gearbeitet, dann haben Sie mich Doktor Masters zugewiesen. Sie hatte einen medizinischen Wirkstoff entdeckt.« Sie schluckt schwer. »Er sollte dazu führen, dass ganz normale Menschen besondere Kräfte entwickeln. Also gab es ein geheimes Experiment an den Soldaten. Sie sollten lebende Waffen werden und mit ihren paranormalen Fähigkeiten Spaß am Töten haben. Die ersten Testreihen an Tieren waren enorm vielversprechend.«

Sie sollten lebendige Waffen werden, hallen ihre Worte in meinem Kopf wider. Die Soldaten sollten Spaß am Töten haben, das war das Ziel des Experiments. Und wir Kinder haben diese *Gabe* geerbt. Gänsehaut überzieht meine Arme. Das ist total krank.

»Ihr habt den Wirkstoff an unseren Dads getestet?«, fragt Lucas ungläubig.

Mein Dad. Mit ihm fing alles an.

»Habt ihr mit meinem Dad begonnen?«, frage ich Olivia mit bebender Stimme.

Sie nickt. »Er war der Erste. Sehr vielversprechende Fortschritte. Also haben wir das Experiment erweitert.«

Jetzt kenne ich endlich die Wahrheit, aber ich fühle mich nicht besser dadurch. Im Gegenteil. Lucas und ich und vielleicht auch alle anderen Kinder der Menschen, an denen heimlich das Mittel getestet wurde, sind genetisch verflucht.

Mein Blick fällt auf Lucas, der neben mir steht. Er hat seine eigene Mutter gefoltert, um sie zu einem Geständnis zu zwingen. Wieder erschauere ich. Aber es gibt noch etwas, was mich aufwühlt: Lucas hat mir seine böse Fähigkeit verheimlicht. Und zwar die ganze Zeit.

»Wir hatten große Hoffnungen in die Studie gesetzt«, fährt Olivia fort. »Aber keiner der Soldaten entwickelte Fähigkeiten. Im Gegenteil, sie veränderten sich, bekamen psychische Probleme. Es zeichnete sich ab, dass das Ganze in einem Desaster enden würde. Also mussten wir die Studie abbrechen.«

»Abbrechen?!« Lucas bebt am ganzen Körper. »Du meinst, ihr habt all diese Menschen in ein Flugzeug gesetzt und abschießen lassen, um eure Spuren zu beseitigen? Inklusive Dad!«

»Nein, natürlich nicht!« Sie schüttelt den Kopf. »Es gab nie einen Absturz. Die Probanden wurden alle erschossen und ihre Leichen beseitigt.« Sie sagt das in einem Tonfall, als handele es sich um eine bedauerliche Unannehmlichkeit. »Wir haben alle Kinder überwacht, die in den Jahren nach dem Experiment von den Soldaten gezeugt wurden. Nur falls es Veränderungen im Erbgut gegeben hat. Das lässt sich ja leider noch immer nicht wirklich feststellen, auch wenn sich die Wissenschaft gerade in diese Richtung entwickelt. Aber die Sache mit Amy war der Beweis.«

»Du hast Dad auf dem Gewissen und mich überwacht und ausgeliefert, deinen eigenen Sohn!«, brüllt Lucas.

Endlich hebt Olivia den Kopf und schaut ihn direkt an. »Ich wollte doch nur, dass du dein Potenzial ausschöpfst«, entgegnet sie leise. »Das wünscht sich jede Mutter für ihr Kind. Du kannst so viel Gutes tun für dieses Land.«

»Gutes? Indem ich als menschliche Waffe herumlaufe?« Lucas' Stimme bebt vor Wut. »Sie haben mich gefangen gehalten. Sie haben Experimente an mir durchgeführt wie an einer Laborratte!«

»Wir mussten alle Opfer bringen!«, schreit Olivia zurück. Ihre blutunterlaufenen Augen verengen sich und der Zorn steht ihr deutlich ins Gesicht geschrieben. Die Ähnlichkeit zu ihrem Sohn ist unerträglich. »Die Leute im Militärlabor wollten dir doch bloß helfen, deine Kräfte auszubilden und sinnvoll einzusetzen. Aber du hast dich verweigert wie ein erbärmlicher Schwächling!«

»Sie haben ein Monster aus mir gemacht!«, entgegnet Lucas hart.

Mir bricht der Schweiß aus. Auf einmal ahne ich, was er meint. Und das will ich auf gar keinen Fall hören, das darf er nicht getan haben, bitte nicht ...

»Ich habe für Doktor Masters nicht nur ein paar Leute geheilt«, schreit Lucas seiner Mom ins Gesicht. »Die meisten habe ich quälen müssen, um ihnen Geständnisse abzuringen! Und am Ende musste ich sogar jemanden töten.«

Lucas' Hände zittern, sein Gesicht ist weiß vor Wut, Tränen stehen in seinen Augen. Scheiße, das hat er bitte gerade nicht gesagt. Das kann nicht sein! Lucas hat niemanden umgebracht, bitte, bitte nicht ...

»Du hast noch immer die Wahl, Schatz«, erwidert Olivia. »Stell dich und du kannst dein Land verteidigen und ein Held werden.«

»Ist das dein Ernst, *Mom?«* Lucas' Stimme klingt zutiefst verletzt. »Nach allem, was du getan hast, sagst du jetzt ausgerechnet das zu mir? Ich soll zurückgehen und mich als Waffe vom Militär verheizen lassen?!« Jeder Muskel seines Körpers wirkt angespannt, seine Nasenflügel zucken. »Du hast recht, Mom. Ich hab noch immer die Wahl«, fährt er fort.

Ich ahne, was er vorhat, und packe ihn am Arm, damit er mir in die Augen sieht. Ein Satz von mir und ich kann diesen ganzen Albtraum beenden. Doch sein Blick lässt das Blut in meinen Adern gefrieren: Da ist kein Mitgefühl mehr, keine Wärme, keine Spur von dem Jungen, in den ich mich verliebt habe. Stattdessen legt er mir seine Hand auf den Mund und schließt seine Augen.

Alles an mir wird taub. Ich kann mich nicht bewegen, spüre mich nicht mehr. Ich will etwas sagen, aber ich kann nicht mal den Mund öffnen. Kann Lucas nicht befehlen, mich loszulassen.

Lucas öffnet seine Augen und blickt mich emotionslos an. »Du bist gelähmt, Harper«, sagt er. »Und zwar, bis ich es wieder aufhebe. Sorry, aber meine Mom ist meine Sache.« Ohne dass ich irgendetwas tun kann, wendet er sich wieder Olivia zu. Sie kriecht weinend von ihm weg. Er geht vor ihr in die Hocke wie vor einem kleinen Kind. Hilflos muss ich mit ansehen, wie er ihre Hand nimmt. Beinahe zärtlich umfasst er sie. »Deine Organe versagen jetzt, Mom. Eins nach dem anderen.«

»Nein!« Olivia schreit vor Schmerzen auf und krümmt sich zusammen. »Bitte, tu das nicht!«, weint sie. »Ich bin doch deine Mutter!«

Lucas lässt ihre Hand los, richtet sich auf und tritt einen Schritt zurück. Er steht seitlich von mir und ich kann nur einen Teil seines Gesichts erkennen. Aber was ich sehe, erschreckt mich zutiefst. Er holt tief Luft, ein glückliches Lächeln umspielt seine Mundwinkel. Ich erinnere mich daran, wie gut ich mich bei Marty und Tammy gefühlt habe. Wenn er auch nur annähernd dasselbe spürt wie ich, während Marty und Tamy aufeinander eingeprügelt haben, genießt er die Situation in vollen Zügen. Die Schreie seiner Mom, ihr Weinen, ihre Schmerzen.

Olivias Hände verkrampfen sich vor ihrer Brust, als wollten sie ihr Herz herausreißen. Neue Krämpfe schütteln sie. Offenbar kann sie nicht mehr schreien, sie wimmert nur noch. Blut rinnt ihr aus dem Mundwinkel.

Mein Herz rast vor Verzweiflung, Wut und Ohnmacht. Mit aller Kraft versuche ich, mich aus der Starre zu lösen, um zu Olivia zu gelangen, ihr irgendwie zu helfen. Aber es geht nicht, Lucas' Gabe ist zu stark. Ich kann nur hier stehen und ihr beim Sterben zusehen.

Bitte, Gott, lass es schnell gehen!

Mach, dass sie endlich ohnmächtig wird.

Dass sie nicht mehr leiden muss.

Ich halte das nicht aus.

Ich halte das keine Sekunde länger aus.

21

Die plötzliche Stille schrillt in meinen Ohren. Es ist vorbei. Olivia rührt sich nicht mehr. Obwohl ich mir jede grauenhafte Sekunde ihres Todeskampfs habe anschauen müssen, weigert sich mein Verstand zu akzeptieren, was eben geschehen ist. Aber Olivia Aspen ist tot, ob ich das wahrhaben will oder nicht. Lucas hat sie getötet.

Ich möchte schreien, weinen, weglaufen, irgendetwas tun, aber ich kann nicht. Lucas hat dafür gesorgt, dass ich immer noch wie gelähmt im Raum herumstehe. Der Junge, dem ich von allen Menschen am meisten vertraut habe, ist ein Mörder.

Alles fühlt sich jetzt anders an: die Luft im Zimmer, der kalte Schweiß, der mir den Nacken hinabrinnt. Nichts ist mehr wie vorher, nie wieder wird irgendetwas so sein wie vorher. Ich habe einen Menschen sterben sehen und ich habe ihn nicht gerettet, weil ich zu langsam war. Weil ich Lucas völlig falsch eingeschätzt habe. Lucas, dessen Gabe doch angeblich nur daraus bestand, heilen zu können. Ich war so dumm! Ich habe ihm alles geglaubt, weil ich ihm glauben wollte, weil er der einzige Mensch war, den ich noch hatte. Und weil ich in ihn verliebt war.

Vor lauter Verzweiflung wird mir heiß. Ich bin wütend auf Lucas, aber auch auf mich. Ich hätte das verhindern müssen! Wozu habe ich denn meine beschissenen Fähigkeiten?! Wäre ich nur eine Sekunde schneller gewesen als Lucas, hätte ich meine Kraft vor ihm benutzt, könnte seine Mom jetzt noch leben. Egal was sie getan hat, niemand verdient einen so schrecklichen Tod.

Meine Sicht verschwimmt, ich weine. Es ist wie in einem besonders furchtbaren Albtraum, nur dass dieser einfach nicht aufhört.

Lucas dreht sich zu mir um. Das Glück in seinem Gesicht stößt mich ab, auch wenn er nichts dafürkann, dass er so fühlt. Aber im Gegensatz zu mir neulich hat er nicht aufgehört. Stattdessen hat er mich sogar außer Gefecht gesetzt, um seine Mom ungestört töten zu können.

»Ich musste das tun, Harper. Das verstehst du doch, oder? Sie hat uns verraten, sie wollte uns ausliefern!« Er tritt auf mich zu. Sanft umfasst er mein Gesicht und wischt mir mit dem Daumen behutsam die Tränen aus den Augen. Am liebsten würde ich vor ihm zurückzucken. Er soll mich nicht anfassen, nie wieder! Aber er lässt seine Hände auf meinen Wangen ruhen und schließt die Augen.

Ein Ruck geht durch meinen Körper, ein Zucken und Brennen, als das Gefühl in meine Gliedmaßen zurückfließt. Offenbar hat Lucas den Bann über mich aufgehoben.

»Fass mich nie wieder an!«, schluchze ich und taumele rückwärts, weg von ihm. »Du bist ein Mörder! Dir hat es Spaß gemacht, deine Mom zu töten!«

»Dir ging es doch bei Marty und Tammy nicht anders! Du weißt, wie es sich anfühlt, die Gabe *richtig* einzusetzen.«

»Ich ... ich hab die beiden nicht ... ermordet«, erwidere ich weinend.

»Du verstehst das nicht, Harper! Mom war eine von

denen. Sie hat das alles mit Absicht gemacht. Sie ist genauso an allem schuld wie dein Stiefvater oder Doktor Masters!« Er schaut mich an, als erwarte er Zustimmung von mir, als müsste ich völlig okay finden, was er gerade getan hat. Ja, er hat recht. Was seine Mom gemacht hat, war schrecklich. Aber das rechtfertigt nicht, sie zu töten. Wer sind wir, wenn wir einfach alle umbringen, die uns unrecht getan haben? Und es uns auch noch guttut, Böses zu tun!

»Du weißt nicht, wie es in diesem Labor war, Harper. Sie haben mich gequält. Und gefoltert. Im Normalfall war es dein Stiefvater und ein oder zwei andere Typen, die machten, was er ihnen sagte. Meistens gaben sie mir Stromstöße, aber oft haben sie mich auch über Tage nicht schlafen lassen. Oder mich immer wieder geweckt und mit kaltem Wasser abgespritzt, bis ich irgendwann irre wurde und alles für ein paar Minuten Schlaf getan hätte.« Sein Blick verweilt auf einem kleinen hellblauen Fleck auf dem Küchenfußboden. Keinen Meter daneben liegt die Leiche seiner Mom.

»Sie wollten nie, dass ich jemandem helfe. *Wir treten jetzt in Phase zwei ein,* sagten sie. Erst musste ich quälen und foltern, dann brachten sie mir ein Mädchen, das ich kannte.«

Lucas sieht mich auffordernd an, als müsste ich wissen, was jetzt kommt. Und da erkenne ich die Wahrheit in seinen Augen.

»Camilla«, flüstere ich.

Er nickt.

Nein, nein, nein, nein! Bitte, bitte nicht! Meine Knie werden weich und ich sinke auf den Fußboden. Frische Tränen schießen mir in die Augen und ich rutsche rückwärts, bis ich gegen die Wand stoße.

»Ich wollte ihr nichts tun, wirklich. Ich kannte sie zwar nicht besonders gut, aber sie war eine von uns. Ich hatte auf tausend Gedenkveranstaltungen mit ihr herumgestanden. Sie hatte auch eine Fähigkeit, sie konnte Dinge schweben lassen. Zumindest haben die mir das erzählt. Sie wollte aber nicht mit Doktor Masters zusammenarbeiten, so wie Caleb. Stattdessen wollte sie zur Presse gehen. Dein Stiefvater hat mir befohlen, sie zu töten. Camilla hatte schreckliche Angst.«

Alles in meinem Kopf dreht sich. Deswegen hat er so hartnäckig darauf beharrt, dass Camilla im Labor getötet wurde und nicht am Square starb. Weil er nicht nur die Wahrheit kannte, sondern sie eigenhändig umgebracht hat. Mir stellen sich die Nackenhaare auf. Camilla war kein netter Mensch, aber sie hat es trotzdem nicht verdient zu sterben. Er hat sie ermordet. Wie seine Mom.

»Ich musste es tun«, erklärt Lucas. »Ich hatte keine Wahl.« Er klingt so, als berühre ihn das nicht wirklich. Camilla hatte eine Gabe. Sie war wie er und ich ein Opfer des Militärs. Und es tut ihm nicht mal leid, dass er sie ermordet hat?! Mir dreht sich der Magen um.

»Danach bin ich ausgebrochen«, fährt Lucas fort. »Natürlich habe ich gemerkt, wie toll es sich angefühlt hat zu töten. Aber ich wollte ein guter Mensch sein. Wer Gewalt mit Gewalt bekämpft, macht die Welt nicht zu einem besseren Ort. Ich wollte das alles hinter mir lassen, wieder ich sein. Der alte Lucas, der niemandem je etwas zuleide getan hat, bevor er diese beschissene Gabe entwickelt hat. Als ich in Kill River untergetaucht bin, wollte ich neu anfangen. Was Gutes tun.«

»Und du bist zu Camillas Beerdigung gegangen. Um mich zu treffen«, sage ich leise.

»Ich bin kein schlechter Mensch, Harper. Ich wollte dich retten und das mit Camilla wiedergutmachen. Ich wollte meine Gabe nicht mehr für das Böse einsetzen. Wirklich.« Er klingt wie ein schlechter Autoverkäufer, der versucht, mir einen kaputten Wagen anzudrehen. Ich könnte kotzen.

»Was war mit Amy?«, frage ich. »Und komm mir jetzt nicht wieder mit der Geschichte über ihren verstauchten Knöchel!«

Lucas wird blass. »Das war ein Unfall«, antwortet er knapp. »Ich mochte sie. Du weißt schon. Sie war nett. Aber sie hatte nie Interesse an mir. Ich schätze, ich wollte sie wohl irgendwie beeindrucken und hab ihr von meinen Kräften erzählt.«

»Und weiter?«

»Sie hat sich über mich lustig gemacht. Vor allen anderen auf dem Schulhof. Sie hat mich einen Freak genannt. Da bin ich wohl ein bisschen ... ausgerastet.«

»Du hast sie getötet«, flüstere ich.

»Es war ein Unfall«, wiederholt er. »Ich hatte meine Kräfte damals noch nicht im Griff. Ich wollte nicht, dass ihr etwas geschieht. Es war einfach ... Pech.«

Pech?! Der Tod eines Mädchens war *Pech?* Ich starre Lucas an und zu meinem Entsetzen sehe ich, dass er es ernst zu meinen scheint. Da ist keine Reue, kein Mitleid, kein Schuldgefühl. Die dunkle Seite seiner Gabe hat ihn verändert, aber es schert ihn nicht. Ich rappele mich vom Boden auf, ich muss hier weg.

Lucas packt meine Hand und zieht mich an sich. Seine

Nähe ist mir zuwider. »Wir können immer noch abhauen, Harper. Wir fangen irgendwo ein neues Leben an, in Freiheit. Niemand wird uns je wieder was Böses tun.«

Mir fällt Olivias Anruf wieder ein. Sie hatte uns vor ihrem Tod verraten. Vermutlich taucht hier bald die Polizei auf. Mein Hals fühlt sich ganz trocken an. Aber nicht deswegen. Sondern weil Lucas Amy getötet hat. Und Camilla. Und seine Mom. Ohne zu zögern, hat er seine Kraft gegen mich eingesetzt und fühlt sich noch immer im Recht. Aber das Schlimmste ist, dass er mir Angst macht. Ich erkenne ihn nicht wieder. Vor mir steht nicht mehr der Junge, in den ich mich verliebt habe. Sondern jemand, in dessen Augen ich keinen Funken Mitgefühl mehr sehen kann. Lucas lächelt mich an, aber sein Lächeln hat nichts Warmes, Herzliches mehr.

»Was sagst du, Harper?« In seiner Stimme liegt Ungeduld. »Du bist doch meine Freundin. Wir beide gehören zusammen.« Er lehnt seine Stirn gegen meine Schläfe und ich spüre, wie sich mein Herzschlag beschleunigt. In meinem Bauch beginnen Schmetterlinge zu flattern und eine wohltuende Wärme breitet sich in mir aus. Aber das alles fühlt sich furchtbar an. Weil es nicht wahr ist. Lucas macht das. Er manipuliert meinen Körper.

»Hör auf damit!«, flüstere ich ängstlich.

Er streicht mir eine Haarsträhne aus dem Gesicht. »Aber du liebst mich doch, oder?«

Ich weiche zurück, doch er hält meine Hand unerbittlich fest, zieht mich zurück und schließt die Augen. Ich spüre stechende Schmerzen in meinem Brustkorb und breche in Schweiß aus. Angst packt mich.

»Du gehörst zu mir, Harper«, sagt er leise. Sein Blick wird hart. »Oder ist es wegen Caleb? Bist du deshalb auf einmal so?«

»Was?!« Ich kann nicht glauben, was Lucas mit mir macht.

»Lass uns zusammen weggehen. Nur du und ich. Und vergiss diesen Typen. Für den lohnt es sich eh nicht mehr, irgendein Risiko einzugehen.«

Heiße Wut durchflutet mich. »Meinst du das ernst?«

»Vergiss den Kerl!«

Wieder fühle ich, wie mein Herz schneller klopft. Aus angeblicher Liebe zu Lucas. Nur dass es das nicht freiwillig tut. Lucas löst es aus. Ich suche seinen Blick. »Lass mich los!«, brülle ich ihn an.

Seine Hand fliegt mit voller Wucht nach hinten und er stolpert zwei Schritte rückwärts, fängt sich aber wieder. »Oh. Wow. Du setzt deine Kraft gegen mich ein?«, fragt er überrascht.

»Lass mich in Ruhe!«, schreie ich ihn an. Meine Hände zittern, während ich mich an all die Momente erinnere, in denen er mich berührt hat. Daran, wie schön ich das fand und wie schnell ich mich in ihn verliebt habe. Was, wenn das alles gar nicht echt war? Wenn er mich schon damals mit seinen Berührungen manipuliert hat, weil er wollte, dass ich mich in ihn verliebe? Mir wird eiskalt. »Du hast das früher schon getan, oder?!«

Lucas atmet genervt aus. »Harper. Jetzt entspann dich mal wieder!«

»Hast du das schon mal mit mir gemacht?! Meinen Körper manipuliert?«

Der Junge, dem ich mein Leben anvertraut habe, sagt nichts. Und das ist Antwort genug.

Ich muss hier raus. Ohne ein weiteres Wort drehe ich mich um, lasse Lucas und seine tote Mom zurück und stürze, so schnell ich kann, aus dem Haus.

22

Das Taxi hält in der Maple Avenue vor dem großen Mietshaus, in dem Zoe wohnt.

Anstatt auszusteigen, bleibe ich sitzen und starre aus dem offenen Seitenfenster. Voller Befremden registriere ich, was für ein schöner Tag heute ist: Fröhlicher Sonnenschein, Vogelgezwitscher, eine sanfte Brise lässt die Blätter in den knorrigen Ahornbäumen rascheln, die die Straßen säumen.

Als wäre heute nicht der grauenhafteste Tag meines Lebens.

Meine Hände zittern noch immer. Ich kann nicht fassen, was passiert ist. Dass Lucas Camilla, Amy und seine Mom ermordet und mich mit seiner Fähigkeit manipuliert hat. Er bereut nichts von alldem, es tut ihm nicht mal leid. Den Lucas, den ich kannte, gibt es nicht mehr. Wobei ich mir ganz ehrlich nicht mal mehr sicher bin, ob der je wirklich existiert hat. Ob ich je wirklich in ihn verliebt war oder ob er dieses Gefühl nur bei mir ausgelöst hat. Aber fast noch schlimmer ist die Tatsache, dass ich jetzt nicht weiß, wie ich Caleb retten soll. Lucas hätte ihn heilen können. Er hätte dafür sorgen können, dass Caleb nicht nur wieder eigenständig atmen kann und sein Gedächtnis zurückbekommt, sondern auch fit genug gewesen wäre, um mit uns zu fliehen. Aber Lucas fällt für die Befreiung von Caleb aus. Der einzige Mensch, der die Wahrheit über mich kennt und mir noch helfen könnte, ist Zoe.

»Wenn ich draußen bin, biegen Sie da vorne rechts ab und vergessen, dass Sie mich je gesehen haben«, sage ich zu dem Fahrer, steige aus und schlage die Tür hinter mir zu. Das Taxi fährt davon.

Ich schaue mich um. Nirgendwo ist ein Polizeiauto zu sehen, nicht mal ein verdächtig herumlungernder Zivilpolizist. Alles wirkt völlig normal.

Die Haustür zu dem Mietshaus, in dem Zoe wohnt, ist nur angelehnt, so wie sie gesagt hat. Ich suche auf dem Klingelschild nach Clarke, ihrem Nachnamen, und drücke drauf, um mich anzumelden. Im Treppenhaus ist es angenehm kühl und ich steige die Stufen zum ersten Stock hinauf. Egal wie vollgeschmiert die Wände sind, wie sehr die Farbe abblättert und wie viel Müll in den Ecken liegt, ich spüre sofort, dass dieses Haus ein guter Ort ist.

Zoe erwartet mich bereits in der Tür. Sie wirft mir einen Blick zu und scheint sofort zu erkennen, wie es mir geht. »Komm rein. Ich mach dir erst mal einen Tee, ja?«

Ich nicke. Während sie an der kleinen Küchenzeile einen Wasserkessel auf die größere der beiden Herdplatten setzt, schaue ich mich um. Zoes Wohnung ist winzig, eigentlich besteht sie nur aus einem Zimmer und einem kleinen Bad. Zu meinem Erstaunen sieht nichts von dem, was hier rumsteht, so aus, als würde es ihr gehören. Tatsächlich wirkt die Wohnung ziemlich erwachsen. Ein hellblaues ausgeklapptes Bettsofa thront mitten im Zimmer, davor steht ein Fernseher auf einem kleinen Schränkchen, gegenüber ein kleiner Tisch mit zwei Holzstühlen. An den Wänden klebt eine irgendwie englisch aussehende Blümchentapete in Cremeweiß und zarten Rosa- und Grüntönen. Auf dem Boden liegen flauschige Teppiche. Alles ist hell und sauber.

Der Wasserkessel pfeift. »Setz dich!«, ruft Zoe mir von der Küchenzeile aus zu, während sie heißes Wasser in zwei Teetassen einschenkt.

Ich gehe zu dem kleinen Tisch und nehme auf einem der Stühle Platz. Auf der Mitte der Tischplatte steht eine Zuckerdose mit Rosenmuster.

»Hätte nicht gedacht, dass du auf Blumen stehst«, sage ich, als Zoe zu mir an den Tisch kommt und die beiden Tassen abstellt. Sie lächelt breit und ich bin erstaunt darüber, wie nett sie aussehen kann, wenn sie nicht gerade im Kill-River-Modus ist.

»Das ist die Wohnung meiner Mom«, antwortet sie mit Wärme in der Stimme. »Sie hat hier gelebt und ich habe es nie übers Herz gebracht, irgendwas zu verändern. Ich zahl weiter ihre Miete und habe früher ab und zu hier geschlafen. Jetzt, wo es keinen Waschsalon mehr gibt, wird es wohl mein Zuhause.« Zoe hat mir einen Teebeutel neben die Tasse gelegt. Ich tunke ihn in das heiße Wasser, das sich rot färbt.

Zoe bedient sich aus der Zuckerdose. Ich folge ihrem Beispiel.

»Willst du reden?«

Ich nicke.

»Du und Lucas, ihr seid ständig in den Nachrichten.«

Scheiße.

»Um ehrlich zu sein, läuft über euch sogar eine Sondersendung. Kennst du diese schrille Blonde, die überall Terroristen sieht?«

Ich nicke. Nancy Claire. Ich kann nicht fassen, dass Lucas und ich es in ihre furchtbare Show geschafft haben.

Wortlos geht Zoe zum Fernseher und schaltet ihn ein. Wir setzen uns aufs Bett, um besser sehen zu können. Und tatsächlich, da ist mein Foto aus dem Jahrbuch. Ein unvorteilhaftes Porträt, auf dem ich mit gefrorenem Lächeln in die Kamera starre. Das Foto wird ausgeblendet und Nancy Claire kommt ins Bild. Hinter ihr wird eine tonlose Videoaufnahme der Razzia in Kill River eingespielt.

»... wird noch immer nach dem siebzehnjährigen Lucas Aspen und der sechzehnjährigen Harper Green gefahndet. Die beiden mutmaßlichen Terroristen befinden sich auf der Flucht und sind bewaffnet.«

Zoe schaltet den Fernseher auf stumm.

»Ich muss weg aus Eden City, Zoe. Ich weiß noch nicht, wohin, aber ich kann hier nicht mehr bleiben. Die erschießen mich auf offener Straße. Ich bin jetzt eine Terroristin.«

Zoe wirkt nachdenklich. »Du wärst eine tolle Terroristin, wenn du mich fragst. Mit deinen Fähigkeiten könnten wir eine ganze Menge erreichen.«

Wir? Habe ich gerade richtig gehört?

Zoe nickt. »Ich bin Liberatistin, wie meine Mom es war. Natürlich sind wir alle keine Terroristen, niemand von uns wirft Bomben oder entführt Politiker, trotzdem jagen sie uns, als wären wir welche. Dabei wollen wir einfach nur friedlich miteinander leben. Aber eben in einer Demokratie. Ohne Überwachung, ohne Gesinnungstests, Affirmatorbefragungen oder vorhersehbare Wahlergebnisse. Wir wollen wieder so leben wie früher, als man noch echte Parteien wählen konnte und es Koalitionen und eine Opposition gab. Als Menschen auch für den absurdesten Scheiß demonstrieren gehen durften und nicht verhaftet wurden.«

Sie schaut mich wehmütig an. »Damals waren Polizisten noch *dein Freund und Helfer.* Wir waren mal so viel weiter, als wir es jetzt sind.«

Ich wünschte, ich hätte echte Erinnerungen an meine Kindheit. Vielleicht war es ja so, wie Zoe sagt, und damals war alles noch anders. Aber außer den gefälschten Erinnerungen an früher habe ich keine. Das bringt mich auf einen Gedanken, vielleicht den wichtigsten, den ich heute noch haben werde. »Ich hab dir doch von Caleb erzählt.«

Sie nickt.

»Lucas wird ihn jetzt nicht mehr heilen. Und das heißt, ich habe ein riesiges Problem. Aber vielleicht fällt dir ja was ein, was du mit deiner Maschine, diesem Memory-Eraser, tun kannst?«

Zoe schaut mich entgeistert an, dann schüttelt sie den Kopf. »Nein. Ein Memory-Eraser kann keinen Hirnschaden heilen.«

»Bitte, Zoe! Wir müssen es wenigstens versuchen.«

»Harper. Das ist Quatsch! Mal ganz davon abgesehen, dass mir nicht klar ist, wie du es überhaupt bis zu Caleb schaffen willst. Er ist doch immer noch auf der Insel.«

»Mit meinen Fähigkeiten.« Das ist mein voller Ernst. »Ich habe die Adresse von Doktor Masters. Wir fahren zu ihr, schnappen sie uns und sie schleust uns in die Insel ein. Und dort manipuliere ich jeden, der sich uns in den Weg stellt.« Ich schaue sie triumphierend an, aber Zoe sieht nicht gerade beeindruckt aus. »Caleb ist der netteste Mensch auf der Welt, Zoe. Du würdest ihn mögen.«

»Aber der Memory-Eraser kann nicht heilen, Harper. Das sagt ja schon der Name. Er kann mit einem feinen Laserstrahl in Gehirnen rumfuhrwerken und Gewebe verbrennen, mehr nicht.«

»Ach, verdammt«, erwidere ich enttäuscht. »Lucas und ich haben beide versucht, an unsere überschriebenen Erinnerungen ranzukommen. Aber es hat nicht geklappt. Er sagte, es fühlt sich an, als wäre da etwas in meinem Kopf, dass die Heilung blockiert.«

Zoe setzt sich ruckartig auf und starrt mich an, als hätte ich gerade das Krasseste aller Zeiten gesagt.

»Was ist los?«, frage ich.

»Die haben euch vereist.« Zoe sieht ehrlich beeindruckt aus.

»Vereist?« Ich kann ihr nicht folgen.

»Ich hab davon gehört, aber so was noch nie gesehen. Bei dieser Methode verletzt man nicht das Gehirn wie beim Gedächtnislöschen. Stattdessen setzt man eine Art Neuronenpfropf auf die Stelle. Der wird vorher mit Stickstoff tiefgekühlt und anschließend ins Gehirn gepflanzt. Dort verkapselt sich der Pfropf und blockiert die Synapsen.« Zoes Augen leuchten. »Vielleicht sind die neuen Erinnerungen in diesem Pfropf und durch das Einsetzen überdecken sie die echten?«

»Wenn das wirklich stimmt ...« Mir kommt ein elektrisierender Gedanke. »Könnten diese Dinger auch das Problem in Calebs Gehirn sein?« Angespannt halte ich die Luft an.

Zoe wiegt ihren Kopf leicht hin und her. »Wäre möglich.

Wenn der Pfropf verrutscht ist, zum Beispiel. Oder wenn beim Einsetzen aus Versehen Gewebe geschädigt wurde.«

Mein Herz schlägt schneller. »Kannst du die Dinger in meinem Kopf kaputt machen, so zur Übung?«, frage ich sie hoffnungsvoll.

Zoe zögert. »Also, technisch ist das mit der Maschine bestimmt möglich, aber ich hab das noch nie gemacht. Und falls man sie nicht rückstandslos auflösen kann, schwirren sie als Bruchstücke durch dein Gehirn und können sich überall ansetzen. Dann hast du zwar deine Erinnerungen zurück, aber vergisst vielleicht, wie man atmet oder schluckt. Oder du endest im Wachkoma wie Caleb.«

Auch wenn Zoe besorgt klingt, sehe ich genau, wie angefixt sie ist. Ich möchte unbedingt, dass sie die Dinger in meinem Kopf wegbrennt. Zum einen will ich meine Erinnerungen zurück und zum anderen will ich, dass Zoe das schon mal gemacht hat, bevor sie sich an Caleb wagt. »Bitte, Zoe! Ich wette, du kriegst das hin.«

»Nein.«

Zoe sagt nur aus Verantwortungsbewusstsein Nein, das spüre ich ganz deutlich. »Bitte.«

»Und was ist, wenn was schiefgeht? Sorry, aber das Risiko gehe ich nicht ein.«

»Das ist mir egal«, sage ich, ohne eine Sekunde zu überlegen.

»Schön für dich. Aber mir nicht!« Zoe verschränkt die Arme vor der Brust und zieht die Augenbrauen zusammen zu ihrem typischen Stirnrunzeln. Am liebsten würde ich sie einfach mit meiner Gabe dazu zwingen. Aber das geht nicht. Ich will meine Kraft nicht wieder für etwas Negatives einsetzen und so werden wie Lucas. Schon allein der Gedanke daran lässt mich erschauern. Letzter Versuch. »Bitte, Zoe. Stell dir vor, du hättest die Möglichkeit gehabt, deine Mom zu retten. Was hättest du getan?«

Zoe atmet leise durch.

»Caleb ist nicht tot«, flehe ich sie an. »Noch können wir ihm helfen. Ich kriege dieses Bild einfach nicht aus dem Kopf. Wie er daliegt in diesem Raum, an Maschinen angeschlossen.« Sofort sehe ich ihn wieder vor mir und auf einmal ist da ein Brennen in meiner Kehle. »Ich muss wenigstens versuchen, ihn zu retten. Aber ich brauche dich und deinen Memory-Eraser dafür. Wir müssen sein Gehirn wieder in Ordnung bringen, zumindest so weit, dass er wieder selbstständig atmen kann. Und dann fliehen wir mit ihm.«

Zoe hält meinem Blick ruhig stand, aber ich sehe, wie es in ihr arbeitet.

»Mir ist klar, dass du die ganze Verantwortung trägst und es nicht fair ist, was ich da von dir verlange«, sage ich leise.

»Nein, ist es nicht«, murmelt sie genervt und ich weiß, dass ich gewonnen habe.

Sie wirft mir einen widerwilligen Blick zu, steht vom Bett auf und schiebt die Kommode mit dem Fernseher zur Seite. Dahinter kommt ein kleiner Tresor zum Vorschein. Versteckte Dinge hinter Möbelstücken scheinen Zoes Ding zu sein. Sie hantiert an dem Schloss herum, öffnet den Tresor und nimmt einen Gegenstand heraus, der in etwa so groß ist wie ein Backstein. Von dem Gehäuse gehen mehrere Kabel ab, die in einem wirren Knäul ineinander verheddert zu sein scheinen und in einer Art halbrunden Drahtgeflecht münden, das aussieht wie eine Mütze.

»Setz dich auf einen der Stühle!«, sagt sie. Brav stehe ich vom Bett auf und setze mich wie geheißen. Mit zwei Handgriffen hat sie die Kabel entwirrt und zieht mir die Drahtmütze über den Kopf. »An dem Tag, an dem ich dich kennengelernt hab, hätte ich lieber nicht aufstehen sollen«, flucht sie. »Das Ganze ist völlig bescheuert. Ich hab so was noch nie gemacht! Im Grunde spielen wir russisches Roulette mit deinem Gehirn. Wahrscheinlich wird es sowieso nicht funktionieren. Oder du kannst hinterher nicht mal mehr buchstabieren.«

Ich gebe mir alle Mühe, meine Ohren auf Durchzug zu stellen, während Zoe weiter vor sich hin grummelt. Ich weiß, dass es hier wirklich um meine Gesundheit geht. Aber egal was sie sagt, ich werde jetzt ganz sicher keinen Rückzieher machen.

Zoes Finger fühlen sich zwar kalt an, aber auch ruhig und geschickt, als sie die Elektroden an meiner Kopfhaut befestigt. Sie weiß, was sie tut, rede ich mir selbst gut zu.

»Okay.« Sie seufzt und blickt mich ernst an. »Bist du dir wirklich sicher, Harper?«

Ich nicke. Ohne Caleb zu retten, ist der Rest meines Lebens wertlos. Ich käme nie darüber hinweg, es nicht wenigstens versucht zu haben. Und dafür muss Zoe an mir üben.

Sie zieht etwas aus ihrer Tasche, das wie eine Schlafmaske aussieht, und hält sie mir hin.

»Was soll ich damit?«

»Es ist besser, wenn du nichts siehst. Ich muss die Stelle finden, die sie dir damals überschrieben haben, und mit dem Laser den Pfropf lösen. Ich sag dir jetzt schon, das wird tierisch wehtun. Der Laser wird sich durch deine Kopfhaut und deinen Schädelknochen brennen müssen.«

Meine Kehle schnürt sich zu, aber es ist mir egal. Ich habe in den letzten Tagen so viele Schmerzen ausgehalten, dass mir das keine Angst mehr macht. »Und wie findest du diese Stelle?«, frage ich.

»Ich suche dein Gehirn ab. Dafür benutze ich Stromimpulse. So kann die Maschine erkennen, wo diese Impulse weitergeleitet werden. Und wo nicht. Die Schlafmaske hilft uns dabei. Wir müssen alle visuellen Reize ausschalten, damit sie nicht mit deinem Gedächtnis interferieren und womöglich falsche Erinnerungen erzeugen.«

Wortlos nehme ich ihr die Maske aus der Hand und setze sie auf.

Dunkelheit hüllt mich ein und ich muss die alte Angst niederkämpfen, die sofort in mir aufsteigt, und die Beklemmung. Meine Furcht vor Enge und Finsternis, das schreckliche Gefühl, hilflos im Dunklen eingesperrt zu sein und zu spüren, wie das verzweifelt weinende Kleinkind unter meiner Hand zu ersticken droht.

»Bist du bereit?«, fragt Zoe.

»Ja.« Eine glatte Lüge.

»Wenn sich irgendetwas komisch anfühlt, sag Bescheid. Dann brechen wir sofort ab. Das ist mein Ernst.«

»Okay.«

Zoe schiebt mir ein Stück Plastik in den Mund – den abgesägten Stiel einer Zahnbürste vielleicht? »Das ist zum Draufbeißen. Und bitte verschluck nicht deine Zunge«, ermahnt sie mich. »Ich versuche es erst mal mit einer niedrigen Voltzahl …«

»Jätsch fang endlisch an«, nuschele ich mit dem Plastikteil in meinem Mund.

»Fünf, vier, drei, zwei, eins ...«

Schmerzhafte Stromstöße durchfahren mich wieder und wieder. Am liebsten würde ich das Plastikteil ausspucken, aber ich habe keine meiner Muskeln unter Kontrolle. Alles an mir zittert, während Zoe langsam mit diesem Backsteinding über meinen Kopf kreist. Verdammt, finde einfach diese blöde Stelle, Zoe! Doch stattdessen dreht sie die Voltzahl höher. Meine Muskeln zucken wie wild und die Stromstöße sind jetzt richtig schmerzhaft. Hätte ich nicht das Plastikdings im Mund, würden meine Zähne unkontrolliert aufeinanderschlagen.

»Da!«, ruft Zoe endlich und schaltet die Maschine ab. Auch wenn kein Strom mehr durch meinen Körper fließt, zittere ich immer noch. »Gefunden!« Sie zögert. »Aber jetzt wird es echt schlimm. Willst du das wirklich?«

Scheiße. Noch schlimmer als eben?! Ich kämpfe die aufkommende Panik in mir nieder und nicke.

»Okay. Beiß fest zu! Und egal wie schmerzhaft es wird: Du darfst deinen Kopf auf keinen Fall bewegen! Vergisst nicht, dass ich gleich mit einem Laser in deinem Gehirn bin.«

Ein feines Sirren ist zu hören und ein winziger, aber unglaublich intensiver Schmerz fährt mir durch den Schädel. Der Laser. Es tut entsetzlich weh, anders als alle Schmerzen, die ich je durchgestanden habe. Außerdem spüre ich ein unerträgliches Kribbeln und Reißen in meinen Armen und Beinen. Wenigstens zucken meine Muskeln jetzt nicht mehr unkontrolliert. Ich zwinge mich, ruhig zu atmen und meinen Kopf absolut stillzuhalten.

Auf der Innenseite meiner Augenlider blitzen und zucken Farben auf ...

Die Sonne brennt auf meiner Haut ... knallblauer Himmel ... es riecht nach verdorrtem Gras ... ich hab den klebrigen Geschmack von Zuckerguss auf der Zunge ...

»Wo seid ihr denn alle?«, ruft eine tiefe Männerstimme, die ich seit vielen Jahren nicht mehr gehört habe.

Dad.

Ich stehe im Garten vor unserem alten Haus in Flowergrove. Alles ist mit Luftballons, Girlanden und Lampions geschmückt.

»Hier waren doch eben noch Kinder«, ruft Dad.

Langsam drehe ich mich um und da steht er: mein Dad. Groß und breitschultrig, braun gebrannt. Seine Augen sind mit einem Geschirrtuch verbunden und er hat ein verschmitztes Grinsen im Gesicht. »Ich zähle jetzt von zehn runter und dann kriege ich euch kleine Rabauken.«

Das Bild ruckelt. Der geschmückte Garten und unser Haus mit der Fahnenstange wackeln, als wären sie nur Teil eines Fotos in einem alten Diaprojektor. Alles wird schwarz.

»Scheiße!« Ich sitze wieder im Stockdunklen in Zoes Wohnung und könnte unter meiner Schlafmaske heulen. Gerade habe ich Dad gesehen und es fühlte sich total echt an. Meine Hände zittern vor Frustration und ich spucke das Plastikding aus.

»Ist alles okay?«, fragt Zoe.

»Ja. Probier's noch mal!«, bitte ich sie hastig.

»Bist du dir sicher?«

»Es hat funktioniert. Ich hab mich erinnert, aber nur kurz.«

»Okay!« Zoe klingt aufgeregt. »Stillhalten!«

Sie schiebt mir das Plastikteil wieder in den Mund. Noch bevor ich meine Zunge darunterschieben kann, trifft mich der Schmerz des Lasers mit voller Wucht. Bilder und Geräusche rauschen vor meinem inneren Auge an mir vorbei, während ich durch die Zeit geschleudert werde. Und schon bin ich wieder auf der Geburtstagsparty in Flowergrove.

»Zehn, neun, acht, sieben ...«, zählt Dad rückwärts und die anderen Kinder stürmen kreischend in alle Richtungen davon, um ein gutes Versteck zu finden. Es ist mein sechster Geburtstag, deswegen durfte ich sechs Freunde einladen.

Camilla rennt zielstrebig in Richtung Apfelbaum. Ihr blondes Haar flattert hinter ihr her und ich weiß sofort, dass sie meine beste Freundin ist und wir schon unzählige Nächte mit Taschenlampen unter der Bettdecke verbracht und uns Gruselgeschichten erzählt haben. Natürlich hat sie sich den Baum ausgesucht, sie kann echt gut klettern. Und das Laub ist jetzt im Sommer dicht genug.

»Sechs, fünf, vier ...«

Wo soll ich mich verstecken? Das Blut rauscht in meinen Ohren und der ausgedörrte Rasen pikst unter meinen nackten Fußsohlen, als ich ums Haus herumlaufe. Vorbei an dem gestapelten Brennholz und dem Werkzeugschuppen.

»Drei, zwei, eins. Ich komme!«

Ich presse mich flach auf den Boden und schiebe mich unter die Hecke. Die spitzen Blätter und Zweige schrammen mir Arme und Beine auf, aber das kümmert mich nicht.

Hier, zwischen Hecke und Gartenzaun, habe ich vor ein paar Wochen eine Erdkuhle gebuddelt auf der Suche nach einem vergrabenen Schatz. Ich ziehe die Knie an meine Brust und rolle mich hinein.

»Hab dich!«, brüllt Dad in der Ferne. Ich höre Heather und Elenor kichern. Die beiden haben sich mal wieder zusammen versteckt. Wie blöd kann man sein?! Angestrengt lausche ich.

»Und dich hab ich auch!«, ruft Dad lachend.

»Nein!« Das ist Lucas, in den ich seit dem Kindergarten heimlich verliebt bin. Er klingt echt sauer.

Ich kann sein Gesicht trotz meiner geschlossenen Augen vor mir sehen. Seine dunklen Locken und dieses unheimlich süße Lächeln, wenn er mich ansieht, ohne was zu sagen.

Ich höre Caleb lachen. Nie hält er es in seinem Versteck aus, immer verrät er sich selbst. Ich muss grinsen.

»Oh Mann, Caleb! So gewinnst du nie«, ruft Lucas und klingt leicht genervt. Die beiden sind beste Freunde.

»Hab dich!« Wieder lacht Dad. »Und dich da oben auch!«

»Das ist nicht fair!«, empört sich Camilla. Offenbar war ihr Apfelbaumversteck auch nicht gut genug. Im Gegensatz zu meinem. Ich wette, ich könnte den ganzen Nachmittag hierbleiben, vielleicht den ganzen Sommer. Keiner würde mich je finden, nicht mal Mom. Ich müsste nie wieder in die Schule und ...

Ein harter Ruck an meinem Knöchel.

»Hab ich dich, Geburtstagsmädchen!«

»Dad!« Ein bisschen empört krabbele ich zurück auf den Rasen.

Dad lacht mich an. »Kein schlechtes Versteck, Harper.« Die blauen Augen leuchten in seinem sonnengebräunten Gesicht. Er hebt mich hoch und gibt mir einen Kuss. Seine Bartstoppeln streifen rau meine Wange. Ich schlinge meine Arme um seinen Hals, als er mich an seine Brust drückt.

Mom steht mit nackten Füßen am Herd und wendet Kartoffelpuffer. Ihr oranges Stoffkleid wölbt sich ein bisschen über ihrem Bauch und sie summt vor sich hin, während ich mit gekreuzten Beinen auf den Küchenfliesen sitze und meine Dominos mürrisch in einer Reihe aufstelle. Kartoffelpuffer sind mein Lieblingsessen, eigentlich sollte ich mich freuen.

»Was ist los, Liebling? Du bist so still.« Mom dreht sich zu mir um. »Alles in Ordnung mit dir?« Sie streicht sich ihr langes rotes Haar aus der Stirn.

»Camilla sagt, dass man zum Abendessen keine Kartoffelpuffer essen darf«, erwidere ich, »sondern nur mittags. Das ist eine Regel.«

»Tja.« Mom lächelt. »Jeder macht die Dinge anders. Und jeder denkt anders. Auch auf einem Militärstützpunkt.«

»Camilla sagt, *keine* andere Mom macht das so.«

Mom lässt ein Stück Butter in die Pfanne fallen, das sofort mit einem Zischen verdampft. »Klingt ziemlich langweilig, wenn du mich fragst. Außerdem glaube ich nicht, dass Cheryl sich an so was hält.« Sie lacht.

Dad stößt die Küchentür auf. »Oh, riecht das gut!« Er trägt noch seine Uniform, was mir gar nicht gefällt. Es bedeutet, dass er keine Zeit für eine Gute-Nacht-Geschichte hat. »Ich muss los.« Er schlingt seine Arme von hinten um Mom und streichelt ihren kleinen Bauch, in dem mein Babybruder schläft.

»Schon wieder ein Gesundheitstest?«, fragt Mom.

»Ja. Ich weiß. Ich hab auch keine Lust, mich jetzt wieder zwei Stunden lang von Doktor Masters wie eine Laborratte durch den Sportparcours scheuchen zu lassen. Aber so ist es eben.«

Mom seufzt. »Ich wünschte nur, du könntest heute mal zu Hause bleiben.«

»Ich auch.« Er gibt ihr einen zärtlichen Kuss auf die Wange und geht vor mir in die Hocke. »Tut mir leid wegen der Gute-Nacht-Geschichte, Harper.«

»Schon okay«, sage ich, obwohl es ganz und gar nicht okay ist.

»Deine Mom wird mich bestimmt gut vertreten.«

»Sie erzählt nicht so toll wie du!«

»Das habe ich gehört«, protestiert Mom lachend.

Dad nickt ernst. »Ich weiß. Aber dafür kann sie Tierstimmen nachmachen. Das kann ich nicht.«

»Und wie ich Tierstimmen nachmachen kann«, schaltet sich Mom ein und klingt dabei wie Fredo, der Esel, den sie sich ausgedacht hat. Widerwillig muss ich grinsen.

Dad strubbelt mir mit seiner großen, warmen Hand übers Haar und gibt mir einen Kuss auf die Stirn. »Immer noch böse?«

Ich schüttele den Kopf. Ich kann Dad nie lange böse sein.

Geschreddertes Sonnenlicht fällt durch die halb heruntergelassenen Rollläden im Wohnzimmer. Es ist mucksmäuschenstill. Ich liege bäuchlings auf dem Teppich, hinter dem

Sofa. Neben mir liegt Mom. Ich traue mich kaum zu atmen. Mom hat sich auf die Seite gedreht, damit sie nicht auf ihrem dicken Bauch liegen muss.

»Bitte, Daniel, können wir jetzt aufstehen?«, fragt sie Dad leise, der draußen im Flur steht.

»Nein, bleib liegen, Pauline!« Dad läuft geduckt vom Flur zu uns hinters Sofa und geht in die Hocke. Sein Haar ist wirr, und er hat einen Dreitagebart. »Es ist nicht sicher«, flüstert er und blickt dabei über die Rückenlehne des Sofas zu den Rollläden am Fenster.

Ich sitze kerzengerade am Tisch, ohne zu kippeln. Ich hab alles auf meinem Teller aufgegessen. Sogar den Spinat. Dad meint, es ist wichtig, dass Mom, Noah und ich vernünftig essen, damit wir bei Kräften bleiben. Und dass wir alles tun sollen, was er uns sagt. Er selbst hat sein Abendessen nicht angerührt. Neben seinem Teller liegt eine Pistole. Ein großes dunkles Ding. Es sieht seltsam auf unserer geblümten Tischdecke aus.

»Vielleicht solltest du mit jemandem reden, Daniel.« Mom spricht leise, mit gesenktem Kopf. Sie wirkt, als würde sie sich nicht trauen, Dad anzuschauen.

Er blickt sie zornig an. »Wie bitte?!«

»Entschuldige. Ich meinte nur ...«

Dad lacht höhnisch.

»Soll ich dir eine Geschichte vorlesen, Liebling?« Beinahe scheu betritt Dad mein Zimmer und setzt sich zu mir ans Bett. Das hat er schon lange nicht mehr gemacht und mein Magen krampft sich vor Anspannung zusammen.

»Für dich.« Dad hält mir eine kleine rote Schachtel hin. »Willst du nachsehen, was drin ist?«

Ich kann nicht antworten. Dad hat sich verändert. Er ist ... gefährlich.

»Okay«, sagt Dad mit gezwungener Munterkeit in der Stimme. »Dann mache ich sie selbst auf.« Er nimmt den Deckel von der Box.

Ich bin einfach zu neugierig, um nicht hineinzusehen. Die Schachtel ist voller hellgrüner Plastiksterne.

»Die leuchten im Dunkeln«, sagt Dad. »Ich dachte, wir können sie zu einem Sonnensystem anordnen und an deine Zimmerdecke kleben. Du hättest immer was zum Anschauen, wenn du nachts nicht schlafen kannst.«

Sehnsucht überfällt mich und ein Teil von mir will Ja sagen und am besten sofort mit dem Ankleben anfangen. Dieser Teil will glauben, dass alles wieder so wird wie früher. Aber das wird es nicht. Und wenn ich so tun würde als ob, würde ich Mom verraten. Sie fürchtet sich vor Dad und hat die Scheidung eingereicht. Dad ist ausgezogen und schläft seitdem bei einem Freund. Nur bis Mom sich wieder beruhigt hat, sagt er. Das geht vorbei. Eigentlich sollte er heute gar nicht hier sein. Aber Mom hat ihn trotzdem reingelassen, weil er gesagt hat, dass er reden will, was sie wohl bis eben auch getan haben.

»Nein, danke«, sage ich leise und lächele, so lieb ich kann.

Dad zuckt zusammen, als hätte ich ihn geohrfeigt. »Gut.« Schmerz blitzt in seinen Augen auf, er dreht sich auf dem Absatz um und stürmt aus dem Zimmer.

»Du hast meine Tochter gegen mich aufgehetzt!«, brüllt

er durchs Haus. Mein kleiner Bruder beginnt im Nebenzimmer zu schreien.

Mom steht im Nachthemd in der Küche und flüstert hastig in den Telefonhörer. »Was soll ich denn tun? Er hat gesagt, dass er uns umbringen wird.«

Es ist stockfinster. Sosehr ich mich auch anstrenge, meine Augen durchdringen die Dunkelheit nicht und mein Herz klopft immer schneller. Unter meiner Handfläche spüre ich Noahs tränennasses Gesicht. Er ist vor ein paar Wochen zwei geworden. Ich hocke im Wandschrank und halte meinem kleinen Bruder den Mund zu, damit er nicht schreit. Wenn er auch nur einen Laut von sich gibt, wird Dad uns finden.

»PAULINE?!« Irgendwo im Haus geht Geschirr zu Bruch.

Als Mom durchs Küchenfenster gesehen hat, dass Dad nach Hause kommt, hat sie mir gesagt, ich soll mich mit Noah im Schrank verstecken. Und dass ich auf gar keinen Fall rauskommen soll, egal was ich höre. Dass Noah und ich in Sicherheit sind, sei wichtiger als alles, was gleich passieren könnte.

Noah muss atmen, also nehme ich meine Hand von seinem Mund und er schnappt nach Luft. »Nicht weinen«, flüstere ich ihm ins Ohr, aber ich fühle, dass er schon wieder sein Gesicht verzieht, um zu schreien. Also presse ich ihm erneut meine Hand auf den Mund und hoffe inständig, dass Dad gleich geht und Mom mit uns wegfahren kann, so wie sie es geplant hat.

Eine Tür wird zugeknallt und die Wucht lässt den Schrank

erzittern, in dem wir sitzen. »Wo sind die beiden, Pauline?!«, brüllt Dad im Flur. »Wo hast du sie versteckt?«

»Sie sind nicht hier!«, weint Mom.

»Natürlich sind sie das! Ich weiß, dass du abhauen willst!«

»Bitte, Daniel, leg das Messer weg!«, schreit Mom.

Dads Schritte kommen näher. »Harper! Wo bist du?!«

Ich hab solche Angst, dass mir das Blut in den Ohren rauscht. Mit angehaltenem Atem presse ich Noah noch fester an mich.

Die Tür zu unserem Zimmer wird geöffnet. Mein kleiner Bruder windet sich, seine Ärmchen wedeln hilflos in meinem eisernen Griff. Er erstickt, wenn ich ihn nicht noch mal Luft holen lasse.

»Komm raus, Harper!« Dads Schritte halten direkt vorm Wandschrank.

Noah hört auf zu zappeln. Er liegt jetzt ganz still in meinem Arm. Was ist, wenn ich ihn umgebracht habe?! Panisch nehme ich meine Hand von seinem Mund. Er bewegt sich … und brüllt los.

Helligkeit durchflutet den Wandschrank. Ich kneife meine Augen zusammen.

Ein lauter Knall und ich reiße erschrocken die Augen auf.

Dad sackt auf die Knie, ein Messer fällt zu Boden. Hinter ihm steht Mom. Ihr Gesicht ist tränenüberströmt, in ihrer zitternden Hand hält sie Dads Pistole.

Ich sitze auf einem Krankenhausbett im Gesundheitszentrum. Das Zimmer ist leer. Ich will zu Mom, aber sie wurde woanders hingebracht.

»Harper?« In der Tür steht eine Ärztin.

»Wie geht es meiner Mom?«, frage ich.

»Besser.«

»Kann ich zu ihr?«

»Später.« Die Frau setzt sich neben mich aufs Bett. Ihr Gesicht sieht jung aus, aber ihre Haare sind ganz weiß. »Ich bin Doktor Masters und ich werde dich gleich operieren.«

Ich schüttele den Kopf, doch sie packt mich und ich fühle ein heißes Brennen im Oberarm. Ich sacke zusammen und alles um mich herum wird dunkel.

»Harper?!« Zoe zieht mir die Schlafmaske ab und beugt sich besorgt über mich. »Ist alles okay?«

»Ich glaub schon.« Ich liege auf dem Boden von Zoes Wohnung.

»Du hast gekrampft. Ich dachte, du stirbst.«

»Mein Dad wollte uns umbringen. Und Mom hat ihn erschossen. Sie hat uns gerettet.«

Zoe starrt mich fassungslos an.

Seufzend atme ich aus. »Meine Mom ist eine verdammte Heldin und sie weiß es nicht mal.«

23

»Trink das!« Zoe drückt mir den dampfenden Becher in die Hand.

»Ja.« Ich lächele ihr dankbar zu. Nach der Gedächtnisrückführung hat sich Zoe rührend um mich gekümmert. Sie hat mich behutsam aufs Sofa bugsiert und mir Wasser eingeflößt. Geduldig hat sie mir zugehört, als ich ihr von den Horrorszenen erzählt habe, die aus den Untiefen meiner Erinnerung wieder aufgetaucht sind. Dann hat sie mich in den Arm genommen. Das rechne ich ihr hoch an. Zoe ist eine Kämpferin, die gelernt hat, ihre Gefühle zurückzudrängen, um zu überleben.

Zoe setzt sich neben mich. »Wie fühlst du dich?« Sie wirft mir einen besorgten Seitenblick zu, ganz so als wäre ich eine amoklaufende Bankräuberin, die jederzeit die Nerven verlieren und alle Geiseln erschießen könnte.

»Tut noch ein bisschen weh.« Ich fasse mir an die rechte Kopfseite. Die Stelle, wo der Laserstrahl eingedrungen ist, brennt. Wäre Lucas jetzt hier, könnte er ...

»Das habe ich nicht gemeint«, entgegnet sie sanft. »Wie geht es dir mit dem, was du gesehen hast?«

Ich zucke die Achseln. »Immerhin kenne ich jetzt die Wahrheit. Wie es aussieht, ist mein ganzes Leben eine Lüge. Camilla war kein Biest, sondern meine beste Freundin, auch wenn sie eine seltsame Einstellung zu Kartoffelpuffern hatte. Meine erzkonservative Mutter war so eine Art Hippie mit einem Löwenherz. Und mein Dad, der Kriegsheld, war ein verhinderter Familienmörder. Aber einer, der nichts dafürkonnte. Sie haben ihn mit ihren Experimenten dazu getrieben, er war nicht mehr er selbst. Wenn Mom ihn nicht gestoppt hätte, hätte er uns alle umgebracht. Und …« Mein Herz zieht sich zusammen. »Lucas und Caleb waren beste Freunde.«

Ich spüre, wie mir eine Träne aus dem Augenwinkel rinnt, und wische sie schnell weg. Lucas war genauso ein unschuldiges Kind wie Camilla, Caleb und ich. Und damals war ich wirklich in ihn verliebt, ohne dass er mich dafür hätte manipulieren müssen. Was ist, wenn ich mich getäuscht habe? Und er seine Kräfte erst nach dem Tod seiner Mutter an mir benutzt hat? Wenn vorher alles echt war? Das Herzklopfen. Die Schmetterlinge im Bauch. Ich beginne zu schluchzen.

Zoe reicht mir schweigend ein Taschentuch.

»Entschuldige«, stoße ich leise hervor und trockne mein Gesicht. »Heute ist einfach viel zu viel Scheiße passiert.«

»Ist schon okay.« Zoe lächelt mich an. »Ist es wegen Lucas?«

Ich nicke. »Vielleicht habe ich einen riesengroßen Fehler gemacht.«

»Weil du ihn hast stehen lassen?«

Wieder nicke ich.

»Harper. Er hat zwei Mädchen und seine Mutter umgebracht, deine Gefühle manipuliert und dir Schmerzen zugefügt. Du glaubst nicht ernsthaft, dass du bei ihm hättest bleiben sollen?«

Zoe hat recht. Natürlich. Aber trotzdem nagt der Zweifel an mir. »Wir waren früher anders. Die Gedächtnislöschung hat uns alle total verändert. Was, wenn Lucas wieder zu sich zurückgefunden hätte?«

»Und was, wenn nicht?« Zoe meint die Frage ernst.

Guter Punkt. Wenn nicht, hätte ich mich mit jemandem zusammengetan, der keine moralischen Grenzen mehr kennt. Der im wahrsten Sinne des Wortes über Leichen geht. Mir läuft ein Schauer über den Rücken. Zeit für einen Themenwechsel. »Ich habe mich gefragt, warum Mom sich noch an Lucas erinnern konnte. Jetzt glaube ich, dass sie damals auch operiert wurde. Sie haben mir, ihr und vermutlich auch noch anderen Waisen wie Lucas dieselben Erinnerungen in den Pfropf gespeichert. Aber sie haben bei uns nur einen bestimmten Zeitraum mit den falschen Erinnerungen überschrieben. Ich kann mich ja auch noch an Dads Beerdigung erinnern. Und sie sich eben an Lucas und an alles, was war, bevor Dad seltsam wurde.« Ich seufze. »Seit wir in Primrose Hill leben, mäkelt sie ständig an mir herum. Alles, was sie interessiert, ist die perfekte Fassade. Brave Kinder, schönes Haus, gepflegter Garten. In meiner Erinnerung war sie ganz anders. Locker und entspannt. Sie hat sich nicht darum geschert, was andere Leute denken. Und als Dad immer gewalttätiger wurde, war sie so stark. Sie hat meinem Bruder und mir das Leben gerettet. Sie ist eine verdammte Heldin.«

Mir fällt die rote Schachtel mit den Plastiksternen ein, die Dad mir schenken wollte. Ich weiß noch, wie Peter eines Tages damit nach Hause kam und vorschlug, die Sterne an die Decke in meinem Zimmer zu kleben. Als Mittel gegen meine

Albträume. Das war der Tag, als ich anfing, ihn als Vater zu betrachten. Dabei hatte er die Idee nur meinem wahren Dad geklaut. Beim Gedanken daran könnte ich kotzen.

»Ich hab meinen Stiefvater geliebt. Wie konnte ich nicht merken, dass alles gelogen war?«

»Es ist nicht deine Schuld«, tröstet Zoe mich. »Typen wie dein Stiefvater werden wahrscheinlich jahrelang für ihre Aufgabe ausgebildet. Er musste dein Vertrauen gewinnen. Schließlich solltest du als Erstes zu *ihm* kommen, wenn du Kräfte entwickelst. Aber du hast dein Geheimnis für dich behalten. Das heißt, dass du ihm nie wirklich getraut hast und dein Gespür immer richtig war. Aber das spielt auch alles keine Rolle mehr«, fährt Zoe fort. »Wir müssen dich jetzt erst mal aus der Stadt rausbringen.«

»Und Caleb. Und Noah. Und Mom. Und die ganzen anderen Waisen. Viele von uns werden bald sechzehn. Was ist, wenn die auch Fähigkeiten entwickeln?! Und die anderen Leute von der Liste!« Erst jetzt wird mir das Ausmaß meiner Mission bewusst und Panik steigt in mir auf. »Ich meine, wir können doch nicht zulassen, dass sie in diesem Militärlabor landen, in dem Lucas und Camilla waren. Dann wird an ihnen herumexperimentiert oder sie werden ermordet. Und Mom und Noah müssen unbedingt aus Peters Reichweite verschwinden.«

»Glaubst du denn, er wird ihnen etwas antun?«

Ich zwinge mich dazu durchzuatmen und beruhige mich ein wenig. »Vermutlich nicht. Peter hat nichts von ihnen zu befürchten.«

»Vielleicht sind sie gar nicht in Gefahr. Zumindest noch nicht.« Zoe streicht mir eine Haarsträhne aus der Stirn.

»Was hältst du denn von der Idee, dass wir erst mal dich und Caleb in Sicherheit bringen und uns überlegen, wie wir die anderen nachholen können?«

Das klingt vernünftig. Und vor allem irgendwie machbar. Trotzdem muss ich ihr in einem Punkt widersprechen. »Noah nehmen wir mit. Ich kann meinen kleinen Bruder nicht bei Peter lassen. Nach allem, was ich gerade gesehen habe, weiß ich, dass Mom auf sich selbst aufpassen kann. Aber Noah ist zu klein. Ich muss ihn beschützen.«

»Okay. Caleb und Noah.«

»Ja, genau.«

»Also«, fährt Zoe fort, »wir beide entführen Doktor Masters und fahren mit ihr zur Insel, richtig?«

Ich nicke.

»Und dann?«

»Es gibt zwei Möglichkeiten. Falls sie dieses Immunisierungszeug getrunken hat, halten wir sie fest, bis es seine Wirkung verliert. Das wird vermutlich irgendwann passieren, sonst hätte ich ja nie Peters Gedanken lesen können. Falls sie nicht immunisiert ist, schnappen wir sie uns gleich. So oder so bringe ich sie dazu, uns auf die Insel zu fahren.«

»Und wenn wir dort sind?« Zoe blickt mich fragend an.

»Wird sie uns durch den alten Lieferanteneingang reinlassen, durch den ich geflohen bin. Natürlich wird sie vorher die bewaffneten Wachen auf eine verdächtige Person auf der anderen Seite des Geländes aufmerksam machen. Sie besorgt uns Wärterinnenuniformen und führt uns zu Caleb. Falls wir auffallen, wird Doktor Masters erklären, dass wir jemanden abholen. Zur Not hetze ich die Wachen gegeneinander auf.«

Zoe schnalzt mit der Zunge. »Okay.«

Dafür, dass unser Plan total gefährlich ist und ausschließlich auf meinen Fähigkeiten basiert, sieht Zoe erstaunlich beruhigt aus.

»Okay? Mehr nicht?«, frage ich nach.

»Mehr nicht. Du hast unglaubliche Fähigkeiten, Harper. Ich glaube, dass wir das hinkriegen. Außerdem geht es hier um mehr als nur deinen Freund Caleb. Wir könnten das ganze System ins Wanken bringen.« Sie macht eine große Geste mit ihrem Arm. »Einen Aufruhr auf der Insel können wir Liberatisten aufgreifen. Wir könnten die Experimente, die an deinem Dad und den anderen Soldaten durchgeführt wurden, öffentlich machen. Wir könnten unsere Stimme erheben und versuchen, den Menschen die Augen zu öffnen.«

So weit hatte ich noch gar nicht gedacht. Aber Zoe hat recht. Wir könnten eine Menge bewegen.

»Es gibt einen Ort, wo ihr euch verstecken könntet«, fährt Zoe fort. »Halls Creek. Wenn ihr dort seid, wird Ma Bayou sich um euch kümmern. Von außen betrachtet ist es bloß ein alter Bauernhof. Mit Kühen und Landwirtschaft und so. In Wahrheit organisiert sich dort der Widerstand.«

»Ich danke dir.« Das meine ich total ernst. Wir haben vielleicht nicht dasselbe Ziel, aber Zoe an meiner Seite zu wissen, bedeutet mir unglaublich viel.

Sie winkt ab. »Keine Ursache.«

»Nein, im Ernst«, setze ich nach. »Das werde ich dir nie vergessen.«

Zoe weist mit einem Kopfnicken aufs Telefon, das neben der Tür an der Wand hängt. »Los jetzt, ruf deinen Bruder an.«

Der Gedanke an Noah bringt meinen Magen dazu, sich zu einem Klumpen zusammenzuziehen. Vor meinem inneren Auge sehe ich, wie er neulich nachts in der Küche aufgetaucht ist, nachdem ich Moms Gedanken manipuliert habe. Wie verängstigt er war und wie Lucas ihn schließlich festhalten musste, damit er nicht die Polizei ruft. »Was ist, wenn Noah mich verrät? Er hatte letztes Mal Angst vor mir«, sage ich leise.

Zoe seufzt. »Ich fürchte, das Risiko musst du eingehen, wenn du ihn retten willst.«

Sie hat recht. Ich atme durch, stehe vom Sofa auf und hebe den Hörer ab.

Mit klopfendem Herzen wähle ich die vertraute Nummer meiner Eltern und lausche dem Tuten im Hörer. Was, wenn Mom abnimmt oder Peter? Ich kriege Panik, daran habe ich gar nicht gedacht.

»Hallo?« Noah klingt seltsam weit weg, als wäre er in einem anderen Land und nicht bloß am anderen Ende der Stadt.

»Hi, Noah. Bitte sag nicht, dass ich es bin, ja? Das ist wichtig. Bitte.« Stille in der Leitung. »Bist du allein in der Küche?«

»Ja.« In seiner Stimme schwingt ein ängstlicher Ton mit.

»Okay. Alles, was ich dir jetzt sage, wird sich total verrückt anhören. Aber –«

»Du und dieser Junge, Lucas, ihr seid in den Nachrichten«, unterbricht er mich flüsternd. »Sie behaupten, ihr seid gefährlich. Peter sagt, er hat versucht, mit dir zu sprechen. Und dass ihr beiden Lucas' Mom umgebracht habt.« Das Zittern in Noahs Stimme tut mir weh. Mir war nicht klar, dass ich Peter noch mehr hassen könnte als ohnehin schon. Dieser Wichser! Er hat meinem eigenen Bruder Angst vor mir gemacht.

»Du kennst mich, Noah. Ich bin nicht böse und ganz sicher habe ich niemanden umgebracht. Ich hab versucht, es zu verhindern. Ich wusste nicht, dass Lucas ein Mörder ist. Um ehrlich zu sein, versuche ich, Caleb zu retten. Wirklich böse Menschen haben ihm schlimme Dinge angetan. Und ich habe Angst, dass sie dir auch was antun könnten.«

»Mir?« Noah schnappt nach Luft.

»Ja. Es hat was mit Peter zu tun.«

»Was?«

»Hey, es ist alles okay. Du brauchst keine Angst zu haben. Aber wir müssen uns treffen.« Ich blicke auf die Uhr, die an der Wand zwischen den beiden Fenstern hängt. Es ist bereits kurz vor neun, jeden Moment wird Mom kommen und Noah ins Bett scheuchen. »Gleich morgen früh. Tu so, als würdest du zur Bibliothek gehen. Sag, du brauchst Bücher für dein Sommerprojekt. Du kennst doch diesen Diner am Square, wo wir früher mit Mom nach dem Kino oft hingegangen sind? Da, wo wir immer Milchshakes getrunken haben? Dort um zehn Uhr, okay?«

Schweigen in der Leitung. Immerhin legt er nicht auf.

»Noah?« Das ist die Stimme meiner Mom im Hintergrund.

»Ich muss Schluss machen«, sagt er hastig.

»Kommst du morgen? Noah?«

Ein Klicken in der Leitung ist die einzige Antwort, die ich bekomme.

24

Ich schaue auf die große, würfelförmige Uhr, die inmitten der Fußgängerzone steht. Es ist jetzt genau zehn. Zoe hat sich nach dem Frühstück aufgemacht, um ein Auto zu besorgen. Wir wollen uns in einer halben Stunde vor dem Kino am Square treffen. Schnell öffne ich die Tür des Diners, in dem ich mit Noah verabredet bin. Ein Glöckchen bimmelt über der Tür, aber niemand sieht sich zu mir um. Auf meinen hellblonden Haaren trage ich eine schwarze Baskenmütze von Zoes Mom, Zoes hellrosa Sonnenbrille und einen ihrer schicken, kurzen Jeansröcke. Ich habe mich vorhin vor Zoes Spiegel nicht wiedererkannt und hoffe, dass es anderen genauso geht.

Der Diner ist gut besucht, die schwarz-weißen Fliesen glänzen frisch gewischt, im Hintergrund dudelt leise die Jukebox und spielt irgendetwas von Depeche Mode. Da Sommerferien sind, hängen hier neben einigen Erwachsenen auch Leute in meinem Alter ab und essen Waffeln zum Frühstück. Ich kann nicht anders, als sie zu beneiden. Ihr Leben ist in Ordnung, sie lachen, flirten und haben Spaß, während ich Angst habe, dass mich jemand erkennt und die Polizei ruft.

Ich sehe mich um. Noah ist nicht hier. Mein Herz sinkt. Was ist, wenn er Peter von meinem Anruf erzählt hat und gleich die Militärpolizei durch die Eingangstür stürmt? Ein

Anflug von Panik macht sich in mir breit. Aber wieder zu verschwinden, ist keine Option. Ich muss Noah und Caleb aus der Stadt bringen, und zwar noch heute!

So lässig wie möglich schlendere ich zu einem Tisch an der Wand und setze mich mit Blick zur Tür. Ich zucke zusammen, als ein junger Mann mit einem Notizblock an meinem Tisch auftaucht. Seine dunkelblonden Haare trägt er wuschelig, was ihm etwas sehr Sympathisches verleiht. *Seth* steht auf seinem Namensschild.

»Kann ich dir schon was bringen oder wartest du auf jemanden?«, fragt er mich lächelnd.

»Mein Bruder kommt gleich.«

»Alles klar, dann komm ich wieder, wenn er da ist«, sagt er mit einem kleinen, freundlichen Nicken und verschwindet Richtung Tresen.

Nervös zupfe ich die Speisekarte aus dem silbernen Ständer und tue so, als ob ich sie lesen würde, während ich heimlich zur Tür schiele. Wo bleibt Noah bloß? Es ist fünf nach zehn. Vielleicht hat ihn etwas aufgehalten oder er hat den Bus verpasst? Er ist noch nicht oft allein mit dem Bus in die Stadt gefahren. Oder er kommt nicht ...

Ich zwinge mich dazu, ruhig zu atmen und möglichst entspannt auszusehen. Zoe hat mir ein bisschen Geld gegeben, aber für mehr als zwei Waffeln wird es nicht reichen.

Obwohl es hier im Diner kühl ist und zwei große Ventilatoren an der Decke unaufhörlich die Luft umwälzen, beginne ich zu schwitzen. Ich fühle mich, als säße ich auf dem Präsentierteller. Auch komme ich mir langsam albern vor, weil ich als Einzige unter den Gästen noch meine Sonnenbrille trage.

Das Glöckchen an der Tür klingelt. Noah kommt herein. Mein Herz macht vor Erleichterung einen Sprung und ich muss mich davon abhalten, direkt auf ihn zuzustürmen und ihn zu umarmen. Auch er scheint das Bedürfnis gehabt zu haben, sich zu verkleiden. Auf seinem Kopf sitzt ein schwarzes Basecap mit der goldenen Aufschrift *Primrose Middleschool.*

Ich hebe die Hand und winke ihm zu. Noah wirkt zögerlich, als er sich mir gegenübersetzt. Seine Angst steht ihm ins Gesicht geschrieben.

»Du bist jetzt blond.«

»Ja. Musste sein. Hast du Lust auf Waffeln?« Ich gebe mir Mühe, möglichst locker zu klingen.

Noah nickt. Und wie aufs Stichwort kommt auch schon Seth zu uns an den Tisch. »Was kann ich euch bringen?«

»Einmal Waffeln mit Ahornsirup«, antwortet Noah.

»Für mich auch, bitte.« Ich schenke Seth ein breites Lächeln und er lässt uns wieder allein.

»Danke, dass du gekommen bist, Noah.«

Er lächelt mich verschüchtert an.

Ich greife über den Tisch nach seiner Hand und drücke sie. »Ich verspreche dir, dass ich nichts Schlimmes getan habe.« Die Erinnerung an Marty und Tammy schießt mir durch den Kopf, aber ich dränge sie schnell beiseite. »Du warst doch dabei, als sie Caleb verhaftet haben. Ich habe nur im Supermarkt randaliert, damit sie mich zu ihm auf die Insel bringen und ich ihm helfen kann.«

»Echt?«, fragt Noah unsicher, aber ich bemerke, dass sein Blick offener wird. Er nimmt sein Basecap ab und legt es auf den Tisch.

Ich nicke. »Ja, klar. Er ist mein bester Freund.«

»Wie geht es ihm? Wo ist er jetzt?«

»Immer noch auf der Insel. Die Leute dort ... sie haben Experimente mit ihm gemacht und jetzt ist er ... sehr krank geworden. Ich muss ihn da rausholen.«

»Warum haben die das gemacht?«

»Ich weiß es nicht«, lüge ich, wobei, so richtig gelogen ist es nicht.

»Und du bist keine Terroristin?« Hoffnungsvoll sieht er mich an und mein Herz ist so voller Liebe für ihn, dass ich aufpassen muss, nicht in Tränen auszubrechen.

»Nein. Versprochen. Ich habe auch niemanden getötet oder so was. Aber es gibt einen Grund für all das.« Ich atme tief durch. »Einen sehr außergewöhnlichen.« Ich weiß, dass ich ihm einen Beweis für meine Gabe liefern muss, also schaue ich Noah fest in die Augen und konzentriere mich.

Das ist mir egal, ich will nur, dass du wieder nach Hause kommst.

Jetzt steigen mir doch Tränen in die Augen. »Ich würde auch gerne nach Hause kommen, glaub mir.«

Noah schaut mich ertappt an, dann breitet sich Unglauben auf seinem Gesicht aus.

Seth taucht an unserem Tisch auf und stellt die Waffelteller vor uns ab. »Guten Appetit!« Mit einem Augenzwinkern verschwindet er wieder.

Noah weicht zitternd in seinem Stuhl zurück. »Woher wusstest du, was ich eben gedacht habe?«

»Das ist mein Geheimnis.« Ich versuche, die Kopfschmerzen zu ignorieren, die sich langsam in meine Schläfen bohren. Es gelingt mir leider nicht. »Ich habe eine Gabe. Camilla und Caleb hatten vermutlich auch eine. Vor vielen Jahren haben Leute vom Militär in Flowergrove heimlich etwas mit Dad und den anderen Soldaten gemacht. Und deshalb haben wir Kinder jetzt so was wie Superkräfte. Wir haben das geerbt. Ich könnte mir gut vorstellen, dass du auch eine Fähigkeit entwickeln wirst. Und deshalb bist du in Gefahr.«

Noahs Gesicht ist bleich wie die Wand.

Was ich ihm jetzt sagen muss, bricht mir das Herz. »Und Peter ... er ist einer von denen, die Jagd auf Lucas und mich machen.«

Noah zuckt zurück und schüttelt den Kopf. »Du spinnst!«

»Ja, das habe ich auch gedacht. Aber neulich hat Peter versucht, mich zu entführen. Er hat mit einer Waffe auf mich gezielt.«

Noah starrt mich fassungslos an. Ich sehe, wie er sich dagegen wehrt, mir zu glauben.

»Ich hab dir meine Gabe gezeigt, Noah. Es ist wahr. Ich weiß, das klingt alles völlig verrückt, aber ich hab Angst um dich. Sie zwingen einen zu Experimenten und können Erinnerungen löschen und manipulieren. Das heißt, sie haben die Macht, dir dein Leben wegzunehmen, alles, was du je erlebt hast, jede Erinnerung. Ich muss abhauen, weil sie mich bereits suchen. Und ich will dich und Caleb mitnehmen, und später Mom und alle anderen, die in Gefahr sind, nachholen.«

Noah stochert angespannt mit der Gabel in seiner Waffel herum. Ich fühle, wie verwirrt er ist und wie sehr ihn das alles mitnimmt.

»Peter hat uns was vorgespielt, Noah. Er arbeitet nicht bei der Stadtverwaltung.«

»Das kann nicht sein!«

»Denk doch mal nach. Wir kennen niemanden aus seiner Familie. Damals tauchte er plötzlich in Flowergrove auf und war zuckersüß zu Mom. Aber was hat ein Angestellter der Stadtverwaltung in der Gärtnerei des Soldatenfriedhofs zu suchen? Er hat nie von einer Bekannten oder einem Freund erzählt, der dort beerdigt wurde.«

Er blickt mich verunsichert an.

»Ich glaube, er war nur da, um Mom kennenzulernen. Damals fanden alle Witwen wie durch Zauberhand neue Männer, Caleb und Alex wurden auch in dieser Zeit adoptiert.«

Wieder schüttelt Noah den Kopf, aber jetzt sieht er dabei aus wie ein trotziger Junge, der die Wahrheit nicht hören will, obwohl er es besser weiß. »Das stimmt nicht!«

Ich kann ihn so gut verstehen. »Das ist schlimm, was ich dir erzähle. Und es macht alles kaputt und das tut mir leid. Wirklich. Aber ich bitte dich, mir zu vertrauen. Und auf gar keinen Fall darfst du mit irgendjemandem darüber reden.«

Noahs Augen füllen sich mit Tränen.

»Eine Freundin organisiert für uns eine Möglichkeit, außerhalb der Stadt zu leben«, fahre ich fort. »Weit weg, auf dem Land. Dort wird uns keiner finden. Ich verspreche dir, wir holen Alex und die anderen nach.«

»Ich will aber nicht weg!«

»Ich weiß. Ich ja auch nicht. Aber wir müssen uns in Sicherheit bringen, Noah!«

Eine Träne kullert über seine Wange und ich greife wieder nach seiner Hand. Es tut mir so leid, was ich ihm gerade antue. »Es gibt ein sicheres Versteck für uns in der Wohnung einer Freundin von mir. Dort kannst du bleiben, bis sie und ich Caleb befreit haben. Und danach hauen wir zusammen ab.«

Noah schüttelt den Kopf, zieht aber wenigstens nicht seine Hand zurück. »Ich kann nicht einfach gehen, Harper.« Eine neue Träne bahnt sich ihren Weg über sein Gesicht, seine Unterlippe zittert. »Ich will Mom noch mal sehen.«

Seine Worte versetzen mir einen Stich. Ich kann ihn so gut verstehen. Ich würde mich auch gerne von ihr verabschieden. Erst recht jetzt, da ich weiß, was sie für uns getan hat und wer sie war, bevor man ihr Gedächtnis manipuliert hat. Trotzdem mache ich mir Sorgen um Noah. Zu Hause ist Peter. Aber ich spüre auch, dass er sich nicht überreden lassen wird.

»Okay«, seufze ich. »Wir treffen uns an der Bushaltestelle Bakerstreet in Kill River. Wann, kann ich noch nicht sagen. Du gehst jetzt nach Hause, packst ein paar Sachen und passt auf, dass Mom nichts merkt, ja? Sie darf nicht erfahren, was ich dir erzählt habe oder dass wir zusammen die Stadt verlassen. Sonst erzählt sie es Peter und am Ende sind wir alle drei in Gefahr.«

Noah wischt sich die Tränen vom Gesicht und atmet durch. Die Erleichterung ist ihm deutlich anzusehen. »Mach ich. Sie wird nichts merken.«

Ich streichele ihm liebevoll über die Wange. »Bleib in der Nähe des Telefons. Ich lasse es zweimal klingeln, wenn wir so weit sind. Das ist das Zeichen, dass du losgehst.«

Im Augenwinkel bemerke ich, dass Seth hinterm Tresen steht und den Hörer des Wandtelefons ans Ohr gedrückt hat. Verstohlen sieht er in meine Richtung, während er spricht. Sobald ich ihn anschaue, dreht er sich schnell weg.

Neben ihm auf dem Tresen liegt die Zeitung von heute. Ich gehe jede Wette ein, dass ein Foto von mir und Lucas darauf zu sehen ist. Scheiße. Ich muss meine Kräfte sparen, aber ich kann auf keinen Fall Noah oder meine Rettungsmission in Gefahr geraten lassen.

»Noah, du musst jetzt so schnell wie möglich gehen«, zische ich ihm zu. »Halt dich von Peter fern. Ich rufe dich später an. Los jetzt!« Nervös steht mein Bruder auf, greift sich sein Basecap, läuft zur Eingangstür und verschwindet nach draußen.

Sobald er außer Sichtweite ist, stehe ich auf und marschiere zielstrebig auf Seth zu.

Er dreht sich erschrocken zu mir um und ich blicke ihm fest in die Augen. »Du sagst jetzt sofort, dass du dich geirrt hast, und legst auf«, flüstere ich.

Sein Blick wird leer. »Ich habe mich geirrt«, sagt er brav und legt den Hörer zurück auf das Telefon.

»Wen hast du angerufen?«, frage ich leise.

Die Polizei. Sie ist schon unterwegs.

Verdammt. Meine Kopfschmerzen werden stärker. Wenn ich für Calebs Rettung fit sein will, muss ich Seth etwas Böses tun lassen. »Du wirst die Kasse vom Tresen werfen und randalieren«, trage ich ihm auf.

Er dreht sich um und macht, was ich ihm aufgetragen habe. Die Kasse schlägt mit einem Knall auf dem schwarzweiß gefliesten Boden auf. Eine Frau schreit. Gäste drehen sich alarmiert zu Seth um, der jetzt Tassen gegen die Wand wirft.

Meine Kopfschmerzen sind verschwunden. Hastig laufe ich zur Tür, reiße sie auf und stürme nach draußen.

25

Mir bleibt nicht viel Zeit. Ich renne, so schnell ich kann, Richtung Kino, dränge mich an Passanten vorbei und biege stolpernd um die Straßenecke. Gehetzt schaue ich mich um. Immerhin scheint mich niemand zu verfolgen. Schnell laufe ich weiter. Die Leute, die mir entgegenkommen, mustern mich höchstens flüchtig. Aber was ist, wenn sie mich erkennen, so wie Seth eben? Klar, ich bin jetzt blond, aber auch wenn ich mich damit total fremd fühle, scheinen andere mich durchaus zu erkennen.

Ich laufe mit gesenktem Kopf weiter. Niemand darf die Möglichkeit haben, mich in Ruhe anzuschauen, so wie Seth eben im Diner. Vor mir taucht das Kino auf. Noch kann ich keine Polizei entdecken. Aber auch von Zoe ist nichts zu sehen. Was ist, wenn sie es nicht rechtzeitig schafft, hier zu sein?

Vor dem Kino sitzen Leute auf einer runden Bank, die um eine alte Buche herum gebaut ist. Eine Blondine mit Walkman, ein Bürotyp im Anzug und eine alte Frau, die Zeitung liest. Sie blättert um und mein eigenes Gesicht springt mir in Schwarz-Weiß von der Titelseite entgegen. *Gefährliche Mörderin immer noch auf der Flucht* lautet die Schlagzeile. Der Anblick sendet Schockwellen durch meinen Körper.

Ich stelle mich vor die Frau, um unauffällig den Artikel unter dem Foto zu lesen.

»Gibt's irgendeinen Grund, dass du mir so dicht auf die

Pelle rückst, Mädchen?« Die Frau lässt die Zeitung sinken. Verwitterte Gesichtszüge und ein mürrischer Schmollmund kommen zum Vorschein. »Ich mag's gar nicht, wenn man mir –« Sie stutzt und reißt erschrocken die Augen auf. »Du bist doch …«

Scheiße. »Ich bin die beste Freundin Ihrer Enkeltochter«, flüstere ich ihr schnell zu, wobei ich ihr in die Augen sehe. Die Kopfschmerzen sind zurück, aber die sind jetzt mein kleinstes Problem.

»Wirklich?« Die Frau wirkt nun ganz teilnahmslos. »Das ist ja ein Ding. Ich wusste gar nicht, dass ich eine Enkeltochter habe.«

»Sie geben mir jetzt Ihre Zeitung und machen sich einen schönen Tag im Einkaufszentrum«, fahre ich entschlossen fort und ignoriere, dass die Kopfschmerzen schlimmer werden. Hätte ich der Frau befohlen, vor ein Auto zu rennen, wäre das sicher anders.

Sie hält mir die Zeitung hin. Wortlos nehme ich sie. Mit einem leeren Ausdruck im Gesicht steht die alte Dame auf und geht Richtung Einkaufszentrum davon.

Ich fange an zu lesen.

Die verstörte 16-Jährige wird mit dem Mord an der 39-jährigen Krankenschwester Olivia Aspen in Verbindung gebracht. Sie und Misses Aspens Sohn Lucas sind dringend verdächtig, den Tod von Olivia Aspen herbeigeführt zu haben. Die zwei Teenager sind höchstwahrscheinlich bewaffnet und sehr gefährlich.

Fuck, fuck, fuck! Ich schaue mich schnell um: keine Polizeiautos zu sehen. Hastig überfliege ich den Artikel: Harper Green stammt aus einer angesehenen Familie in Primrose

Hill … Tochter eines Kriegshelden … auf die schiefe Bahn geraten … falsche Freunde und Drogen … Schizophrenie … »Harper und Lucas standen plötzlich vor Olivias Tür. Beide waren gerade aus der Einrichtung zur Gesellschaftlichen Bildung geflohen«, so eine Freundin des Opfers. Statt das psychisch auffällige Mädchen und ihren Sohn direkt bei den Behörden zu melden, wie es Vorschrift gewesen wäre, nahm Misses Aspen die beiden bei sich auf. »Sie wollte ihnen Zeit geben, sich selbst zu stellen«, fügt die Freundin hinzu. Doch ihre blauäugige Nächstenliebe wurde der allseits beliebten Krankenschwester zum Verhängnis.

Was für eine schreckliche Geschichte. An Seths Stelle hätte ich auch die Polizei gerufen.

Ein energisches Hupen lässt mich zusammenzucken. Vor mir in der Busspur steht der schrottigste Wagen, den ich je gesehen habe. Zoe kurbelt mit einem Quietschen das Seitenfenster herunter. »Worauf wartest du?«, ruft sie mir ungeduldig zu und ein Gefühl von Wärme und Dankbarkeit durchflutet mich. Sie hat es geschafft, sie hat es tatsächlich geschafft!

Ich laufe zum Wagen, öffne die Beifahrertür und lasse mich auf den abgewetzten Sitz fallen. Es riecht nach altem Zigarettenrauch, der vermutlich schon seit Jahrzehnten in den zerschlissenen Polstern gespeichert ist.

Zoe gibt Gas und das ganze Ding zittert, vibriert und klappert, als müsste es jeden Moment auseinanderbrechen.

»Wo hast du den denn her?«, frage ich ungläubig. »Vom Autofriedhof?«

»Für hundert Dollar kriegt man eben keine Limousine«, entgegnet Zoe, doch sie wirkt abgelenkt und nervös. Sofort habe ich ein schlechtes Gewissen.

»Ich gebe dir das Geld zurück, versprochen!« Ich meine es ernst, auch wenn ich noch keine Ahnung habe, wie und wo ich es auftreiben soll. »Ich kann dir zwar noch nicht sagen, wann, aber ...«

»Vergiss das Geld!«, unterbricht sie mich. »Wir haben andere Probleme.«

»Ja, die Polizei weiß, dass ich eben im Diner war.«

Zoe blickt mich erschrocken an. »Was?!«

»Meine Tarnung ist wohl doch nicht so super.«

Zoe konzentriert sich wieder auf den Verkehr. »Nicht dein Ernst. Jetzt haben wir zwei Probleme.«

»Zwei?«

Sie deutet auf die Zeitung, die ich noch immer in der Hand halte.

»Hast du es auch schon gelesen?«

Ich nicke. »Anscheinend bin ich eine gemeingefährliche Irre und habe mit Lucas dessen Mutter umgebracht.«

»Das habe ich nicht gemeint. Wir müssen schnellstens zu Doktor Masters.« Zoe umklammert das Lenkrad fester, als uns zwei Polizeiautos mit angeschalteter Sirene entgegenkommen.

Wir halten beide den Atem an, aber die Polizisten scheinen nicht auf uns zu achten, sondern fahren vorbei. Durch den Rückspiegel beobachte ich, wie die Polizeiautos um eine Ecke biegen und verschwinden.

»Warum?«, frage ich Zoe.

Sie atmet laut aus. »Lies den Artikel auf Seite drei. Ganz unten.«

Ich blättere zu der Stelle. Es ist nur eine kleine Notiz am Rand, unauffällig.

Drei junge Militärwissenschaftler an mysteriöser Krankheit verstorben … Sie starben in der vergangenen Nacht … Die Todesursache lautet multiples Organversagen … Es wird vermutet, dass die drei bei einem gemeinsamen Forschungsprojekt toxischen Stoffen ausgesetzt waren … Untersuchungen laufen …

»Lucas!«, stoße ich hervor und eine Welle der Übelkeit schwappt über mich hinweg, so heftig, dass mir saure Galle die Kehle hochschießt. Schnell presse ich mir die Hand auf den Mund und schlucke das widerliche Zeug herunter.

»Ja, das habe ich auch gedacht«, erwidert Zoe grimmig. »Vielleicht ist dein Ex-Freund auf einem Rachefeldzug.«

Scheiße! Das kann nicht sein! Das darf einfach nicht sein! Natürlich habe ich erlebt, wie Lucas seine Mom getötet hat … aber trotzdem weigert sich ein Teil in mir zu glauben, dass er *wirklich* ein Mörder ist. Nicht Lucas. Nicht der Junge, in den ich so verliebt war, egal ob als Kind oder in den letzten Tagen. Genauso egal ist mir, ob er mich dafür beeinflusst hat. Da war diese Nähe zwischen uns und die war echt! Alles, was wir miteinander erlebt haben, war echt.

»Alles okay?« Zoe wirft mir einen besorgten Blick zu.

Ich nicke tapfer und atme durch. Leider muss ich den Tatsachen ins Auge sehen. Zoe hat recht, die Tode der Wissenschaftler sehen aus, als seien sie Lucas' Werk.

»Wenn er wirklich Rache nimmt, ist Doktor Masters in Gefahr«, sagt sie. »Und somit auch unser Plan für Caleb.«

Scheiße. »Lucas kennt ihre Adresse.«

Sofort tritt Zoe aufs Gas. Wir schießen jetzt mit deutlich überhöhter Geschwindigkeit über die Straße. »Meinst du, er wird alle töten, die an diesen Experimenten beteiligt waren?«, fragt sie mich.

»Ich hoffe nicht«, antworte ich. Mein Herz hämmert wie verrückt in meiner Brust. Ich will nicht glauben, dass Lucas jetzt durch Eden City zieht und Menschen tötet. »Der Mord an seiner Mom hat ihm Spaß gemacht.«

»Spaß?«, schnaubt Zoe.

»Das passiert automatisch, wenn man seine Gabe für etwas Böses einsetzt, man kann nichts dagegen machen. Die Wissenschaftler wollten das so. Damit man gerne tötet.«

»Was für ein schlechter Witz.« Zoe lacht trocken. »Diese Militärleute dachten, sie hätten in Lucas die perfekte Waffe erschaffen und jetzt bringt er sie um.«

»Aber vielleicht ist dieser Artikel genauso gelogen wie der über mich«, wende ich ein. »Was ist, wenn gar keine Wissenschaftler gestorben sind?« Tief in mir meldet sich eine leise Hoffnung.

Zoe schnaubt. »Klar, könnte sein. Aber warum erwähnen sie es dann überhaupt? Es ist ja kein Artikel, der jemanden verleumdet, oder? Sie berichten bloß, dass drei Wissenschaftler an multiplem Organversagen starben.«

Fuck. Sie hat recht.

»Ich weiß, du willst das jetzt nicht hören«, sagt Zoe zögernd, »aber vielleicht könntest du mit Lucas reden. Möglicherweise kannst du ihn davon abhalten, noch mehr Menschen zu töten?«

Zoes Frage trifft mich mitten ins Herz. Könnte ich damit leben, wenn Lucas weiter tötet und ich nichts dagegen unternommen hätte? Wenn es doch noch eine Möglichkeit gäbe, dass er wieder der alte Lucas wird?

26

Wir erreichen Luminair Park, eine vornehme Gegend am Stadtrand von Eden City voller Villen und herrschaftlicher Anwesen mit parkähnlichen Gärten. Wer hier wohnt, braucht keine Gated Community, weil jeder eine Mauer oder einen hohen Metallzaun um sein riesiges Grundstück gezogen hat.

Zoe fährt in die Beckford Road, eine ruhige Seitenstraße, in der sie den Wagen parkt. Wir steigen aus. Die Sonne scheint, die Büsche und Sträucher in den Gärten blühen, aber irgendetwas stimmt nicht. Das spüre ich sofort.

»Das Haus von Doktor Masters liegt am hinteren Ende der Straße«, sagt Zoe und geht los.

Ich folge ihr, dabei schaue ich durch jeden Metallzaun und in jedes Fenster, an dem wir vorbeikommen. Nichts wirkt verdächtig. In manchen Gärten spielen Kinder, in anderen werden angeregte Gespräche geführt. Niemand nimmt von uns Notiz. Und trotzdem werde ich das Gefühl nicht los, dass wir beobachtet werden. Ich zwinge mich durchzuatmen. Wer sollte uns beobachten? Peter? Sofort sehe ich Noah vor mir, wie er mir eben im Diner gegenübersaß. Verängstigt und traurig, konfrontiert mit der schlimmsten Situation seines Lebens. Mir wird ganz übel bei dem Gedanken, dass Peter aufgefallen sein könnte, dass Noah seit dem angeblichen Bibliotheksbesuch vielleicht anders ist. Dass er Verdacht geschöpft hat, Noahs Verhalten könnte etwas mit mir zu tun haben, und ihn dazu gezwungen hat, ihm alles über unsere geplante Flucht zu erzählen. Meine Hände beginnen wieder zu zittern. Dass Peter jetzt in Noahs Nähe ist, jagt mir Angst ein.

Ich laufe schneller und schließe zu Zoe auf.

»Bist du okay?«, fragt sie mich von der Seite.

»Geht so. Hast du auch das Gefühl, dass uns jemand beobachtet?«

Zoe grinst gut gelaunt. »Die gesamte Polizei von Eden City ist hinter dir her und wir sind dabei, in ein Haus einzubrechen und die Bewohnerin zu entführen. Warum sollte ich mich verfolgt fühlen?«

Ich bin froh, dass sie bei mir ist. Sie hat nicht eine Sekunde gezögert, als ich sie um ihre Hilfe gebeten habe. Zoe weiß, dass die Wachen auf der Insel bewaffnet sind und auf mich geschossen haben. Dass wir sterben könnten. Und trotzdem will sie das mit mir zusammen durchziehen.

»Danke.« Zwar bemühe ich mich, beiläufig zu klingen, aber es gelingt mir nicht.

»Wofür?« Zoe blickt mich mit hochgezogenen Augenbrauen an.

»Na, dafür, dass du hier bist.« Meine Stimme bricht ein bisschen.

»Ach, Quatsch!« Zoe winkt ab. »Ich tue das ja nicht für dich, sondern für die Sache der Liberatisten. Alle stehen jetzt in den Startlöchern. Die ersten Flugblätter mit Ma Bayous Recherchen werden gerade gedruckt. Sobald wir Caleb haben, starten wir die Revolution.«

Die Gelassenheit, mit der sie spricht, wirkt aufgesetzt. Darunter spüre ich Angst. Dieselbe Angst, die ich auch habe. Wenn wir das, was noch vor uns liegt, nicht schaffen, werden wir sterben. Revolution hin oder her.

Zoe blickt beim Gehen demonstrativ nach unten auf den Bürgersteig und ich sehe, wie sie schluckt. »Morgen Nachmittag sind wir in Halls Creek und schauen den Kühen beim Grasen zu.«

Doktor Masters wohnt in einer kleinen Jugendstilvilla, deren Eingang von zwei weißen Säulen gesäumt ist. Sie besitzt keine Kameraüberwachung, auf den ersten Blick zumindest nicht. Und vor allem umspannt ihr Grundstück kein imposanter Zaun, sondern nur ein hüfthohes Mäuerchen, das von einem Tor unterbrochen ist.

Niemand zu sehen. Auch nicht hinter den Fenstern der Nachbarhäuser. Auf keinen Fall werden wir einfach klingeln. Doktor Masters würde mir sofort die Tür vor der Nase zuschlagen und die Polizei rufen.

Auf mein Zeichen hin steigen wir über die Mauer und schleichen geduckt ums Haus herum nach hinten. Der Anblick des Gartens überrascht mich. Mit seinen dichten Hecken und üppig blühenden Rosensträuchern erinnert mich das Grundstück an den verwunschenen Garten eines Märchenschlosses. So einen romantischen Geschmack hätte ich Doktor Masters gar nicht zugetraut.

Zoe zieht mich hinter einen der Rosenbüsche und sein süßer Duft umhüllt mich. Die Erinnerung an Olivia Aspens Garten schießt mir in den Kopf, Bilder ihres Todes. Ich zwinge mich, an unsere bevorstehende Aufgabe zu denken. Und die heißt: Doktor Masters entführen und Caleb befreien. Zoe und ich gehen in die Hocke und schauen uns um. Auch hier auf der Rückseite der Villa kann ich keine Überwachungskameras entdecken. Offenbar fühlt Doktor Masters sich sicher.

Aus dem Inneren des Hauses ist ein dumpfer Aufschlag zu hören. Zoe und ich recken unsere Köpfe über die Büsche, aber hinter der Glasfront des Wintergartens ist nichts zu erkennen. Allerdings bemerke ich, dass die Tür einen Spalt offen steht.

Ich nicke Zoe zu. Schnell schleichen wir geduckt zum Haus: Der Wintergarten ist wie ein Büro eingerichtet. In der Mitte des Raums steht ein filigraner Holzschreibtisch mit einem Telefon darauf, direkt daneben wurden ordentlich Briefpapier, Umschläge und ein goldener Brieföffner arrangiert. Aktenordner füllen die Regale an der Wand. Beim genaueren Hinsehen erkenne ich, dass einige Ordner fehlen. Ein Koffer liegt auf dem Boden, vollgestopft mit Papierkram. Doch Doktor Masters ist nicht zu sehen.

Leise ziehe ich die Tür auf und betrete den Wintergarten, Zoe ist dicht hinter mir. Drinnen duftet es zart nach Lavendel, aber auch noch nach einem anderen Geruch, den ich nicht zuordnen kann. Etwas Schwerem, Metallischem.

Ein leises Stöhnen ertönt in der Nähe und ich horche auf. Es kommt aus dem Nebenzimmer. Zoe und ich schleichen am Schreibtisch vorbei zur Tür, die ins Innere des Hauses führt. Ich stoße sie auf und der metallische Geruch wird sofort stärker. Jetzt weiß ich auch, was ihn verursacht: Blut.

Vor uns auf dem Boden liegt Doktor Masters. Reglos. Ihre Bluse ist voller Blut. Mir wird eiskalt. Nein, nein, nein! Das darf nicht sein! Sie muss leben! Ich brauche sie doch noch, um Caleb zu retten! Ich stürze zu ihr und knie mich neben sie.

Die Ärztin hustet und frisches Blut quillt aus ihrem Mund. Mein Herz macht einen Sprung. Sie lebt!

»Sie dürfen nicht sterben!«, stoße ich hervor und nehme ihren Kopf auf meinen Schoß. »Bitte, bitte, Sie müssen am Leben bleiben!«

Doktor Masters öffnet langsam ihre Augen, aber ihr Blick wirkt verschwommen.

»Wo sind Sie verletzt? Wer war das?« Mit meinem Blick taste ich panisch ihren Körper ab, finde aber keine Wunde. Mir kommt ein schrecklicher Gedanke und ich brauche einen Moment, um meine Frage aussprechen zu können. »Lucas war hier, oder?«

Sie nickt schwach.

»Er lässt Sie innerlich verbluten«, flüstere ich.

Zoe setzt sich neben mich und legt mir ihre Hand auf die Schulter. Mein Kopf fühlt sich völlig leer an. Doktor Masters stirbt. Ohne sie kommen wir nicht zu Caleb. Weiter kann ich nicht denken. Es ist vorbei, ist alles, was mir noch einfällt.

»Wir schaffen das trotzdem«, sagt Zoe, als hätte sie meine Gedanken gelesen, und streicht mir über die Schulter.

Das bringt mich auf eine Idee. Ich bin zwar nicht dazu in der Lage, Doktor Masters' Leben zu retten, aber ich kann von ihr noch viel erfahren, was mir weiterhelfen könnte. Ich blicke sie fest an. »Sie werden jetzt Augenkontakt mit mir halten«, befehle ich ihr.

Ihr Blick wird sofort leer, aber auf eine gewisse Weise auch klarer, als er es bislang war. So, als hätte ich ihr sterbendes Bewusstsein neu fokussiert. Warum hat sie nicht das hellblaue Zeug getrunken?!

»Wieso sind Sie nicht immunisiert?«

Sie schüttelt den Kopf. »Der Mistkerl ... hat den richtigen Moment ... abgepasst«, keucht sie. »Nach acht Stunden –« Sie hustet Blut und ich stütze ihren Kopf. »... vergeht die ... die ...« Sie bricht ab und wimmert.

»Ihre Schmerzen machen Ihnen jetzt nichts mehr aus, Sie ignorieren sie«, sage ich, damit sie wenigstens nicht weiter leiden muss, wenn ich sie schon nicht heilen kann. Vielleicht funktioniert das Immunisierungsmittel wie Antibiotika, die man alle acht Stunden nehmen muss. Lucas hat sie erwischt, bevor sie sich neu immunisieren konnte. Meine Kopfschmerzen sind zurück und schrauben sich in meine Schläfen, aber ich beachte sie nicht. Viel wichtiger ist jetzt, dass ich Doktor Masters die richtigen Fragen stelle, bevor sie stirbt. »Wie kommen wir unbemerkt ins Hauptgebäude der Insel?«, frage ich.

Doch Doktor Masters presst ihre Lippen zusammen. Wie kann sie selbst im Sterben noch so stur sein?! Ich konzentriere mich und zwinge mich in ihren Kopf. »Wie kommen wir unbemerkt ins Hauptgebäude der Insel?«, wiederhole ich meine Frage.

Der Eingang zur alten Schreinerei ist nicht bewacht, aber das sage ich dir nicht.

Brauchst du auch nicht, denke ich und verkneife mir ein fieses Lächeln. »Wie kommen wir zur Schreinerei?«

Gott, du Miststück kannst ja Gedanken lesen!

»Stimmt«, erwidere ich, nicht ohne eine gewisse Genugtuung. »Also? Wie kommen wir dorthin?«

Nein, nein, nein, nein, nein, nein, nein ...

Ich kann es nicht fassen! Doktor Masters blockiert ihr Denken!

Wütend schaue ich ihr tiefer in die Augen. »Sie denken ab jetzt genau die Antworten, die ich hören will, kapiert?« Meine Kopfschmerzen werden schlimmer und weiten sich Richtung Stirn aus. »Wie kommen wir zur verdammten Schreinerei?!«

Gar nicht, ohne gesehen zu werden. In ihren Gedanken lacht sie.

Am liebsten würde ich ihr den Kopf abreißen. Sie stirbt und spielt Spielchen mit mir. Ich hasse sie. »Sagen Sie mir die Lösung!«, befehle ich ihr.

Heute Abend gegen neunzehn Uhr werden die Lebensmittel für die Großküche geliefert. Es sind drei weiße Transporter. In einem davon könntet ihr euch verstecken.

Mein Herz klopft schneller. Es gibt einen Weg, uns ohne Doktor Masters auf die Insel zu schleichen!

Verschwinde aus meinem Kopf!

Auf keinen Fall. Ich bin noch lange nicht fertig mit ihr, auch wenn ich jetzt weiß, wie wir Caleb befreien können. Es gibt noch andere Fragen, die mir auf der Seele brennen. »Haben Sie Lucas dazu gezwungen, Camilla zu töten?«

Sie hat sich geweigert, mit uns zu kooperieren, und wir wollten schon lange sehen, zu was Lucas in der Lage ist.

Meine Kopfschmerzen explodieren, mir wird kotzübel. Trotzdem bin ich berührt. Camilla hatte viel mehr Rückgrat, als ich gedacht hätte. »Was ist mit Caleb? Was haben Sie mit ihm gemacht?!«

Sein Gehirn vereist. Er konnte Feuer entfachen und hätte

Lucas und dich sehr gut ergänzt. Ihr wärt eine hervorragende ... kleine Spezialeinheit geworden.

Blut rinnt mir über die Oberlippe, bald breche ich zusammen. Aber ich werde jetzt auf keinen Fall aufhören. »Was ist mit den anderen Waisen?«

Wir erwarten, dass sie alle ... Fähigkeiten ... entwickeln.

Doktor Masters Gedanken werden schwächer. »Wie kann ich die anderen davor bewahren, ins Labor gebracht zu werden?«

Gar nicht. Sie werden alle von Protektoren bewacht.

Ich stutze. »Was sind Protektoren?« Neues Blut schießt mir aus der Nase.

Leute wie dein Stiefvater und Lucas' Mutter ... die Eltern von Caleb und Alex ... oder Camillas Stiefvater. Sie arbeiten für uns ... und haben euch all die Jahre beobachtet ... um herauszufinden ... ob ihr Kräfte ... entwickelt.

Die Schmerzen sind jetzt so stark, dass ich mich kaum noch bei Bewusstsein halten kann.

Doktor Masters hustet, ihre Augenlider flattern vor Schwäche. Es ist so weit. Sie stirbt. Ich sollte jetzt ähnlich entsetzt sein wie bei Lucas' Mom, aber ich bin es nicht. Im Gegenteil. Heiße Wut durchströmt mich. Diese Frau, deren Kopf noch immer auf meinem Schoß liegt, ist für alles Schlimme in meinem Leben verantwortlich. Ihretwegen musste Mom meinen Dad erschießen, ihretwegen starb Camilla und ihretwegen liegt Caleb im Koma. Ich empfinde nichts als Hass für sie. »Sie spüren Ihre Schmerzen wieder und werden jeden Moment Ihres Sterbens bei vollem Bewusstsein erleben«, flüstere ich.

Mit einem Schlag fühle ich mich besser, regelrecht gestärkt und euphorisch. Ohne mit der Wimper zu zucken, halte ich Doktor Masters' Kopf in meinen Händen, während sie wimmernd vor Schmerzen stirbt.

»Und jetzt?«, fragt Zoe mich.

Nachdem ich mir das Blut aus dem Gesicht gewaschen habe, sind sie und ich bis eben alle Aktenordner in Doktor Masters' Büro durchgegangen auf der Suche nach der Liste von uns Waisen, leider ohne Erfolg. Ohne diese Liste, die vermutlich dieselbe ist, die Lucas vor seinem Ausbruch gesehen hat, wird es schwieriger, die anderen in die Sicherheit von Halls Creek nachzuholen. Zwar kenne ich die meisten vom Sehen, aber ich weiß weder die Namen von allen noch wo sie wohnen.

Ich sehe zur Uhr, die an der Wand über Doktor Masters' Bücherregalen hängt. Wir haben noch zwei Stunden, bis die Lebensmitteltransporter zur Insel fahren. Als ich nach unten blicke, fällt mir ein schwarzer Gegenstand auf, der vor dem Regal liegt.

Ich hebe ihn auf. Es ist ein Basecap, auf dem *Primrose High Middleschool* steht. Mir wird schwindelig und ich halte mich an einem der Regale fest.

»Was ist los, Harper?« Zoe eilt zu mir und stützt mich.

»Noah war hier«, flüstere ich und hebe das Basecap auf. »Die hat er heute Morgen getragen, als wir uns im Diner getroffen haben.«

Das Telefon auf Doktor Masters' Schreibtisch klingelt und ich zucke zusammen. Zoe strafft ihre Schultern und nimmt den Hörer ab. »Hier bei Doktor Masters«, nimmt sie selbstbewusst das Gespräch an. Sie lauscht und mit einem Mal wirkt ihr Gesichtsausdruck überrascht. Sie dreht sich zu mir um und hält mir den Hörer hin. »Lucas. Er will dich sprechen.«

Ein schrecklicher Verdacht keimt in mir auf. Lucas war hier. Und Noah.

Ich nehme den Telefonhörer und halte ihn mir ans Ohr. »Ja?«

»Ich hatte gehofft, du kommst erst später und musst sie nicht mehr sterben sehen.« Lucas' Stimme klingt bedauernd.

»Wo ist Noah?«, stoße ich hervor.

»Oh, wow. Das sollte eigentlich eine Überraschung für dich sein.« Lucas lacht überrascht. »Es geht ihm gut, keine Sorge. Ich dachte nur, ich kümmere mich um ihn, bevor euer Stiefvater ihn findet. Er ist aus dem Diner quasi direkt in meine Arme gerannt.«

»Du warst vorm Diner?« Ich kann es nicht fassen.

»Natürlich. Glaubst du, ich habe dich einfach dir selbst überlassen?« Wieder lacht er leise. »Ich war immer in deiner Nähe, Harper. Immer nur ein paar Schritte hinter dir. Jetzt gerade stehe ich in einer Telefonzelle keine fünfhundert Meter von Doktor Masters' Villa entfernt.«

Die feinen Härchen an meinen Armen richten sich auf. Lucas hat mich verfolgt. Deshalb habe ich mich beobachtet gefühlt. Und er hat Noah in seiner Gewalt. »Was willst du?«

»Ich dachte, wir hauen zusammen ab. Du und ich und dein kleiner Bruder. Mittlerweile hast du vielleicht erkannt, dass du mich liebst. Dass wir zusammengehören.«

Mir gefriert das Blut in den Adern. Ist es das, was ihn beschäftigt? Ob ich ihn liebe?! »Lass Noah frei, bitte!«

»Ich halte ihn doch gar nicht fest. Ihm geht es gut.«

»Dann gib ihn mir. Ich will mit ihm sprechen. Jetzt.«

»Ahhhh.« Lucas lacht wieder, diesmal bedauernd. »Das wird schwierig. Er kann gerade nicht.«

»Warum nicht?!« Vor Angst umklammere ich den Hörer so fest, dass meine Knöchel weiß hervortreten. »Hast du ihn ... hast du ...?« Ich kann es nicht aussprechen.

»... ihn gelähmt, meinst du? So wie dich gestern?« Seine Stimme klingt amüsiert. »Vielleicht.«

Was soll ich tun? Jetzt, hier, am Telefon? Panik steigt in mir auf. Nichts. Ich kann absolut nichts tun. Wenn ich Noah retten will, muss ich Lucas gegenüberstehen und ihm in die Augen blicken. Nur so kann ich ihn dazu zwingen, Noah freizulassen. »Okay«, flüstere ich. »Wir gehen zusammen weg.«

»Ohne Caleb?«

Mein Herz krampft sich zusammen. Auf keinen Fall. »Ja, ohne Caleb«, lüge ich.

»Genau das wollte ich hören.« Lucas klingt zufrieden. »Wir treffen uns in einer halben Stunde am Friedhof. An Camillas Grab, wo wir uns zum ersten Mal begegnet sind.«

»Okay. Bis gleich.« Meine Stimme zittert.

Ein Klicken ertönt in der Leitung, Lucas hat aufgelegt. Langsam lasse ich den Hörer sinken.

»Was ist los?« Zoe blickt mich besorgt an.

»Er hat Noah.«

Draußen im Garten bewegen sich die Blätter eines Rosenbuschs verdächtig. Ist da jemand? Die Polizei? Bitte, nicht das auch noch!

Ich schlucke. Da! Eine Gruppe aus fünf Polizisten schleicht

von Busch zu Busch durch den Garten auf das Haus zu. Sie haben Pistolen dabei und zielen in unsere Richtung. Allerdings haben sie uns vermutlich noch nicht gesehen. Sofort ziehe ich Zoe nach unten, hinter den Schreibtisch. Beim Abtauchen schnappt sie sich den Brieföffner von der Arbeitsplatte.

»Wir sind am Arsch«, flüstert sie panisch und umklammert dabei den Brieföffner.

Es gibt nur einen Weg, wie ich uns und Noah retten kann. »Komm!« Ich versuche aufzustehen, doch Zoe zerrt mich nach unten zurück.

»Bist du bescheuert? Du willst ihnen direkt in die Arme laufen?!« Zoe starrt mich an, als hätte ich sie nicht mehr alle.

»Vertraust du mir?«, frage ich zurück.

Zoe zögert und ich blicke sie angespannt an. Schließlich nickt sie.

»Dann komm!« Geduckt laufe ich zur Tür des Wintergartens, reiße sie auf und renne den Polizisten entgegen.

27

Während ich auf das schmiedeeiserne Friedhofstor zulaufe, spüre ich die Klinge des Brieföffners, den Zoe bei Doktor Masters hat mitgehen lassen, durch den dünnen Stoff meiner Hosentasche gegen mein Bein drücken. Ich atme so ruhig wie möglich. Mein Plan ist riskant, aber ich hoffe inständig, dass er funktioniert. Ich muss Noah befreien und Caleb retten! Und ganz, ganz vielleicht schaffe ich es sogar, Lucas davon zu überzeugen, mit dem Morden aufzuhören. Und das am besten so bald wie möglich, damit wir noch die Lebensmitteltransporter erwischen. Nur brauchen Zoe und die Polizisten noch Zeit, bis sie an den Plätzen sind, die ich ihnen zugewiesen habe. Kopfschmerzen habe ich durch die Gedankenmanipulation keine und ich weiß auch genau, warum. Ich tue Böses.

Bemüht langsam laufe ich den staubigen Friedhofsweg entlang zwischen Grabreihen und vertrockneten Zypressen hindurch. Vor nicht einmal einer Woche bin ich hier zusammen mit Mom, Noah und Caleb dem Trauerzug mit Camillas Sarg gefolgt. Im Vergleich zu heute wirken meine Probleme von damals lächerlich klein.

Ich gehe bis zum Ende der letzten Grabreihe. Hier liegt Camilla. Die Blumenberge und Gebinde von der Beerdigung stapeln sich auf dem frischen Erdhügel. Sie sind inzwischen verdorrt, all die knallpinken Rosen, lila Hyazinthen und orangefarbenen Orchideen sehen jetzt aus wie Blumenmumien.

»Traurig, oder?« Lucas' vertraute Stimme hinter meinem Ohr jagt mir einen Schauer über den Rücken. Ich habe ihn nicht kommen hören. »Auf ihrer Beerdigung waren so viele Leute. Und jetzt ist niemand mehr da«, sagt er leise. »Camilla ist ganz allein.« Dafür, dass er sie umgebracht hat, klingt er ekelhaft zynisch.

Ich atme so unauffällig wie möglich durch und drehe mich zu ihm um. »Hallo, Lucas«, sage ich freundlich. Jetzt gilt es.

Er darf mir weder anmerken, dass ich ihn noch ein paar Minuten hinhalten muss, noch dass ich auf keinen Fall mit ihm fliehen werde. Ich zwinge mich zu einem Lächeln. »Wie geht es dir?«

Überrascht lächelt Lucas zurück. »Um ehrlich zu sein, hatte ich eine nicht ganz so nette Begrüßung von dir erwartet.«

Vor Erleichterung fühle ich mich ganz zittrig. Es funktioniert! Wenn ich mir weiterhin Mühe gebe, kommen wir alle unverletzt davon, auch Lucas. Ich schaue ihm in die Augen. »Wie sieht dein Plan aus?«

Wir bringen alle um, die etwas mit dem Experiment zu tun haben. Lucas' Gedankenstimme klingt aufgeputscht, ganz so, als wäre er auf Drogen. Er ist im Blutrausch. Der Mord an Doktor Masters muss ihm einen ordentlichen Kick gegeben haben.

»Du hast die Wissenschaftler alle umgebracht, oder?«, frage ich und versuche dabei, neutral zu klingen. Meine Schläfen pochen schmerzhaft.

»Es fehlen noch ein paar Leute auf meiner Liste. Dein Stiefvater zum Beispiel.«

Dass er Peter töten will, versetzt mir einen Stich, obwohl ich ihn verstehen kann. Mein Stiefvater hat ihn im Labor gequält, gefoltert und zu schrecklichen Dingen gezwungen. Auch ich würde gern an Peter Rache nehmen. Er hat mir mein Leben lang etwas vorgespielt. Trotzdem fühle ich immer noch so etwas wie Liebe für ihn, weil ich den liebenswerten Peter von früher nicht mit dem skrupellosen Cleaner zusammenbekomme, der es auf Lucas und mich abgesehen hat.

»Aber«, wende ich vorsichtig ein, »wir könnten doch auch einfach so verschwinden. Ohne vorher noch jemanden zu ermorden.«

»Du willst deinen Stiefvater schützen? Ausgerechnet ihn?«

Ich schüttele den Kopf und konzentriere mich auf meinen Plan, der vorsieht, auch Lucas zu retten – wenn er denn noch zugänglich ist. »Ich will, dass du aufhörst, Leute umzubringen, Lucas«, flüstere ich.

»Harper ...« Lucas atmet angespannt durch.

»Bitte.« Ich blicke ihm in die Augen und diesmal will ich nicht seine Gedanken lesen. »Ich habe meine Erinnerungen wieder. Und Zoe kann sie dir mit ihrer Maschine auch wiederbringen. Wir waren mal alle anders. Früher, bevor sie unsere Erinnerungen manipuliert haben. Wir waren ganz normale, unschuldige Kinder. Du und Caleb, ihr wart sogar beste Freunde. Und ich war in dich verliebt.«

Er sieht mich an und jetzt erkenne ich endlich den alten Lucas wieder. Ich sehe den Jungen, den ich so mochte, dem ich vertraut habe, und ich fühle mich ihm mit einem Mal so nah wie früher.

»Bitte, hör auf. Lass uns mit Noah und Caleb fliehen«, fahre ich fort. »Wir leben irgendwo in Frieden. Zoe hat ein Versteck für uns gefunden und dann –«

»Vergiss es!«, unterbricht Lucas mich. »Ich kann nicht mehr zurück, Harper. Die Menschen zu töten, die uns und unseren Dads das angetan haben, ist meine Bestimmung. Ich verstecke mich nicht länger.«

Mein Herz zieht sich zusammen. Lucas sieht mich eisig an, noch kälter, als er es nach dem Mord an seiner Mom getan hat.

Unser Moment der Verbundenheit ist vorbei. Trotzdem will ich nicht aufgeben. »Bitte, Lucas, denk wenigstens drüber nach.«

Er schüttelt den Kopf. »Da gibt es nichts nachzudenken. Sie werden alle sterben. Von deinem Stiefvater bis zu Bürgermeister Reed.«

Ein Teil von mir kann ihn verstehen. Natürlich. Aber der Rest will einfach nicht zulassen, dass er weiter mordet. »Wir können sie doch auch dem FBI übergeben.«

Lucas lacht bitter. »Harper, das ist nicht dein Ernst!«

»Okay, vergiss das. Aber ich hab noch eine andere Idee.« Ich lasse nicht locker. »Zoe ist Liberatistin. Sie und die anderen wollen eine Revolution starten. Um das ganze System zu verändern. Der gesamte politische Apparat muss weg, wir brauchen demokratische Neuwahlen.«

Ganz in unserer Nähe raschelt etwas und ich zucke zusammen. Lucas dreht sich um. Ich suche den Friedhof mit Blicken ab, aber weder die Polizisten noch Zoe sind zu sehen. Glück gehabt! Allerdings müssten sie jetzt auf Position sein.

»Irgendwas stimmt hier nicht, Harper. Wir müssen weg!«

»Wo ist Noah?«, frage ich schnell.

»Dem passiert schon nichts. Wir müssen abhauen.« Lucas greift nach meiner Hand, aber ich ziehe sie instinktiv zurück. Wenn er mich berührt, bin ich ihm ausgeliefert.

»Du hast Angst vor mir?« Sein Blick wird eisig.

»Nein, nein ... das ist es nicht, ich ...«, stammele ich. So eine Scheiße!

Lucas' Gesicht ist eine wütende Maske. »Was ist hier los, Harper?!« Er macht einen schnellen Schritt auf mich zu und greift nach meinem Arm.

Ich springe zurück, taumele, aber sehe ihm dabei fest in die Augen. »Wo ist Noah?!«, brülle ich.

Im Mausoleum.

»Du elendes Miststück, du liest meine Gedanken!«

»Er ist im Mausoleum!«, schreie ich und hebe meinen rechten Arm.

Ein Knall zerfetzt die Luft und Lucas zuckt zurück. Er taumelt, bleibt aber stehen. Seine Jeans ist außen am linken Oberschenkel zerrissen, Blut quillt hervor.

Zoe hechtet aus dem Gebüsch hinter Camillas Grab hervor und rennt Richtung Mausoleum. Lucas sprintet ihr trotz des Streifschusses nach und reißt sie zu Boden. Zoe brüllt laut auf. Lucas hält ihre Kehle umklammert. Sie keucht vor Schmerzen und ich weiß genau, dass Lucas seine Kräfte einsetzt.

Ich stürze zu ihnen und versuche, Lucas' Griff um Zoes Hals zu lösen. Alles läuft schief! Der Schuss hätte Lucas bewegungsunfähig machen müssen, Zoe hätte Noah befreien sollen und wir wären weggelaufen.

Ein weiterer Schuss peitscht durch die Luft und schlägt dicht neben uns ein. Scheiße, die Polizisten hören nicht auf zu schießen! Zwei von ihnen sind hier auf dem Friedhof. Mein Befehl lautete, Lucas durch einen Schuss in den Oberschenkel bewegungsunfähig zu machen. Sie werden erst aufhören, wenn ihnen das gelungen ist. Die anderen drei bewachen den Friedhofseingang und stellen sich ihren Kollegen entgegen, falls jemand wegen der Schüsse die Polizei ruft.

Lucas zieht Zoe über sich, er benutzt sie als menschlichen Schutzschild.

Ich zerre an ihr, dabei versuche ich, Lucas' Blick zu erwischen. »Lass sie los!«, brülle ich, aber Lucas weicht meinem Blick aus.

Der nächste Knall. Zoes bäumt sich auf, ihre Schreie werden lauter. Die Kugel, die Lucas' Oberschenkel treffen soll, hat Zoes Hüfte durchschlagen. Ihre Hose färbt sich sofort rot.

Ich packe Lucas' Gesicht mit beiden Händen und drehe es mit Gewalt zu mir. »Lass sie los!«, brülle ich wieder und diesmal funktioniert es. Sobald er seinen Griff um ihren Hals lockert, zerre ich Zoe von ihm herunter. Wieder fällt ein Schuss und mein Unterarm fliegt mit Wucht nach hinten. Die Kugel hat mich erwischt. Ohne auf den Schmerz oder das Blut zu achten, das aus der Wunde strömt, packe ich Zoe mit beiden Händen und ziehe sie rückwärts aus der Schusslinie.

Lucas hat sich unterdessen wieder aufgerappelt und

rennt geduckt in Richtung Mausoleum. Zu Noah. Zoe stöhnt und ich lege sie ab. »Hältst du durch?«, frage ich sie panisch.

Sie nickt kaum merklich. »Schnapp dir den Scheißkerl!«, keucht sie schwach.

Ich blicke an ihr herunter und sehe, wie schnell ihre Hose durchblutet. Ich muss sofort zu Lucas und Noah vor ihm in Sicherheit bringen. Und dann muss ich Lucas dazu zwingen, Zoe zu heilen. Sonst wird sie sterben.

Ich stehe auf und renne Lucas hinterher. Weitere Schüsse fallen und ich bete, dass sie ihn treffen, damit er endlich zu Boden geht und der Albtraum ein Ende findet. Doch er läuft weiter. Ich stürze hinter ihm ins Mausoleum.

Hier drinnen ist es dunkel und kühl. Meine Augen müssen sich erst an das Dämmerlicht gewöhnen, aber dafür habe ich keine Zeit. Jetzt, da Lucas aus dem Sichtbereich der Polizisten verschwunden ist, werden sie uns ins Mausoleum folgen. Und das bedeutet, Noah ist in großer Gefahr. Lucas darf ihn auf keinen Fall vor mir erreichen!

Blind stolpere ich vorwärts. Eine Hand packt mich am linken Oberarm und reißt mich zurück. Sofort schießt mir ein unglaublicher Schmerz durch den Körper und ich schreie auf. Die Knie brechen mir weg, nur Lucas' Griff hält mich noch aufrecht.

»Du hast mich verraten!« Seine Stimme bebt.

»Sie sollen dich nicht töten!«, wimmere ich vor Schmerzen. »Lass mich Noah holen und gehen.«

»Ihr werdet nirgendwo hingehen!«, zischt er mir hasserfüllt zu und ein furchtbares Brennen breitet sich in meinem Brustkorb aus. Gleichzeitig fühlt es sich an, als würde ein unaushaltbarer Druck meine Lungen zerquetschen, und ich ringe nach Luft.

Wenn er mich nicht loslässt, werde ich bewusstlos, und das darf auf keinen Fall passieren. Aber was soll ich tun? Meine Gabe ist nutzlos, wenn ich ihn nicht dazu bringen kann, mich anzusehen. Doktor Masters' Brieföffner fällt mir ein, für so eine Situation hatte ich ihn eingesteckt. Hastig greife ich mit der freien Hand in meine Hosentasche, ziehe ihn hervor, drehe mich, so gut ich kann, um und ramme ihn Lucas mit aller Kraft in den Bauch. Sein Griff um meinen Oberarm lockert sich und ich weiche vor ihm zurück. Meine Augen haben sich an das Dämmerlicht gewöhnt und ich sehe, wie Blut durch sein T-Shirt quillt.

Mein Blick fällt auf die Ecke des Mausoleums hinter Lucas. Dort sitzt Noah auf dem Boden. Seine Augen sind verbunden, die Hände hinter seinem Rücken gefesselt und er hat einen Knebel im Mund. Doch ich sehe, wie sich sein Brustkorb hebt und senkt. Er lebt.

Ich stürze an Lucas vorbei. Aber noch bevor ich Noah erreiche, packt Lucas meinen Hals. Schmerz explodiert in meinem Kopf.

»Die ganze Zeit wollte ich, dass du mich liebst«, keucht er. »Aber das ist vorbei. Jetzt will ich nur noch, dass du stirbst. Du und dein kleiner Bruder.«

Ich nehme meine ganze Kraft zusammen und reiße meinen Kopf nach vorn. Sein Griff lockert sich, ich drehe mich blitzschnell zu ihm um und blicke ihm in die Augen. »Du tust mir nie wieder weh!«, befehle ich ihm.

Sofort zieht Lucas seine Hand zurück, wenn auch deutlich gegen seinen Willen. »Sehr clever.« Er nickt anerkennend, während er die andere Hand auf die Wunde in seinem Bauch presst.

Ich wende mich zu Noah um, doch Lucas, der näher an ihm dransteht, ist schneller bei ihm.

Der Raum verdunkelt sich und ich blicke zur Tür. Die beiden Polizisten stehen dort und legen auf Lucas' Oberschenkel an. Nur hat der meinen schwankenden Bruder vor sich gezerrt.

»Nein!«, brülle ich und stürze auf die Polizisten zu. Panisch versuche ich, Blickkontakt herzustellen, doch beide fixieren ihr Ziel und drücken ab. Zwei Schüsse durchfetzen die Luft, in der Enge des Mausoleums dröhnen sie viel lauter als draußen. Wie durch ein Wunder treffen sie mich nicht. Ich wirble herum und sehe, wie mein kleiner Bruder blutüberströmt in sich zusammensinkt. Auch Lucas taumelt und knickt weg. Fast gleichzeitig schlagen die beiden nebeneinander auf dem Boden auf.

»Nein!«, schreie ich. »Nein! Nein! Nein!« Heiße Tränen rinnen mein Gesicht hinab, während ich mich neben Noah fallen lasse und ihm die Binde von den Augen reiße.

Es wird wieder heller im Mausoleum. Die beiden Polizisten haben ihr Ziel erreicht und sind wie geplant auf dem Weg zum Friedhofseingang, um ihre Kollegen dabei zu unterstützen, die neu eintreffenden Polizisten aufzuhalten.

Ich halte Noah in meinen Armen. Er ist mit dem Kopf auf den Boden aufgeschlagen und hat das Bewusstsein verloren. Sein T-Shirt ist blutgetränkt. Die beiden Löcher, die die Kugeln hineingerissen haben, liegen dicht nebeneinander, frisches Blut quillt aus ihnen hervor. Mit einem Mal spüre ich wieder, wie er als kleines Kind in meinen Armen gestrampelt hat, während wir uns im Schrank vor Dad versteckt hatten.

Panisch löse ich den Knebel, der in seinem Mund steckt, und werfe ihn beiseite. Trotz der Bewusstlosigkeit ringt sein Körper um Luft und er wird ruhiger. Aber das war nur Noahs dringendstes Problem. Durch die zwei Schusswunden verliert er so viel Blut, dass er nicht mehr lange durchhalten wird.

Ich schluchze. Das ist alles meine Schuld! Mein Plan ist schiefgegangen und nur deswegen stirbt jetzt mein kleiner Bruder.

Mein Blick fällt auf Lucas. Er liegt mit flatternden Augenlidern in einer Blutlache. Die Kugeln, die den Oberkörper meines Bruders durchschlagen haben, haben auch Lucas getroffen. Ob ihn am Ende die Schusswunden oder die Stichverletzung töten wird, weiß ich nicht. Aber eins ist sicher: Für ihn kommt jede Hilfe zu spät. Scheiße. Ich wollte nicht, dass er stirbt. Ich dränge alle Gefühle, die in mir hochkochen, zur Seite. Noah ist jetzt wichtiger!

Ich zögere keine Sekunde. Wieder greife ich nach Lucas' Gesicht, drehe es zu mir und ziehe seine Augenlider nach oben. »Du heilst jetzt meinen Bruder, sofort!«

Schwach hebt sich seine Hand und er legt sie auf Noahs dünnen Arm. Lucas schließt die Augen und sofort sehe ich, wie Farbe in Noahs Wangen zurückkehrt, auch seine Atmung wird kräftiger. Ich ziehe sein blutgetränktes T-Shirt hoch und fahre ihm mit der Hand über den Brustkorb. Die Wunden sind verschwunden. Noah wird überleben. Dafür hat sich Lucas' Zustand verschlechtert. Sein Gesicht ist eingefallen, er ist leichenblass.

Meine Kehle schnürt sich zu und Tränen schießen mir in die Augen. Lucas stirbt. Nach alle dem Schrecklichen, was zwischen uns vorgefallen ist, nach all den schlimmen Dingen, die er getan hat, fühlt sich sein nahender Tod trotzdem nicht richtig an. Ohne Lucas wäre ich meinen Fähigkeiten ausgeliefert gewesen, hätte mich vermutlich früher oder später an Mom und Peter gewandt und wäre auf der Insel gelandet – genau wie Caleb. Ohne Lucas hätte ich nicht gelernt, meine Kräfte zu kontrollieren. Ohne Lucas hätte ich keinen wunderschönen, ersten Kuss gehabt. Ich habe keine Ahnung, ob ich mich auch ohne seine Manipulation in ihn verliebt hätte, aber ich weiß, dass ich ihn ehrlich mochte, dass wir uns vertraut und nah waren. Auch wenn es den Lucas, in den ich mich verliebt habe, nicht mehr gibt – vielleicht sogar nie gegeben hat. Der Tod nimmt mir die letzte Möglichkeit herauszufinden, ob irgendwo hinter Lucas' grausamer Maske der Junge steckt, der mein Herz hat schneller schlagen lassen.

Lucas' Augenlider flattern. Ich wische mir die Tränen von den Wangen, während ich aufspringe und nach draußen laufe. Ich muss Zoe holen! Noch ist es nicht zu spät und ich kann wenigstens einen lieb gewonnenen Menschen vor dem Tod retten. Lucas muss Zoe heilen, bevor er stirbt. Egal wie widerlich ich mir dabei vorkomme.

Das gleißende Sonnenlicht blendet mich und ich muss blinzeln. So schnell ich kann, renne ich zu Zoe, die reglos und mit offenen Augen in einer bereits versickernden Blutlache liegt. Mit aller Kraft zerre ich an ihr, auch wenn dabei aus der Wunde an meinem Unterarm neues Blut quillt. Bitte, bitte, lass sie nicht tot sein, flehe ich still. Bitte,

bitte. Schritt für Schritt schleife ich sie Richtung Mausoleum.

Diesmal haben meine Augen kein Problem damit, sich an das Dämmerlicht im Mausoleum zu gewöhnen. Ich zucke vor Schreck zusammen. Neben Noah und Lucas hockt Peter und blickt zu mir auf. »Lucas ist tot«, sagt er trocken.

Ich schüttele den Kopf, das darf nicht sein! Er muss doch Zoe noch heilen! Ein Schluchzen dringt aus meinem Mund. Aber Zoe ist nicht der einzige Grund, weshalb ich zugleich schreien und weinen möchte. Lucas darf nicht tot sein! Mit letzter Kraft ziehe ich Zoe neben Lucas und berühre ihn ungläubig an der Wange. Meine Hand zuckt zurück. Ich habe noch nie eine Leiche angefasst, aber ich spüre sofort, dass Peter recht hat. Lucas ist tot. Tränen laufen mir über die Wangen. Ich spüre einen Schmerz in mir, den keine Gabe der Welt heilen kann – nicht mal die von Lucas. Mein Herz blutet, obwohl es keine Verletzung hat. Meine Brust fühlt sich an, als würde ein Fels darauf lasten. Ich habe Lucas geliebt. Ich habe Lucas gehasst. Und jetzt ist er fort. Für immer.

»Bitte, mach die Dinge jetzt nicht kompliziert, Harper«, sagt Peter leise und steht auf. »Es ist vorbei. Die Polizei stürmt vermutlich gerade den Friedhof, die Wachen, die du aufgestellt hast, wurden überwältigt.«

Ich sitze schluchzend zwischen Zoe, Lucas und Noah. Was Peter sagt, interessiert mich nicht. Mein Blick bleibt an Zoe hängen. Ihre Augen sind noch immer geöffnet und starren ins Leere. Ich brauche nicht nach ihrem Puls zu fühlen, um zu wissen, dass sie keinen mehr hat. Ich weine und weine, ich kann einfach nicht aufhören. Ich konnte Lucas nicht retten und habe Zoe geopfert. Mein Bruder wird überleben, aber Caleb vermutlich nicht. Und ich ziemlich sicher auch nicht.

Peter hebt meinen bewusstlosen Bruder auf seine Arme. Als Noah noch kleiner war, ist er oft beim Fernsehen auf dem Sofa eingeschlafen. Statt ihn zu wecken, hat Peter ihn jedes Mal die Treppe hoch in sein Zimmer getragen. Genau wie jetzt.

Ich muss Noah hier rausholen und ihn in Sicherheit bringen, hämmert es in meinem Kopf. Also schaue ich Peter fest in die Augen. »Du fliehst jetzt mit uns«, befehle ich ihm.

Peter lächelt. »Komm, Harper. Du willst nicht, dass die Polizei dich hier neben zwei Leichen findet.« Mein Stiefvater, der Cleaner, der vermutlich ein frisches Fläschchen von dem Immunisierungszeug getrunken hat, wendet sich um und trägt meinen Bruder aus dem Mausoleum – ohne nachzusehen, ob ich folge. Er weiß, dass ich das tue. Ich würde meinem kleinen Bruder überallhin folgen.

28

Wir sitzen in einem schwarzen Van, den ich noch nie gesehen habe, und fahren schweigend die Landstraße entlang. Ich werfe einen Blick in den Rückspiegel. Noah liegt auf der Rückbank, seine Atemzüge sind regelmäßig. Trotz seines blutgetränkten T-Shirts sieht er friedlich aus. Peter hat ihm vor unserer Abfahrt ein Schlafmittel gespritzt und ich hoffe inständig, er wacht erst auf, wenn er in Sicherheit ist.

Peters Hände umfassen das Lenkrad wie immer in der empfohlenen Position: zehn vor zwei. Anscheinend ist der Cleaner des Militärs ein ebenso regelkonformer Autofahrer wie mein Stiefvater.

»Wie hast du uns gefunden?«, frage ich.

»Noah kann schlecht lügen. Als er heute Morgen gesagt hat, dass er sich Bücher für sein Sommerprojekt ausleihen gehen will, war mir klar, dass das nicht stimmt. Und dass vermutlich du dahintersteckst. Also habe ich ihm bei unserer Abschiedsumarmung einen Peilsender in die Tasche gesteckt.«

»Du hättest mich schon im Diner schnappen können.«

Er nickt. »Ja, hätte ich. Aber Lucas war auch dort und ich hätte nur ihn oder dich gefasst. So war es viel besser. Ich meine, wer hätte ahnen können, dass du sogar die ganze Drecksarbeit für mich erledigen würdest?« Er hat tatsächlich den Nerv zu schmunzeln. Als wäre das eine lustige Anekdote, über die wir uns irgendwann bei Familienfeiern kaputtlachen werden: *Weißt du noch, wie ich deinem kleinen Bruder einen Peilsender untergejubelt habe, damit ich dich und deinen Massenmörderfreund zu fassen kriege? Und dann hast du ihn noch vor mir umgebracht? Ha, ha, ha!*

Wir fahren durch einen Wald. Er kommt mir bekannt vor und ich erinnere mich daran, dass ich die Strecke nach meiner Flucht von der Insel mit der Lady im Sportwagen gefahren bin. Nur in die entgegengesetzte Richtung. Traurig wird mir bewusst, dass jetzt vermutlich die Lebensmitteltransporter auf dem Weg zur Insel sind. Wieder muss ich an Zoe denken und presse die Lippen aufeinander, um nicht loszuweinen. Ich habe sie verbluten lassen, um meinen Bruder zu retten. Damit werde ich nie klarkommen, nie. Ebenso wenig wie damit, dass Caleb vermutlich auf der Insel sterben wird, wenn er nicht bereits tot ist.

»Mach dir keine Vorwürfe, Harper. Du hättest Lucas nicht vor sich selbst retten können. Er war darauf programmiert, das Töten zu lieben. So wie du es bist.«

»Ich werde nie so sein wie er«, flüstere ich. Aber Peter hat recht. Für Lucas gab es kein Zurück und daran war mein Stiefvater mehr als nur ein bisschen beteiligt. Ich bin froh, dass Peter keine Ahnung hat, wer das tote Mädchen neben Lucas' Leiche war. Dass sie eine Kämpferin war für das Gute. Je weniger die Welt über sie erfährt, desto sicherer sind die Liberatisten. Und wer weiß, vielleicht gelingt ihnen die Revolution auch ohne Zoe. Ich hoffe, es werden Köpfe rollen. Zum Beispiel der von meinem Stiefvater.

»Wie macht man das?«, frage ich ihn.

Er wirft mir einen irritierten Blick zu.

»Wie führt man so ein Leben?«, setze ich nach. »Wie spielt man Tag für Tag den liebevollen Familienvater, langweiligen Verwaltungsangestellten, braven Bürger, ohne je aus der Rolle zu fallen?«

Er scheint ernsthaft über meine Frage nachzudenken. Die typische Grübelfalte bildet sich über seiner Nase. »Es ist schwierig«, gibt er zu. »Man muss ziemlich diszipliniert sein. Deswegen ist dieser Job auch nicht für jeden geeignet.«

»Nein, nur für gefühlskalte Soziopathen wie dich.«

Peter verzieht keine Miene. »Ich habe mir alle Mühe gegeben, dir trotzdem ein guter Stiefvater zu sein. Hattest du keine glückliche Kindheit?«

»Doch natürlich«, erwidere ich bitter. »Meine Kindheit war super. Ganz großes Kino, echt.«

»Schade, dass du das so siehst.« Peter wirkt ehrlich enttäuscht.

»Bringst du mich jetzt ins Labor?«, wechsele ich das Thema.

»Nein.«

»Und wieso nicht?«

Peter seufzt. »Weil das Forschungsinstitut seit einer Stunde nicht mehr existiert. Reed hat entschieden, die Studie endgültig abzubrechen. Er ist der Ansicht, dass das Risiko den Nutzen nicht aufwiegt. Bislang hat das Projekt Unmengen an Geld verschlungen und zahllose Sach- und Personenschäden verursacht. Lucas und all die Morde, das war der Tropfen, der das Fass zum Überlaufen gebracht hat.«

»Reed hängt also mit drin.«

Peter nickt. Zoe hatte recht mit ihrer Vermutung.

»Und was ist mit Noah und den anderen Waisen? Was passiert mit ihnen?«

»Ich weiß es nicht genau«, gibt Peter zu. »Die Anweisung an alle Protektoren lautet, sämtliche Kinder aus ihren Familien zu extrahieren und zu einer Sammelstelle zu bringen. Eventuell wird man euch mit neuen Identitäten ausstatten und ins Ausland bringen. Aber das sind nur Gerüchte. Ich weiß nichts Genaues ...«

»Nein, natürlich nicht«, erwidere ich bitter. »Du machst ja nur deinen Job.«

»Ich verstehe, dass du dich betrogen fühlst.«

Was für ein absurder Moment! Diesen Tonfall kenne ich einfach zu gut von zahllosen Vater-Tochter-Gesprächen. Immer dieselbe Choreografie: Peter, der mir geduldig erklärt, warum es nicht gut ist, zu lügen, andere Kinder zu bestehlen oder mit Mom zu streiten. Peter, der immer die richtigen Worte findet. Der Mann, der die Dinge wieder ins Lot bringt, egal wie verfahren die Lage ist.

»Du hast mein Leben ruiniert.« Es ist mir wichtig, die Worte laut auszusprechen. Ich weiß, dass der Mann, der neben mir sitzt, mein Feind ist. Das Problem ist, dass er genauso aussieht wie mein liebenswerter und total harmloser Stiefvater und ich nichts dagegen tun kann, dass ich eine große Vertrautheit zu ihm spüre. »Dachtet ihr wirklich, ihr könnt Gott spielen und menschliche Waffen erschaffen? Wie böse muss man sein, um auf so eine Idee zu kommen? Ihr habt Camilla, Caleb und Lucas, seine Mom und Doktor Masters und die anderen toten Wissenschaftler auf dem Gewissen. All diese Toten gehen auf euer Konto! Genauso wie Dad und alle anderen Teilnehmer des Experiments. Und du warst sogar so abgebrüht, die Idee mit den Leuchtsternen von Dad zu klauen!«

»Woher weißt du das?!«, fragt er mit einer gewissen Schärfe. Immerhin ist es mir gelungen, ihm den Ausdruck selbstgefälliger Überlegenheit aus dem Gesicht zu wischen.

»Ich konnte die Gedächtnisüberschreibung rückgängig machen.«

»Wie hast du ...?«

»Das wirst du nie erfahren!«, schneide ich ihm das Wort ab. Auf keinen Fall werde ich ihm von Zoe erzählen. »Ich erinnere mich an alles, was passiert ist. Und es ändert nicht das Geringste. Dad trägt keine Schuld. Eure Experimente haben ihn verrückt gemacht.«

»Der Wirkstoff hat sicher eine Rolle gespielt«, erwidert Peter gedehnt.

»Eine *Rolle?«*, frage ich wütend.

»Nicht alle Probanden haben reagiert wie dein Dad«, wendet er ein. »Erste psychische Auffälligkeiten gab es auch bei den anderen Soldaten, das ist wahr. Aber keiner wurde seiner Familie gegenüber gewalttätig. Nur Daniel. Als ich euch zugeteilt bekam, hab ich mich im Vorfeld intensiv mit deinem Dad beschäftigt. Ich habe seine Akte studiert. Daniel Green war, positiv ausgedrückt, schon immer ein Draufgänger: Regelverstöße, Alkohol, Prügeleien. Diese Unbeherrschtheit, diese Impulsivität und seine Egozentrik waren Teil seiner Persönlichkeit. Deshalb haben sie ihn als den Ersten ausgewählt. Er war der aussichtsreichste Kandidat.«

»Du lügst!« Sofort sind die Bilder wieder in meinem Kopf. Dad mit seinem ansteckenden, lauten Lachen, wie er mit uns Verstecken spielt. Aber ich sehe auch, wie er den Wandschrank aufreißt, in dem ich mich mit Noah verstecke. Wie das Messer aus seiner Hand fällt, nachdem Mom ihn erschossen hat.

»Ich hab mich mein Leben lang mit dir auseinandergesetzt, Harper«, fährt Peter fort. »Mir Mühe gegeben, dich zu verstehen. Ich weiß, wer du wirklich bist. Ich bin mir nicht sicher, ob dein Dad sich die Mühe gemacht hätte, das herauszufinden.«

»Du hast dich bloß für uns interessiert, weil es dein Job war.«

»Man kann seinen Job gut machen oder schlecht.«

Wir biegen in einen verlassenen Parkplatz am Waldrand ein. Es herrscht gespenstische Stille. Kein einziger Mensch ist zu sehen, dafür aber ihre Hinterlassenschaften: überquellende Mülleimer, leere Colaflaschen, angebissene Sandwiches, Eisverpackungen.

Peter zieht eine Pistole und richtet sie auf mich. »Steig aus!«

»Was ist mit Noah?«

»Der wird hoffentlich noch eine Weile schlafen.«

»Kommt er nicht mit zur Sammelstelle?«

»Nein, heute noch nicht. Ich bringe dich hin und fahre mit ihm zurück nach Hause.«

Der geschlängelte Waldweg, dem wir folgen, ist so schmal, dass wir nur hintereinandergehen können. Alle möglichen Fragen schießen mir durch den Kopf, während Peter mit der Waffe in der Hand hinter mir läuft. Wie weit ist es? Warum befindet sich diese ominöse Sammelstelle mitten im Wald? Und was ist, wenn Noah plötzlich aufwacht? Aber kein Wort kommt über meine Lippen, während mein sogenannter Protektor mich immer tiefer in den Wald hineinführt.

Der Geruch nach Erde hat etwas beruhigend Vertrautes. Das Moos fühlt sich weich unter den Sohlen an. Es ist schön hier, aber ich kann es nicht genießen. Ich spüre, dass wir nicht zur Sammelstelle gehen. Hier ist es total einsam, auf dem Parkplatz stand kein weiteres Auto. Wir sind aus einem anderen Grund hergekommen. Wenn wir unser Ziel erreicht haben, wird Peter mich töten. Niemand wird es mitbekommen, meine Leiche vielleicht nie gefunden werden. Ich bleibe stehen und drehe mich zu ihm um.

»Was wirst du fühlen, wenn du mich tötest?«

Peter senkt den Blick.

»Es gibt keine Sammelstelle, oder?«, hake ich flüsternd nach.

Er schweigt und atmet durch. »Nein.«

Ich spüre, wie der letzte Rest Hoffnung aus mir schwindet.

»Reed hat befohlen, sämtliche Kinder der Studie zu töten.«

Tränen schießen mir in die Augen. Wie konnte ich nur glauben, sie würden uns leben lassen?

»Lauf weiter, Harper«, sagt Peter ohne das geringste Mitleid in seiner Stimme.

Widerstrebend setze ich mich in Bewegung. »Nur die mit Fähigkeiten?«, frage ich im Gehen. Bitte, denke ich, nicht Noah. Alles andere ist mir egal, aber lass wenigstens meinen Bruder in Sicherheit sein!

»Nein, alle«, sagt Peter beinahe widerstrebend. »Ich persönlich halte das für einen Fehler. Eine unnötige Verschwendung von Ressourcen. Aber ich habe leider keinen Einfluss auf Reed. Die Tatsache, dass ich deine Kräfte nicht erkannt habe, hat mir sehr geschadet. Protektoren sind schon für weniger liquidiert worden.«

»Warst du deshalb allein, als du Lucas und mich in der Wohnung überrascht hast?«

Er nickt. »Ich war ein paar Minuten schneller dort als die Polizei. Hätte ich euch vor ihnen geschnappt, hätte ich damit meinen Fehler wieder ausbügeln können.«

Vor uns liegt eine kleine Lichtung, Pollen tanzen im Sonnenlicht, Vögel zwitschern.

»Hier werde ich also sterben?«, frage ich ihn.

»Verdammt noch mal, Harper!« In seinem Blick liegt Ungeduld. »Ich will, dass du mir ein Angebot machst.«

»Was? Ein Angebot?« Ich bleibe stehen und drehe mich zu ihm um.

Peter blickt mich an. »Ich will dich nicht töten. Und Noah genauso wenig. Also biete mir eine Alternative. Reed oder das Militär werden mich bald umbringen lassen. Und du kannst Gedanken lesen und Menschen wie Marionetten benutzen.«

Er will, dass ich ihn rette. Aber irgendwie glaube ich, dass da noch mehr ist. Das Rauschen des Flusses kommt mir jetzt lauter vor und ich wette, dass es der Blue River ist, an dessen Ufer die Regierungsmitarbeiter ihre Wochenendhäuser haben. Unter anderem auch Reed. Laut der Klatschpresse liebt der Bürgermeister seine Angelausflüge hierher. Mir dämmert, was Peter noch von mir will.

»Ich soll dein Leben retten und Reed dazu bringen, seine Meinung wegen der Studie zu ändern.«

»Sehr gut, Harper.« Peter nickt, als hätte ich eine schwierige Matheaufgabe gelöst.

»Also hast du mich nicht hierhergeführt, um mich zu töten?«, frage ich ihn ungläubig.

»Nein. Mal abgesehen davon, dass ich sehr an meinem Leben hänge, ist mein Plan ein wenig anders als der von Reed. Tote Kinder bringen uns nichts.«

»Okay«, sage ich. Langsam fängt mein Gehirn wieder an zu arbeiten. »Aber du machst das nicht bloß aus Herzensgüte, oder?« Geschweige denn sentimentaler Anhänglichkeit, ergänze ich im Kopf. »Du willst nicht bloß uns oder diese Studie retten, du willst mehr ...«

»Das ist richtig«, erwidert mein Stiefvater. »Ich will, dass du von jetzt an für mich arbeitest. Und zwar nur für mich.«

Natürlich. Warum wird man Protektor, wenn man nicht an Macht interessiert ist? Nur dass die Macht, um die es Peter geht, noch besser ist: Sie ist unsichtbar. Mit meiner Hilfe kann er dem Bürgermeister oder der Militärführung hier in Flowergrove einflüstern, was auch immer er will, ohne dass irgendjemand es erfährt.

Die Antwort fällt mir leicht. »In Ordnung«, sage ich. Noah aus der Gefahrenzone zu bringen, ist das Wichtigste für mich. Und es gibt ja noch Caleb ... »Aber ich habe Bedingungen.«

Peter schüttelt den Kopf. »Ich könnte dich hier und jetzt töten.« Es ist nicht mal eine Drohung, bloß eine Feststellung.

»Ja, aber das wäre eine bedauerliche Verschwendung von Ressourcen«, zitiere ich ihn.

Peter seufzt. »Okay, Harper. Also, wie lauten deine Bedingungen?«

Epilog

Ein lauer Spätsommerabend in Primrose Hill, eine Familie, die beim Abendessen auf der Terrasse sitzt, munter mit dem Besteck klappernd, plaudernd, lachend. In den angrenzenden Gärten hört man das schwache Zischen der Rasensprenger und es duftet nach frisch gemähtem Gras und Grillrauch. Ein wunderschöner Abend. Eine perfekte Familie.

Nur dass nichts davon echt ist.

Nur dass an diesem Tisch zwei Mörder sitzen.

Noah erzählt begeistert von einem Buch, das er gelesen hat. Ich hab keine Ahnung, worum es geht. Ich bin zu beschäftigt, um zuzuhören. Ich muss essen, lächeln und so tun, als ob ich Spaß hätte, und das kostet mich alle Kraft, die ich habe.

Ich wohne wieder zu Hause. Nach den Sommerferien werde ich weiter auf die Primrose High gehen und meinen Abschluss machen. Klar, ich war zur Fahndung ausgeschrieben und die Leute schauen mich immer noch an, als könnte ich jederzeit Amok laufen und alle töten. Aber Reed hat sich nach seiner ersten Begegnung mit mir dazu entschieden, mich als Lucas' unschuldige Geisel zu betrachten. Ich bin nur ein Mädchen, das an den falschen Jungen geraten ist und mit ansehen musste, wie er seine Mutter getötet hat. Was ja auch irgendwie stimmt. Seit diesem ersten Gespräch bin ich Reeds Praktikantin für den Rest der Sommerferien und sehe ihn so gut wie jeden Tag. Unsere Zusammenarbeit klappt prima, er ist ausgesprochen zufrieden mit mir.

Mom war unendlich erleichtert. Seit meinem Freispruch durch den Bürgermeister ist sie permanent um mein Wohlergehen besorgt. Schließlich musste ich eine Menge durchmachen.

Es berührt mich zu sehen, wie aufrichtig sie mich liebt und um mein Wohlergehen besorgt ist. Sie hat keine Ahnung, wer sie und ich wirklich sind. Aber ich weiß jetzt, dass ich sie von Herzen liebe und nie mehr auf die Idee käme, sie zurückzulassen, wenn eine neue Flucht anstehen sollte.

»Und? Bist du dabei, Harper?« Noah grinst mich erwartungsvoll an.

»Was?« Ich habe nicht die geringste Ahnung, wovon er redet.

»Du hast gar nicht zugehört«, beschwert er sich. »Ich hab dich gefragt, ob du mit ins Funland kommst! Die haben die größte Achterbahn der Welt. Zehn Loopings hintereinander!«

»Das klingt absolut grässlich«, verkündet Mom mit gespielter Empörung. »Mir dreht sich schon der Magen um, wenn ich nur darüber nachdenke. Und dafür soll ich auch noch Geld bezahlen.«

Noah und Peter lachen und ich zwinge mich, mit einzustimmen. Vielleicht lache ich ein bisschen zu laut. Aber um Noah glücklich zu sehen, würde ich alles tun. Ich habe ihm mit meiner Gabe die Erinnerungen an die letzten Tage und die furchtbaren Ereignisse auf dem Friedhof genommen und diese durch schöne Ferienerlebnisse ersetzt: Kino,

Schwimmbad, Eisdiele und so weiter. Er weiß, dass nach mir gefahndet wurde, weil das alle wissen. Aber auch er glaubt die Geschichte meiner Geiselnahme. Noah ist immer noch derselbe alte Klugscheißer, der er früher war. Ein glücklicher, kleiner Nerd, der sich auf den Start der Schule nach den Sommerferien freut.

Wehmut breitet sich wie ätzende Säure in meinen Adern aus.

Mein kleiner Bruder war ein Teil meiner Bedingung, die ich Peter im Wald gestellt habe. Ich denke an Noah, wenn ich im Rahmen meines Praktikums Reeds Büro betrete, ihm lächelnd Kaffee serviere und ihn in Peters Sinne manipuliere. Seit der Bürgermeister mich kennt, hat er seine Meinung zu uns begabten Kindern geändert. Tatsächlich ist er zu dem Schluss gekommen, dass wir besondere, schützenswerte Wesen sind, die ihrem Land eines Tages noch große Dienste erweisen werden. Bis dahin wird der Status quo aufrechterhalten. Und natürlich hat er Peter die neue Leitung des Projekts übertragen und es ist keine Rede mehr davon, ihn liquidieren zu lassen.

Solange niemand von ihnen Fähigkeiten entwickelt, wird es funktionieren. Allerdings gibt es noch keinen Plan für den Fall, dass es passiert. Ich habe natürlich einen. Für mich hat sich nichts geändert. Alle Soldatenwaisen müssen gerettet werden. Und ich will Zoes Traum von einer Revolution wahr machen. Das System muss gestürzt werden, wir brauchen wieder eine demokratische Regierung. Das bin ich nicht nur der Gesellschaft, sondern vor allem Zoe schuldig. Deshalb habe ich vorsichtig Kontakt mit Ma Bayou aufgenommen. Aber noch ist die Zeit nicht reif, dafür müsste ich Peter manipulieren können. Manchmal versuche ich unauffällig, seine Gedanken zu lesen, um den richtigen Moment nicht zu verpassen.

Doch leider ist er ständig immunisiert. Seit Doktor Masters' Tod hat er sich einen Wecker alle acht Stunden gestellt und verschwindet dann ins Bad. Natürlich habe ich auch darüber nachgedacht, ihn zu töten, aber er hat für diesen Fall vorgesorgt. Wenn er stirbt, wird ein Anwalt die Liste von uns Waisen an die Militärspitze und die Presse schicken. Darauf sind wir alle als gefährliche Terroristen aufgeführt, die sofort getötet werden müssen. Noahs Name steht natürlich ganz oben.

»Willst du noch etwas Eistee?«, fragt Peter mich über den Tisch hinweg.

»Ja, bitte.« Lächelnd halte ich ihm mein Glas hin.

Unsere Abmachung ist klar: Sollte Noah je Kräfte entwickeln, wird man ihn in kein Forschungsinstitut sperren. Egal was passiert, er wird in Freiheit aufwachsen. Meine zweite Bedingung war Caleb. Auch darauf hat Peter sich eingelassen.

Nachdem ich mit einigen Ärzten der Insel sprechen konnte, haben sie den Pfropf in Calebs Gehirn mit einem Memory-Eraser aufgelöst. Caleb hat die Prozedur gut überstanden und sie hat tatsächlich funktioniert. Na ja, nicht ganz, an viele Dinge erinnert er sich nicht mehr, darunter auch an seine Fähigkeit. Aber er ist wieder gesund und fast der Alte und nur das zählt. Und früher oder später wird vermutlich auch seine Gabe wieder aus ihm herausbrechen. Jim und Trish Petterson, seine Protektoren, haben ihn im Blick. Dafür, dass er und Noah in Sicherheit sind, tue ich alles, was Peter von mir verlangt – bis ich den richtigen Moment erwische und endlich Peter manipulieren kann.

Im Moment will er nichts Großes von mir. Kleine Manipulationen, die Reeds Kurs kaum merklich, aber nachhaltig beeinflussen. Es geht vor allem um Wirtschaftspolitik, nichts Gravierendes, soweit ich das beurteilen kann. Aber ich mache mir nichts vor, das ist bloß der Anfang. Es ist nur eine Frage der Zeit, bis ich für Peter spionieren, betrügen und mit Sicherheit auch töten soll. Und ich werde es tun. Mir etwas anderes einzureden, ist lächerlich. Ich habe Lucas umgebracht und Zoe für Noah geopfert, ich bin eine Mörderin.

Ein schüchternes Räuspern reißt mich aus meinen Gedanken. »Hey, entschuldigt, ich will euch nicht beim Essen stören.« Caleb steht verlegen am Gartenzaun hinter mir und ich drehe mich zu ihm um. Mein Herz hüpft vor Freude. Keine Ahnung, wie es zwischen uns weitergeht, wir sind wie immer bloß Freunde, aber ich weiß, dass ich ihn liebe und nie wieder zulassen werde, dass ihm irgendetwas angetan wird.

»Kein Problem, Caleb«, sagt Mom bestens gelaunt. »Wir sind sowieso fertig.«

»Toll.« Caleb lächelt sein warmes Lächeln. »Ich wollte bloß fragen, ob du Lust auf einen Spaziergang hast, Harper?«

Wie immer, wenn mein Herz schneller klopft, schießt mir die Röte ins Gesicht. Es ist das schönste Gefühl der Welt zu wissen, dass mein Körper von selbst reagiert und nicht manipuliert wurde.

»Du kannst ruhig aufstehen«, ermuntert mich Mom und

strahlt mich an. »Du musst heute nicht beim Abwasch helfen.«

Während ich zu Caleb hinübergehe und versuche, mir meine Aufregung nicht anmerken zu lassen, spüre ich Peters Blick im Rücken. Und ich weiß, was er mir sagen will. Weil ich es schon lange begriffen habe: Alles hat seinen Preis.

Harpers Playlist

Cyndi Lauper: *Girls Just Want To Have Fun*
Elton John: *I'm Still Standing*
Joan Jett & The Blackhearts: *I Love Rock 'N' Roll*
Whitney Houston: *I Wanna Dance With Somebody (Who Loves Me)*
Chaka Khan: *Ain't Nobody*
Diana Ross: *Upside Down*
Madness: *Our House*
Fine Young Cannibals: *She Drives Me Crazy*
Roxette: *The Look*
Madonna: *Like A Prayer*
Soft Cell: *Tainted Love*
Tears For Fears: *Everybody Wants To Rule The World*
Wham!: *Wake Me Up Before You Go-Go*
Dead Or Alive: *You Spin Me Round (Like A Record)*
Bonnie Taylor: *Holding Out For A Hero*
Kate Bush: *Running Up That Hill (A Deal With God)*
Rick Astley: *Never Gonna Give You Up*
Depeche Mode: *Just Can't Get Enough*
Madonna: *Who's That Girl?*
Queen: *Don't Stop Me Now*

Michael Jackson: *Bad*

Eurythmics: *When Tomorrow Comes*

a-ha: *Take On Me*

Bronski Beat: *Smalltown Boy*

Bon Jovi: *Livin' On A Prayer*

Cyndi Lauper: *Time After Time*

Lou Reed: *Perfect Day*

Hinweis zu sensiblen Themen

Achtung: Dieser Hinweis enthält einen Spoiler!

Dieses Buch enthält folgendes Thema, auf das du sensibel reagieren könntest: häusliche Gewalt.